存在与超越：
黑塞的跨界研究

Being-oneself and Self-transcendence:
The Interdisciplinary Research on
Hermann Hesse and His Works

陈　敏　著

中国社会科学出版社

图书在版编目(CIP)数据

存在与超越：黑塞的跨界研究 / 陈敏著 . —北京：中国社会科学出版社，2021.8
ISBN 978-7-5203-9000-2

Ⅰ.①存… Ⅱ.①陈… Ⅲ.①黑塞（Hesse，Hermann 1877—1962）—文学研究 Ⅳ.①I516.065

中国版本图书馆 CIP 数据核字（2021）第 172810 号

出 版 人	赵剑英
责任编辑	慈明亮
责任校对	冯英爽
责任印制	王　超

出　　版	中国社会科学出版社
社　　址	北京鼓楼西大街甲 158 号
邮　　编	100720
网　　址	http://www.csspw.cn
发 行 部	010-84083685
门 市 部	010-84029450
经　　销	新华书店及其他书店
印　　刷	北京君升印刷有限公司
装　　订	廊坊市广阳区广增装订厂
版　　次	2021 年 8 月第 1 版
印　　次	2021 年 8 月第 1 次印刷
开　　本	710×1000　1/16
印　　张	17.75
插　　页	2
字　　数	319 千字
定　　价	99.00 元

凡购买中国社会科学出版社图书，如有质量问题请与本社营销中心联系调换
电话：010-84083683
版权所有　侵权必究

国家社科基金后期资助项目
出版说明

后期资助项目是国家社科基金设立的一类重要项目，旨在鼓励广大社科研究者潜心治学，支持基础研究多出优秀成果。它是经过严格评审，从接近完成的科研成果中遴选立项的。为扩大后期资助项目的影响，更好地推动学术发展，促进成果转化，全国哲学社会科学工作办公室按照"统一设计、统一标识、统一版式、形成系列"的总体要求，组织出版国家社科基金后期资助项目成果。

全国哲学社会科学工作办公室

目　录

引　言 …………………………………………………………（1）

第一编　文学篇

第一章　黑塞文学世界的现实模型 …………………………（23）
　一　早期创作中的个体与世界 ………………………………（24）
　二　中后期创作：困境中执着追寻现代人的"自我" ………（35）
　　（一）第一次世界大战的创伤 ………………………………（36）
　　（二）家庭窘困 ………………………………………………（40）
　　（三）中期创作——开启"向内之路" ……………………（42）
　　（四）"向内之路"的后期创作 ……………………………（45）

第二章　浪漫的"向内"与现代性反思 ……………………（49）
　一　黑塞与浪漫主义 …………………………………………（50）
　　（一）黑塞的浪漫主义研究 …………………………………（52）
　　（二）魔法韵味的童话创作 …………………………………（58）
　　（三）浪漫主义抒情诗 ………………………………………（60）
　二　现代人的心灵之困 ………………………………………（74）
　　（一）现代性、现代人的存在 ………………………………（77）
　　（二）现代文明与信仰危机 …………………………………（92）

第二编　哲学篇

第三章　存在之思 ……………………………………………（100）
　一　尼采对黑塞的影响 ………………………………………（101）

（一）生命哲学中的自我发展观 …………………………… (105)
　　（二）酒神精神与自我完善——以《东方之旅》为例 ……… (110)
　　（三）尼采的文化批评论 …………………………………… (113)
　二　老庄之"道"与"向内之路" …………………………………… (117)
　　（一）东方之旅 ……………………………………………… (119)
　　（二）"道"与心灵家园 ……………………………………… (131)

第三编　心理学篇

第四章　黑塞与心理学之情缘 …………………………… (155)
　一　危机与治疗 ……………………………………………… (160)
　二　心理学家的哲学探索 …………………………………… (171)
　　（一）荣格与尼采 …………………………………………… (171)
　　（二）荣格与道家思想 ……………………………………… (176)
　三　伟大的德国中国人卫礼贤 ……………………………… (182)

第五章　梦与心灵 ………………………………………… (191)
　一　作家与心理分析 ………………………………………… (191)
　二　文学中的心理学 ………………………………………… (194)
　　（一）"原型"意象的文学象征 ……………………………… (194)
　　（二）善恶之神（Abraxas）与《德米安》 ………………… (199)
　　（三）死亡与重生 …………………………………………… (202)
　　（四）性欲的象征 …………………………………………… (208)
　　（五）自我超越与自性化 …………………………………… (210)
　三　心灵的存在与超越——梦 ……………………………… (214)
　　（一）逃离现实的美学场域——早期创作之"梦"（1916 年之前）………………………………………………………… (216)
　　（二）梦与自我探索（1916 年之后）……………………… (219)
　　（三）梦与自我认知和成长 ………………………………… (234)

结束语 ……………………………………………………………… (251)

参考文献 …………………………………………………………… (258)

后　记 ……………………………………………………………… (276)

引　言

　　人生之路何其漫漫，面对未来，无数的不可知横亘于前；面对心灵的无知与困惑，深深吸引着人类去探索。"我是谁？"这个向内的问题从人类伊始至今，始终困扰着各个时代的思想家、哲学家。同时，内在世界也令"我"深感神秘莫测，难以把握。恰如雨果在《悲惨世界》中所言："有一种比海洋更宏大的景象，那就是天空；还有一种比天空更宏大的景象，那就是人的内心世界"①。在人生所有不确定、不可知之外，唯有一事必然确定且永恒——死亡。个体终将走向死亡，但是生命存续期间，"我"不得不承受命运莫测带给内心的惶恐、不安。既然如此，"我"的生命价值与存在意义究竟在于何处？有限的生命如何认识自我？如何存在才能够超越生死，获得幸福？这些是每个个体必须面对并不断思索的问题。

　　认识自我，寻求存在方式和意义，以及人与宇宙之关系是人类哲学史、神学史以及科学史上一个亘古不变的主题。秉持"认识你自己"的西方古训和"知人者智，自知者明"的东方格言，人类自古以来一直不懈努力开辟和拓展自己的心灵。德国哲学家恩斯特·卡西尔（Ernst Cassirer，1874—1945）指出：

　　　　从人类意识最初萌发之时起，我们就发现一种对生命的内向观察伴随并补充着那种外向观察。由此开端追寻人类文化发展的轨迹，可以发现这种内向观察会随着文化的发展变得愈加显著。……根据研究可证，这种发展趋势几乎出现在所有的人类文化形态中。对宇宙最早的神话学解释中，我们总是发现一个原始的人类学与一个原始的宇宙

---

① ［法］维克多·雨果：《悲惨世界》（上），《雨果文集》第6卷，李玉民译，北京联合出版公司2014年版，第260页。

2 引　言

学比肩而立。世界的起源问题与人的起源问题难分难解地交织在一起。①

从哲学史上看，人类对个体的探求真正转向自身或自我，在西方是源于苏格拉底。自苏格拉底以德尔斐神庙上的"认识你自己"视为座右铭为始，自我认知的道路逐渐走上理性与感性，意识与肉体的二元模式。中华文化认为自然、宇宙、社会是一个整体，并始终在其中探索自我。道家强调"天人合一""阴阳平衡"，老子曰："载营魄抱一"②，认为灵肉合一才是生命的真谛。中国明确提出内观自我的理论始于《论语》。曾子曰："吾日三省吾身。"③ 孟子认为："万物皆备于我矣，反身而诚，乐莫大焉。"④ 陆九渊的心学提出心心体悟之法，认为个体对"本心"的认识，是通过体认和省察内心，由此来认识外部世界，以达心物相通。

人们探索心灵中所隐藏的那个真正的"我"，"仿佛在广袤无垠的大漠上去惊奇地发现一片又一片新的绿洲，在浩淼无边的大洋中去欣喜地发现一个又一个新的大陆一样"⑤。哲学界、宗教界、文学界、自然科学领域等均在探索着人类心灵的奥秘。随着现代科学技术的不断进步，人类探知心灵的方法在不断丰富。然而，现代文明之光能够把这无限广域的心灵照亮多少呢？卢梭（Jean-Jacques Rousseau，1712—1778）说道，"在我看来，在人类所有的各种知识中，对我们最有用但是是我们掌握得最少的，是关于人的知识"⑥。此观点如今仍适用。当下，我们依然只能认知心灵的一小部分，个人意识能够牢牢把握的更是微小。中西方学者均认识到心灵的广博神秘以及对其了解与把握的困难。荣格从心理学角度指出此中深意："人类意识的发展是缓慢的、艰难的、历经了不知多少个世纪的漫长过程才达到了这种文明的状态。……意识的这种进化距离它的完成依然尚有千里之遥，因为，人类心理的大部分领域仍然被笼罩在黑暗之中，

---

① Ernst Cassirer, Birgit Recki (Hrsg.), *An Essay on Man*, Text und Anmerkungen bearbeitet von Maureen Lukay, Hamburg: Felix Meiner Verlag, 2006, S. 7.
② 陈鼓应：《老子注译及评介》(修订增补本)，中华书局1984年版，第93页。
③ 钱穆：《论语新解》，九州出版社2011年版，第7页。
④ (清) 焦循撰，沈文倬点校：《孟子正义》(下)，中华书局1987年版，第882页。
⑤ [瑞士] C.G.荣格：《荣格文集——让我们重返精神的家园》，冯川、苏克译，改革出版社1997年版，第583页。
⑥ [法] 卢梭：《论人与人之间不平等的起因和基础》，《卢梭全集》第4卷，李平沤译，商务印书馆2012年版，第217页。

我们称之为'心灵'的东西与我们的意识及其内容毫无相同之处。"①

现代科技理性在发展外部世界的同时，忽视甚至否定个体心灵世界的独立发展和需求。然而个体不仅存在于外部物质世界之中，必然也赋存于内在精神世界。如果只注重外部物质，无视内在需求，人类的心灵则会陷入惶惶不安，无法自拔。我们已经看到，在高度物质发达的当代社会，人类的幸福感却不断降低，心理疾病者数量剧增。

> 我们过多地增加我们感官的功能，过分扩大我们生活的外部环境，而很少使用我们内省的认识能力，然而，只有这种内省的认识能力能把我们领回到我们真正的内心世界，把一切不属于我们的东西分开。如果我们想认识我们自己，我们就必须使用这种能力；只有运用这种能力，才能评判自己。……在我们肉体的感觉纷纷扰扰的骚动中，我们的灵魂一直处于沉寂状态；它已经被我们的种种欲望的火焰烘干枯了；我们的思想、精神和种种感觉，这一切都在侵蚀它。②

显然，无论人类是否关注自己的内心，内在世界始终在左右着人类的精神并且外现于肉体。探索心灵在文学世界中从来不是一个陌生的话题，研读内心更是德国文学传统命题的重要部分。德国古典文学巨匠歌德，浪漫派作家诺瓦利斯以及现代表现主义作家卡夫卡等均立足人的内心世界进行创作。德裔瑞士籍著名文学家、诺贝尔文学奖获得者赫尔曼·黑塞（Hermann Hesse，1877—1962）具有"德国浪漫主义最后一位骑士"③之称，被认为是"20世纪最具透视心理和灵性创意的作家"④，因而享誉世界。1946年，瑞典文学院在授奖之时评价道："在他那些灵思迥异的作品中，大胆的创见和思想的深刻性日益增长，从而彰显出古典的人道主义理想和超凡脱俗的文风。"⑤

黑塞出生于德国小城卡尔夫（Calw）一个传教士家庭。1904年出版

---

① [瑞士] C. G. 荣格：《探索潜意识》，C. G. 荣格等《潜意识与心灵成长》，张月译，上海三联书店2009年版，第5—6页。

② [法] 乔治·毕封：《论人的天性》，转引自[法]卢梭《论人与人之间不平等的起因和基础》，《卢梭全集》第4卷，第308页。

③ Hugo Ball, Volker Michels（Hrsg.）, *Hermann Hesse-Sein Leben und sein Werk*, Göttingen: Wallstein Verlag, 2006, S. 22.

④ 申荷永：《荣格与分析心理学》，中国人民大学出版社2012年版，第126页。

⑤ Hermann_Hesse, https：//de.wikipedia.org/wiki/Hermann_Hesse.

《彼得·卡门青特》(Peter Camenzind) 后声名大噪,一举成名。1912年他定居瑞士,在这里写作出版了《德米安》(Demian, 1919)、《克莱恩与瓦格纳》(Klein und Wagner, 1920)、《克林索尔最后的夏天》(Klingsors letzter Sommer, 1920)、《悉达多》(Siddhartha, 1922)、《荒原狼》(Der Steppenwolf, 1927)、《纳尔齐斯与歌特蒙德》(Narziß und Goldmund, 1930)、《东方之旅》(Die Morgenlandfahrt, 1932)、《玻璃球游戏》(Das Glasperlenspiel, 1943)等传世作品。黑塞一生笔耕不辍,著述等身。在他去世时,留下将近40卷作品,35000封书信,迄今整理出版的书信仅约占七分之一。据不完全统计,他的作品已译成53种语言,在世界范围内出版发行大约一亿二千五百万册,仅德语国家已出版大约二千五百万册。① 黑塞的文学创作,不仅数量丰厚,而且跨越不同时代、地域与学科。他从西方走向东方,从文学走向哲学、心理学等领域,恰如其在《东方之旅》中所述,"我们不仅穿梭于不同的空间,还漫游于不同的时代。我们走向东方,我们也奔向中世纪或者那个黄金时代"②。

黑塞热爱大自然,厌倦现代文明和虚伪的道德规范,强调人的存在方式应该遵循个体精神的独立性与自我性。德国作家卡拉邦德(Klabund, Alfred Henschke 的笔名,1890—1928)评述《德米安》和《克林索尔》时说:"自然之神只愿作他自己:他只是展示着某种典范。他使人信服。其他人则是说服他人。思想和行为在道德之神那里从来不会是同一的。尽管道德之神向理想世界提出要求,而这个世界永远无法实现这些要求。道德之神站在这个世界之外,而他人:陷入其中。"③ 黑塞在这些作品中揭示了现代文明对精神世界的践踏,世界大战所暴露的所谓道德与人性之黑暗,深刻反思了科技理性所引发的现代文明危机。黑塞在研究欧洲现代文明的基础之上,又因同时受到尼采、叔本华、斯宾格勒等人的影响,认为西方文明走向没落,于是被深深地卷入20世纪初的文化悲观主义之中。黑塞把这种文明没落与欧洲精神的局限性相联系,他意识到突破欧洲精神的自身局限性是解决西方现代文明没落的重要途径。由此,黑塞积极转向东方文化,用大半生的时间关注和研习东方文化,在多文化道路上寻找拯

---

① Heimo Schwilk, *Hermann Hesse Das Leben des Glasperlenspielers*, München: Piper Verlag GmbH, 2012, S. 11.
② Hermann Hesse, *Die Morgenlandfahrt*, Frankfurt am Main: Suhrkamp Verlag, 1982, S. 27.
③ Volker Michels(Hrsg.), *Materialien zu Hermann Hesses >>Demian<<*, Bd. 1, Frankfuhrt am Main: Suhrkamp Verlag, 1993, S. 184.

救欧洲文明的道路。

如何解决欧洲现代文明危机以及借此导致的个体精神危机？这在黑塞的创作中成为核心问题。对个体精神的关注使黑塞成为剖白式作家[1]，他在作品中不断剖析自我，记录自己的困境和危机，通过探索和展现个体对最深层自我本质的体验，坦述欲望以及人性中最真实单纯、不曾遮掩的绝对愿望。显著体现这些思想的作品有《克莱恩与瓦格纳》《德米安》《东方之旅》以及《荒原狼》等。恰因如此，黑塞又被许多研究者视为传记式作家。

这位从12岁就立志成为诗人的文学大师，将个体精神与世界紧密相连，把解决西方文明没落的问题寄希望于自我超越与完善的"向内之路"（der Weg nach Innen）。在黑塞眼中，这条道路应该成就个体独特的生命意义，使个体存在获得真正的价值，而不是蹈袭芸芸众生；这是一条通向自我个性和自我生命的道路，但它是一条艰辛的道路。如何辨明和认识它，如何拥有足够的力量走在"向内之路"上而不放弃，以避免落入世俗的道德、风尚和习俗的窠臼，这是黑塞创作和研究的主题。纪德（André Gide，1869—1951）评价道："黑塞的所有作品为了重新赢得真实性，诗意地追求自我之解放和自由，而无惧揭示内在之丑陋，摆脱造作的艺术性。"[2]

黑塞的创作以"自我"为研究核心非常类似于现代心理学的研究特点。"自我超越"这一主题本身具有广泛的心理学—哲学含义，它涉及心理建构（心理学）、自我实现（伦理学）、个性发展（教育学）等多种学科中的文化—心理现象，是一个带普遍性的心理学—哲学问题。[3] 因此黑塞的文学世界涉及广泛的哲学与心理学领域。他试图通过东西方的比较文化研究，以文学创作的方式探索理想的自我存在模式，对抗现实社会问题，修正西方文明，着力寻找解决人与自然发展矛盾的密钥，以期达到人类的幸福，从而在缔造人类理想的精神世界基础上改变世界，开创人类更高层次的未来文明。

---

[1] Kurt Weibel, *Hermann Hesse und die Deutsche Romantik*, Berner Dissertation, Bern: Verlag P. G. Keller Winterthur, 1954, S. 5.

[2] Siehe J. Ulrich Binggeli (Hrsg.), *>>Heimweh nach Freiheit<<Resonanzen auf Hermann Hesse*, Tübingen: Klöpfer und Meyer, 2012, S. 9.

[3] ［瑞士］C. G. 荣格：《心理学与文学》，冯川、苏克译，生活·读书·新知三联书店1987年版，第24页注1。

黑塞以不同的学术视角在欧、印、中等多元文化中为现代人寻找这条回归心灵、走向幸福的道路。在探索这一道路时，他以开放式的文化观汲取东西方文化所长，注重研究不同文化领域的哲学思想，尤其值得注意的是，尼采的生命哲学观，深层精神分析学理论，中国道家自然神秘主义思想，都对黑塞产生了深刻影响。尼采的个人发展观，强调"自我"的真实、独特和创造性；分析心理学派的自性化理论为黑塞在创作中表现自我，展现内在世界提供了新颖的视角和方法；老子的辩证统一思想及其强调的个体与整体和谐自然的关系，庄子哲学提出依靠心灵境界的本性升华而实现自我超越等等，为黑塞的个体存在和超越道路输入了东方智慧。

综上所述，黑塞的思想及其创作具有多领域、跨学科的特点，且内容深邃复杂。据此，黑塞研究者需要从哲学、文学、艺术、心理学等不同领域和角度对黑塞及其创作加以梳理和阐释。西方国家对黑塞的研究历经半个多世纪，经久不衰，尤其在瑞士、德国、美国、加拿大，亚洲的日本、韩国等。20 世纪以来，黑塞可说是欧洲最具影响性的作家之一，也是世界范围内最受欢迎、影响最大、拥有读者群和研究者最多的作家之一。其故乡卡尔夫市从 1977 年起每年举办"黑塞国际论坛"。瑞士伯尔尼市黑塞基金会出资在网上建立专业性的黑塞研究网站 HHP（http：//www.gss.ucsb.edu/projects/hesse/），登载相关的研究性文章。德国苏尔坎普出版社建立"黑塞之门"（das Hermann Hesse—Portal）网站使黑塞的各种音像资料及其研究文献得以及时、广泛传播。在 https：//www.hermann—hesse.de 网页上可快速查询黑塞的各种档案信息以及当下研究快讯。有关他的研究著作已达上百部，博士学位论文多达 2000 多篇，研究与评论文章更是多达 5000 余篇。2007 年约根·贝陆（Juergen Below）汇编出版了五卷本《黑塞书目——1899—2007 参考文献目录》，其中收集与黑塞研究相关的各种文献目录多达 21000 条。1991 年马丁·普凡费（Martin Pfeifer）编辑出版了三卷本《黑塞的世界性影响》。

近十年以来，从跨学科的角度阐释黑塞，尤其从中西比较哲学、心理学角度剖析其创作中对"自我""存在"的探索依然是研究热点，例如尼采思想与黑塞；道家思想对黑塞的影响；心理学维度下的黑塞研究等。当下，研究者们更热衷于将这些主题放置在不同作家文本比较的框架下进行思想比较性研究，具有代表性的论文有：凡达·凯兹勒·艾莫和伊斯马·森的《赫尔曼·黑塞小说〈在轮下〉与迈克尔·哈内克电影〈白丝带〉

的主题比较》①（2019），文中通过时代教育及政治意识形态培养的批判主题将两部作品进行比较；雪莱·海伊在《形而上学的镜像：托马斯·曼的〈浮士德博士〉与赫尔曼·黑塞的〈玻璃球游戏〉中的社会音乐结构》②（2018）一文中探讨了这两部著作中音乐的重要意义。研究者指出歌德和黑塞使用类比十二音律音乐和巴洛克音乐的方法，以实现诺瓦利斯提出的早期德国浪漫主义理想，即音乐、语言、自然和数学构成自主系统，它们在一个完美的世界中彼此镜像；雅各布·马修·巴托的博士学位论文《肯定宿命论的诗学：歌德、尼采和黑塞的生命、死亡和意义创造》③（2017）从悲剧和宿命论的角度探讨了尼采心理哲学中的遗产，并被黑塞体现在通过文学探索个体心灵发展以及德意志精神的命运之中。肯定性宿命论表达在歌德的《浮士德》和尼采的"命运之爱"（amor fati）中，然后在黑塞的《玻璃球游戏》中成为主题；英戈·科尼尔斯2011年在德国著名文学期刊 Arcadia 上发表《可怕的对称性：作家画家赫尔曼·黑塞和威廉·布莱克作品中的浪漫主义亲和力》④一文，对威廉·布莱克和赫尔曼·黑塞作品中的共同主题进行了比较和分析，由此提出，黑塞抵制人们共识的现实这一经常受到批评的倾向，实为偏好晦涩的神秘主义思想，应被理解为延续了布莱克有远见的神秘主义。其他的相关研究论文还有：考库·冯·斯塔克的《乌托邦景观与狂喜之旅：弗里德里希·尼采、赫尔曼·黑塞和米尔西亚·埃利亚德在现代性的恐怖中》⑤

---

① Funda Kızıler Emer, Esma Şen, "Thematic Comparasion Hermann Hesse's Novel Names Beneath the Wheel（Unterm Rad）and Michael Haneke's Film Names the White Ribbon（Das Weiße Band）", *Journal of Human Sciences*, No. 16, No. 2, 2019, pp. 543-560.

② Shelley Hay, "Metaphysical Mirroring: The Musical Structure of Society in Thomas Mann's *Doktor Faustus* and Hermann Hesse's *Das Glasperlenspiel*", *German Studies Review*, Vol. 41, No. 1, Feb. 2018, pp. 1-17.

③ Jacob Matthew Barto, The Poetics of Affirmative Fatalism: Life, Death, and Meaning-Making in Goethe, Nietzsche, and Hesse, Ph. D. dissertation, the University of Oregon Graduate School, ProQuest Dissertations Publishing, 2017.

④ Ingo Cornils,„ Furchtbare Symmetrien. Romantische Verwandtschaften im Werk der Dichter-Maler Hermann Hesse und William Blake", *Arcadia*, Vol. 46, Nr. 1, 2011, S. 149-166+245.

⑤ Kocku von Stuckrad, "Utopian Landscapes and Ecstatic Journeys: Friedrich Nietzsche, Hermann Hesse, and Mircea Eliade on the Terror of Modernity", *Numen*, No. 57, No. 1, 2010, pp. 78-102.

(2010);毛罗·庞兹的《赫尔曼·黑塞、托马斯·曼和尼采》①(2009)。

近年来,这类研究的代表性专著有卡尔·约瑟夫·库施尔的《物河:与佛陀、老子和禅宗对话中的赫尔曼·黑塞与贝尔托·布莱希特》②(2018)。库施尔将享誉世界的20世纪德语作家黑塞与布莱希特作为比较研究的对象,从全新的视角研究两位作家文学创作中的生命艺术。他们通过在创作中与亚洲伟大人物佛陀和老子的对话,展现出对印度、中国和日本文化精神的浓厚兴趣。两位作家均掌握了一种独特的艺术,将异域文化转化进自我创作中,虽然结果相异。这位文学研究者为20世纪文化史和文学史提供了独特的研究视野。他将德国世界文学中接受亚洲的两种声音作为一种学习史介绍给当今,这是一种在宗教和文化相遇中获得知识的历史。同样将黑塞与布莱希特作为比较对象的研究者还有克里斯多夫·盖尔纳,在其专著《智慧、艺术和生活艺术》③中,作者以远东宗教和哲学为切入点,比较两者的思想和创作。

雷吉娜·布赫编辑出版了《赫尔曼·黑塞与特奥多尔·豪伊斯:风云多变时代的友谊》④(2019)一书。该书以黑塞与特奥多尔·豪伊斯(Theodor Heuss)的长久友谊为主线,介绍了两人的往来通信以及作为艺术爱好者的豪伊斯的各种绘画作品,从多个层面描述了他们之间鲜为人知的友谊。这份友谊从1905年彼此之间的工作往来开始,直至20世纪50年代后期,这位诺奖得主与成为联邦德国首任总统的豪伊斯交流不断。这些信件以及相关证据材料展现出这两位朋友坚守信念,敢于反对当时所谓的时代精神信条的无畏精神。

在《世界战争》(2018)一书中,扬·T. 施洛瑟在《第一次世界大战对德国文学的影响》⑤一章中分析了第一次世界大战对恩斯特·琼格(Ernst Jünger)、黑塞和格奥尔格·特拉克尔(Georg Trakl)三位作家思想

---

① Mauro Ponzi,,,Hermann Hesse, Thomas Mann und Nietzsche ", in Mauro Ponzi (Hrsg.), *Hermann-Hesse-Jahrbuch*, Bd. 4, Tübingen: Max Niemeyer, 2009, S. 1-04.

② Karl-Josef Kuschel, *Im Fluss Der Dinge*, Ostfildern: Patmos Verlag, 2018.

③ Christoph Gellner, *Weisheit, Kunst und Lebenskunst: Fernöstliche Religion und Philosphie bei Hermann Hesse und Bertolt Brecht*, Mainz: Matthias-Grünewald-Verlag, 2011.

④ Regina Bucher (Hrsg.), *Hermann Hesse und Theodor Heuss-eine Freundschaftliche Beziehung in Wechselhaften Zeiten*, Basel: Schwabe Verlag, 2019.

⑤ Jan T. Schlosser, "The Impact of World War 1 on German Literature", in Søren Dosenrode (eds.), *WORLD WAR 1, The Great War and Its Impact*, Aalborg: Aalborg University Press, 2018, pp. 115-132.

和创作的巨大影响。第一次世界大战造成了德国军事、政治、经济、社会以及民众精神的崩溃，对20世纪20年代德国社会和文学产生了至关重要的影响，促成20世纪20年代的文学丰硕期。这一时期的文学创作进行各种实验形式，创建了表现时代的文学新模式。施洛瑟在此背景下，聚焦于这三位文学家在现代性和知识分子贵族主义背景下对第一次世界大战的思考。

德国知名黑塞研究专家弗尔克·米歇尔斯（Volker Michels）近年出版两部专著《赫尔曼·黑塞与罗伯特·瓦尔泽》①（2016）、《赫尔曼·黑塞与史蒂芬·茨威格》(2015)，将黑塞与瓦尔泽及茨威格进行了比较性研究；贝朗·萨姆萨米（Behrang Samsami）在专著《东方的祛魅：赫尔曼·黑塞、阿明·T.韦格纳和安妮玛丽·施瓦岑巴赫对东方的认识和表现》②（2011）概述了欧洲去往中东和远东的旅行史，从古代开始，一直延续到黑塞、韦格纳和施瓦岑巴赫前往东方的时期。萨姆萨米从三位作者身上发现了欧洲现代性的逃离症，并且认为，他们在现实的东方中并未实现自身的期望。

黑塞对东方传统文化，尤其中国哲学思想继受的研究专题始终受到研究者们的重视。弗尔克·米歇尔斯于2015年出版的专著《黑塞作品中的印度与中国》③指出黑塞的全球影响力有很大原因在于其世界观受到远东印度教、佛教、儒家和道家的影响。其多元世界观形成的目的在于寻求一种协调，即在不安、离心的西方观与平静、向心的亚洲观之间实现平等和富有成果的平衡。在黑塞看来，这两种观念不是相互排斥，而是相辅相成。米歇尔斯绘制出黑塞这种观念形成的心路历程，并溯其缘由；在《黑塞〈东方之旅〉中的东方》④（2010）中，卡罗琳·希尔德布兰特（Carolin Hildebrandt）探讨了《东方之旅》中的东方形象，并试图厘清是否为西方化的想象形象，或者是黑塞虚构的、独立的文化东方。希尔德布

---

① Volker Michels, *Hermann Hesse und Robert Walser*, Frankfurt am Main：Edition Faust, 2016.

② Behrang Samsami, *>>Die Entzauberung des Ostens<<：zur Wahrnehmung und Darstellung des Orients bei Hermann Hesse, Armin T. Wegner und Annemarie Schwarzenbach*, Bielefeld：Aisthesis Verlag, 2011.

③ Volker Michels, *Indien und China im Werk von Hermann Hesse*, Frankfurt am Main：Edition Faust, 2015.

④ Carolin Hildebrandt, *Der Orient in Hermann Hesses „Die Morgenlandfahrt" – Westliche Imagination oder Entwicklung einer Selbstständigen Kultur?* München：GRIN Verlag GmbH, 2010.

10 引　言

兰特在后殖民研究框架下探讨其与爱德华·赛义德（Edward W. Said）东方主义的关系，并阐明该小说对于东西方（尤其文学和社会层面）关系的重要性。主要从中国哲学角度探讨黑塞创作的《悉达多——黑塞对东方诗学和哲学的探索》①（2009）、《黑塞作品中人物的双极性：在道家哲学思想背景下的小说〈德米安〉与〈荒原狼〉》②（2007）也值得一读。

近年来，许多以中国为焦点研究黑塞的论文层出不穷，代表性文章有：詹春华的《赫尔曼·黑塞的世界文学观及其对中国文学的批评》③（2018）；蕾塔·温弗·卢克史克（Rita Unfer Lukoschik）的《赫尔曼·黑塞继受中国的根际方式》④（2016）；史蒂芬·布罗克曼（Stephen Brockmann）的《东西方的战后恢复》⑤（2015）；丹·海尔布隆（Dan Heilbrunn）的《赫尔曼·黑塞与〈道德经〉中"圣人"的无与有》⑥（2009）；陈壮鹰的《自然在赫尔曼·黑塞和李太白诗歌中的重要性》⑦（2009）等等。

在黑塞对尼采的继受研究中，黑塞研究者们主要就尼采的酒神精神、强力意志、永恒价值回归以及他的人生观、教育观、文化观等思想对黑塞作品的影响进行了细致探讨。尼采思想在黑塞"向内之路"中具有显而易见的重要意义。黑塞的《德米安》《查拉图斯特拉归来》（*Zarathustras Wiederkehr*，1920）、《克林索尔最后的夏天》《悉达多》《荒原狼》《玻璃

---

① Anja Naase, *Siddhartha–Hesses Auseinandersetzung mit Östlicher Dichtung und Philosophie*, München: GRIN Verlag GmbH, 2006.

② Mária Bieliková, *Bipolarität der Gestalten in Hermann Hesses Prosa: die Romane „Demian" und „Der Steppenwolf" vor dem Hintergrund der Daoistischen Philosophie*, Hamburg: Verlag Dr. Kovač, 2007.

③ Zhan Chunhua, "Hermann Hesse's Concept of World Literature and his Critique on Chinese Literature", *Neohelicon*, No. 45, 2018, pp. 281–300.

④ Rita Unfer Lukoschik, „Hesse rhizomatisch Wege der China-Aneignung bei Hermann Hesse", *Jahrbuch für Internationale Germanistik*, Vol. 48, No. 2, 2016, S. 35–47.

⑤ Stephen Brockmann, "The Postwar Restoration in East and West", *New German Critique*, Vol. 42, No. 3 (126), Nov. 2015, pp. 69–90.

⑥ Dan Heilbrun, "Hermann Hesse and the *Daodejing* on the *Wu* 無 and *You* 有 of Sage-Leaders", *Dao: A Journal of Comparative Philosophy*, Dordrecht [u. a.], Vol. 8, No. 1, 2009, pp. 79–93.

⑦ Chen Zhuangying, „Die Bedeutung der Natur in der Lyrik von Hermann Hesse und Li Tai Pe", *Literaturstraße. Chinesisch-deutsche Zeitschrift für Sprach- und Literaturwissenschaft*, Nr. 10, 2009, S. 75–85.

球游戏》等作品是研究黑塞受尼采影响的重点对象。

当前代表性的研究成果除了前文已述的《肯定宿命论的诗学：歌德、尼采和黑塞的生命、死亡和意义创造》之外，亚当·凯思·罗伯茨（Adam Keith Roberts）的博士学位论文《小说面具：尼采面具在赫尔曼·黑塞作品中的功能》[①]（2016）研究了面具和面具概念在塑造西方身份概念的历史中起到重要的信息作用，探讨了黑塞作品中这种历史模式所具有的特殊变革性。作者依据黑塞和爱尔兰作家叶芝（W. B. Yeats）之间的重大相似性，说明这一发展的主要要素。研究者们热衷解读黑塞作品的"寻找自我"，但是缺乏探讨"自我"这个概念在黑塞作品中的实际含义。该研究通过阐释面具在黑塞小说中的作用，揭示了黑塞各时期作品中身份发展的文学写照，从而说明黑塞对面具和身份的早期文学描写衍生于中世纪根深蒂固的"固定"自我概念，而随其学术发展和对"自我"刻画的提升，弗里德里希·尼采的"面具"修辞手法开始介入并改变了黑塞对身份的文学表征。作者在研究中阐明了尼采的修辞手法彻底改变了黑塞对"自我"的描述，由此证明面具在黑塞作品中的重要性，并使黑塞在面具与身份的长期历史对话中占有一席之地。

在众多研究者眼中，黑塞20世纪的小说《荒原狼》与尼采思想有着亲密的关系，《弗里德里希·尼采哲学光照下的赫尔曼·黑塞的小说〈荒原狼〉》[②]（2011）、《分裂的自我：赫尔曼·黑塞〈荒原狼〉中的身份问题与弗里德里希·尼采》[③]（2010）两篇文章均阐释了这种亲缘性。

在黑塞研究中，针对深层心理分析学对黑塞影响已有许多成果。由于心理剖白和对内在的探索在黑塞创作中占据重要地位，因此心理分析方法和分析心理学的阐释法在黑塞研究领域中受到越来越广泛的应

[①] Adam Keith Roberts, Masks of Fiction: The Function of the Nietzschean Mask in the Works of Hermann Hesse, Ph. D. dissertation, University of Leeds, 2016.

[②] Sirůček, Jiří, Naděžda Heinrichová and Simona Jindráková, „Hermann Hesses Roman, Der Steppenwolf' im Licht der Philosophie Friedrich Nietzsches", *Brünner Beiträge zur Germanistik und Nordistik*, Vol. 16, Nr. 1-2, 2011, S. 111-127.

[③] Dagmar Kiesel, „Das Gespaltene Selbst. Die Identitätsproblematik in Hermann Hesses Steppenwolf und bei Friedrich Nietzsche", *Nietzsche-Studien: Internationales Jahrbuch für die Nietzsche-Forschung*, Nr. 39, January 2010, S. 398-433.

用①。大卫·G. 理查德（David G. Richards）指出，20 世纪 60—70 年代，美国同时出现了"黑塞热"与"荣格热"。这两个并行现象使人们意识到荣格与黑塞的相似性②，由此开启了从荣格分析心理学角度阐释黑塞的大门。

近些年来相关成果主要有以下几种。

纳迪呢·麦卡达尼（Nadine Mechadani）的《躺椅上的赫尔曼·黑塞》③（2008），着重分析了《德米安》《悉达多》和《荒原狼》几部小说中的人与物在弗洛伊德和荣格心理学视域下的象征意义。另外，比较了黑塞与荣格、弗洛伊德的宗教观，指出黑塞的宗教信仰融合了西方基督教和远东宗教。

弗尔克·米歇尔斯在《赫尔曼·黑塞和心理分析学》（2009）④ 中阐述了黑塞对心理学所持的观点。黑塞认为艺术家的创作是通过其创作和发现来抵御生活的困厄，撰写作品的过程是展示艺术家之梦。米歇尔斯分析了梦在黑塞创作中的重要地位，并以黑塞的散文《梦的礼物》为例，指出黑塞年轻时将梦视为来自心灵的礼物，是无意识发出的信号⑤。

宋柯敏（Sung Kil Min）的《赫尔曼·黑塞的抑郁、虔诚和精神分析》⑥（2018）分析了黑塞一生的经历。青年时期父母的压制和教条使他受到精神创伤，曾被诊断出患有Ⅱ型双相情感障碍，中年抑郁并接受荣格分析心理学的治疗。从而指出，由于心理分析无法阻止抑郁症的复发，黑塞对其由欣赏变为批评。在五十多岁时，他开始创作新小说，超越了基于荣格精神分析的极性，走向更大的和谐与精神统一的旅程。虔诚主义曾经是黑塞痛苦的根源，却成为其精神成熟的终生支持。文学创作被作者视为

---

① David G. Richard, *Exploring the Divided Self. Hermann Hesse's Steppenwolf and ins Critics*, Columbia: Camden House, 1996, p. 143.

② David G. Richards, *Exploring the Divided Self. Hermann Hesse's Steppenwolf and ins Critics*, p. 111.

③ Nadine Mechadani, *Hermann Hesse auf der Couch- Freuds und Jungs Psychoanalyse und ihr Einfluss auf die Romane „Demian", „Siddhartha" und „Der Steppenwolf"*, Marburg: Tectum Verlag, 2008, S. 124.

④ Volker Michels, "Hermann Hesse and Psychoanalysis", in Ingo Cornils (edited), *A Companion to the Works of Hermann Hesse*, New York: Camden House, 2009, pp. 323-344.

⑤ Volker Michels, "Hermann Hesse and Psychoanalysis", p. 325.

⑥ Sung Kil Min, "Hermann Hesse's Depression, Pietism, and Psychoanalysis", *Journal of Korean Neuropsychiatric Association*, No. 57, No. 1, Feb. 2018, pp. 52-80.

黑塞应对心理疾病的机制之一。通过撰写自传性的教育小说，黑塞不仅试图解决自我问题，还尝试启发读者。

阿蒂·普纳马（Adi Purnama）和阿珂巴·K.色恬畹（Akbar K. Setiawan）的《赫尔曼·黑塞的小说〈东方之旅〉主角H.H的自我概念：卡尔·罗杰斯的心理分析下》①（2017）运用卡尔·罗杰斯（Carl Ransom Rogers，1902—1987）的人本主义心理学方法阐释该小说中包含自我概念的单词、短语和句子，据此分析主角H.H.的自我概念中真实自我以及理想自我的特征，并比较其区别。②

在《通向自我之路：黑塞个性化主题中的心理分析及远东元素》③（2010）一书中，伊洛纳·克拉玛（Ilona Kramer）认为黑塞作品中的个性化主题主要受到荣格"自性化"心理学概念的影响，该主题是其创作迈向内在心灵的过程。同时，作者在阐释黑塞文学的自性化道路之时，也结合了"印度教""佛教"和"道教"等远东元素。

除此之外，还有一些研究者从叙事学角度阐释黑塞思想。

在《自由的代价：确定赫尔曼·黑塞〈玻璃球游戏〉的叙述者》④（2016）一文中，内森·德拉佩拉（Nathan Drapela）从黑塞最后一部小说《玻璃球游戏》突兀的结局为切入点，指出已有阐释还未能真正理解这部作品。作者通过分析小说的叙事结构和主人公性格，提出了小说叙述者的不可靠性，因此需要再确定。德拉佩拉认为约瑟夫·克乃希特本人才应是该传记的隐含作者，只有这样，构成小说主要部分的传记才能不被视为克乃希特的个人兴衰史，而是他对绝对自由的追求和实现。由此，《玻璃球游戏》才能真正被视为黑塞文学事业的最高成就。

古斯塔夫·兰格伦（Gustav Landgren）的《聚焦〈荒原狼〉：论赫尔

---

① Adi Purnama and Akbar K. Setiawan, "The Self Concept of the Main Character of H. H in Hermann Hesse's 'Erzählung Die Morgenlandfahrt' a Carl Rogers 'Psychological Analysis'", *Bahasa Jerman-Theodisca Lingua*, Vol. 6, No. 3, 2017, pp. 231-242.

② Victoria B. Lee, *Journey to the Unconscious: An Examination of Paths to Enlightenment in Hermann Hesse's Works*, Mississippi State University, ProQuest Dissertation Publishing, 2016.

③ Ilona Kramer, *Der Weg zum Selbst: Psychoanalytische und Fernöstliche Elemente in Hermann Hesses Individuationsthematik*, München: GRIN Verlag, 2010.

④ Nathan Drapela, "The Price of Freedom: Identifying the Narrator of Hermann Hesse's *Das Glasperlenspiel*", *The German Quarterly*, Vol. 89, No. 1, 2016, pp. 51-66.

曼·黑塞作品中不可靠叙事的概念化》①（2013）一文，以《荒原狼》为重点，研究了黑塞作品中不可靠叙事的前提、形式和功能。作者认为，黑塞在《荒原狼》以及《东方之旅》中应用了类似非确定性叙事，使得被叙事世界中的真实充满了矛盾性。《荒原狼》中复杂的"徽章复制式"（mise en abyme）结构，成为一个不可靠性叙事的范例，尤其以具有讽刺意味的双重信息向读者展现了不可靠性叙事。这种叙事形式在魔术剧场达到高潮。兰格伦由此认为，不可靠性叙事与文学现代性密切相关，是黑塞后期作品中重要的文体手法；安德烈亚斯·索尔巴赫（Andreas Solbach）的专著《赫尔曼·黑塞叙事的诗学维度》②（2012）涉及黑塞几乎所有的长篇小说和一些重要的短篇小说，不过并未对原始文本进行阐释，而是致力于文本本身的诗学过程。他指出黑塞是一位非常有建设性的作家，除了已认可的诗学思考之外，他在所有文本中，能够将文本的诗意修辞构成变为描写的对象，从而证明了他的现代性。作者认为，很明显黑塞在追求一种符合读者阅读期望的错综复杂的游戏：在令人信服的二元诠释学的修辞学背后，可以看到一种面向更加复杂的相互关系的文本修辞学，其中刻画了审美现代性的重要特点：艺术作品文本结构与意义自足性的互释。

除上述主题之外，研究者们亦从更加广泛的视角阐释黑塞。拉曼·库玛（Raman Kumar）的《赫尔曼·黑塞〈悉达多〉中存在与形成的辩证法》③（2017）一文从辩证法的角度分析悉达多体现的个体存在与转变。

《神话和乌托邦之间：黑塞寻找存在的终点》④（2013）一文探讨了黑塞作品中神话与乌托邦的相互关系及其重要性，以及这两个元素在其作品中对于我们理解乌托邦的意义。英戈·科尼尔斯（Ingo Cornils）认为黑塞作品最初摇摆在神话和乌托邦之间，以《纳尔齐斯与歌特蒙德》最为突

---

① Gustav Landgren, „Prolegomena zur Konzeptionalisierung unzuverlässigen Erzählens im Werk Hermann Hesses mit Schwerpunkt auf dem Steppenwolf", *Orbis Litterarum: International Review of Literary Studies*, Bd. 68, Nr. 4, 2013, S. 312-339.

② Andreas Solbach, *Hermann Hesse: die Poetologische Dimension seines Erzählens*, Heidelberg: Universitätsverlag Winter, 2012.

③ Raman Kumar, "Dialectic of Being and Becoming in Hermann Hesse's Siddhartha", *The Achievers Journal: Journal of English Language, Literature and Culture*, Vol. 2, No. 4, Oct. 2016, pp. 1-19.

④ Ingo Cornils, „Zwischen Mythos und Utopie: Hermann Hesses Suche nach dem Endpunkt des Seins", *German Life and Letters*, Vol. 66, Nr. 2, 2013, S. 156-172.

出。然而在《玻璃球游戏》中，黑塞利用神话创造了一个乌托邦，表明黑塞虽然对人类终极存在进行锲而不舍的追求，并不一定会导致超验，而是有可能实现现实的乌托邦。黑塞认为人能够达到新的意识水平，他的"阶段理论"即自主个体的发展在当下"全球意识"背景下可能会变得更有价值。由此论证了黑塞思想对当代世界的指导意义。

在一篇医学论文《赫尔曼·黑塞和 L：坐骨神经痛的两种叙述》[①]（2012）中，研究者比较了黑塞《疗养客》中的坐骨神经痛治疗与当代坐骨神经痛患者的访谈记录，通过分析两个文本的叙述，发现两个故事的叙事类型有着强烈的相似性。他们由此认为，尽管目前影像学和治疗措施对坐骨神经痛有了更好的了解，但是文学叙事同样反映出每天的生活实践，或许可以帮助治疗者更好地处理疾病。

《无疑这是一种奇异的体验方式》[②]（2013）一文则讨论了汉斯-乔治·伽达默尔（Hans-Georg Gadamer）对黑塞作品的继受。

2012 年，在黑塞逝世 50 周年之际，两部黑塞传记正式出版，分别是海姆·施温克（Heimo Schwilk）的《赫尔曼·黑塞，玻璃球游戏者的人生》[③] 以及贡纳·德克尔（Gunnar Decker）的《黑塞，漫游者和他的影子》[④]，他们将黑塞传记提升至一个新的高度[⑤]。两部作品均认为文学创作是黑塞疗愈痛苦的手段。

在我国，黑塞研究者从 20 世纪 80 年代开始关注黑塞。当前，黑塞的代表作均有中译本，一些译本已有多个版本。随着越来越多国外研究、评论性文章被译介到国内，国内黑塞研究从最初的译介到如今的深层剖析，已经逐渐形成有规模和深度的研究。从 2009—2019 年这十年间已出版的相关研究性文章、博硕学位论文和专著来看，黑塞与中国文化及哲学关系之研究依然是重点。

---

① Martijn C. Briët, Joost Haan, and Ad A. Kaptein. "Hermann Hesse and L：Two Narratives of Sciatica", *Clinical Neurology and Neurosurgery*, Vol. 114, No. 1, August 2012, pp. 9–11.

② Gustav Landgren, „‚Es war ganz ohne Zweifel eine Erfahrung merkwürdiger Art', Über Hans-Georg Gadamers Rezeption der Werke Hermann Hesses", *Literatur für Leser*, Bd. 36, Nr. 3, 2013, S. 123–140.

③ Heimo Schwilk, *Hermann Hesse Das Leben des Glasperlenspielers*, 2012.

④ Gunnar Decker, *Hermann Hesse Der Wanderer und sein Schatten. Biografie*, München：Carl Hanser Verlag GmbH & Co. KG, 2012.

⑤ 何宁：《艺术家与时代的病症——赫尔曼·黑塞的两部传记问世》，《文艺报》2012 年 8 月 20 日第 7 版。

研究者们阐释黑塞的小说、诗歌中所蕴含的中国哲学思想，以及中国智慧带给他的启迪，并探讨对当今的意义。莫亚萍《"李白热"中的狄奥尼索斯——黑塞之传承与转型》(《南京师范大学文学院学报》2019年第3期)；谢魏《现代性与怀乡——黑塞的〈东方之旅〉解读》(《国外文学》2018年第4期)；祝凤鸣《赫尔曼·黑塞作品中的中国智慧及其启迪》(《江淮论坛》2018年第6期)；庞娜娜《"他者文化"与"我者文化"的"黑塞式"融合——访国际黑塞协会长卡尔·约瑟夫·库施尔教授》(《国际汉学》2018年第2期)；詹春华《黑塞的〈玻璃球游戏〉与〈易经〉》(《外国文学评论》2013年第4期)；马剑《黑塞对歌德"对立统一"思想的接受与发展》(《同济大学学报》2012年第6期)；范劲《〈玻璃球游戏〉、〈易经〉和新浪漫主义理想》(《中国比较文学》2011年第3期)；张弘《东西方文化整合的内在之路——论黑塞的〈东方之旅〉》(《华东师范大学学报》2010年第4期)；陈壮鹰《从心灵黑洞走向现实荒原——感受黑塞小说中创伤记忆的自我救赎》(《德国研究》2010年第2期)；王静《黑塞对歌德教育精神的接受和反思》(《东北大学学报》2010年第4期)；张弘《黑塞与审美主义》(《浙江大学学报》2010年第1期) 等。

卢伟的博士学位论文《赫尔曼·黑塞小说的中国形象》(武汉大学，2016年) 从比较文学形象学的内部研究和外部研究层面梳理了黑塞作品中涉及中国形象的内容，对比了欧洲文学、德国文学中的"中国套话"，从而阐发黑塞小说中独特的中国形象，认为其具有"逆向套话"的特征。

当前从心理学角度研究黑塞作品主要成果有：陈敏《〈荒原狼〉：传统市民性与现代性困顿中的自我救赎与升华》(《德语人文研究》2018年第6期)；成朱轶《论"荒原狼"的自救》(《名作欣赏》2017年第23期)；卞虹《寻找自我——从心理分析学角度解读〈德米安〉》(《外国文学》2012年第2期)；张敏、申荷永《黑塞与心理分析》(《学术研究》2007年第4期)；方厚升《再谈精神分析视角的启发意义——以茨威格和黑塞的小说为例》(《内蒙古社会科学》2008年第3期)。相关研究的博士、硕士学位论文多篇，例如博士学位论文《作为意识主体的笔者：基于卡尔·古斯塔夫·荣格心理学概念的赫尔曼·黑塞小说互文分析》(Muhammad Babar Jamil，东北师范大学，2014年)；硕士学位论文《分析心理学视角下的〈悉达多〉文本解读》(梁爽，南昌航空大学，2018年)。

近年来其他主题的博士学位论文还有：《试析赫尔曼·黑塞：〈玻璃球游戏〉中的中国文化元素》(杨莹，上海外国语大学，2013年)；《黑塞作品在美国的接受与影响》(夏光武,华东师范大学,2006 年);《黑塞与东方:论黑塞文学创作中的东方文化与中国文化因素》(詹春花,华东师范大学,2006 年)。黑塞成为国内日耳曼学界学术研究的新重点,近五年的研究论文达 160 多篇。研究者们从不同角度阐释黑塞及其作品,除上述主题之外,还有关于宗教思想、叙事学阐释、女性角色解析、生态批评、黑塞"内在之路"解析,以及文类分析等方面。在此不一一赘述。

当前,国内研究黑塞的专著有 6 部:詹春花《黑塞与东方》(上海交通大学出版社 2018 年版)从黑塞接受东方文化的起因和条件、与东方文化的具体关系、作品中的东方文化元素三方面阐释黑塞与东方文化尤其是中国文化的关系,以及在其创作中的展现与嬗变;卞虹《成为你自己——对赫尔曼·黑塞小说中的人性主题考察》(企业管理出版社 2014 年版);张弘、余匡复合作撰写的《黑塞与东西方文化的整合》(华东师范大学出版社 2010 年版),从跨文化角度阐释黑塞的多元文化思想;马剑在《黑塞与中国文化》(首都师范大学出版社 2010 年版)中重点分析了黑塞及其作品与中国文化的不解之缘;张佩芬先生的《黑塞研究》(上海外语教育出版社 2006 年版)应该说是我国学者研究黑塞的第一部专著,其中介绍了黑塞生平并评介其主要作品。另外一部黑塞传记:王滨滨的《黑塞传》(华东师范大学出版社 2007 年版)。卫茂平先生的《德语文学汉译史考辨——晚清和民国时期》(上海外语教育出版社 2003 年版)中以专章综述了黑塞从 1923 年至 1947 年在中国的译介史。

从上述研究成果来看,国内外对黑塞的研究已具有一定规模,尤其在欧美国家已形成一定的体系,并且视角多元,有较多突破性的成果。然而,从整体来看,国内黑塞研究仍然以黑塞与中国文化为主,缺乏跨学科的多元研究。

如前文所述,黑塞思想及其创作的凸出特点是跨文化、跨学科,因此在横向比较国内外黑塞研究的基础上,本书以"存在"为主线,试图从文学、哲学、心理学三个模块拼制出黑塞"向内之路"的多元地图,以期展现黑塞理想的"完整大学" (universitas litterarum)[①] 式的人类教育图景。

---

① Dirk Jürgens, *Die Krise der Bürgerlichen Subjektivität im Roman der Dreißiger Und Vierziger Jahre Dargestellt am Beispiel von Hermann Hersses Glasperlenspiel*, Vol. Doktorgrade, Frankfurt am Main: Peter Lang GmbH, Europäischer Verlag der Wissenschaften, 2004, S. 12. 该词可理解为在一个综合世界观中所有学科的统一。

首先，从文学出发，综合梳理黑塞早中晚时期的代表作品，阐发黑塞早期的浪漫主义特质，战争所激发的对现代性的审美批评，以及黑塞对自我与世界的描写。

其次，从哲学层面剖析黑塞的存在之思。黑塞的作品中蕴含着尼采的生命哲学观和以老庄哲学为代表的东方智慧，本书着重探讨黑塞在建构个体存在方式时，所提倡的中西方文化兼容并蓄的大同思想。

最后，由于黑塞的心理治疗与自传式创作引发多部作品展现心理学—文学特征，本书在荣格心理学视域下研究黑塞如何洞察现代心灵，认识自我且超越自我，追踪并缕析其在创作中对分析心理学理论的接受，并寻根溯源。由于黑塞与荣格在浪漫主义、东西方哲学方面具有共同的思想基础，使得两者在探讨个体存在与自我超越方面形成对话。C. G. 荣格（Carl Gustav Jung，1875—1961）与黑塞分属不同的学术领域，但是他们的关系如此亲密，以至于有些研究者认为黑塞中、后期作品完全源于荣格分析心理学思想。这种观点在黑塞研究领域引起颇多争议。从跨学科角度研究黑塞，希望借此为解决这一纷争做出有益探索。

本书以黑塞所处时代背景及其思想框架为研究背景，以比较文学、比较哲学的方法，力图勾勒出黑塞及其作品所体现的多元哲学思想以及多相易变的精神世界，分析浪漫派、尼采、老庄对黑塞的影响，以及黑塞接受荣格思想的因果关系。通过收集研究黑塞的相关书信、日记、回忆录以及其他有关文献，分析黑塞在建构人的存在方式上，亦即走向心灵的道路上如何与东西方的文学家、哲学家、心理学家产生交集，如何对话，对黑塞思想脉络的发展有着怎样的影响。

本书通过文学、哲学、心理学三个层面的跨界研究，希望能综合全面地描写黑塞的思想与创作，绘制出黑塞对人类精神世界可持续发展的重要探索，为国内日耳曼学界的黑塞研究增加新的研究视角。结合东西方哲学，以文学为载体将个体的内在探索、人的存在方式与人类文明的可持续发展紧密结合，以期将可持续发展思想根植于个体精神世界的不断完善。以中国传统哲学思想对个体存在方式、人类精神世界完善具有重要意义为背书，从西方"他视"角度论证中国文化中自然和谐、内外一体的生命哲学对全球化视野下人的存在、幸福感以及自我超越而走向精神完满所具有的无可替代的价值。

第一编　文学篇

赫尔曼·黑塞是一位勤奋的作家，一生著述等身，其创作类型丰富多样，涵盖诗歌、散文、小说、戏剧、童话，以及日记、信件、书评、政论等，几乎涉足所有文学类别。整体来看，黑塞深受浪漫主义精神影响，其文学创作以内在主张为先，注重塑造拥有忠实独特自我的个体。在其生活时代，两次世界大战引起黑塞对现代文明的深刻反思。面对现代性困局，黑塞在创作中注重揭示现代文明对个体独立发展的压制，以及个体存在与现代物质文明之间的冲突和矛盾，《彼得·卡门青特》《德米安》《悉达多》《荒原狼》《东方之旅》《玻璃球游戏》等一系列小说均是他在探究现代性带给个体存在、个性发展的严重危机。他在揭示现代人痛苦与危机的同时，积极寻求疗伤与治愈的途径，探讨提升和超越自我的审美方法。因此，黑塞的文学世界成为几代迷茫者的疗愈之所。战争对人造成巨大的精神伤害，使人类心灵迷失，处于彷徨、绝望之中，黑塞作品总能给绝望的心灵射进灿烂的阳光，让心灵从先哲的睿智中感受到生之美好、人之希望。在现代文明的精神荒漠中，黑塞尊重生命、敬畏自然的爱之理念如同沙漠绿洲给人以生命的甘甜和希望。一直以来，黑塞研究者将每次战后形成的"黑塞热"视为黑塞文学价值最为有力的体现，由此证明其思想对人类精神世界的拯救意义。

从文学对现实社会的写照角度来看，黑塞的文学创作始终在追随社会和时代问题，其作品形成在某种文学的行为体系和社会体系中，它们回答着黑塞观察和思考社会时提出的问题[①]，并且纠葛于自我如何存在其间。黑塞总是在政治之外寻找可能的自由空间，他的时事评论及日常行为诉说着这种自由追寻。文学活动成为他的一个可能的避风港。黑塞的文学世界始终在追寻，在其早期创作中围绕着"我"的反抗观照着生活与美学梦想，中后期在真实生活与虚构世界之间描绘着精神拟人化的"我"之人生成长履历，恰如其所言："每一个人为了认识自身灵魂的混沌，必须亲身走过自身意识的地域。"因此，可以认为其一生所建构的文学世界组成了一条既针对本人，也针对现代人，尤其是知识分子们的"向内之路"。这是一条展现和探索心灵自由发展的独特道路，是一条不断突破和创新的道路。德国作家卡拉邦德曾经称赞黑塞在四十多岁还能自我突破，转变为一个全新的"年轻人"：

---

① Monika Wolting,,,Das Ringen um Individualität in einer vom Kollektiv bestimmten Zeit. Hermann Hesses *Das Glasperlenspiel*", *Studia Neofilologiczne*, XIII/2017, S. 6-21.

赫尔曼·黑塞乃同代人中唯一一个跨过四十岁门槛之后，又走向新的旅途，青春之花二度激情绽放。托马斯·曼（Thomas Mann）、雅克布·瓦瑟曼（Jakob Wassermann）、威廉海姆·色芬（Wilhelm Schäfer）：他们后期写作都只是在证实自我。黑塞却在不断改变自我。那个来自《小城故事》（In Einer Kleiner Stadt）以及《克努尔普》（Knulp，1915）中温柔的黑塞已不复存在。黑塞之星，曾经散发着温和的光彩，现今如同霞光万丈的太阳高高悬挂在德意志诗学的天空。四十岁"高龄"的他依旧站在新的德国浪漫主义青年行列的前端。[1]

---

[1] Volker Michels, *Materialien zu Hermann Hesses* >>Demian<<, Bd. 1, S. 185.

第一章　黑塞文学世界的现实模型

哈尔姆特·伯梅（Harmut Böhme，1944—）认为文学的一个重要功能，从某种意义上说是一种时代功能：文学是一种社会自我思考的杰出形式（Literatur ist eine ausgezeichnete Form der Selbstbeobachtung von Gesellschaften）[1]。作家描写某个时代可能的人物、情节和空间特征，尽管不是现实的真实写照，却是现实的模型。

黑塞作为第二次世界大战后最受欢迎，读者群最大，分布范围最广的德语作家之一，其文学世界为读者塑造了怎样的一个现实模型？还是在超越时空之外建构了一个艺术、音乐与宗教的乌托邦世界？研究者们从乌托邦的、技术式、政治的、学院的等多方面探讨黑塞作品中的现实与虚构[2]。黑塞这个纷繁复杂的文学世界吸引着不同时代的批评者们去解读、阐释。鉴于国内已经出版多部作品介绍黑塞小说、诗歌等作品，在此不多做赘述，本章主要从黑塞创作与其人生经历的关系作简要梳理，以此为据，探讨黑塞文学中构建的总体模型。

---

[1] Harmut Böhme, „Zur Gegenstandsfrage der Germanistik und Kulturwissenschaft", in Fritz Martini, Walter Müller-Seidel und Bernhard Zeller (Hrsg.), *Jahrbuch der Deutschen Schillergesellschaft*, Bd. XLII, Stuttgart: Alfred Kröner Verlag, 1998, S. 476-485.

[2] Vergl. Kocku von Stuckrad, "Utopian Landscapes and Ecstatic Journeys: Friedrich Nietzsche, Hermann Hesse, and Mircea Eliade on the Terror of Modernity", *Numen*, No. 57, No. 1, 2010, pp. 78-102;
　　Peter Roberts, "Technology, Utopia and Scholarly Life: Ideals and Realities in the Work of Hermann Hesse", *Policy Futures in Education*, Vol. 7, No. 1, 2009, pp. 65-74;
　　Michael A. Peters and Walter Humes, "Educational Futures: Utopias and Heterotopias", *Policy Futures in Education*, Vol. 1, No. 3, 2003, pp. 428-439.
　　Stanley Antosik, "Utopian Machines: Leibniz's 'Computer' and Hesse's Glass Bead Game", *The Germanic Review*, Vol. 67, No. 1, 1992, pp. 35-45.

一　早期创作中的个体与世界

出生于1877年的黑塞，一生经历两次世界大战，他的人生与创作随着时代巨变纷繁复杂。学界通常将黑塞的文学创作以1914年第一次世界大战爆发为分水岭，1914年之前的创作被称为早期作品，其创作大多追随作家的生命轨迹。

黑塞出生在"虔信教派小城"卡尔夫①的一个传教士家庭。祖父母、外祖父母及其父母均为虔敬的基督教新教教徒。外祖父赫尔曼·贡德尔特博士是当时颇负盛望的传教士、伟大的语言学家（梵语学者），精通东西方多门语言。他在印度传教很多年，② 非常迷恋东方文化，尤喜印度语，拥有涉及东西方多种文化的丰富藏书。

> 外祖父那凌乱的工作室，其中堆满各种书籍，许多带有异国情调的物件，令黑塞感到无比神秘，充满诱惑。他抬头看着爷爷玻璃柜中湿婆神舞像，已经觉得解决自身困惑和内在抗争的答案或许就隐藏在这小小的雕塑身上。在这些石像和金属像周围，还散放着许多其他物件，如木珠项链、印度字幅卷、鸡血石雕刻的海龟，各种木雕，玻璃和石英制成的小神像，绣花的丝绸盖罩，来自印度、锡兰、中国、泰国、缅甸的黄铜杯盘。这是一个只有外祖父贡德尔特，那个留着白胡子的高大老人，才能理解的神秘世界。即使他是一个信仰三位一体之神的虔诚基督徒，他却能说所有的语言，了解各种神和宗教，会唱外国歌曲，轻松掌握佛教徒和穆斯林的祈祷仪式。③

因此，外祖父和他的书房不仅成为黑塞幼年汲饮世界各地文化养分的源泉，更是为黑塞打开了一扇通向神秘魔幻世界的大门。那个世界由不同的文化、语言与宗教构成。

---

① Heimo Schwilk, *Hermann Hesse Das Leben Des Glasperlenspielers*, S. 15.
② Herrmann Hesse, „Biographische Notizen", in Hermann Hesse, *Autobiographische SchriftenII*, Hermann Hesse, Volker Michels (Hrsg.), *Sämtliche Werke*, Bd. 12., Frankfurt am Main: Suhrkamp Verlag, 2003, S. 17.
③ Heimo Schwilk, *Hermann Hesse Das Leben Des Glasperlenspielers*, S. 36.

黑塞的母亲是法籍瑞士人，生于印度西部海岸。从母亲那儿黑塞获得热情、长于想象力的天赋，并有音乐才能。同时，母亲动荡的成长经历和她的宗教信仰使她的内心充满对顺从、奉献和服务的渴望以及自由表达内心情感的矛盾冲突，这种隐秘的内心矛盾给黑塞栽种下怀疑和反叛的性格种子①。

黑塞的祖父母是生活于波罗的海东岸的纯正德意志人。先祖于1750年左右从吕贝克迁移至爱沙尼亚。祖父赫尔曼·黑塞博士为当地闻名遐迩的医生和慈善家，深受爱戴的怪人，任职俄国在维森施坦、爱沙尼亚的枢密院。父亲约翰纳斯·黑塞是新教牧师，生于波罗的海沿岸维森施坦。19世纪70年代初，他曾在印度传教一年，后因健康原因返回瑞士巴塞尔。② 黑塞的父亲终生热爱传教布道，是这一领域的权威。他从父亲身上承继了既追求绝对，又秉持怀疑之天性，习于批评与自我批评。黑塞父母亦庄亦谐的性格在黑塞身上留下了矛盾对立的内在基因。

黑塞的家庭拥有多国血统。祖父与父亲是德国人，但出生于俄属爱沙尼亚。外祖母来自瑞士法语区，外祖父生于斯图加特古老的施瓦本家族。因此，黑塞本人混有德国、法国、瑞士和英国血统。显然，这个大家庭因血缘和工作关系既充满宗教氛围又随处散发着国际气息，使黑塞不为狭隘的民族主义所束缚。黑塞在《传记随笔》中写道："我不知道出生时是什么国籍，估计是俄国，因为我父亲是俄国的臣仆，持有一本俄国护照。母亲是一个施瓦本人和一个说法语的瑞士人的女儿。这种混杂的出身妨碍我对民族主义和国家边界怀有许多敬意。"③ 黑塞作为虔敬新教教徒的子孙和印度启示录、奥义书、薄伽梵歌、佛经的阅读者，从小经历至少两种宗教形式。这个虔敬派家庭的多文化氛围深刻影响了黑塞的性格和思想形成，为黑塞日后所秉持的开放式宗教观，以及具有世界文学特质的创作打下了内在基础。同时，他的家族所奉行的虔敬主义精神是黑塞精神成熟的终生支持④。正如他所言："祖父母和父母的生活完全被上帝之国所决定，并效劳于它。他们的生命归上帝所有，他们尝试做上帝的仆人和奉献者，

---

① Heimo Schwilk, *Hermann Hesse Das Leben Des Glasperlenspielers*, S. 35.

② Hermann Hesse, „Biographische Notizen", in Hermann Hesse, *Autobiographische SchriftenII*, S. 16.

③ Hermann Hesse, „Biographische Notizen", in Hermann Hesse, *Autobiographische SchriftenII*, S. 17.

④ Sung Kil Min, "Hermann Hesse's Depression, Pietism, and Psychoanalysis", *Journal of Korean Neuropsychiatric Association*, No. 57, No. 1, Feb. 2018, pp. 52-80.

而不是出于利己的欲望去生活。这是童年时期最重要的经历和遗产,强烈影响着我的一生。"①

黑塞在卡尔夫度过了主要的童年时期(1877—1881,1—4 岁)和少年时期(1886—1895,10—18 岁)。1881—1886 年(4—10 岁),因其父1880 年调往巴塞尔的传教士学校,举家迁居瑞士巴塞尔并获得瑞士公民权。巴塞尔成为黑塞第二个童年故乡。1886 年夏天,其父亲再次被调回卡尔夫而全家回乡。② 黑塞最初的学习时光是在巴塞尔和卡尔夫度过。

成长于这样一个诗书之家,黑塞从小聪颖好学,却也敏锐善感。1884 年,7 岁的黑塞开始写诗,13 岁即立志做诗人。1887 年 10 岁时,黑塞已经开始模仿格林童话执笔撰写童话。他的一篇童话《两兄弟》是如今保留下的最早手稿③,是他送给妹妹马露拉的生日礼物。

1891 年,14 岁的黑塞遵从家族传统和成为神职人员的家庭期许,仰赖自身卓越的天赋,通过"邦试"严苛选拔,考入毛尔布隆神学院(Seminar Maulbronn)。这所学校凭借其优秀的教学质量著称于当世。德国古典浪漫派的先驱荷尔德林(Johann Christian Friedrich Hölderlin,1770—1843)曾在此就读。这里毕业的学生将会以神父为终身职业。然而,神学院学习并未使黑塞走上成功的求学道路。黑塞不愿受制于学校的条条框框,这激起他对经院教育的执拗反抗,更与老师无法融洽相处,一年之后便逃离神学院。同时,黑塞陷入了青春叛逆与择业困境。1892 年秋,黑塞曾经短暂进入坎施坦特高级中学(Gymnasium Cannstatt)学习。大约一年后,黑塞彻底脱离学校教育。这一时期,黑塞叛逆地与小地痞扎堆混日子,捉弄其他学生,晚上在酒馆买醉。这些经历在《德米安》中可寻到些许片段。④

1892 年,黑塞在巴特堡勒(Bad Boll)结识了 22 岁的伊丽瑟(Elise),深深恋上这位美丽的姑娘。在那时的信件和笔记中,黑塞称这位初恋情人为"花后"。然而年轻作家并未赢得女神芳心,失恋令他黯然

---

① Hermann Hesse,„Mein Glaube", in Hermann Hesse, *Autobiographische SchriftenII*, S. 131.

② Siehe Hermann Hesse,„ Autobiographischer Beitrag ", in Hermann Hesse, *Autobiographische SchriftenII*, S. 10-11.

③ Siehe Hermann Hesse,„Die beiden Brüder", in Hermann Hesse, Volker Michels (Hrsg.), *Jugendschriften, Sämtliche Werke*, Bd. 1, Frankfurt am Main: Suhrkamp Verlag, 2001, S. 661.

④ Hermann Hesse,„ Biographische Notizen ", in Hermann Hesse, *Autobiographische SchriftenII*, S. 19.

神伤，禁不住撰写多组诗歌抒发情伤之痛，在《短歌集》(*Kleine Lieder*)《爱情与爱之痛》(*Liebeslust und Liebesleid*) 以及哀歌《冰冻的春天》(*Erfrorener Frühling*) 中哀叹自己的恋情和失意。黑塞的初恋女神伊丽瑟成为他心目中完美的女性形象。她的形象、名字被黑塞珍藏于心，化为具有女性美丽特质的异花（Wunderblume）嵌入心灵深处。[①] 在其散文集《午夜后一小时》(*Stunde hinter Mitternacht*) 中，以《伊丽瑟相册》[②]（Albumblatt für Elise）为名的一则短篇散文中描写了他与梦中女神的相遇，倾诉着青年作家难以忘怀的深情爱意。青春期的失恋，因为逃离神学院以及青春期叛逆引发了他与父母激烈的矛盾，使感情丰富敏感的年少黑塞陷入精神危机，他患上神经官能症，甚至在1892年6月20日以自杀寻求解脱。父母不得不送他去一家精神病院短期疗养。

接下来的两年里，黑塞时常宅在家中，躲进外祖父及父亲藏书丰富的图书馆中博览群书，进行自学。黑塞首先学习了18世纪的经典德语文学和哲学，阅读歌德、盖勒特、维瑟、哈曼、让·保尔等人的文学作品，赫特纳的文学史，大卫·弗里德里希·施特劳斯哲学著作等。在这几年时间内，他看完了大半的世界文学，耐心学习艺术史、语言、哲学等，与一般常人相比，有过之而无不及，这为黑塞后来的创作打下了深厚的文学底蕴。这期间，黑塞也会在机工厂做实习工。[③]

1895年秋天，黑塞去往图林根独立谋生。在父亲的关照下，他在当地一家书店做学徒。在那里"熬过了三年并不轻松的学徒时光"[④]。这一时期的黑塞继续刻苦自修，并正式开始执笔创作。《赫尔曼·劳舍尔》(*Hermann Lauscher*)、《浪漫主义之歌》(*Romantische Lieder*) 和《午夜后一小时》均创作于这段时光。《赫尔曼·劳舍尔》最终完成于巴塞尔。这段自修的初期，黑塞围绕着歌德的作品和生活。1897—1898年狂热迷上尼采。此外，他阅读并了解了当时的德语诗歌。

1899年黑塞从图林根去往巴塞尔，在一家书店当店主助理直至1904年。

---

① Ninon Hesse (Hrsg.), *Kindheit und Jugend vor Neunzehnhundert-Hermann Hesse in Briefen und Lebenszeugnisssen*, Bd. 2, Frankfurt am Main: Suhrkamp Verlag, 1978, S. 166.

② Hermann Hesse, *Jugendschriften*, S. 188.

③ Siehe Hermann Hesse, „Biographische Notizen", in Hermann Hesse, *Autobiographische SchriftenII*, S. 20.

④ Hermann Hesse, „Biographische Notizen", in Hermann Hesse, *Autobiographische SchriftenII*, S. 20.

巴塞尔的生活被写进了《赫尔曼·劳舍尔》以及《彼得·卡门青特》。①

离开图林根后的10多年里，黑塞以这座大学城为背景的作品，接连问世，中篇小说《在普莱斯园亭里》(*Im Presselschen Gartenhaus*，1913)最为出色。② 小说描写在19世纪20年代，还是大学生的默里克与华博林格尔（图林根诗人）陪伴着业已精神失常的荷尔德林在普莱斯园亭散步，共同度过一个夏日午后。诗人们不同的悲剧命运在尼卡河畔的秀丽风光中被追忆。

1898年，黑塞21岁时在德累斯顿自费出版第一部诗集《浪漫主义之歌》。③ 这部诗集收录作家18岁至21岁的诗作。1899年，黑塞在莱比锡的迪特利希出版社出版散文集《午夜后一小时》，它收录了黑塞1897—1899年在图林根生活期间写就的九篇散文习作。

1901年，黑塞在巴塞尔以笔名出版《赫尔曼·劳舍尔遗诗遗文集。出版人 H. 黑塞》(*Hinterlassene Schriften und Gedichte von Hermann Lauscher*)，其中收录9首诗，小说、散文5篇。文集通过诗、小说、散文展现已逝作家劳舍尔这位"现代唯美主义者和怪人的独特心灵档案"④。劳舍尔实为黑塞本人，基本以图林根生活为背景。1907年，威廉海姆·施夫特（Wilhelm Schäfter）组织再版时，加入《露露》和《失眠之夜》两篇。⑤ 在1907年版的前言中，黑塞写道："它展现了那时走入危机的青春梦想。"⑥ 尽管年少轻狂时的作品并不完美，不过黑塞把它们视作美丽青春的成长档案。

1902年，黑塞以系列"青春诗歌"《黑塞诗选》参加柏林格罗特出版社出版的一套"德国新作家"丛书。诗集分6部分：漫游、爱之书、歧途、走进美丽、南方、致和平，共200首。它叙述着黑塞少年时期的梦想、愿望、彷徨。⑦

2001年，弗尔克·米歇尔斯编辑，经苏尔卡普出版社出版的20卷

---

① Hermann Hesse, „Biographische Notizen", in Hermann Hesse, *Autobiographische SchriftenII*, S. 21.
② 张佩芬：《黑塞研究》，上海外语教育出版社2006年版，第17页。
③ Siehe Hermann Hesse, *Jugendschriften*, S. 661.
④ Hermann Hesse, *Jugendschriften*, S. 224.
⑤ Siehe Hermann Hesse, *Jugendschriften*, S. 221.
⑥ Hermann Hesse, *Jugendschriften*, S. 222.
⑦ 瑞士评论家约瑟夫·维克多·魏德曼的一篇书评，发表于伯尔尼《联盟报》1903年6月7日。转引自张佩芬《黑塞研究》，第23页。

《黑塞全集》第一卷《早期作品集》（*Jugendschriften*）中另外收录了专题论著《薄伽丘》（*Boccaccio*, 1904）和《圣方济各亚西西》（*Franz von Assisi*, 1904）。

1904 年黑塞凭借长篇小说《彼得·卡门青特》跻身文坛新秀之列，实现其 13 岁的梦想，成为一名诗人。此书一经出版即获热销，并荣获巴恩菲尔德奖（Bauernfeldpreis）。黑塞由此获得良好的经济收入，开启职业作家的生涯，专事文学创作。

同年，黑塞迎娶年长 8 岁的摄影家及钢琴家玛莉亚·贝诺丽（Maria Bernoulli, 1868—1963），定居博登湖畔盖恩霍芬村（Gaienhofen）。居住在此的年轻夫妇，虽然在生活上交通不便，居住条件简陋，但是环境自然安静。那儿没有铁路、商店，也没有工业，黑塞一家与喧嚣的城市生活几乎彻底隔离。如同《彼得·卡门青特》作品中所描写的那样，他们被当时在德国相当流行的"逃离城市风"所鼓动，"试图尝试一种与世无争、纯净自然、贴近大地的"[①]艺术家田园生活。在博登湖畔最初的田园生活充满静谧，自得惬意，使黑塞进入首个创作高峰期。直至 1912 年，黑塞一家才迁居至伯尔尼郊外，定居瑞士。郊外的新居简朴，环境幽深，除了田野、树木和山峦之外没有邻居，远离市区，依然生活在乡土气息浓郁的环境中。同年，黑塞全家从农村迁居伯尔尼市。

1906 年，以少年时代生活为题材的小说《在轮下》（*Unterm Rad*）由费舍尔出版社出版，大获成功。作者在小说中通过描写天分少年汉斯·吉本拉特的教育悲剧，抨击德意志第二帝国时代教育制度以及社会体制对人才的扼杀。黑塞曾经学习过的毛尔布隆神学院也出现在小说中，可以说，"《在轮下》是黑塞式'反抗'的第一个突出例子"[②]。

博登湖时期，黑塞还创作了小说集《今生今世》（*Diesseits*, 1907）、《美丽的青春》（*Schön ist die Jugend*, 1907）、《邻居》（*Nachbarn*, 1908），并尝试了戏剧创作，例如《流放的丈夫》（*Der verbannte Ehemann*, 1905/1910）、《比安卡》（*Bianca*, 1908/1909）、《逃亡者》（*Die Flüchtling*, 1910）。1928 年，费希尔出版社编选黑塞散文集《观察集》（*Betrachtungen*）汇集了博登湖畔的大部分作品。在诗集《孤独者的音乐》（*Musik des Einsamen*, 1915）中收录了黑塞在 1911—1914 年的诗歌。

---

① Hermann Hesse, „Biographische Notizen", in Hermann Hesse, *Autobiographische Schriften II*, S. 21.

② 张佩芬：《黑塞研究》，第 35 页。

博登湖畔世外桃源式的诗意生活在几年之间很快沉入红尘俗事之中。随着孩子的出生,家庭琐务烦扰,夫妻矛盾渐起。黑塞称那是他生命中的"市民阶段"①。各种家庭矛盾引发的婚姻危机令黑塞深感陷入困境。他开始逃离,频繁外出旅行。1908 年于维也纳参加作品朗读会,顺访慕尼黑;1909 年去巴登就医,温泉疗养;在不莱梅、布伦瑞克等地旅行演讲,朗诵作品;1910 年游历瑞士和德国多个城市。黑塞继而远行亚洲,"当然被生活中各种潜在问题所震惊,1911 年由于不折不扣的内在困境而踏上印度之旅"②。1912 年再次周游欧洲,维也纳、布拉格、布隆、德累斯顿均造访。

1931 年,黑塞在《乔迁新居》(Beim Einzug in ein neues Haus)一文中回顾自己在博登湖畔生活时所遭遇的婚姻问题时,说道:"我天生是一个流浪汉、一个猎人、一个居无定所的独行者。……而在现实生活中,我的所作所为,部分上有悖本意和内心追求。"③ 第一次婚姻危机令黑塞深刻感受到,艺术家总是追求完美——艺术之完美、内心世界之完美、精神之完美,这种至善至美的境界追求必然与纷杂乱象的现实格格不入,因为现实本身不可能实现理想的完美状况。艺术家必定会因现实的不完美而陷入孤独绝望,必定会有一种始终挥之不去的"流浪和无家可归的感觉"④。完美的艺术追求与不完美的俗世生活在婚姻与艺术家之间裂开一条无法逾越的鸿沟,从而使"艺术家的婚姻"陷入困境。这一困境被黑塞写进长篇小说《盖特露德》(*Gertrud*,1910)与《罗斯哈尔得》(*Roßhalde*,1914)之中。

黑塞写《盖特露德》时 33 岁。当时,他与妻子玛莉亚的隐居生活因为各种家庭矛盾不再和谐诗意,婚姻问题频现。《盖特露德》以描写音乐家的爱情故事为主线,探究爱情、婚姻与生命的价值与意义。在撰写《罗斯哈尔得》之时,黑塞与妻子的婚姻关系出现了破裂迹象。小说描写了一位著名画家在充满激情的艺术自由与平淡乏味的婚姻之间挣扎彷徨,

---

① Hermann Hesse, „Biographische Notizen", in Hermann Hesse, *Autobiographische SchriftenII*, S. 22.

② Hermann Hesse, „Biographische Notizen", in Hermann Hesse, *Autobiographische SchriftenII*, S. 22.

③ Hermann Hesse, „Biographische Notizen", in Hermann Hesse, *Autobiographische SchriftenII*, S. 142.

④ Hermann Hesse, Ursula und Volker Michels (Hrsg.), *Gesammelte Briefe*, Bd. 1, Frankfuhrt am Main: Suhrkamp Verlag, 1973, S. 209.

显然是以黑塞的婚姻为原型。黑塞在 1914 年 3 月 16 日致父亲的信中写道："我的一本新书（《罗斯哈尔得》①）今天出版。这部小说我颇费心血。对我来说，至少暂别一个十分棘手的问题，也就是实际生活中遭遇到的问题。……我的婚后状况已经尽可能确切地记述在这部书里。"② 看来，日复严重的婚姻困境促使黑塞在小说中直抒艺术家陷入现实生活的矛盾和痛苦，探讨艺术理想与平庸生活的纠葛对立问题。这两部小说是反映当时艺术家生活的重要作品，也是黑塞仅有的两部艺术家小说。③

《印度之行》（Aus Indien，1913）和《克努尔普》均属于博登湖时期的创作成果。黑塞印度之行最大的收获是发现了中国人和中国文化的魅力。《克努尔普》以 20 世纪转折期卡尔夫小城为背景，描写主人公克努尔普漂泊流浪的一生。他出身贫穷，聪敏好学，热爱被贫民下层视为无用的艺术诗歌。年轻时像一位游吟诗人般四处游历，漂泊在诗意远方与故乡之间，中年孤独还乡，重疾缠身，殒命于冬雪之夜。这个"无用的人"如同艾辛多夫《无用人》再生，颇具德国浪漫主义传统。

总体看来，黑塞前半生 37 年的生活稳定安逸，其早期文学创作叙写着过往生活以及一些美学思考。从内容上来看，其作品中的人物与地点大多源于其自身生活的"小世界"。故乡卡尔夫小城、瑞士巴塞尔，或者青少年时期就读的图林根城，第一次婚后生活的博登湖畔、伯尔尼，旅游采风均是黑塞的创作题材。黑塞在《传记随笔》中写道："少年时代的生活环境和经历进入《劳舍尔》（Lauscher）、《儿童心灵》（Kinderseele），还有《德米安》。"④ 其实，其早期大部分短篇小说均源自他对故乡小城卡尔夫的回忆，被称为"盖尔贝绍"（Gerbersau）系列⑤，包括《老太阳居》(In der alten Sonne)、《汉斯·蒂尔拉姆的学徒期》(Hans Dierlamms Lehrzeit)、《美丽的青春》《婚约》（Die Verlobung）、《归乡》（Die Heimkehr）、《拉蒂德尔》（Ladidel）、《埃米尔·科尔布》（Emil Kolb）等。它们书写了卡尔夫小城世界里芸芸众生的喜怒哀乐。

---

① 根据这封信的时间，笔者推断为《罗斯哈尔得》这部小说。
② Hermann Hesse, Ursula und Volker Michels（Hrsg.）, Gesammelte Briefe, Bd. 1, S. 242.
③ 张佩芬：《黑塞研究》，第 43 页。
④ Hermann Hesse,„Biographische Notizen", in Hermann Hesse, Autobiographische SchriftenII, S. 19.
⑤ Hermann Hesse, Volker Michels（Hrsg.）, Die Erzählungen 1907–1910, Sämtliche Werke, Bd. 7, Frankfurt am Main: Suhrkamp Verlag, 2001. S. 487. "盖尔贝绍"是这一时期小说中的故乡名称。

短篇小说《埃尔文》(*Erwin*)、《少年之事》(*Erlebnis der Knabenzeit*)、《童年回忆》(*Aus Kinderzeiten*)、《拉丁语学校学生》(*Der Lateinschüler*)、《作坊学徒》(*Aus der Werkstatt*)、《第一次冒险》(*Das erste Abendteuer*)、《爱的牺牲》(*Liebesopfer*) 等如同作者孩提时代、学生时代和学徒期的生活日记。《美丽的青春》和《大旋风》(*Der Zyklon*) 则是两篇青年期的自传体小说。《美丽的青春》像是卡尔夫家乡的回忆录，深情回顾了他的少年生活以及所居住的老房子，那儿的尼古拉桥、高山岩壁、庆典广场。黑塞这一时期的文学创作与其青少年时期的成长经历和生活环境紧密相连，如同自传一般记录着作者个人的生活历练和内心成长，以各种悲喜剧书写着真实的生活与情感。

从叙事风格上来看，黑塞秉承早期浪漫主义创作特点，在自然中展现生命的价值与意义。无论是上述的青春回忆录，还是《彼得·卡门青特》《在轮下》，或者艺术家小说，直至《克努尔普》，尤以《彼得·卡门青特》为代表，黑塞娓娓道来的人与事往往被嵌融在各种自然风光的描写中。"这位艺术家热爱自然。上帝恩赐其双目寻美之天资，从而始终能在万物之中发现美。"[1] 山川河流、森林湖泊、四季风云的一幅幅画面组成黑塞笔下的大自然。他的大自然既充满风情，又独具性格，神性与美蕴含其中。此为黑塞早期作品凸显的叙事特点。对自然景观的描写与抒情生动展现作者对大自然的无限钟爱，如卡门青特般爱自然亦即爱自己，全神贯注聆听大自然所发出的神秒声音[2]。自然位于这些作品的中心位置，随后方为人物与生活世界。自然在年轻黑塞眼中，涌现深刻的生命意义，诉说着神的话语与爱。它不仅创造精神之力，且是淳朴与宁静的源泉。人类需要全神聆听自然之音，方可窥探万物生灵之堂奥。黑塞对自然的描写在评论家眼中"几乎无人堪与匹敌，声调铿锵，色彩绚丽，文字干净，作品充满血肉、空气和氛围"[3]。

他这一时期创作的思想特点表现出个人与现实世界的对立，从而逃离到以自然为模板的主观美学世界去追寻诗意故乡，从《彼得·卡门青特》到《克努尔普》皆然。主体与世界的冲突隐藏在追寻之中。在自然界，

---

[1] Hermann Hesse, *Jugendschriften*, S. 161.

[2] Hermann Hesse, *Peter Camenzind*, *Ausgewählte Werke*, Bd. 1, Frankfurt am Main: Suhrkamp Verlag, 1994, S. 94-95.

[3] Kurt Tucholsky, „Der deutsche Mensch", in Volker Michels (Hrg.), *Über Hermann Hesse*, Bd. 1, Frankfurt am Main: Suhrkamp Verlag, 1976, S. 53.

在自我中追寻美。主体与现代文明处于对立状态。作者实际上以批评者的身份参与现实世界，希望通过文学作品中建构的美学世界来改善现实社会。这个美学世界包含了大自然以及自我幻境、梦境中虚构的美学场域。美并不是实体存在的，作者只是在自然中，梦境中，故乡的感怀中感受到它，所以作者始终去追寻探索。唯一确定的是它指引个体走向幸福。黑塞此时还是深受席勒审美思想与早期浪漫派之"诗学统领世界"的美学观念影响，希望以美学提升社会文明，驱逐尘俗之气。此时的黑塞还耽于艺术家的自我幻想之中，看似脱离红尘俗事，实际上其文学作品与现实世界关系密切，人物与事件均源于真实生活。

　　对主观美学世界的追寻与黑塞自幼立志成为诗人的职业理想密切相关。诗人在黑塞心目中是缪斯女神的化身，具有崇高的地位。然而，他很早发现，无论是在自己家庭中，家乡卡尔夫城，还是在著名的毛尔布隆神学院，均感受不到人世对诗人与缪斯的真正接受与尊重。在家中，黑塞从哥哥西奥多身上看到想要成为艺术家的悲惨结局。西奥多为了成为歌剧演唱家而中断了药剂师学徒的培训学习。最终，这个失败的艺术家沮丧地返回药房。在卡尔夫城时，黑塞已经认识到"诗人受到庸人的极高崇拜。他们的作品被阅读，被摆放在图书馆中。然而这些崇拜者决不允许自己的儿子走上艺术家的道路。父母要子女成为令人信仰的神父、成功的商人或者精明能干的官员"[1]。在市民眼中，决不能成为诗人。社会也不存在培养诗人的土壤。进入神学院之后，黑塞更是绝望地意识到，即使那些所谓奉献给缪斯的机构，如毛尔布隆神学院，依然不是培养诗人的场所。尽管那儿的人不懈地忙于学习西塞罗、荷马、利维、奥维德和色诺芬。黑塞向朋友抱怨，希腊语课上读荷马的作品时，一节课学两行诗，字字咀嚼，好似《奥德赛》是一本烹饪手册，令人感到恶心。[2]

　　在黑塞眼中，尘世凡俗的现实世界为缪斯女神留下的只有供奉牌位，却无立足生存之地。黑塞因此而厌恶鄙俗的市民社会。对自由之爱深入骨髓的黑塞并未沮丧退缩，他决心逃离庸俗，奋而追寻诗人之境的缪斯家乡。"人世痛苦和永不满足的冲动压抑在我心中，渴望自由，渴望行动，如我所说——事实上渴望爱。然后我逃离，伟大，轻率，疲惫，厌烦生命。我无数个小时沉思着穿过森林，穿过灰色的田野，直至夜幕降

---

[1] Heimo Schwilk, *Hermann Hesse Das Leben Des Glasperlenspielers*, S. 19.
[2] Heimo Schwilk, *Hermann Hesse Das Leben Des Glasperlenspielers*, S. 19.

临。"① 其青年时代的作品表达出在欲望、追寻和逃离中迁徙，在痛苦与奋争中漫游。

不仅黑塞所塑造的卡门青特、克努尔普等人物逃离社会，作家本人那时也是一个逃离者。博登湖畔的黑塞甚至如同隐士一般与社会隔离，闭囿于自己创建的贴近大自然，远离现代社会的环境中。如《东方之旅》中所描写的魔圈围绕在他的世界之外，帮助他在自己的桃花源中无限遐想艺术缪斯，逃离社会现实。《浪漫主义之歌》《午夜后一小时》等作品集表达出希望从令人压抑的现实逃离到自我创造的梦之王国。黑塞将希望放置在午夜与明天的虚无时空中，因为现实的今天无法实现其诗之梦想，明天是其梦想之地。

  明天！明天——如果我的生命将成为平庸之流，爱欲将生活在玫瑰之中。明天将是我发现自己和生命本质的时刻，我的歌曲将是幸福之镜，将是我快乐的大脑。明天——当折磨我的罪责被打杀，许多个月的生命被耗尽。明天——我的精神之光升起，在清明的真理中向我展现世界！明天绝非今日。②

年轻的黑塞已经意识到，人的精神独立性在现代文明中深受遏制，敏锐地感受到现代人的心灵漂泊和故乡遗失。世俗外界的樊篱令黑塞从青春年少时已经开始追逐自然观照下的内在，心灵才是"我"的归途。"你要将生命和生命形象沉入灵魂深泉，直至它们毫无遮掩地被涤荡，使你变得可爱而独特。你应该走入自己的心灵，一丝不挂地自我清洁，从灵魂深处学习敬畏。"③ 黑塞此时所指的心灵是属意大自然的淡泊心灵。逃离现实与追寻心灵的故乡成为黑塞早期创作的主旋律。他那些追忆卡尔夫等家乡的作品同样是追寻心灵故乡的一种表达，因为"儿时尚未受硝烟毒化的老家是黑塞真正的精神故乡"④。黑塞笔下的大自然蕴含着美之精髓和"神"的存在，成为孤独作家贴心的朋友和教育者，是作家心中的乐土。可以说，黑塞早期创作以"故乡"为模板，站在"粗俗污浊"现实的对立面，追寻理想的诗意世界，以期个体存在能够如大自然般健康、纯真。

---

① Hermann Hesse, *Jugendschriften*, S. 126.
② Hermann Hesse, *Jugendschriften*, S. 125.
③ Hermann Hesse, *Jugendschriften*, S. 126.
④ 张佩芬：《黑塞研究》，第1页。

二 中后期创作：困境中执着追寻现代人的"自我"

1914年，第一次世界大战爆发。战争打破了黑塞长达十年隐士般的田园生活。一方面，黑塞感受到来自创作的压力。他力图突破当时的社会定位——一位"受欢迎的娱乐作家"[1]；另一方面，他无法认同当时社会的普遍价值，勇敢无畏地发表反战言论。第一次世界大战期间，黑塞的反战言论导致其公民权和文学创作受到严重威胁，甚至自由表达政治观点的权利因此被限制，他的政治诉求受到遏制。同时，他所崇尚的精神自由与独立越来越受到各方面围堵。那个时候，黑塞的婚姻陷入严重危机。各方困境交织令黑塞再次陷入精神危机。战争改变了黑塞的生活，也改变了黑塞对世界、对人生的看法。

《黑塞画传》中登载了黑塞大量的照片，他大多以一个明朗的、微笑的，有时候也大笑的绅士面孔出现。实际上，那些照片背后始终隐藏着一颗悲哀、孤独的心灵。无论在撰写《德米安》《荒原狼》，还是在《玻璃球游戏》时，他始终未曾生活在轻松、快乐之中。早在第一次世界大战期间和战后初期，黑塞就已经感到自己与当时怀着"人的社会主义"梦想并且被人用枪托打死的古斯塔夫·兰道尔[2]处在同一个精神共同体里。甚至直至第二次世界大战结束后，在官方授意下，黑塞在新德意志文学中依旧不得占有任何位置。《玻璃球游戏》在德国依然被明令禁止出版[3]。直至晚年，黑塞都一直没少遭到谩骂和诽谤[4]。第二次世界大战后第一任联邦德国总统特奥多尔·豪伊斯为黑塞鸣不平："用粗暴的道德谴责做武器进行训斥，却不努力理解作家心中的立场是令人难以容忍的。"[5]

胡果·巴尔（Hugo Ball，1886—1927）称他为"德国浪漫派最后一

---

[1] Volker Michels, *Materialien zu Hermann Hesses >>Demian<<*, Bd. 1, S. 23.
[2] 古斯塔夫·兰道尔（Gustav Landauer），德裔犹太人，1870年4月7日出生于德国卡尔斯鲁厄，1919年5月2日死于慕尼黑，为巴伐利亚士兵所杀。他是德国无政府主义者，曾受克鲁泡特金影响，主张以消极抵制代替暴力反抗。他也因用德语大量翻译莎士比亚作品而知名。
[3] [德] 弗尔克·米歇尔斯编：《黑塞画传》，李士勋译，上海人民出版社2008年版，第5页。
[4] [德] 弗尔克·米歇尔斯编：《黑塞画传》，第3页。
[5] [德] 弗尔克·米歇尔斯编：《黑塞画传》，第3页。

位骑士"。在欧洲文学世界中，骑士是英雄的化身，他们惩恶扬善，向往自由，为了追寻心中的梦想与爱而四处游历。黑塞将一份浪漫主义情怀和英雄主义、人道主义精神相结合。他既专注追求理想化的精神世界，亦能不畏强权，直斥战争和杀戮，捍卫真理。同时，扶危助难那些第二次世界大战的受害者，关注弱小。他的身上洋溢着欧洲贵族的骑士精神。因此巴尔称他为"骑士"的确很精准。与早期浪漫派作家相比，黑塞并未因对现实不满而逃向内在与虚无。他始终密切关注着国家和社会的发展，全人类的命运。尽管他喜欢自称为隐居者，事实上，他的创作和思考始终围绕着时代和现实世界，并试图在其作品中对现代人和现实社会加以探讨。

黑塞一生的重要经历了与两次世界大战密不可分。作为20世纪代表性的作家，他从未忘记自己的社会职责和良知。尽管受到德国社会和民众的无情谩骂和攻击，他并未因此而改变人道主义立场和行为。从战争期间直到战后，他尽己所能帮助遭受战争迫害的人们。他和当时的罗曼·罗兰一样，在第一次世界大战中从人道主义立场帮助战俘。从1915年8月起，他应征参加了照顾战俘的工作，为战俘们编辑出版了两份杂志并建立了一个"德国战俘图书中心"。1916年至1919年，他为被拘留的50多万名战俘编辑出版读物。黑塞通过媒体为战俘们筹集捐赠，将自己创作的诗歌手写抄录，并配以钢笔画和水彩画出售用以为战俘集资。1917年底至1919年，黑塞自费为战俘成立一家专门出版社。共出版了25卷小丛书。

第二次世界大战之后，德国物资极为匮乏，许多民众陷入生活困顿。尽管黑塞自己已经很多年入不敷出，但是为了帮助那些忍饥挨饿的朋友，想尽办法坚持给朋友们定期寄送生活必需品。那些资助友人的费用一部分来自大的慈善组织，另一部分则是黑塞想方设法赚取的。他出售自己私人印刷品，在瑞士的朋友圈子中求助，或者为富裕的订购者写写画画。

黑塞以特立独行的勇敢与真实直面两次世界大战中所谓的"爱国主义"，并与那些怀揣着"战争就是保家卫国"极端思想的德国社会及民众对抗。这位坚持正义、人文主义精神的和平骑士，面对德国社会千夫所指，毫无畏惧地公开发表反战檄文，利用文学创作传播和平精神。他与当时的沙文主义、纳粹主义进行坚决而彻底的斗争。无论在怎样的困境中，面对德国集体式的狂热，黑塞始终坚守真理，秉持正义与人道主义精神，以文学的方式反对战争，宣扬和平。

（一）第一次世界大战的创伤

自1871年1月18日普鲁士国王统治的德意志帝国成立，直至1914

年第一次世界大战爆发，德国发生了一系列变化：人口增长了 3/4，从 4100 万到 6670 万；帝国城镇发展令人惊叹，大批流动人口涌进城市，生活贫困；第二波工业化浪潮迅猛推进，但是社会等级差异一直较为鲜明，古老的容克地主阶级主导着普鲁士政治。帝国试图通过海军建设计划使德国成为世界强国。然而此计划叠加 1903 年开始的经济衰退使财政赤字愈加严重，引发了 1910 年左右的财政危机。德国历史学家汉斯-乌尔里希·韦勒（Hans-Ulrich Wehler）强调这一时期控制德国的普鲁士统治阶层具有"封建—贵族—军事"特征。同时，欧洲国家之间的联盟与军备竞赛使国际形势更加紧张。1914 年第一次世界大战前，德国国内外的政治经济形式复杂，危机四伏。当时人们普遍有种战争即将来临的感觉。德意志精英有意识地将战争视作"对和平时期各种问题的解决方案"①。

第一次世界大战之初，黑塞也持此种观点。他认为普鲁士统治者欺压民众，在殖民地毫无人性地搜刮民脂民膏，用之供养其奢华淫逸的生活，因此对当时奢侈淫靡、狂妄自大的普鲁士统治阶级深恶痛绝。黑塞热切地欢迎社会来一场大变革，以战争消灭这个腐朽的统治阶级。他将暴力视为改变德国现状的必要途径，期望借助战争之力使当时死气沉沉的德国社会发生变革，获得新的契机和发展，带给德国更好的未来②。这场变革被他喻为在长久压抑的闷热之后刮起一场令人舒爽解脱的狂风暴雨。在日记和信件中，黑塞最初谈到这场战争是"一场能够引起当前整体社会环境剧烈震荡"，"对失去灵魂的资产阶级来说是一场毁灭式的灾难"，"尽管牺牲在所难免，但是它将剧烈地唤醒道德良知"，"因为我们的环境太懒惰了，这场变革必定对我们大有裨益"③。

随着战争进一步升级，生命和法律惨遭践踏。战场上，战士的生存条件越来越差；1915 年，德国饥荒不断；1917 年时常暴发罢工，局势愈加惨烈。这些令黑塞意识到这场战争无法给社会带来转机和新的前景，反倒是德国沙文主义步步猖狂，极端民族主义不断上演：

> 现在，在战争中不仅仅看到，皇帝、帝国议会、总理、报刊和党派均毫无改变，全民族振奋地向那可怖的野蛮和践踏法律欢呼雀跃。教授们，官方智库们在其中带头狂呼。我看到，我们这些少数的反对

---

① ［英］玛丽·福布卢克：《剑桥德国史》，高旖嬉译，新星出版社 2017 年版，第 143 页。
② Volker Michels, *Materialien zu Hermann Hesses* >>Demian<<, Bd. 1, S. 14.
③ Siehe Volker Michels, *Materialien zu Hermann Hesses* >>Demian<<, Bd. 1, S. 10.

派,稀少的批评者和民主者只是副刊。国家偶像破灭之后是自我幻想的破灭。我不得不仔细审视我们德国的精神、如今的语言、报纸、学校、我们的文学,大部分都是谎言和空话,其中不乏我自己和当今作家们的言语,尽管他们看起来如此真诚。①

早在黑塞青少年时代,民族主义和军国主义精神在普鲁士德国思想界占统治地位,令黑塞感到窒息。他认为这种精神片面地辖制着个体精神世界的发展,是一种非常肤浅盲目的"信仰"。1914年11月3日,黑塞在《新苏黎世报》(*Neue Züricher Zeitung*)上发表了《哦,朋友,不要唱这个调子!》(O Freunde, nicht diese Töne!)一文,其中写道:

真正热爱家乡,不再对未来丧失信心的人呀!我们的任务应该是维护和平,建起桥梁,寻找和平之路,而不是粗暴干涉,动摇欧洲未来的根基……爱胜于恨,理解胜于愤怒,和平比战争更加高贵。这场残暴的世界大战将把我们卷入更加深刻的煎熬,它将比我们所感知到的更加惨烈。除此之外它还有何用?②

可以看到,在这些悲愤交加的感慨中隐藏着黑塞对祖国浓浓的赤子之情和深深的无奈。然而当时的德国怎会自愿终结所谓的"爱国主义"战争。黑塞的反战言论在当时被视为对祖国的大不敬,德国社会各界群起而攻之,各种各样的讽刺挖苦接踵而至。1915年10月24日的《科隆日报》上写道:"一个'德国'的作家……当他在祖国极其危急的关头,听见一个迄今为止颇受推崇的德国'精神骑士'仍然在为自己的逃避工作和狡猾的胆怯而自鸣得意并且正在为此而感到开心的时候,正如他已经在这个伟大的时代成功摆脱了自己的祖国及其法律那样,必定会让每一个诚实的德国人把脸羞红。"③德国各界的抵制行径带给黑塞沉重的精神压力,他尝试参与政治事务也以失败告终,严峻的现实使黑塞醒悟到自己以前对战争的认知多么幼稚。

黑塞很难认同和赞扬当时所称道的英雄主义。那些被贴上统一标签的

---

① Volker Michels, *Materialien zu Hermann Hesses >>Demian<<*, Bd. 1, S. 207-208.
② Hermann Hesse, *Die Politischen Schriften*, in Hermann Hesse, Volker Michels(Hrsg.), *Sämtliche Werke*, Bd. 15, Frankfurt am Main: Suhrkamp Verlag, 2004, S. 13-14.
③ [德] 弗尔克·米歇尔斯编:《黑塞画传》,第3页。

英雄行为，例如民族、国家、爱国主义，在黑塞看来根本不是英雄行为。① 他在这种英雄主义中看到的只是逃避与退缩，一种是面对自我的逃避，另一种是躲入市民生活的退缩，只为退缩进符合大众习俗并被其完全掌控的生活中。1917 年，黑塞在当时政论性文章的代表作《执拗》（Eigensinn）中指出真正的英雄只是那些将"自身意识"（eigener Sinn）、自我崇高的本真执拗（Eigensinn）化为命运之人。顺民与遵从责任不属于英雄。"'悲剧性'意味着英雄走向毁灭的命运，只因他违抗别人规定的法令而追随自己内心的星辰。唯有这样，人类才能不断打开'自身意识'的认知道路。"②

战争刚结束不久，黑塞于 1919 年在瑞士伯尔尼匿名发表另一篇政论性著作《查拉图斯特拉归来》。他模仿尼采名著《查拉图斯特拉如是说》文体写成此书，向青年们阐释当时流行的种种疑难问题之见解，指出构建个性才能拥有精神，内心才是战胜客观命运的真正主宰者，以鼓励当时的德国青年勇敢承受沉重负荷，走出战争阴霾，在迷茫、怀疑而悲观的情绪中树立起坚强的内在精神，正直诚实地生活。③ 当时在德国境内引起巨大影响。胡果·巴尔誉称此书是"那些年里最光荣的政治文学"④。

黑塞亲历德国"爱国"概念演变为沙文主义的土壤，爱好和平的反战者被诬为叛国。同年，黑塞在 *Vivos voco* 杂志发表《你不应该杀人》（*Du sollst nicht töten*），激愤地写道："我们必须说，今天的人类还处于无限接近猩猩而不是接近人的状态。我们还不是人，我们仅仅处于走向人类的路上。"⑤

第一次世界大战带来的巨大伤害即使在多年之后，黑塞的回忆依旧痛彻心扉：

> 这场丑陋的战争……对我们四十多岁的人来说改变了许多。它不仅吞噬了青春时光……还偷走了我们生命的盛年岁月。我们这些人中，每一个帮助赞颂战争的人都是罪犯。并非因为它使我们走上歧

---

① Kurt Weibel, *Hermann Hesse und die deutsche Romantik*, S. 7.
② Hermann Hesse,„Eigensinn", in Hermann Hesse, *Autobiographische SchriftenII*, S. 101.
③ Siehe Hermann Hesse, *Die Politischen Schriften*, S. 220ff.
④ Hugo Ball, Volker Michels（Hrsg.）, *Hermann Hesse—Sein Leben und sein Werk*, S. 132.
⑤ Hermann Hesse, *Die Politischen Schriften*, S. 267.

途，这已无足轻重，而是因为我们必须深刻感悟到战争的毁灭性、恶魔性，以及其导致价值的虚无。①

在惨烈的战争中，黑塞始终对未来抱着爱与希望的憧憬，从未真正放弃对人类美好精神的追逐：

第四个战争年

即使暗夜凄冷，
风雨怒号，
此时我依然放歌，
不知谁人倾听。
即使世界窒息于战争与恐惧，
爱在某地悄悄燃烧，
无论是否有人知晓。
（作于1917年4月）②

然而，最令黑塞痛苦的是第一次世界大战结束之后，德国各界的"爱国者"们并未清醒意识到战争的深渊与毁灭。20世纪20年代，第一次世界大战带给人类的不幸与灾难在黑塞这一代人心中依然历历在目，第二次世界大战的步伐却步步逼近。黑塞敏锐地预见到更大的灾难将会来临。1926年7月，黑塞写给海伦·韦尔蒂（Helene Welti）的信中忧心战争的再次爆发："每一份报纸都在长篇累牍地攻击我，毫不间断，我个人当然不会因此而感到痛苦……我经常会忘记它们。但是当整个世界扬着满帆，高奏凯歌地驶向下一次战争时，我的确无法做到完全忘记和漠视。因为我还一直遭受着上次战争带给我的痛苦。"③

（二）家庭窘困

黑塞的诗集《孤独者的音乐》中收录了一首作于1913年的短诗《被

---

① Volker Michels, *Materialien zu Hermann Hesses >>Demian<<*, Bd. 1, S. 116.
② Hermann Hesse, *Die Gedichte*, in Hermann Hesse, Volk Michels（Hrsg.）, *Hermann Hesse Sämtliche Werke*, Bd. 10, Frankfurt am Main: Suhrkamp Verlag. 2002, S. 241.
③ Hermann Hesse, *Die Politischen Schriften*, S. 314.

放逐者》(Der Ausgestossene)，诗中生动道出被驱逐者乡关何处的凄惨与迷失：

> ……
没有祝福的岁月，
前进路上尽是狂风骤雨。
故乡之地在何处？
只有迷路和过失，
我的心也
紧紧握在上帝的手中。
……（1913.9）①

这首哀伤的诗歌犹如黑塞随后生活的预兆。1914 年战争爆发以来，黑塞的家庭也突发各种不幸。他不仅陷入婚姻危机，家中几位近亲接连生病或逝去使他备受冲击。尤其是 1916 年 3 月 8 日，父亲的溘然辞世几乎令黑塞濒临崩溃。对这个儿子来说，父亲是他与故土以及从小接受的虔敬主义世界观之间最为坚韧的纽带②。尽管黑塞对此世界观持否定态度，但是它深入自身心灵深处的影响不容否定。父亲的去世意味着这位游子失去故土，心灵失去依靠。随着父亲的逝去，黑塞强烈地感到"我们背后的土地崩落，我们站在漂浮的地面上，孤独地在世界海洋中随波逐流"③。小儿子马汀（Martin）缠绵病榻，令黑塞夫妇如巨石压胸。马汀终因脑膜炎不治身亡。妻子玛丽亚难以承受丧子之痛，加之战争创伤，使她的精神和身体被彻底击垮，患上精神疾病而不得不入院治疗。同时，战争中，日常生活愈加艰辛苦涩，各种物资短缺致使一家人陷入困境，严重的经济危机接踵而至。由于妻子患病住院，黑塞一人无力抚养孩子们，不得不将他们送进寄宿学校。他们的教育费用是在朋友资助下方才得以解决。来自各方的精神压力和物质困顿令黑塞痛苦不堪，再次罹患神经衰弱以及抑郁症，不得不接受心理治疗。

---

① Hermann Hesse, *Die Gedichte*, S. 205. 译文参考林郁编《黑塞的智慧》，文汇出版社 2002 年版，第 23 页。

② Hermann Hesse,„Zum Gedächnis", in Hermann Hesse, *Gedenkblätter*, Frankfurht am Main: Suhrkamp Verlag, 1962, S. 24ff.

③ Volker Michels, *Materialien zu Hermann Hesses >>Demian<<*, Bd. 1, S. 14.

第一次世界大战之后，黑塞经历了两次婚变。第一任妻子患精神疾病住院之后，1919 年 42 岁的黑塞与妻子分居。1923 年 9 月，在他 46 岁时和分居的太太玛丽亚正式离婚。1919 年 7 月，黑塞在卡莱纳结识了女作家丽萨·温格尔的小女儿鲁特·温格尔。与鲁特的友谊以及荣格的心理治疗帮助黑塞有效克服了心理危机。1922 年 5 月，黑塞 1919 年开始创作的《悉达多》在停顿了一年半之后得以重新开始。《悉达多》中美丽的情人卡玛拉是鲁特为黑塞带来人物创作的灵感。①

曾经失败的婚姻使黑塞对婚姻生活有着颇多的顾虑和恐惧。与鲁特的交往中，黑塞更愿意做一个情人，而不愿再次走进婚姻。他在给约瑟夫·恩格尔特的信中写道："我希望和鲁特·温格尔的关系保持下去，就像现在这样，心照不宣。"② 在给鲁特父亲的信中，黑塞写道："现在，我认识鲁特·温格尔快两年了，我爱她，就像我所理解的爱情那样。……我必须遵守我自己心中的声音……这涉及我对婚姻的顾虑。"③ 犹豫踌躇几年之后，1924 年 1 月 11 日，47 岁的黑塞与歌唱家鲁特·温格尔结婚。这场婚姻仅维持三年，最终在鲁特的要求下以失败告终。

黑塞虽然并不情愿进入第二次婚姻，但是他深深爱着这个充满青春活力的美丽歌唱家。再次失败的婚姻令黑塞身心俱疲。与此同时，第一次世界大战之后德国的沙文主义、民族主义以及对黑塞反战言论的攻击，使他重新陷入精神危机。重压之下的抑郁症令他孤独绝望，即使最热爱的文学也无法慰藉悲哀的心灵。"从那无法忍受的悲哀之中，我找到了一条出路，就是开始素描和绘画，这些以前从未出现在我的生活中。这样做是否具有客观价值，已经无所谓了；我重新隐遁到艺术的安慰之中。这些，文学还几乎无法给予我。"④ 第一次世界大战期间，黑塞开始学习绘画。他最初是为了帮助改善战俘们的生活。他在售卖的自创诗稿上配以插图和小幅水彩画，以便筹资捐助贫困者。黑塞未曾想到，当他陷入重度抑郁，接受心理治疗时，绘画一度成为摆脱精神危机的重要方法。

（三）中期创作——开启"向内之路"

黑塞一生所遭逢的无数危机应以第一次世界大战结束时的危机最为严

---

① https://de.wikipedia.org/wiki/Hermann_Hesse.
② ［德］弗尔克·米歇尔斯编：《黑塞画传》，第 203 页。
③ ［德］弗尔克·米歇尔斯编：《黑塞画传》，第 203 页。
④ Hermann Hesse, Ursula und Volker Michels (Hrsg.), *Gesammelte Briefe*, Bd. 1, S. 348.

重，而且对其此后整整一生的成功或者失败具有决定意义①。战场上血肉横飞令作家真正认识到战争惨烈和人类生命之脆弱。当时德国以"爱国主义"为名的全民性激情最终展现人性毁灭和道德崩溃，生命与精神双重耗尽。在黑塞眼中，民众喧嚣激情的所谓爱国主义精神根本无法代表真正的德意志精神和英勇气概。从德国狂热的大众战争激情中，他看到社会集体意识的巨大危害性，即对真正精神的阉割和毒化。但是在那时的德国国内和大众意识中他已经变成反爱国和反德意志的。"谁与这个世界相适应，永远也不会找到自己，不过可以去作国会议员"②，战争让他更加意识到坚守个体内在独立的艰巨性。

这时的"欧洲"在黑塞眼中不可能成为理想人类的栖居地。他不得不重新寻找新的价值和创作源泉，重建生活信念。他认为与这个世界不相适应的人，才有机会寻找到自我③。黑塞在反思战争与人性的过程中逐渐走上"寻找自我"之路。"人们可以从我1915年以来所写的东西中看到，战争警醒我，改变了我以前的想法，成为我的转折点。"④ 黑塞从现实世界更多地转向超脱时空的"向内之路"。"和每个人一样，这场战争给我带来了与这个世界新的关系，但是我并没有被政治化。相反，外部世界和内在世界分离得比以前更加尖锐，而我感兴趣的仅仅是内在。"⑤ 那个容载本真自我的内在精神世界对他来说弥足珍贵。第一次世界大战促成了黑塞的第二次巨大转变，走向"向内之路"。《德米安》和《童话》（*Märchen*，1919）已显露此次转变，恰如黑塞所言：

> 如果您从拙作《德米安》中感受到新的创作特点，那么您是正确的。这些创作特点已经始于之前的几篇童话。对我自己来说，那个时候是我生命历程中的巨大转折。这个转折与世界大战紧密相关。直到战争之初我还是一个隐士，尽管自认为是一个民主主义者，反对过皇帝和威廉海姆政权，但是与祖国、政府、公众舆论、官方态度还没有尖锐的矛盾。⑥

---

① 张佩芬：《黑塞研究》，第76页。
② Volker Michels, *Materialien zu Hermann Hesses >>Demian<<*, Bd. 1, S. 99.
③ Siehe Volker Michels, *Materialien zu Hermann Hesses >>Demian<<*, Bd. 1, S. 99.
④ Volker Michels, *Materialien zu Hermann Hesses >>Demian<<*, Bd. 1, S. 208.
⑤ Hermann Hesse, Ursula und Volker Michels (Hrsg.), *Gesammelte Briefe*, Bd. 1, S. 349.
⑥ Volker Michels, *Materialien zu Hermann Hesses >>Demian<<*, Bd. 1, S. 207.

展现黑塞"向内之路"之生命转变的标志性作品为《悉达多》《儿童心灵》《克莱恩与瓦格纳》以及《克林索尔最后的夏天》等。黑塞试图以文字画出一幅内在世界的曲径通幽。

20 世纪 20 年代，黑塞再度频繁参与社会活动。1919—1922 年，他几乎每年在德国或瑞士举办画展。他时常外出旅行，参加德语地区的作家朗诵会。斯图加特、奥尔顿、达富斯、巴塞尔、纽伦堡、慕尼黑，瑞士的苏黎世、故乡卡尔夫等地在这一时期均留下他的足迹。他出版的主要有杂文集《辛克莱笔记》(1923)，收录了 1917—1920 年在报刊上发表的许多文章。自传性散文《疗养客》(*Kurgast*，1925)，游记《纽伦堡之旅》(*Die Nürnberger Reise* 1927) 等作品被视为《荒原狼》等中后期作品的准备。1928 年，黑塞在《工作夜》中第一次称自己的作品是"精神传记"(Seelenbiographien)：

> 在创造性的时刻产生出这些神秘人物（彼得·卡门青特、克努尔普、德米安、悉达多、哈里·哈勒等）的一切。我所写的散文体作品几乎全是自我精神传记。这一切不是故事，不是错综复杂的情节和紧张场景。根本上来看，它们只是独白。在独白中，一个人，也就是那个神秘的人物在他与世界的关系，以及他与自我的关系中被观察，被思考。这些作品被称为"小说"。[1]

黑塞中期创作最具代表性小说《荒原狼》出版于 1927 年。被库尔特·品图斯（Kurt Pinthus）称为"一部用浪漫主义技巧和浪漫主义紊乱精神所写的分析式发展小说"[2]。从《克莱恩与瓦格纳》，经《克林索尔最后的夏天》，到《荒原狼》，黑塞逐步走上内在探索之路。但是这些探索并未带来确定结果，他发现似乎最为熟悉的"我"愈加难于把握，"我"的心灵始终迷雾环绕。《荒原狼》对现代人的自我进行层层剖析透视和勇敢无畏的记录，它独特的篇章结构，魔幻的艺术魅力引起世界性影响。托马斯·曼将之与《尤利西斯》和纪德的"伪币制造者"相

---

[1] Hermann Hesse,„ Ein Arbeitsnacht ", in Hermann Hesse, *Autobiographische SchriftenII*, S. 123-124.

[2] Kurt Pinthus, „Hermann Hesse. Zum 50. Geburtstag", in Volker Michels（Hrsg.）, *Über Hermann Hesse*, Bd. 1, S. 48.

媲美，称赞道：长久以来，《荒原狼》令他第一次学习到阅读的重要意义。①

总体来看，与第一次世界大战前的文学创作相比较，黑塞的中期创作受到外部世界的巨大冲击，他从早期对现实社会的不满批评转为对其彻底的否定与绝望。战争粉碎了黑塞充满着浪漫主义美学幻想的艺术家生活。战火、血肉与死亡真实地呈现在黑塞眼前，人性与道德、美学与缪斯在它们面前看似是谎言与笑话。战争也促使黑塞对现代欧洲文明进行全面反思。在他眼中，曾经所信奉的欧洲文明不再健康且在沦丧，引发他对现代文明深深的忧患。他深刻感受到危机——生命存在的危机，欧洲主导的现代文明危机。引致危机的源头却是人类本身，"如果按照人类精神领袖琐罗亚斯德和老子提出的精神要求来衡量的话，现代人还是类人猿"②。现代性与个体发展的矛盾使黑塞感到迷茫困惑，陷入怀疑的泥沼，怀疑自我、怀疑一切。人类到底是怎样的存在，是善还是恶？现代不断发展的文明到底使人类走向高贵还是残暴？从克莱恩到荒原狼，黑塞逐渐潜入主控人性的内在世界，通过刻画主体的矛盾性来展示个体内在。心理治疗过程中所学习到的心理学知识使黑塞更加明了内在世界的广袤复杂，从而开启了他走向内在的探索道路。对现代文明的否定也使黑塞转而寻求新的价值与信念，他相信它们存在于人的真正"自我"之中。

（四）"向内之路"的后期创作

1931 年，黑塞与艺术史家妮侬·多尔宾（Ninon Dolbin, 1895—1966）结婚，住进了他的朋友和资助人、企业家汉斯·布特梅尔（H. C. Bodmer）为他安度晚年设计并建造的新家"黑塞屋"。《纳尔齐斯与歌特蒙德》是他乔迁新居之后的第一部作品。这部作品是中后期创作交替时期的重要作品。书中描写的主人公纳尔齐斯与歌特蒙德生活在 14 世纪的修道院。纳尔齐斯是纯粹精神的象征，崇尚理性，克制一切欲望，终身奉献宗教事业。歌特蒙德则是感情丰富，追寻爱与欲的代表，在纳尔齐斯的帮助下，成长为奉献美的艺术家。

1931 年至 1932 年，黑塞发表了颇具影响力的《感谢歌德》《论歌德诗歌》《谈一点神学》以及《我的信仰》这四篇文章，论述了他对宗教信仰成熟的思考，是黑塞晚年对德国精神、人类智慧的集中阐述。这些思想

---

① Zitiert nach Gunnar Decker, *Hermann Hesse Der Wanderer und sein Schatten. Biografie*, S. 487.
② Hermann Hesse, *Die Politischen Schriften*, S. 267.

与黑塞最后一部长篇小说《玻璃球游戏》的精神追求有着紧密的联系。

1932年出版的《东方之旅》中，黑塞开始寻找个体与集体的关系，追寻服务精神。这也是黑塞对当时德国所喧嚣的民族主义、沙文主义的抵制。从《东方之旅》开始，黑塞小说结构和表达方式与早、中期作品大相径庭。主人公H. H.是一位小提琴演奏家，他为探索人生真谛而加入一个以"在东方寻求真理"为宗旨的秘密盟会。盟会精神领袖兼仆人雷欧为H. H.的精神成长指引方向。路易斯·林赛尔（Luise Rinser）在其著名评论《试论〈东方之旅〉的意义》中指出："法西斯主义连同其非理性主义哲学把人们导向虚伪的母性王国。凡是看清这一点的人（黑塞看到了），就必然会去寻找雷欧，寻找父亲精神，寻找神圣奥秘（hieors logos）①。"② 在第二次世界大战爆发之前，充满忧患意识的黑塞在《东方之旅》中已经预警了德国政治上的军国主义疯狂发展，认为人类受到恶魔精神控制，必须不懈追寻战胜人性无底欲望的伟大精神，它隐藏在神圣的世界奥秘之中。小说中这场"看似去东方的旅行实际上是一场深入心灵与精神的旅行，是潜入自我的深层结构"③，因为黑塞认为这个奥秘隐藏在人的内在自我之中。

在黑塞的后期创作中，《玻璃球游戏》于1943年在瑞士苏黎世出版。它是黑塞最后一部长篇小说，被普遍认为是以《东方之旅》为前奏，是最完整展现黑塞"向内之路"思想的作品。黑塞获得1946年诺贝尔文学奖离不开这部鼎力之作的伟大成就。可以说《玻璃球游戏》是黑塞文学创作与终生思想的集大成者。在这部作品中，黑塞执着追求一种体现人道主义精神的综合性、高维度文化，无论是欧洲文化还是亚洲文化，其智慧精髓均包含其中，从而探索一种万有精神。从这个层面上来看，黑塞"向内之路"是一条融汇人类各民族文化精髓的道路，这条道路搭建在人类集体精神宝库与个体"自我"心灵之间。显然，他意识到现代文明下个体精神的不足与缺陷。我们可以看到，他的人物塑造，从荒原狼、

---

① Hieros 意指神圣故事，神圣单词或书籍。Definition of "hieros logos"，http：//www.dictionaryofspiritualterms.com/public/Glossaries/terms.aspx? ID＝308. 2019. 11. 07.

② Luise Rinser,„Versuch einer Deutung der ＞＞ Morgenlandfahrt ＜＜ ", in Volker Michels（Hrsg.），*Über Hermann Hesse*，Bd. 2，Frankfurt am Main：Suhrkamp Verlag，1977，S. 316.

③ Günter Baumann,„Die göttliche Stimme "，in Gottfried Spaleck（Hrsg.），*Unterwegs nach Morgenland. Zur Aktuellen Bedeutung von Hermann Hesses Menschenbild*，Berlin：Tenea Verlag für Medien，2002，S. 40.

H. H. 到克乃西特，一方面不断在剖析个体的真实存在，"黑塞在他的作品中总是在不断地描写内心深处，并把这作为他生命中最富魅力的事情"①；另一方面寻找完善与超越自我的途径。这条超越自我的道路仰赖人类文化精神，它使现代人超越狭小的自我存在。

个体精神独立与自由始终是黑塞奉行的精神纲领。不过，对于黑塞式的"自我"独立与自由有着不同的理解和阐释。在许多批评家眼中，黑塞文学世界中的彼得·卡门青特、汉斯·吉本拉特、克努尔普、德米安、悉达多、哈里·哈勒、纳尔齐斯、歌特蒙德等均成为寻找自我，反抗规则的代言人。黑塞也因此被贴上各种各样的标签，"青年人和反抗者的作家，权威们的反叛者，个人主义最大化的提倡者"②。以至于那些追求特立独行的艺术家们以黑塞之名来展现自己的思想追求。

2006 年，伍德·林登博克（Udo Lindenberg）创设文化政治基金"伍德·林登博克基金"。作为创立者，林登博克将艺术家视为"为人类存在挺身而起的呐喊者"③。他以赫尔曼·黑塞之名资助那些年轻艺术家们追寻与普罗大众不同的新道路。④ 在林登博克眼中，黑塞所创作的文学人物是那些希冀逃离社会压力，以自己的思想行为抵御主流共识，拒绝它们强行侵入艺术家思想的代表。林登博克将赫尔曼·黑塞抽象化为一种概念来表达他的精神追求：创作者在艺术、音乐和文学世界中为自己创造一片自由的空间，在那里，他们毫无阻碍地自由表达自我的思想理念。

海姆·施温克在《赫尔曼·黑塞：玻璃球游戏者的人生》这一黑塞传记中则提出："黑塞的人生和作品均蕴含着创造与服务双重概念。"⑤ 无论是其文学世界中的主人公，还是黑塞本人并不是憎恶责任，而是需要责任，并不热衷随意任性，而是追求自我实现。黑塞发展了一种独特的，类似于亚里士多德式的个性认知。对他来说，人并不是"自由出生的"，而是被赋予某种固有的本质。人必须在自身塑造这种本质，并为它服务。这种心灵的目的性决定了个体与社会的关系：个人为了保持自身的独特性而必须抵制群体性。抗议与反叛对于黑塞来说并非一种意识形态上的世界

---

① Günter Baumann, „Die göttliche Stimme", S. 40.
② Heimo Schwilk, *Hermann Hesse Das Leben Des Glasperlenspielers*, S. 11.
③ Zitiert nach Monika Wolting, „Das Ringen um Individualität in einer vom Kollektiv bestimmten Zeit. Hermann Hesses *Das Glasperlenspiel*", *Studia Neofilologiczne*, XIII/2017, S. 6-21.
④ Monika Wolting, „Das Ringen um Individualität in einer vom Kollektiv bestimmten Zeit. Hermann Hesses *Das Glasperlenspiel*", *Studia Neofilologiczne*, XIII/2017, S. 6-21.
⑤ Heimo Schwilk, *Hermann Hesse Das Leben Des Glasperlenspielers*, S. 11.

观，而是源自不信任，那是对各种世界观、所有标准化和偏离自我道路的有限"真理"解释的不信任。黑塞认为，人必须确保忠于自我。从其一生的文学创作来看，他格外注重塑造拥有忠实独特自我的人物，在创作中逐渐形成并展现"向内之路"的心灵发展观。不过，他的文学世界与现实世界之关系在不同时期各有偏重。黑塞早期的文学世界更多体现出对现实社会的抵制和逃离，强调对立于社会的个体独特本性。以抵制和逃离现实为目标，黑塞的文学建构了一个对立于现实的梦幻模型，以实现文学的替代功能。从这个层面来看，黑塞早期创作似乎以乌托邦为主旋律，为自我精神创建一个乌有之乡。而其中后期作品更多在寻找一种解决之道，以文学诊断现实，以文学治愈现实。从这个角度来看，黑塞中后期文学建构了一个以精神为客观存在的世界，以实现文学的重塑功能，从而逐渐建构起"向内之路"的文学世界。溯其缘由，大概因黑塞从小倾向浪漫主义精神，以内在主张为先，并由此注重外在世界与内在世界的张力关系。在黑塞生活的时代出现了欧洲文明下沉论，这使其深刻关注现代文明以及现代性带给个体存在、个性发展的严重危机。从《彼得·卡门青特》《德米安》《悉达多》《荒原狼》《东方之旅》《玻璃球游戏》等一系列小说中看到，黑塞在揭示现代社会中个体精神的痛苦与危机同时，探讨个体精神提升和超越自我的审美方法，以期达到个体的超越与发展，完成人类精神乌托邦式的超越与完善。

第二章 浪漫的"向内"与现代性反思

"大约在1770年至1830年之间，德国经历了一段灿烂卓越，几乎无法被超越的时期，在文学史上被称为浪漫主义。"① 发端于德国的浪漫主义逐渐成为整个西方文化领域的思想运动，"被视为18世纪末直至19世纪的文化史时期，主要表现在造型艺术、文学和音乐领域，"② 是人类文化史上的一座里程碑。西方思想家从罗素（Bertrand Russell，1872—1970）到以赛亚·伯林（Isaiah Berlin，1909—1997）均认为浪漫主义具有它开辟新时代的重大意义。罗素认为："从十八世纪后期到今天，艺术、文学和哲学，甚至于政治，都受到了广义上所谓的浪漫主义运动特有的一种情感方式积极的或消极的影响。"③ 以赛亚·伯林认为西方政治思想史经历了三次重要转折，第三次是发生在德国的浪漫主义思潮④。伯林在演讲中说："在我看来，十八世纪后半叶……发生了一次价值观的根本转变，影响了西方世界的思想、感情和行为。对这一转变最生动的表述见于浪漫派最典型的浪漫形式中。……这次革命是西方生活中最深刻、最持久的变化。"⑤

18世纪末，德国开启了思想文化史上的一个新时代。弗·施莱格尔（Friedrich Schleger，1772—1829）指出这是一个批判的时代⑥。康德的三

---

① Detlef Kremer, *Romantik*: *Lehrbuch Germanistik*, Stuttgart: Springer-Verlag, 2015, Einleitung S. 1.
② Romantik, https://de.wikipedia.org/wiki/Romantik. 2019/8/18.
③ [英]罗素：《西方哲学史》（下），马元德译，商务印书馆1976年版，第213页。
④ [英]参见以赛亚·伯林《现实感》，潘荣荣、林茂译，译林出版社2011年版，第189—191页。
⑤ [英]以赛亚·伯林：《浪漫主义的根源》，吕梁等译，译林出版社2011年版，"序"第5页。
⑥ [德]施勒格尔：《浪漫派风格——施勒格尔批评文集》，李伯杰译，华夏出版社2005年版，第220页。

大批判最终归结于对人的本质探究——此为康德的"第四批判"。在此批判中康德试图回答"人是什么"这个终极问题，但未对此问题进行系统阐发。其后的思想家、作家们包括浪漫派也对这个问题做了追问。[①]

经过文艺复兴、宗教革命和启蒙运动三大思潮之后，理性主义逐渐成为西方的权威思想和一切价值判断的尺度，为西方的资本主义市场经济制度打下思想基础，但加剧了人类精神世界的分裂。德国浪漫派们最早发起对启蒙时代的反思，以艺术和文学反抗对人的理性化。工业革命之后人类社会的物质生活获得前所未有的提升，但是工业化导致巨大的社会动荡，新的机器世界促进了城市化和农村人口外流，过去受到神之庇护的人类安全感在浪漫派眼中已经解体。一些启蒙运动的反思者很快发现，工具理性的张扬导致人类失去幸福感，迷失了精神的家园。他们开始追寻生命存在，尤以早期浪漫派为著。走向内在，寻找精神家园成为浪漫主义文学的重要主题。探索人的内在世界是德国浪漫派作家的普遍特点。浪漫主义"以精神与心灵的唯美原则，以情感审美的感知方式对社会现代性进行反思和批判"。正是他们开拓了探索个体内在世界的道路，主张内在与宇宙和无限永恒彼此相连。诺瓦利斯写道："我们还未认识我们的精神深度，充满神秘的道路通向内心。永恒连同它的世界—过去及未来，在我们心中，或者空无。"[②] 荷尔德林则提出"与万有合一，这是神性的生命，这是人的天穹"[③]。

一　黑塞与浪漫主义

黑塞创作与思想始终围绕着个体精神发展，崇尚自然，批判工业文明，不喜拘泥于具体民族与国界，体现着对世界的人文主义关怀，自视为文化民族的传承者。从文学史角度来看，浪漫主义文学最令黑塞感兴趣，因此他的这些思想特点可以追溯至德国浪漫派们的精神追求。

---

① 参见刘润芳、罗宜家《德国浪漫派与中国原生浪漫主义——德中浪漫诗歌的美学探索》，中国社会科学出版社2009年版，第8页。

② Novalis, *Das philosophische Werk I*, Novalis, Paul Kluckhohn und Richard Samuel（Hrsg.）, *Schriften Die Werke Friedrich Hardenbergs*, Bd. 2. Nach den Handschriften ergänzte, erweiterte und verbesserte Auflage, Stuttgart: W. Kohlhammer Verlag, 1960, S. 418.

③ [德] 荷尔德林:《荷尔德林文集》，戴晖译，商务印书馆1999年版，第8页。

浪漫派文学创作主张绝对自我与心灵世界，着意于个体生命体验的当下书写，追求诗意的人生和社会，注重民族情感，珍视民族文化，崇尚自然，有着强烈的宗教感和浓郁的感伤情绪。[①] 尤其值得一提的是，德国早期浪漫主义文学大多具有超越民族性的特点。德国早期浪漫派是浪漫主义文学理论的奠基人和开拓者。其著名的代表人物有弗·施莱格尔，（Friedrich Schlegel，1772—1829），弗里德里希·哈登博格（诺瓦利斯），（Friedrich von Hardenberg，1772—1801），路德维希·蒂克（Ludwig Tieck，1773—1853）。其后还有 E. T. A. 霍夫曼（E. T. A. Hoffmann，1776—1822），海因利希·克莱斯特（Heinrich von Kleist，1777—1811），克莱门斯·布伦塔诺（Clemens Brentano，1778—1842），以及约瑟夫·艾辛多夫（Joseph von Eichendorff，1788—1857）等人。黑塞年轻时痴迷于浪漫主义文学，深爱布伦塔诺、艾兴多夫、施莱格尔、诺瓦利斯等人所铸就的浪漫主义文学世界，肖邦、施特劳斯等音乐家的作品被他视为真正的欧洲文化代表。

德国浪漫派思想特征与德意志民族具有深厚历史背景的"文化民族"之传统联系密切。德意志民族向来以他们的文化为傲，认为自己是"文化民族"，"文化巨人"。德国之所以成为文化巨人，是因为其民族文化超越了一时一地的局限，把世界历史和整个人类作为思考的起始点。德国的许多思想家、文学家在其一生的思考中往往会以思考全人类的命运为己任。黑塞后期的主要小说，如《东方之旅》《玻璃球游戏》均在探求人类文化与命运之发展。究其缘由，盖因他们认为民族文化已被抽象为一种普遍性文化，对其他民族乃至整个人类起着某种导向性作用。因此，德国作为文化民族有一种强烈的文化使命感。席勒认为："德意志帝国和德意志民族是两回事。"[②] 德国历史上文化民族这一特点源自 17—18 世纪德国社会、政治、经济与文化发展的极大不平衡。

文艺复兴以来，英国资产阶级革命及西欧资本主义迅猛发展，18 世纪的欧洲随着思想界掀起反对专制和天主教会的启蒙运动。德国地处中欧，"17 世纪中期至 1806 年神圣罗马帝国倒台后的拿破仑统治下，德意

[①] 参见刘润芳、罗宜家《德国浪漫派与中国原生浪漫主义——德中浪漫诗歌的美学探索》，第 16 页。

[②] ［德］席勒：《德意志的伟大》，《席勒文集》I，钱春绮、朱雁冰译，人民文学出版社 2005 年版，第 176 页。

志国土上的政治模式极其独特多元"①,各种邦国林立,帝国中央权力衰退,地方集权增强,被称为所谓的"小邦主义"体制(Kleinstaaterei),比起同期日益强大的英法等西欧国家,德国更像是一个狭隘、落后的小国,1648—1815 年被称为"专制主义时代"。②

与经济政治落后的德国相反,这一时期的德国文化成就斐然,文学、哲学、音乐等方面在欧洲可说独领风骚。然而绝大多数出身市民阶层的德国知识分子,在政治领域并没有多少话语权,始终受到贵族阶级的专制压迫,在现实社会中无法实现自己的政治诉求和伟大抱负。这种物质层面与精神层面的巨大反差致使德国知识分子们更多地探究人类精神世界。同时,大多数德国知识分子从内心并不认同法、英等国实行的资本主义以及所谓的民主政治文化。他们认为文化一旦与现实政治纠缠在一起,必然沾染上功利色彩,便形同堕落,难脱侏儒气息。从而,德国文化从传统上形成政治与文化相隔离的主流观念。

20 世纪的黑塞继承了德国 18 世纪以来的传统思想精神,尤其与浪漫派们有着彼此相知的心灵,是德国传统知识分子的典型代表。他不仅研究浪漫主义,在诗作中赞颂他们,尤其在早期作品中凸显出浪漫主义文学的巨大影响。浪漫派对现代性所作的深刻反思同样是黑塞思想和创作的核心内容。其好友胡果·巴尔为黑塞所写的传记《赫尔曼·黑塞的生平和作品》中,从分析黑塞早期作品直至《克林索尔最后的夏天》中的浪漫主义元素,最终定义黑塞为"德国浪漫派的最后一位骑士"③。巴尔与黑塞友情深厚,这部传记经过了黑塞亲自审阅和认可,因此这部书的内容具有很高的权威性。巴尔的这一评价得到学界的普遍认同。在下文中,从黑塞对浪漫派研究、童话创作特点以及文学创作三个方面阐释黑塞对浪漫主义文学的继承。

(一)黑塞的浪漫主义研究

19 世纪 90 年代,德语文学界针对自然主义文学的泛滥,出现了被称为"新浪漫主义"的新动向。当时还有"现代浪漫主义"等其他名称。在这面旗帜下,不仅涌现了一批作家与作品,而且掀起了针对先前的浪漫主义文学盛况空前的学术研究。与浪漫主义有关的历史、异域、宗教等主

---

① [英]玛丽·富布卢克:《剑桥德国史》,高旖嬉译,新星出版社 2017 年版,第 68 页。
② 参见[英]玛丽·富布卢克《剑桥德国史》,第 68 页。
③ Hugo Ball, Volker Michels(Hrsg.), *Hermann Hesse—Sein Leben und sein Werk*, S. 22.

题的作品，以及童话、神话、传说等，纷纷重新出版。那时为以示区别，一个世纪以前的浪漫主义被称为"早期浪漫主义"（Frühromantik）。跟随这一浪潮，黑塞也积极展开了对浪漫主义和浪漫派的研究。

1895 年至 1898 年，黑塞在图林根的 J. 海肯豪尔（J.Heckenhauer）书店做学徒。工作之余，他广泛阅读浪漫派文学作品并全面研究了德国浪漫主义及其影响。1899 年，黑塞出版的第一部诗集名为《浪漫主义之歌》。黑塞对这本书定位为："《浪漫主义之歌》这个题目是一种美学的和个人的自白。……它应该是一个整体，成为浪漫主义基本题材的色调和变奏的系列。"① 以此为开端，黑塞自觉走上浪漫主义的创作道路。这部作品可视为那一时期黑塞阅读浪漫派文学作品的积淀性成果。"诗集之名清楚表明了他本人和浪漫主义文学传统的自觉联系。"②

黑塞在 1899 年 4 月 14 日写给父母的一封信中，提到了自己研究浪漫主义方面的工作，并计划写一本关于浪漫主义的书③。他先后撰写了《新浪漫主义》(Neuromantik，1899)、《漫谈浪漫主义》(Romantisch—eine Plauderei，1900)，《浪漫主义和新浪漫主义》(Romantick und Neuromantik，1902) 等研究性文章。黑塞认为新浪漫主义与早期浪漫主义具有亲密而有意识的多方联系，它"是弗里德里希·施莱格尔和年轻的蒂克，特别是诺瓦利斯的浪漫主义……的一场特别而重要的重生"④，新浪漫主义者传承了诺瓦利斯的美学思想——"那朵蓝花的馥郁芬芳"⑤，并且更好地诠释了蓝花的象征意义。新浪漫主义文学中的蓝花意味着：

> 所有作家渴求的目标，是不可见的，盛开于深沉而充满欲望的心灵大地之上。它本身即是欲望与个体的实现。它那神奇的花香芬芳四溢，永不消散，这就是浪漫主义文学。因此，它从不是古典的，具有温柔的形式，始终在寻找一条寂静之路，因为从最初的朦胧构想通往

---

① Ninon Hesse (Hrsg.), *Kindheit und Jugend vor Neunzehnhundert-Hermann Hesse in Briefen und Lebenszeugnisssen*, Bd. 2, S. 306.

② 张弘、余匡复：《黑塞与东西方文化的整合》，华东师范大学出版社 2010 年版，第 150 页。

③ J. Mileck, *Hermann Hesse: Life and Art*, Berkeley and Los Angeles, California: University of California Press, Ltd., 1981, p. 18.

④ Hermann Hesse, *Betrachtungen und Berichte II*, Hermann Hesse, Volker Michels (Hrsg.), *Sämtliche Werke*, Bd. 14, Frankfurt am Main: Suhrkamp Verlag, 2003, S. 279.

⑤ Hermann Hesse, *Betrachtungen und Berichte II*, S. 279.

文学创作之路既宽广又危险重重。敬仰永恒之声,倾听内在生命的律动,回归隐藏在心灵深处的精神家园,这一切是浪漫主义思想根本。[1]

在《漫谈浪漫主义》中,黑塞认为很难明确定义"浪漫主义"一词,对于早期浪漫派来说,无论是施莱格尔兄弟,诺瓦利斯还是蒂克对该词的理解均不相同。奥·施莱格尔注重浪漫主义形式价值,弗·施莱格尔倾向哲学意义。蒂克喜欢赋予这个词汇暗黑模糊的游戏性。诺瓦利斯有意识地尽量避免这个词,几乎从不使用确切表达,而是为他最为深刻的思想披上神秘的外套。黑塞指出,早期浪漫主义文学创作有意识从过去注重风雅精致转向无规则,从格律诗行变为韵律散文,从完整的文章到"片段",不再寻求形式和明晰,而是描写气味和暮色。浪漫派们不再从普遍冲向艺术上的有限个体,而是返回源头,转向事物和艺术"本原的一",他们与施莱尔马赫一同徘徊在"凝视宇宙"中。[2]

黑塞认为后来的浪漫主义文学远离了诺瓦利斯圈子的哲学思辨理念。浪漫主义文学不在被奇异化,而是被赋予古风化、骑士化扮相。这类浪漫主义作家,如布伦塔诺,阿尔尼姆(Carl Joachim Friedrich Ludwig "Achim" von Arnim, 1781—1831),艾辛多夫以及富凯(Friedrich de la Motte Fouqué, 1777—1843)等人引导了大众的鉴赏品位。E. T. A. 霍夫曼被黑塞誉为最为深刻的后期浪漫派,然而他的作品通常仅仅被肤浅的表面解读。"那些真正浪漫派的内在和深刻离读者越来越远"[3],浪漫主义成为漂亮的文学时尚标签。黑塞嘲讽地说:作家写上一行"月夜",小说人物装扮上一些色彩和奇幻,即被冠以浪漫主义作家之名[4]。

黑塞在 1926 年 1 月 7 日写给侄子卡罗·伊森柏柯(Carlo Isenberg)的信中,提到正在忙于编写一本关于浪漫主义的书——《浪漫主义的精神》(*Geist der Romantik*)[5]。这套三卷本文选的序言名为《浪漫主义文选序言随想》(Gedanken zum Geleitwort der Romantik [－Antholo-

---

[1] Hermann Hesse, *Betrachtungen und Berichte II*, S. 280.
[2] Hermann Hesse, *Betrachtungen und Berichte II*, S. 283.
[3] Hermann Hesse, *Betrachtungen und Berichte II*, S. 283.
[4] Hermann Hesse, *Betrachtungen und Berichte II*, S. 283.
[5] Hermann Hesse, Ursula und Volker Michels (Hrsg.), *Gesammelte Briefe*, Bd. 2, Frankfuhrt am Main: Suhrkamp Verlag, 1978, S. 128ff.

gie〕)①。文集内容是 1800 年至 1850 年德国浪漫主义的重要文献与作品，后来未能出版。这篇序言在黑塞生前也未公开发表。1926 年，黑塞又撰写了《浪漫主义的精神》(Geist der Romantik)② 一文。在此文中，黑塞将古典主义文学与浪漫主义文学定义为双极概念，这两种文学类型不断反复出现，永恒描述人性、生命、思想与心灵。黑塞认为德意志精神中最有价值的部分恰恰形成于两种文学在一百多年的斗争中，以及对它们的阐释理解中。如果想要协调这两种彼此相依的对极类型，需要借助古老东方的"太一"思想。

接着，黑塞分析了东方"太一"思想本质：世界万事万物所构成的表象世界是短暂易逝的一场游戏，只是"一"的各种化身，最终将回归原初的"一"。据此，黑塞指出"一"不仅是现象世界的基础，也是它的对立面，从而短暂与永恒是对立统一的。因此，一方面人应该拥抱神性的"一"而俯瞰所有现象世界，另一方面，人要珍视现实的经验世界。从这个层面出发存在了两种文学观点："浪漫的"和"古典的"。黑塞比较了古典主义与浪漫主义世界观的不同。他认为古典主义文学强调边界和法规，承认传统并助力创造传统，利用当下使其成为永恒。浪漫主义则为了崇拜生命之源泉，为了让虔诚代替批评，让沉浸内在代替理性而模糊法则与形式。它以永恒为目标，通过渴望回归而实现进入神圣的"一"。古典主义者充满了将易逝提升为永恒的意志。黑塞认为这两种世界观缺一不可。古典主义者积极有序地参与世界运转，但是容易陷入僵化和迂腐；浪漫主义者倾心梦与内观，献身无限，追寻永恒幸福，但是有着陷入癫狂和虚无的危险，因此他们应彼此互补，相克相生，和谐统一。

在广泛研究德国浪漫主义思潮的基础上，黑塞着重研究了该思潮的代表性人物，诺瓦利斯、艾辛多夫、荷尔德林等人，可以说几乎所有的浪漫派代表人物都进入黑塞的评述视野，恰也证明了黑塞与这个文学流派的亲密关系③。其中，诺瓦利斯被黑塞誉为"真正的浪漫派"。他在阐释浪漫主义文学时，总体上更重视以诺瓦利斯为首的早期浪漫派诗学思想，无论是百年前的早期浪漫派还是同时代的新浪漫主义。黑塞认为诺瓦利斯在德

---

① Hermann Hesse, *Betrachtungen und Berichte II*, S. 387.
② Hermann Hesse, *Betrachtungen und Berichte II*, S. 388-394.
③ Ma Jian, „Romantik in Rezensionen von Hermann Hesse", *Literaturstraße. Chinesisch-Deutsche Zeitschrift für Sprach- und Literaturwissenschaft*, Bd. 15, 2014, S. 273-281.

国文学史和思想史上占有极其重要的历史地位。"黑塞断言诺瓦利斯不仅是浪漫派最重要的作家,尤其是早期的浪漫主义,同时也强调了诺瓦利斯在德国思想史上的重要性。"① 因此,黑塞对诺瓦利斯进行了深入广泛的研究,撰写多篇关于诺瓦利斯的评论、小说和诗歌等。

1900 年左右,黑塞在巴塞尔写了一篇名为《诺瓦利斯》的短篇小说。② 在小说中,以一套 1837 年出版于斯图加特的诺瓦利斯两卷本文集为引线,作者以读书爱好者的身份出现,讲述了时代变迁中人们对诺瓦利斯的喜爱与远离。③ 小说中融入黑塞对诺瓦利斯作品的赏析和评论。在他眼中,诺瓦利斯的作品在讲述爱之神秘,世事变迁中的永恒。忧郁的《夜颂》之美与无尽的乡愁在小说中回荡。1900 年 1 月 12 日,黑塞在巴塞尔《瑞士汇报》(Allgemeine Schweizer Zeitung) 发表生平第一篇评论文章《诺瓦利斯》(Novalis),"它是作者此后几十年间一系列论诺瓦利斯文字的首篇"④。黑塞撰写这篇文章首要目的是引起公众关注最新出版的诺瓦利斯文集,以期引导公众重视这位早逝的早期浪漫派奠基者。黑塞将诺瓦利斯视为浪漫派最卓越的作家,是这个流派最伟大的希望,不无惋惜地感叹这位无可替代的天才作家将早期浪漫派最美好的萌芽带进了坟墓。"这位作家的出现令人从内心最深处被打动、被吸引。其诗歌和作家的名字与德国人民的优美音乐产生共鸣。然而除了文学界中最狭小的范围,这位早逝者的作品并未为人知晓和产生影响力。"⑤ 黑塞无比深情地向公众赞誉诺瓦利斯,指出其作品是哲学与诗歌的奏鸣曲,唤醒艺术之自由解放。其诗歌飘逸出阵阵温柔的、无法形容的香气,那是灵魂的气息,令人沉浸在超越尘世之美中。最后,黑塞指出早期浪漫派思想在当代依旧具有价值和意义:当下的现代派艺术所显露的"思乡之渴望,当前

---

① Ma Jian,„Romantik in Rezensionen von Hermann Hesse", *Literaturstraße. Chinesisch-Deutsche Zeitschrift für Sprach- und Literaturwissenschaft*,Bd. 15,2014,S. 273-281.

② Hermann Hesse,„Zur Erzählung >>der Novalis<<", in Hermann Hesse,*Autobiographische SchriftenII*, S. 228.

③ Hermann Hesse,„Der Novalis", in Hermann Hesse,*Die Erzählungen 1900-1906*,Hermann Hesse,Volker Michels (Hrsg.),*Sämtliche Werke*,Bd. 6,Frankfurt am Main:Suhrkamp Verlag,2001,S. 26-47.

④ 张佩芬:《黑塞研究》,第 20 页。

⑤ Hermann Hesse,„Novalis", in Hermann Hesse,*Die Welt im Buch I*,Hermann Hesse,Volker Michels (Hrsg.),*Sämtliche Werke*,Bd. 16,Frankfurt am Main:Suhrkamp Verlag,2002,S. 19.

文学圈中所流动的心绪与热望令人清楚地忆起 1800 年左右那些热切的年轻作家"①。

在黑塞看来,诺瓦利斯思想重要的哲学概念:综合(Synthese),是德意志民族的思想精髓。"这颗灵活丰富,果敢超群的奇异头脑,这位真正的预言家和心灵读者,在他那个时代,继续梦想将德意志精神教育之理想传承百年。所以他将科学思想和精神体验之综合的理想赋予强劲有力的形式并加以塑造,能与之媲美的只有歌德。"② 1924 年黑塞所著的《诺瓦利斯的生与死资料集》中指出诺瓦利斯给后世:

>……留下了最为奇异且神秘到极点的作品。人们从中了解德意志的思想历史。如同他那短暂又貌似毫无作为的一生却留给人们极其奇异的充实印象一样,所有的感性和灵性好似耗竭芳华,因而这些著作的符文(Runen),在表面看来是游戏人生和放荡不羁的词藻,内里却展现出一切精神的深渊;既是思想神化的深渊又是人类思想绝望的深渊。③

在黑塞眼中,诺瓦利斯作品不仅表现出对生活与认识的深刻与升华,同时也展现完美性和独创性的特征。作家没有刻意追求艺术技艺,但作品"完美、纯洁和无邪",诗意盎然。"再无德国人具有如此满溢诗意的灵魂……"

诺瓦利斯

从你甜美的韵律中,
青春芬芳一缕拂面,
轻柔无觉地融进,
作家多彩梦中!

---

① Hermann Hesse, „Novalis", in Hermann Hesse, *Die Welt im Buch I*, S. 23.
② Hermann Hesse, „Novalis", in Volker Michels (Hrsg.), *Hermann Hesse Eine Literaturgeschichte in Rezensionen und Aufsätzen*. Frankfurt am Main: Suhrkamp Verlag, 1979, S. 228.
③ Hermann Hesse, „Nachwort zu Novalis · Dokumente seines Lebens und Sterbens", In Volker Michels (Hrsg.), *Hermann Hesse Eine Literaturgeschichte in Rezensionen und Aufsätzen*, S. 236.

你像来自五月的明媚
致我以秋花温柔的问候
你想轻声严肃地告知，
我的青春已远逝①

（二）魔法韵味的童话创作

黑塞除了撰写许多关于浪漫主义的专题文章和论述，浪漫主义的思想也或多或少影响到黑塞的创作，使其文学作品与浪漫主义诗学之间有着非常多的类似之处。② 黑塞创作偏于刻画内在世界，追寻精神家园，这些主旨符合浪漫主义诗学创作精神。其早期的创作类型和风格尤为彰显浪漫主义文学特点。

在黑塞的文学作品中，童话占据着独立地位，它们蕴含的魔法韵味散发出浪漫主义的神秘魅力。黑塞甚至经常以魔法师自居，在《魔术师的童年》（1921/1923）中写道"我一生都在追求魔法之力"③，希望通过魔法将现实拉向内在世界，获得精神的自由。库尔特·威贝尔认为这种魔法性黑塞学自浪漫派，尤其诺瓦利斯的艺术精神。④

1877 年，年仅 10 岁的黑塞已经模仿《格林童话》写就短篇童话《两兄弟》，它开启了黑塞的文学创作之路。老年黑塞回忆少年写作时道："我当时已熟悉格林童话，也许还有拿着神灯的阿拉丁，宝石山*对这个孩子（黑塞）来说更代表着拥有无与伦比美和魔力的梦想而不是财富意义。"⑤ 童话与传奇故事在黑塞早期创作中占据相当的比重，多以自叙式的象征手法表达作者对时代、社会以及人性的思考。

他最早具有童话特征的三篇故事为《小矮人》（Der Zweig, 1903）、《皮影戏》（Schattenspiel, 1906）、《神秘的山》（Der geheimnisvolle Berg,

---

① Hermann Hesse, *Die Gedichte*, S. 460.
② Kurt Weibel, *Hermann Hesse und die Deutsche Romantik*, S. 10-11.
③ Hermann Hesse,„ Kindheit des Zaubers ", in Hermann Hesse, *die Märchen Legenden Übertragungen Dramatisches Idyllen*, Hermann Hesse, Volker Michels（Hrg.）, *Sämtliche Werke*, Bd. 9, Frankfurt am Main：Suhrkamp Verlag, 2002, S. 172.
④ Kurt Weibel, *Hermann Hesse und die Deutsche Romantik*, S. 10.
* 注：《两兄弟》中的一座山名。
⑤ Hermann Hesse,„Weihnacht mit zwei Kindergeschichten", in Hermann Hesse, *Betrachtungen und Berichte II*, S. 268.

1908)。《小矮人》具有艺术童话特点，构思于黑塞第二次意大利旅行参观威尼斯期间。聪明忧郁的小矮人菲利普，是美貌贵妇玛格丽特的小丑仆人。他的一条小宠物狗被女主人的未婚夫无端扔进河中淹死，周围的人均无动于衷。小丑菲利普对贵族们的冷漠无情感到愤怒且绝望，寻机毒死未婚夫并自杀。这篇童话将人性之恶指向平民与贵族间的阶级矛盾，颇具意大利文艺复兴时期的小说风格。《皮影戏》中美丽的自然与人性的残暴混乱交织。《神秘的山》突出对自然的描写，赋予自然以灵魂和生命。

黑塞在伯尔尼生活时期，才真正创作了符合传统意义上的童话，包括《笛梦》(Flötentraum, 1913)、《奥古斯图斯》(Augustus, 1913)、《诗人》(Der Dichter, 1913)、《来自外星的奇怪讯息》(Merkwürdige Nachricht von einem andern Stern, 1915)、《法拉杜牧市》(Faldum, 1915)、《艰途》(Der schwere Weg, 1916)、《梦系列》(Eine Traumfolge, 1916) 和《伊利瑟》(Iris, 1916)。黑塞 1919 年 6 月以《童话》之名在柏林费希尔出版社出版了第一本童话集，收录了《笛梦》之外的上述 7 篇作品。1955 年苏尔卡普出版社再版《童话》时添加了《皮克多的变形》(*Piktors Verwandlungen*, 1922)。

《诗人》《笛梦》和《伊利瑟》展现了作家陷入艺术与婚姻的矛盾中，向往艺术王国的纯粹存在。《伊利瑟》被盖尔哈特·舒尔茨认为与诺瓦利斯《奥特夫丁根》一脉相承，这篇童话是梦，蓝花是梦的中心。童话的主题"归家"，承续了诺瓦利斯所追寻的精神归宿。①《奥古斯图斯》《法拉杜牧市》成为黑塞实现梦想的魔法天堂。《来自外星的奇怪讯息》《众神之梦》(Der Traum von den Göttern, 1914)《欧洲人》(Der Europäer, 1917/1918) 和《王国》(Das Reich, 1918) 道出黑塞反对战争、渴望和平的思想，具有乌托邦精神。《艰途》和《梦系列》展现出心理学对其创作的影响。《藤椅的童话》(*Märchen vom Korbstuhl*, 1918) 与黑塞当时学习绘画技巧有关。

20 世纪初期的 20 年里，黑塞撰写了 15 篇童话，既有对审美的浪漫追求，道德隐喻，也有政治批判。1919 年 8 月 5 日，黑塞写给弗朗兹·卡尔·金兹基（Franz Karl Ginzkey）的信中表示："这些童话对我来说，是转向另外一种新的文学形式的过渡。……我还需要继续前行，才能够使我的文学更加走进政治，贴近生活。"② 黑塞认为童话远离生活，第一次

---

① 参见张佩芬《黑塞研究》，第 69 页。
② Hermann Hesse, Ursula und Volker Michels（Hrsg.）, *Gesammelte Briefe*, Bd. 1, S. 410.

世界大战使黑塞脱离了乌托邦式的逃避与空想。他需要以文学之力影响现实世界。这或许正是黑塞在之后的文学创作中,较少撰写童话的原因。

《被出售的土地》(1920)、《致朋友》(1920)、《魔术师的童年》被认为是未完成作品,后两者属于黑塞的自传部分。《禹王》(1929)的素材源于雷欧·格莱讷(Leo Greiner)1913年出版的《中国之夜》中的童话故事。黑塞最后一篇童话是《鸟》(1933),鸟象征着自由自在的飘浮、漫游,遥远天空的鸟瞰。

黑塞的童话风格幽默诙谐,带点讥讽的语调,从早期的道德教诲、艺术审美追求到内在探寻,其叙述充满幻想,散发出超越自然的神秘魔法之韵。宇宙间各种事物关联的哲学思考也在黑塞童话的探讨中。他用魔法将日常生活陌生化,从真实中升起超验的理性概念,使魔法力和变化力成为推动童话情节的发展力,魔法使主人公具有了发展和变化的能力,例如魔术师、皮克多,逐渐从外部世界进入神秘莫测的内在世界,并与宇宙相通。"现实"和"魔法力"彼此融合成为他探索神话,创造新神话的重要文学方式。他如诺瓦利斯一般,使童话中诗化的现实成为另一个世界——神话世界,最终着眼于宇宙的统一和谐。艾博哈特·赫尔舍(Eberhard Hilscher)评述道:"通过象征性的自画像以及加入幻化奇特的创作风格,黑塞突破了童话朴实无华的形式,创作出童话式的艺术诗学。"①

(三)浪漫主义抒情诗

世界范围内,黑塞以小说创作闻名于世。实际上,他不仅是一位杰出的小说家,也是一位杰出的抒情诗人。他以诗开启文学之路,又以诗终结生命之旅。1899年黑塞出版第一部诗集——《浪漫主义之歌》,1962年出版诗集《一根枯枝嘎嘎作响》,这是他生前出版的最后一部作品。同年,黑塞在瑞士因病去世。黑塞一生大约创作了1400首诗,借此成为德语文学界诗歌创作最丰盛的诗人之一。黑塞不仅喜爱浪漫派作家,他的抒情诗极富浪漫主义诗歌特点。"黑塞的抒情诗属于古典风格,包括爱情诗、自然诗和哲理诗,年轻时代的诗歌创作以前两者为主,老年创作则以哲理诗为先。"② 其诗歌创作不以美学探索和语言革新为目的,只为展现生命不凡的体验,弹奏生活与自然多彩声音③。阅读黑塞的诗歌,仿佛是

---

① Hermann Hesse, *die Märchen Legenden Übertragungen Dramatisches Idyllen*, S. 639.
② Hermann Hesse, *Die Gedichte*, S. 619.
③ Hermann Hesse, *Die Gedichte*, S. 609.

在翻看作家的生命轨迹，无论是青春年少的张扬，还是中年的困苦彷徨，抑或老年沉思与静谧均潜藏在那些文字化的音乐之中。黑塞诗歌的音乐化被视为其浪漫主义特点之一。①

黑塞幼时的诗歌创作源于自发，之后在诗歌方面的学习和培养均得益于自学。这种自学的原动力来自内心对诗歌的钟情与喜爱。黑塞13岁立志以诗人为职业。年仅16岁的黑塞在给母亲的信中声称："诗是我唯一的欲望、唯一的爱好、唯一让我苦乐共享的快乐。"② 他与诗歌结缘一生，无论是青春年少还是耄耋之年。

1890年6月，他快13岁时，为祝贺父亲的生日，赋诗曰：

> 欢庆这一天的到来，
> 它是你初看世界的日子。
> 点亮今天为你庆贺，
> 自然装扮最漂亮的容颜。③

黑塞具有超群的语言感悟力和幻想力，短短几年间助其从随意而为的打油诗人快速成长为一名善赋诗词的抒情诗人。黑塞生性不喜束缚与妥协，甚至带着这样的执拗追寻艺术创作的目标，不过在粗放不羁的外表下始终隐藏着一颗多愁善感的心。④ 因此，黑塞无视声韵束缚，注重抒发情感与思想，以期通过诗作记录下自己最真实的感受：

脱轨

> 哦！欢乐的青春，你怎变得陌生！
> 我们如此长久的庆祝，
> 虚掷白天，荒度黑夜
> 为了金钱

---

① Kurt Weibel, *Hermann Hesse und die Deutsche Romantik*, S.18.
② Hermann Hesse, Ninon Hesse (Hrsg.), *Kindheit und Jugend vor Neunzehnhundert-Hermann Hesse in Briefen und Lebenszeugnisssen*, Bd.1, Frankfurt am Main: Suhrkamp Verlag, 1966, S.363.
③ Zitiert aus Hermann Hesse, *Die Gedichte*, S.610.
④ Zitiert aus Hermann Hesse, *Die Gedichte*, S.609.

风琴伴唱我们的歌谣。
太晚了——用舞乐和蜜意织就的帆,
风暴裹挟中,
升扬在脱轨年轻人的船上
在惊涛骇浪上失去控制。①

　　黑塞早期创作,尤以浪漫主义诗歌和抒情小说为代表。19世纪、20世纪之交的艺术思潮各家争鸣,兼容并蓄。象征主义、青年风格诗学以及新浪漫主义均为那时的文学主流。在这一时期,黑塞在诗学方面的追求站在浪漫主义一派。1895年,他给特奥多·约末林(Theodor Rümelin)的信中写道:"新的艺术将会形成,各种观点分裂对峙。无论是否有意如此,我都站在老旧派一侧反对新的流派。我坚定维护希腊理想、纯美学……"②他希望通过具有浪漫特色的诗歌创作倡导一种理想主义的,具有超越时代价值的艺术理念,以此反对当时通过自然主义对艺术去诗化的文艺潮流。1898年秋天,黑塞出版的第一部诗集《浪漫主义之歌》表明他当时将自己定位为新浪漫主义作家③。该诗集出版之后,黑塞给母亲的信中写道:"《浪漫主义之歌》的书名表白了我的美学及个性特点。……它不应是一部各种诗的混合,而是以浪漫主义为基本主题的系列诗集汇。"④

　　黑塞那个时期的小说和诗歌都表现出逃离的特点。他希望从令人压抑的现实中逃离到自我创造的梦之王国。作家在1899年出版的散文诗集《午夜后一小时》(Eine Stunde Hinter Mitternacht)中为自己创造了一个艺术家的梦之王国,美学之岛。黑塞在一首诗中描绘了"午夜后一小时":

午夜后一小时

午夜后一小时,
那时只有树林和晚月。

---

① Hermann Hesse, *Die Gedichte*, S. 106.
② Ninon Hesse (Hrsg.), *Kindheit und Jugend vor Neunzehnhundert-Hermann Hesse in Briefen und Lebenszeugnisssen*, Bd. 2, S. 483.
③ Hermann Hesse, *Die Gedichte*, S. 613.
④ Ninon Hesse (Hrsg.), *Kindheit und Jugend vor Neunzehnhundert-Hermann Hesse in Briefen und Lebenszeugnisssen*, Bd. 2, S. 306.

第二章　浪漫的"向内"与现代性反思　63

    已无清醒的人类心灵，
    金碧辉煌的宽敞宫殿矗立于此，
     我和我的梦居住其中。

    画面上厅堂楼宇华彩夺目。
    我的梦在我这儿来做客。
    精彩的赛事喧嚣不断；
    欢呼声和歌声汇成欢乐的河流，
     流进休憩的清晨。

  然而，这个梦与美的王国总是被阳光引领的凡尘俗世所惊扰，甚至摧毁：

    他就像粗野的拳头砸进墙壁，
    突然冲进来将阳光之炬抓在手中，
    当火光跳闪后突然熄灭，
     我的美梦被砸散。

    富丽堂皇的围墙纷纷塌落，
    严峻的生活突然涌进，
    我不得不臣服于它的权威和恐吓
    沮丧地戴上轭缚劳作，
    哦，午夜，我的梦之居所[①]！

  诗祖露了作家内心对外部世界充满抵触、厌烦、无奈，甚至因恐惧而躲避。艺术与生活，美学与现实就像黑夜与白天一般，成为作家心中两个不可调和的对立物。建构作家所向往的、理想的美学世界成为这部散文集的显著特点，也是作家的创作主旨。文集中的首篇散文诗《岛梦》[②] 尝试将美学与梦关联融合。《岛梦》中，美学是统领梦岛的女王，音乐、绘画、色彩等艺术元素构筑起岛上各色美景，那儿有花园、水池、喷泉、树林、灌木丛等。一位遇到海难的梦者，拖着历尽沧桑与孤独的身体终于来

---

① Hermann Hesse, *Jugendschriften*, S. 136.
② Hermann Hesse, *Jugendschriften*, S. 172-187.

到梦岛，他的双眼依然闪烁着赤子之光，纯净清明。他被生命的厌倦所驱赶，城市污浊，楼宇喧嚣将他推离，他来到这里，为了归还美学女王曾经送给他的紫色长袍。它来自梦岛，女王将它放进梦者儿时的摇篮中。绝望的梦者认为自己在尘世沾染的污浊与罪恶已不配拥有它。梦岛令梦者的心重新变得年轻、充满活力，升起愉悦的骄傲。梦者再次进入心灵之梦，快被遗忘的少年歌曲、童年的春天在梦中随着岛上的花香重新浮现在心上。梦飘回到童年往事，父母家园中。阳光唤醒心灵之梦，悦耳的曲调吸引梦者走过树林，看到一队年轻的女性。她们是各种美的化身，女王统领各种美于一身。她们唤起梦者对爱与美最初的渴望。梦者在这里所看到的一切"比所有的现实更加美丽，比一切现实更加真实"①。

"这里，我开始学习思考今天与明天，第一次品尝知识酸涩中的甜美，知晓面纱下的美丽。我那多愁善感的心在这里听到所有伟大的名字，伯利克里、苏格拉底、菲狄亚斯、荷马等。"② 作家笔下的现实污浊喧嚣，充满罪恶，令人感到厌倦、绝望和恐惧。而梦岛上旖旎的自然风光，建筑高贵典雅。这里的空气芬芳扑鼻，景色梦幻多姿，不时传来悦耳动听的声音。这里的一切让人拥有青春的活力，愉悦放松，虔诚的内心充满爱意、眷恋与回忆。梦岛中的艺术之美与现实世界，梦幻与真实的对立如此泾渭分明。作家为了追逐美与艺术，而逃避到梦的世界中，为自我创建一个自由的审美世界成为作家协调内在世界的重要方法。在这里，梦成为个体存在的重要精神支持。

这部散文诗集实际具有自传性质。文中所探讨的美学世界与现实世界之间的矛盾问题，即是作家自身所面临的美学追求与粗俗现实间的矛盾，以及作家为此躲进美学梦国的逃避思想。黑塞说《午夜后一小时》"表达了我的内心世界，但这个世界无人能懂。我的梦想和象征都是我个人的私事，无论别人感觉真实与否。"③

这些矛盾和逃避在黑塞后来的创作中积极寻找解决方法，以试图化解艺术家的俗世生存危机。这种危机部分来源于对世界的恐惧，部分则来源于傲慢的孤独。在《赫尔曼·劳舍尔》中，黑塞尝试去征服尘世和现实，以期从危机中脱离出来，从而高调地走向健康、自然、纯真的道路。《彼

---

① Hermann Hesse, *Jugendschriften*, S. 181.
② Hermann Hesse, *Jugendschriften*, S. 183.
③ 黑塞 1942 年 4 月 24 日致奥托·巴斯勒的一封信，转引自 [德] 弗尔克·米歇尔斯编《黑塞画传》，第 66 页。

得·卡门青特》就是走在这条路上。① 1941 年,黑塞的《午夜后一小时》再版引言中写道:"如今在我看来,读者如果要理解我的思想,那么该散文集至少与劳舍尔和卡门青特具有同等重要的地位。"② 的确,这部散文集中的美学梦岛在黑塞心目中具有崇高的地位:"它的重要意义可能只有我自己清楚,大部分读者并不了然。这是我生活的王国,我的文学时刻构筑了这片梦国,我期冀用它展现那个充满神秘,存在于时空某处的国度。……它就在我的'午夜后时分'。在这部散文集里,我创造了一个艺术家的梦之王国、美学之岛。作家的诗性特征是从日常世界的冲扰和失意中逃离到午夜、梦与美丽的孤独中。这本书丝毫不缺乏美学特征。"③

然而,该散文诗集在出版之前,出版商奥根·蒂德利西斯(Eugen Diederichs)已经预见到它将不会带来商业上的成功,不过诗集的文学价值说服了他④。正如商家所料,该文集并未引起读者的兴趣。当时重要的知名人士,只有威廉·冯·舒尔兹(Wilhelm von Scholz)和莱纳·玛利亚·里尔克(Rainer Maria Rilke)对黑塞的这部散文集给予积极的评价⑤。德国著名诗哲里尔克评论道:

  它的词语仿佛用钢铁铸成,读起来缓慢又沉重。……它与题材贴的不够紧,它的美没有与题材融为一体:于是,书里出现了很多抽象之处。……它的敬畏之情真诚又深切。它的爱是伟大的,其中所有的情感都很虔诚:它立于艺术的边缘。因此,它庄重的装帧也是有道理的,这庄重覆盖了整本书。⑥

从诗集所遭遇的冷遇,我们可以体会到作家的美学追求在现实生活中所经历的孤独、寂寞和无人能解的心情,也能体会到为了寻找诗性、灵感与激情,作家将自己置于一个虚构的,代表美学世界的梦国中,其间内心的无奈与孤独。在这里,作家将诗与梦紧密相连,美学与梦境相互融合,梦不再是一个空虚的幻境,它滋养、充盈着作家的美学幻想,诗性激情、

---

① Hermann Hesse,*Jugendschriften*,S. 171.
② Hermann Hesse,*Jugendschriften*,S. 171.
③ Hermann Hesse,*Jugendschriften*,S. 170.
④ Hermann Hesse,*Jugendschriften*,S. 169.
⑤ Hermann Hesse,*Jugendschriften*,S. 169.
⑥ [奥]里尔克:《赫尔曼·黑塞"午夜后的一个时辰"》,《永不枯竭的话题——里尔克艺术随笔集》,史行果译,东方出版社 2002 年版,第 127 页。

灵感与梦幻满足。

　　作家的不驯服、倔强、易变、神经敏感等个性可以在诗学世界中肆意外露，无论是美学之梦，还是喜怒哀乐的真情实感，均被黑塞早期诗歌以浪漫主义手法记录下来，"这些诗歌不是我最喜欢的，但是记录下我最真实的感受"①。

　　文学批评界将浪漫主义作家歌颂大自然的诗词分类为欧洲田园诗（牧歌）。黑塞喜爱撰写这类歌咏自然景色的诗词，树木、花草、池塘、山脉，一年四季，一日三时都成为作家咏诵的题材。他在诗中将乡愁、青春、回忆等融进自然景观之中。

花枝

总是来回抖动
花枝挣扎于风中，
总是上下求索
我的心像一个孩童
在明亮与昏暗的日子之间，
在企求与放弃之间。②
……

暮色村庄

牧羊人赶着羊群
拐进寂静的巷子
草房暮霭铺散，
仿佛昏昏欲睡。

这时候站在墙边
就我一个异乡人
我的心怀着悲愁

---

① Hermann Hesse, Ursula und Volker Michels（Hrsg.）, *Gesammelte Briefe*, Bd. 1, S. 83.
② Hermann Hesse, *Die Gedichte*, S. 188. 译文引自［德］赫尔曼·黑塞《黑塞诗选》，林克译，重庆大学出版社2014年版，第3页。

第二章 浪漫的"向内"与现代性反思 67

  把渴望之酒饮尽。

  不管我走到哪里
  都有燃烧的灶膛：
  只有我从不知道
  哪里是我的故乡。①

  漫游者的忧郁、孤独、感伤、梦幻、黑夜、死亡等情绪徘徊萦绕在诗行之间：

今朝之美！

  明天——明天何如？
  哀伤，忧愁，快乐少许，
  头重如斯，泼洒的红酒——
  你应当活着，美丽今朝！

  时间是否插上飞翼
  改变了他严格有序之轮，
  斟满的酒杯
  是我不变的命轮。

  逝去的青春火焰
  在这些天腾空翻燎。
  死神，此时紧握我的手，
  你敢强逼于我吗？②

曲终

  死神每夜穿过城市；
  屋顶的窗户还透着红光，

---

① Hermann Hesse, *Die Gedichte*, S. 304. 译文引自林克译《黑塞诗选》，第41页。
② Hermann Hesse, *Jugendschriften*, S. 409.

那儿生病的作家坐一页白纸前，
直至深夜。

死神轻声推窗而入
吹灭昏暗的灯光。
呼吸间——眨眼间——一丝微笑！
城市和房屋顿时一片黑暗！①

黑塞是一位漂泊的作家，诗集记录下他游历的脚步。德国、瑞士、意大利……从欧洲到亚洲，一组组游记诗从中产生，一行行诗句拼画出作家漂泊的脚步，散发出思古感今之幽幽情怀。

圣·斯特凡教堂的十字回廊

长方形的围墙苍白、褪色而衰老，
曾经波代诺内的手在其上绘画。
这些图像抓住时间。你仅仅看到
这儿虚浅的轮廓，那儿模糊不清的湿壁画印记：
一只胳膊，一只脚——
幽灵问候似的消逝之美。
墙上还留有眼睛的孩子，愉快大笑
却令观者哀伤。②

异域时空，古代希腊、埃及、东方的印度和中国，他们的文化无不成为诗卷的主题。

观古埃及画展

自宝石之眼，
你们静静地、恒久地
隔空望着我们这些后世的兄弟。

---

① Hermann Hesse, *Jugendschriften*, S. 340.
② Hermann Hesse, *Jugendschriften*, S. 405.

第二章 浪漫的"向内"与现代性反思

> 无论爱情还是渴求
> 对你们平滑闪烁的容貌都显得陌生。
> 君王一般并与星宿亲如兄弟
> 不可思议者,你们一度
> 漫步于神庙之间。……①

寻找的故乡永远令浪漫者魂牵梦萦。黑塞说:"世间有一种使我们惊奇,使我们感到幸福的可能性:在最遥远、最陌生的地方发现一个故乡,并爱上那些似乎极其隐秘、难以接近的事物。"② 因此:我们出发,是为了回归。

陌生的城市

> 少有这样的忧伤时刻:
> 当你在陌生的城中漫步,
> 它静卧在清寂的夜里,
> 月华洒照万户。
>
> 在塔尖与屋顶,
> 朵朵云儿游荡,
> 似沉默而巨大的游魂
> 寻觅着它的家乡。
>
> 你,突然被这凄戚的情景
> 牵动了愁肠,
> 放下手中的行囊,
> 你痛哭在道旁。③

在许多诗中,黑塞赞颂他喜爱的浪漫主义作家诺瓦利斯、荷尔德林,以及肖邦等音乐家:

---

① Hermann Hesse, *Die Gedichte*, S. 100.
② Hermann Hesse, *Die Gedichte*, S. 103.
③ Hermann Hesse, *Die Gedichte*, S. 97. 译文引自欧凡译《黑塞诗选》,第33页。

荷尔德林颂歌

我年轻时代的朋友,在诸多夜晚
花园都已沉睡,只那丁香丛中的喷泉汩汩而流,
我带着无尽的感激,重回你身边。

哦,朋友,无人识你;新的时代
早已远离希腊的静谧与神奇,
没有祈祷,不再敬神(entgöttern)
民众理性地漫游于红尘中。

但是一群沉入内心的隐秘者,
神以渴望锤炼他们的心灵,
你那仙界的竖琴
如今依然为心灵弹奏

倦于白日,我们渴慕投入
充盈你歌声月夜,如临天堂。
它展开羽翼,
用金色的梦给我们庇荫。

啊,当你的歌令我们心醉神迷,
我们恒久的乡愁
更加灼热,更加痛苦地渴求那远古的圣土,
希腊的神殿庙宇。①

无论是黑塞的自然诗还是景观诗,都擅长寓情于景、以物言志,往往将自己的主观情感与外界景象融会贯通,此类诗被称为感觉诗。

日暮碧空

哦,壮观奇景如此纯美,

---

① Hermann Hesse, *Die Gedichte*, S. 193.

你从紫霞金光中
铺展开平和宁静、雍容肃穆，
你，辉煌致远的日暮碧空！

你如同碧波之海，
幸福在那儿抛锚停泊
安然休憩。桨端垂落
最后一滴尘世忧苦。①

梦对黑塞来说代表着浪漫、美好、欲望和儿童般的天堂。如诗如画般的梦深深吸引着黑塞年轻的心。在他早期的诗歌中，除了几首具体描写梦境的诗之外，几乎所有的诗中都出现"梦"这个词。梦成为美、青春、活力、理想、爱的丰收地。例如，《伊丽莎白》中，爱情成为永恒的乡愁走进作家的梦乡：

……
像一朵白云
伫立在天边，
你是，伊丽莎白，
如此洁白、美丽而遥远。

白云悠悠，不曾惹你留意，
可是它在暗夜，
穿越你的梦中。

白云轻舞，银波流转，
从此，你那甜蜜的乡愁
永不停息，
只为那朵白云②。

---

① Hermann Hesse, *Die Gedichte*, S. 53.
② Hermann Hesse, *Die Gedichte*, S. 69.

四月

……

梦中我今天看到一个孩子,
卷曲的头发柔嫩纤细;
五月风轻柔戏弄他的头发
唱起歌谣。

从父亲舒适的房中,
明亮的眼眸纯真地向外望
世界是那么遥远、博大和新奇
陈述着无比的欢欣美好。

一个小姑娘和他嬉戏,
如此纯真甜美,
一幅可爱、纯美的天使画面,
小小的天堂!

……

我今天梦到,那是五月,
心中充满幸福轻松,
我怀念着年少和童谣,
然而我再次醒来,
原来只是一个梦,
梦已远去,消散。①

随着年龄的增长,黑塞越来越执着于探索存在与自我的问题,并在东西方哲学中寻找答案,哲理诗成为中老年黑塞诗歌的主要类型。

地球是圆的

地球是圆的,这是健康的;
因为如果它有棱角的话,

---

① Hermann Hesse, *Jugendschriften*, S. 10-11.

我们怎能如此舒适地坐于其上？
但是它是圆的，我们是长方的，
对此无须懊丧；
因为如果我们身形相同，
那我们将滚过整个自然。①

黑塞的抒情诗最为独特之处在于把音乐、绘画与诗紧密结合。巴赫、莫扎特、肖邦的音乐令黑塞心醉神迷，对音乐的钟情与喜爱也令其抒情诗创作富于音乐节奏。肖邦、莫扎特都成为诗人咏诵的题材。黑塞深谙绘画艺术，还成为一名水彩画家。绘画艺术也成为黑塞诗歌创作的亲密伙伴。他出版过一部带有水彩画的诗集，题名《画家的诗》。上述诗歌中，多首抒情诗展现出诗、乐、画相结合的特征。

还需注意到，黑塞诗歌与小说具有一定的承接关系，例如短诗《老狼》(Der alte Wolf, 1926)、《荒原狼冥思"进步"概念》(Der Steppenwolf grübelt über den Begriff >>Fortschritt<<) 与小说《荒原狼》，小诗《蝴蝶》(Der Schmetterling, 1902/1904) 与《皇蛾》(Das Nachtpfauenauge, 1911)，组诗《伊丽莎白》(Elisabeth, 1900) 与小说《彼得·卡门青特》和《纳尔齐斯与歌特蒙德》，诗歌《东方之旅》(Die Morgenlandfahrt, 1932) 与小说《东方之旅》均被视为诗歌是小说的准备阶段。黑塞如同作曲家谱曲一般，将那些突发而至的灵感与主题先以诗歌记录，然后再以叙事手法将之扩展为一部部多声部交响乐般的小说，那里有独具个性的人物，曲折的情节，奇异的场景，使它们蜚声文坛。

正如《黑塞全集》第10卷《诗集》的篇首诗所言：

诗集赠友人

伊始于传奇的青葱岁月，所有令我感动、欢愉的
逝水年华、消散风采，均驻足在我的沉思、梦幻中，
留滞于我的祈祷、追求、哀怨中。
翻开这些诗页，你将重新寻得它们；
切莫严加讯问——
它们是否如所愿或无可用，

---

① Hermann Hesse, *Die Gedichte*, S. 582.

请将之笑纳，我旧日老歌！
我们华发已生，无妨缅怀往事，聊慰今生，
盛开于这千行诗中的生命之花
曾经如许璀璨。①

黑塞的一千多首诗歌记录着他的人生，抒发着生命的感悟。他传承了浪漫主义诗学特点，重视情感，歌颂自然，其创作并非单纯模仿那些古典的、传统的浪漫诗学，以期符合美学要求。他在创作中表现自我，追求个体存在。融于自然之美。"在我这里，自然之美与艺术（诗学）之美是同一等级，尽管艺术之美更加能感染我。在描摹理想之美方面，我并不认为自然是艺术之母和美学的原初存在形式，它是与艺术一样的图形、符号、尝试等。那些能够适用于艺术品与自然图形范畴内的美学法则和各种可能性，无论是艺术品还是自然图形都不能全部囊括。因此在我看来，许多风景在一定程度上是打上艺术家个人烙印的主观创作。"②

二 现代人的心灵之困

源起欧洲的现代化进程使世界发生了翻天覆地的变化。这种颠覆性改变突出表现在物质世界：物理科学的伟大发现改变了人类的宇宙观和宗教观；科技工业创新改变人类的生存环境，也摧毁了旧有传统，现代性如同宙斯的太阳战车，毫无阻碍地碾过人类世界的方方面面，给人类带来外部世界无与伦比的巨大胜利。以英美国家为典范的富强思想震撼着世界上几乎每一个民族，人类追逐着现代性战车所带来的财富与利益。正如哈贝马斯所言：西方理性主义是现代性的源泉。③ 伴随科学技术进步带给人类的还有科技理性主义侵入精神世界，"人的现代观随着信念的不同而发生了变化。此信念由科学促成，它相信知识无限进步、社会和道德改良无限发展"④。人类相信科技战胜自然，自信世界是可控的，可创造的，自然不

---

① Hermann Hesse, *Die Gedichte*, S. 7.
② Ninon Hesse（Hrsg.）, *Kindheit und Jugend vor Neunzehnhundert-Hermann Hesse in Briefen und Lebenszeugnisssen*, Bd. 2, S. 483.
③ ［德］于尔根·哈贝马斯：《现代性的哲学话语》，曹卫东译，译林出版社2011年版，第3页。
④ ［德］于尔根·哈贝马斯：《论现代性》，王岳川、尚水编《后现代主义文化与美学》，北京大学出版社1992年版，第10页。

第二章 浪漫的"向内"与现代性反思

再神秘：

> 所以，一切奇迹都被否认了：因为自然乃是若干已经知道和认识了的法则组成的一个体系；人类在自然中感到自得，而且只有他感觉自得的东西，他才承认是有价值的东西，他因为认识了自然，所以他自由了。①

人类自信地认为获得了自由与解放，主体性（Subjektivität）意识不断被提升。黑格尔第一个使现代脱离外在于它的历史规范影响，并将其升格为哲学问题②。他明确指出主体性乃是现代的原则，根据该原则，黑格尔同时阐明了现代世界的优越性及危机之所在，即这是一个进步与异化精神共存的世界③。据此，黑格尔提出主体性（Subjektivität），意指现代充斥着关系到自我的结构。他认为：宗教改革、启蒙运动和法国大革命等重大历史事件均贯彻了主体性原则。主体性原则甚至还确立了现代文化形态。

恰如黑格尔所说，这是一个进步与异化精神共存的世界。席勒早在1795年发表于《季节女神》(Horen) 的《人的美学教育书简》中尖锐地指出独立的国家机器像钟表一样机械地运转，由于规模化的工业制造，日益提高的机械化程度，社会分工不断细化，人成为社会这部庞大机器的细小零件，它使公民成为异己：

> 让新人类受到这一伤害的是文化本身。一旦一方面扩展了的经验和较为明确的思维需要对科学进行更加精确的划分，另一方面，较为复杂的国家机器使更严格地区分等级和行业成为必要，人性的内在结盟也就土崩瓦解，而一场道德败坏的争斗也就造成和谐力量的分裂。直觉的理智和思辨的理智现在互怀敌意，分占其不同的领地……他常以压制其余的天赋而告终。④

---

① G. W. F. Hegel, *Vorlesungen über die Philosophie der Geschichte*, Werke in 20 Bänden mit Registerband, Bd. 12, Frankfurt am Main: Suhrkamp Verlag, 1986, S. 522. 译文引自［德］于尔根·哈贝马斯：《现代性的哲学话语》，第 21 页。
② ［德］于尔根·哈贝马斯：《现代性的哲学话语》，第 19 页。
③ ［德］于尔根·哈贝马斯：《现代性的哲学话语》，第 19—20 页。
④ ［德］席勒：《人的美学教育书简》，《席勒文集》VI，张佳钰、张玉书等译，人民文学出版社 2005 年版，第 182—183 页。

76　第一编　文学篇

　　现代文明把人类天性引向分裂，也不断地背离自然。现代人以前所未有的能力改造世界，凌驾于自然之上。物质社会快速进展引发人类政治、经济、社会和文化进程发生巨大变迁，人类所居的现代社会变得短暂、易变，甚至是颠覆性的。这些使现代性自身充满了矛盾和对抗。现代性所引发的"现代之变"迫使生存于现代社会的男女们"必须学会渴望变化：不仅要在自己的个人和社会生活中不拒绝变化，而且要积极地要求变化，主动地找出变化并将变化进行到底"，① 因为不追随变化意味着走向消亡。这种变化性、易逝性使人类心无所驻，信仰虚无。现代性以社会关系全面资本化为目标，从而使人类精神进入物化状态。"任何能够想像出来的人类行为方式，只要在经济上成为可能，就成为道德上可允许的，成为'有价值的'；只要付钱，任何事情都行得通。这就是现代虚无主义的全部含义。"② 马克思将这种变化性、颠覆性描写为：

　　　　生产的不断变革，一切社会状况不停的动荡，永远的不安定和变动，这就是资产阶级时代不同于过去一切时代的地方。一切固定的僵化的关系以及与之相适应的素被尊崇的观念和见解都被消除了，一切新形成的关系等不到固定下来就陈旧了。一切等级的和固定的东西都烟消云散了，一切神圣的东西都被亵渎了。人们终于不得不用冷静的眼光来看他们的生活地位，他们的相互关系。③

　　从而，那些寄托精神的东西消散，人陷入无法自拔的精神困境。曾经令人类精神获得平静与皈依的千年信仰在现代科技理性面前也被祛魅。没有信仰依托的心灵更加漂泊不定。个体成为冷漠而只知满足欲望的永不满足者。资本化引导个体的发展走向局限性、扭曲性，那些不符合目的性、价值论的性格与才能受到无情的压制和摧毁。现代性所引发的人性分裂和精神异化激起知识界的深刻反思。它成为一个复杂而富有争议的概念。美国学者马泰·卡林内斯库在《现代性的五副面孔》中将现代性区分为社会现代性（资产阶级现代性）和文化或美学现代性，这是"两种截然不

---

① ［美］马歇尔·伯曼：《一切坚固的东西都烟消云散了——现代性体验》，徐大建、张辑译，商务印书馆2013年版，第123页。
② ［美］马歇尔·伯曼：《一切坚固的东西都烟消云散了——现代性体验》，第143页。
③ 《共产党宣言》，中共中央马克思恩格斯列宁斯大林著作编译局编译，人民出版社2018年版，第30—31页。

同却又剧烈冲突的现代性"①，资产阶级现代性相信科学技术造福人类的可能性，对理性的崇拜，还有实用主义等。文化现代性导致先锋派产生，具有激进的反资产阶级态度倾向，厌恶中产阶级价值标准，从反叛、无政府、天启主义到自我流放，它对社会现代性公开拒斥和否定。②从而导致"现代性……它自身充满了矛盾和对抗……启蒙运动以来，浪漫主义、现代主义和后现代主义，种种文化运动似乎一直在扮演某种'反叛角色'"③。看来，"作为一个文化或美学概念的现代性，似乎总是与作为社会范畴的现代性处于对立之中"④。

在工业社会中的人类主体性在现代化进程中是否能不断加强，随着物质时代的发展，却成为巨大疑问。个体成为时代旋涡中的构成碎片，即使现代化的主体也不得不成为现代化的客体，人的主体性自由毫无保障。黑格尔说，主体性的自由体现了现代世界的原则，因此在现代世界，精神的方方面面应当得到充分的发展，而现实世界恰恰相反。可见真正解决现代性问题，主体性问题是根本问题。为了真正解决主体性问题，追溯至波德莱尔的美学现代性在本质上对现代性进行论战，激发人们批判和反思社会现代性问题。黑塞作为"反叛角色"之一，他在文学世界中剖析个体存在状态，针对现代性对主体性的伤害问题，反思现代文明与内在精神世界实存的对抗本质。

（一）现代性、现代人的存在

生活于19世纪末至20世纪中期的黑塞，经历了近代德国与欧洲最为动荡的时期。那时德国军国主义逐渐异动，各种社会思潮风起云涌。欧洲思想界，尤其德国知识分子们陷入对现代性的反思和价值重估之中。历史学、宗教学、社会学、文学均以价值重估为基础寻找欧洲现代文化出路。黑塞义无反顾地加入这一潮流之中，深刻思考现代文明下人的主体性问题。他的文学创作围绕着社会现代性，从教育、个体发展、人与自然等层面批判现代性所导致的个体自我缺失、内在世界以及人与自然矛盾对立等问题。同时，他的文学中蕴含对欧洲文明现状以及持续发展的一份忧思。

---

① ［美］马泰·卡林内斯库：《现代性的五副面孔》，顾爱彬、李瑞华译，商务印书馆2002年版，第47页。
② 参见［美］马泰·卡林内斯库《现代性的五副面孔》，第48页。
③ ［美］马泰·卡林内斯库：《现代性的五副面孔》，"总序"第3页。
④ ［美］马泰·卡林内斯库：《现代性的五副面孔》，"总序"第3页。

他无法认同所处的时代文明,以拒绝者的姿态表达对社会生活的对抗思想。他拒绝市民生活形式,否定威廉二世时代的教育模式,抵制纳粹专政的反个人主义政治。① 在他看来,这个时代使代表主体性发展与完善的思想和文化生活逐渐走向消亡,精神被放逐。他在《思考与报道》中描述现代人真实的生活缺乏快乐与悠闲。日常的匆忙占据了整个人生,即便在节日与娱乐的时光中也体验不到内心的快乐与幸福。只能看到一张张"双眼空洞无神,神情疯狂扭曲的面容"②。这就是体现现代性的现代人,他们被各种强权所围剿,"在当今世界中它阻碍着个体的个性发展和完善。如果您观察那些幻想贫瘠、心灵虚弱、只知迎合和臣服,被强制一体化的人类,他们正是那些大集体,首先是国家这个集团所需要的理想成员"③。

在黑塞看来,个体的存在方式是现代人必须面对的重大问题,也是解决主体性原则的根本。因为在现代社会中人追求个体化必然导致存在的荒诞性,从而让人陷入孤独,走向异化。这是现代人陷入精神危机的重要因素。黑塞所经历的婚姻危机、精神危机、身份危机与欧洲社会的战争危机、文化危机、知识分子的思想危机等等所带来的孤立感、冲突感、绝望感纷纷交织在内在的冲突之中,它使黑塞感受到无可遏制的生存危机:个体的存在方式成为现代社会的重大命题。关注个体的存在方式是黑塞实现主体性的重要手段。

1. "荒原狼"们的现代危机

1937年,黑塞在回忆他的创作生涯时曾说:"面对充满暴力与谎言的世界,我要向人的灵魂发出我作为诗人的呼吁,只能以我自己为例,描写我自己的存在与痛苦,从而希望得到志同道合者的理解,而被其他人蔑视。"④ 他以文学方式刻画现代人个体化的精神危机,其中最具代表性的是小说《荒原狼》。

《荒原狼》写于20世纪20年代,以刻画市民阶层精英,中年知识分子哈里·哈勒——"荒原狼"个体存在的精神危机为出发点,剖析自我,

---

① Detlef Haberland (Hrsg.), *Hermann Hesse und die Moderne*, Wien: Praesens Verlag, 2013, S. 7.
② Hermann Hesse, *Betrachtungen und Berichte I*, Hermann Hesse, Volker Michels (Hrsg.), *Sämtliche Werke*, Bd13, Frankfurt am Main: Suhrkamp Verlag, 2003, S. 7.
③ Volker Michels, *Materialien zu Hermann Hesses >>Demian<<*, Bd. 1, S. 223.
④ 转引自 [德] 赫尔曼·黑塞《荒原狼》,赵登荣、倪诚恩译,上海译文出版社2008年版,"序"第5页。

探索个体内在的神秘世界，是一次对个体内在认识的文学实验。这部小说素材来自黑塞早年在巴塞尔的生活，[①] 同样被视为黑塞的自传体小说，是"本人生活经历与精神危机的写照"[②]。不过，《荒原狼》不仅仅是个人的危机写照，同时是针砭时弊的战书。作品紧密结合他所经历的时代，从1914年第一次世界大战爆发至20世纪20年代。那时的德国社会笼罩着各种矛盾与民族思潮。1918年第一次世界大战结束，德国并未因此而平静，以民族主义、爱国主义为名的军国主义、纳粹主义不断叫嚣。各种社会矛盾激化之下，一场新的战争正在酝酿。黑塞笔下的这个时代是一个技术与金钱的时代，战争与贪欲的时代。应该说，"这个时代"不仅仅是20年代，它更指人类的现代社会，《荒原狼》是对时代心灵的刻画，亦是人类现代危机的写照。《荒原狼》出版之后引起巨大轰动，被视为黑塞中后期创作的代表作之一。直至当今依然被视为反思现代性的代表作。

《荒原狼》从四个层面塑造主人公哈里·哈勒的立体形象。首先，以"出版者序"他述，叙述他人眼中的荒原狼；其次，"哈里·哈勒自传"自述哈里在某城的生活和感想；其中，穿插在自传中的《论荒原狼——为狂人而作》宣传册论述荒原狼群体的本质与特性；最后，"魔术剧院"展现内在心灵全息景观。这四个层面互相关联补充，结合他述与自述的方式，从人物外在形象、内在灵魂景观等层面，对哈里·哈勒生活图景进行了工笔细描，[③] 从而凸显处于传统市民性与社会现代性困顿中的"荒原狼"们。

小说第一部分《出版者序》描画出哈里·哈勒的外观。他是一位年近五十的学者，生长于市民阶层家庭，有体面的身份和生活，经济优渥，举止有礼和善，才华横溢，精神睿智、活跃，但隐含着哀伤、多愁善感。可以说，是市民阶层的知识分子精英代表。

小说情节主要展开地点为"我姑妈的家"，一个传统的小市民家庭。小说叙述人出版者"我"是一位规矩守信的典型小市民代表。小说第二部分"哈里·哈勒自传"以及穿插在自传中的《论荒原狼——为狂人而作》中，哈里的生活与情感均未脱离市民阶级的背景。黑塞以此将哈里·哈勒的危机、矛盾与市民性紧密相连。"市民性"一词在《荒原狼》

[①] 参见张佩芬《黑塞研究》，第30页。
[②] ［德］赫尔曼·黑塞：《荒原狼》，"序"第4页。
[③] 卢荻、汪云霞：《〈变形记〉与〈荒原狼〉形象塑造之比较》，《江汉大学学报》(社会科学版) 2017年第3期。

这部小说中具有重要的所指与意义。

在德国历史上，市民阶层隐含意义丰富、驳杂，往往与社会意识的历史变迁相关联。"从18世纪后期到19世纪的德国市民阶级，实际上是一个精英阶层"，① 是以文化为主宰的"有教养的市民阶层"（Bildungsbürgertum）。歌德作为市民阶级的伟大代表，以"若非市民家，何处有文化"精练表达了该阶层的文化精英意识。② 他们所秉持的文化传统从一定程度上体现着传统德意志精神。

对具有传统精英意识的德国知识分子来说，"有教养市民阶层"已经成为一种概念性的精神领域。托马斯·曼骄傲地认为"市民阶级"是德国孕育哲学、艺术和人道主义花朵的沃土，歌德、尼采都是这块土壤成长起来的文化巨人。③《荒原狼》中的莫扎特、歌德作为不朽者，他们所创造的文化属于这一精神领域。

社会现代性进步带来"有教养市民阶层"的绝望

"19世纪与20世纪之交，工业化给德国社会带来巨大变动，出现了新的'从事经济活动的市民阶层'（Wirtschaftsbürgertum）或'占有财产的市民阶层'（Besitzbürgertum）。"④ 正如马泰·卡林内斯库所述，社会现代性的进步基于科学技术进步、工业革命和资本主义带来的全面经济社会变化。19世纪以来，理性崇拜、实用主义以及对金钱和实利的信奉与追逐，逐渐成为中产阶级的核心价值观。⑤ 这些典型以经济为主宰的市民阶层持续挤压"有教养市民阶层"的存在，冲击、碾压有教养市民阶层以及他们的文化精神。新阶层与旧的"有教养市民阶层"的社会价值形成矛盾。

在这个社会转型期，有教养市民阶层持续萎缩、没落，这个阶层已经不再是曾经的社会中间力量，无力去抗衡那些新的社会价值与思想。"有教养市民阶层"以及他们所代表的传统德意志市民性从整体层面上来说，完全被现实世界所击溃。黑塞面对这个阶层及其文化的衰亡充满了无力感和绝望感，正如库尔特·品图斯所述："《荒原狼》……是记载一个过时

---

① 黄燎宇：《〈布登勃洛克一家〉：市民阶级的心灵史》，《外国文学评论》2004年第2期。
② 黄燎宇：《〈布登勃洛克一家〉：市民阶级的心灵史》，《外国文学评论》2004年第2期。
③ 黄燎宇：《〈布登勃洛克一家〉：市民阶级的心灵史》，《外国文学评论》2004年第2期。
④ 曹卫东主编：《德国青年运动》，上海人民出版社2013年版，第13页。
⑤ 参见［美］马泰·卡林内斯库《现代性的五副面孔》，第48页。

的人、过时的时代的衰亡的文献。"①

哈里的精神支柱——德国传统市民精英阶级及其文化的崩溃使他失去了根。"旧的文化传统在消失,新的文化现象又让他感到格格不入,因而精神上无可归依。"② 于是,荒原狼"深信自己是无本之木、无源之水"③。面对充满战争宣言,市民精神荒芜不存的世界,他的灵魂几近死亡,内心空虚绝望。"在我们的生活中寻到神迹是多么困难,在这如此自得意满、市民气十足、精神空虚贫乏的时代……我怎能不做一只荒原狼,一个潦倒的隐世者!"④ 这匹来自异域的荒原狼与社会、时代格格不入,深感无家可归。"一只迷途动物,误入他不能理解的陌生世界中,再也找不到自己的家乡、空气和食物。"⑤ 他游离于大众时代文化之外,仿佛生活在异域世界。

在这样的时代中,小说中的哈里·哈勒面对外部世界深陷痛苦绝望中。小说创作者同时身陷时代与家庭双重困境。黑塞个人两度婚姻变故,几位至亲离世,身心长期受到疾病折磨。这些内外交困使他不可遏制地陷入精神危机,从而作品中充满了对人性,对自我的怀疑与否定。

时代交替时期,两种文化,两种社会意识的碰撞与交错,使人成为"最典型的人生旅客,是旅行的囚徒。他将去的地方是未知的,正如他一旦下了船,人们不知他来自何方。只有在两个都不属于他的世界之间的不毛之地,才有他的真理和他的故乡"⑥。因为他们曾经固守的宗教信仰、道德伦理、文化习俗在这交替时期,纷纷崩塌、混乱不堪、对错无界。个体生活在其中,精神世界产生巨大的震动与痛苦。"哈里·哈勒陷入两个时代之间,失去安全感和无辜感。他们的命运是怀疑人生,体验个人的痛苦和劫数。"⑦ 这种世纪之交的矛盾性致使个体怀疑生命的意义与价值,

---

① Kurt Pinthus, „Hermann Hesse. Zum 50. Geburtstag", in Volker Michels (Hrsg.), *Über Hermann Hesse*, Bd. 1, S. 48.

② 张弘:《论〈荒原狼〉与二重性格组合型人物的终结》,《外国文学评论》1996年第2期。

③ Hermann Hesse, *Der Steppenwolf*, in Hermann Hesse, Volker Michels (Hrsg.), *Die Romane*, *Sämtliche Werke*, Bd. 4, Frankfurt am Main: Suhrkamp Verlag, 2001, S. 23.

④ Hermann Hesse, *Der Steppenwolf*, S. 38.

⑤ Hermann Hesse, *Der Steppenwolf*, S. 39.

⑥ [法] 米歇尔·福柯:《疯癫与文明》,刘北成、杨远婴译,生活·读书·新知三联书店2012年版,第13页。

⑦ Hermann Hesse, *Der Steppenwolf*, S. 29.

丧失对自我清白的肯定，失去命运的安全感，以至于希望以自杀求解脱。

个体内在危机还根源于现代性引起的内在发展的矛盾性："他的病根是在于其丰硕的才能与力量达不到和谐。"① 黑塞以切身的存在与痛苦展示在世纪之交，这一代知识分子精英面对工业文明带来的时代巨变，他们严守的道德律令与传统文化被颠覆，安全感缺失，自我价值质疑，主体性自由在社会化大生产中被压迫，由此引发生存冲突与精神危机。"这是一个时代的记录……哈里的心灵疾病并不是个别人的怪病，而是时代本身的疾病，是哈勒那一代人的精神病……最坚强、最聪明、最有天赋的人首当其冲。"② 市民精英阶层的内心痛苦是与现实社会冲突的反映，从根源上来讲是现代性导致的严峻时代精神病。

"我姑妈的家"：中庸的传统市民家庭

哈里·哈勒偶然来到一座城市，住在传统小市民家——"我姑妈的家"。这个家及其成员"我"与"姑妈"体现出小市民家庭典型的特色：干净、周到、精确、规矩，为人善良且中庸，小事上的责任感和忠诚。

19世纪以来，德国市民阶级的概念逐渐被中性化，既保持市民阶层许多优良传统，有着良好的道德及文化修养，遵纪守法、宗教虔诚、循规蹈矩，但又中庸、拘谨、狭隘，更多被贴上小市民的标签。叙述人"我"看到荒原狼"很喜欢这一切，同时又觉得这些东西很可笑"③。这儿的生活和氛围既是他的需要，又被他所厌恶。生长于市民家庭的荒原狼对这个时代的市民阶级有着十分复杂的情感，这类传统小市民家庭对他意义特殊。

首先，他憎恨市民阶级。因为"市民的满足，健康、舒适、精心培养的乐观态度，悉心培育的、平庸不堪的芸芸众生的活动。"④ 这种满足令他无法忍受，憎恨和厌恶它。因为这些看似健康的平凡生活是被精心培育出来的，隐藏着中庸、懦弱、狭隘和躲避。

众所周知，工业文明引来矛盾重重的现代性。各种各样的时代矛盾，社会冲突和文化危机层出不穷。这些灾难和危机并未局限于一国一地，甚至笼罩在整个人类世界，然而小市民们却安居一隅，平凡自居，以回避和

---

① Hermann Hesse, *Der Steppenwolf*, S. 16–17.
② Hermann Hesse, *Der Steppenwolf*, S. 28.
③ Hermann Hesse, *Der Steppenwolf*, S. 11.
④ Hermann Hesse, *Der Steppenwolf*, S. 35.

美化来应对时代痼疾。如出版者"我"重视有保障的安稳生活,"是一个生活有度、规规矩矩的市民阶层,习惯于日常事务,时间安排妥帖,不抽烟不喝酒"①。并且以自身遵纪守法,对社会家庭担当责任和义务所自豪。这些守规的良好市民表现同时也顺应了工业化社会与国家的造人模式,这些正是危害人类创造性的重要因素之一。这些危机与灾难不是"我"这些平庸凡人所能关心的。这种平凡小我的心态中掩盖着人性中不敢直面灾难和危机的懦弱和自私。

如果某个市民阶层的个体不能循规蹈矩,身上具有表现独特、不符合大众庸常习俗的天性和特质,则被市民大众视为"兽性",未成年时受到市民教育者无情压制和打击,成年之后则属于异类"怪人"。于是,渴望人生新意,寻找人生价值的欲望被平庸、安乐所淹没。市民阶层的局限性阻碍培养和发展个体创造性,也帮助社会弊端的存在和发展。市民阶层的局限性令哈里感到悲哀和忧郁。这个秉承"至高无上和不可能的一再追求恰恰是精神的特征"②的知识分子精英,小市民阶层令他绝望、憎恨。

其次,小市民之家又是他温暖的"安乐窝"。小市民家庭体面干净,温暖有序,散发着松节油的香味和肥皂味。人与人之间宽容善良、温顺有礼。这种家庭的温馨气息、家人优良的文化和道德修养令他止不住内心的喜爱和向往。

传统市民家庭是哈里·哈勒从小生活的环境。松节油的香味,家中的布置让他想起自己的母亲和快乐的童年。"我喜欢这种环境,这无疑是从小养成的习惯。我藏在心底的诸如对故乡之类的怀念,一再引导我走上愚蠢的老路。"③"我姑妈的家"引起他深藏在心底对父母的怀念,对故乡的向往。同时,这种小市民家庭所保持的诸多传统德意志市民性,散发着德意志市民文化精神令哈勒似乎梦回文化的故土。这个传统的小市民天地似乎与外界动荡不安相隔离,如此稳定、安谧,他"想通过一条缝隙钻入一个小小的和平世界,在那里定居下来,哪怕只住一个小时也行"④,他仿佛是在传统市民性与现代性的碰撞夹缝中得以稍作停留,片刻喘息。这一切令这个孤独、痛苦、疾病缠身的愤世嫉俗者忍不住贪一晌之欢,暂时

---

① Hermann Hesse, *Der Steppenwolf*, S. 19.
② Hermann Hesse. „Dank an Goethe", in Hermann Hesse, *Autobiographische Schriften II*, S. 454.
③ Hermann Hesse, *Der Steppenwolf*, S. 36.
④ Hermann Hesse, *Der Steppenwolf*, S. 23.

忘却当下的绝望与凄凉。

荒原狼对小市民阶层又爱又恨，对它的爱与生俱来，无法抗拒，对它的恨令自己痛苦凄凉。哈里天才般的能力使他尖锐地看透整个时代与世界的弊病，同时也包括自身的缺陷，从而陷入无尽的痛苦与绝望之中。哈里代表着既深受现代性影响，又希冀克服现代弊病的一代知识分子。他与外部世界的矛盾与对峙同时也反映出个体内在世界的矛盾与分裂。"他意识到自己非常孤独，深信自己是在水中游泳挣扎，深信自己是无本之木、无源之水。"① 他如同特里斯丹*一样洞悉一切平凡事物的秘密，因此他只能是来自另一个毗邻的世界。在荒原狼眼中，现实世界是陆地，他则挣扎于水域之中。有着坚固城市的坚实大地固然不是他的家乡，但是水域亦不是他的家乡。荒原狼犹如福柯所述的"疯癫者"，游过水域，来到一处陆地。"他迷了路来到我们城市，来到家畜中的荒原狼……他胆怯孤独，粗野豪放，急躁不安，思念家乡，无家可归。"② 这只在现代文明的陆地上疲惫穿行、孤独绝望的荒原狼视周围一切只不过是一场游戏。哈里内在世界的矛盾与危机外显于个体与现实世界的自我隔离与渴望，内显于光怪陆离的"魔术剧院"游历，也可说是精神世界作为客观存在的淋漓刻画。他是一个矛盾的综合体：他与现实社会决绝隔离，厌恶时代文化，怀疑人生，蔑视规矩，无情嘲讽、鞭挞社会时弊，同时又渴望市民生活的平实与温馨。魔术剧院中的游历更是真实灵魂的写照，看见无数个自我的分裂，无数丑与善的"我"之出现，驯兽者、部长、将军、疯子在他们的头脑中显现的思想也同样潜藏在自己身上，同样可憎、野蛮、凶恶、粗野、愚蠢。

荒原狼的矛盾性，怀疑论表现时代本身的弊病，是现代性带给人类的精神疾病——矛盾性在个体精神世界的映射。这种矛盾性致使个体陷入虚无③。这样的哈里是自杀而亡，还是依然活在人世的某个角落呢？黑塞似乎并没有给出明确的答案。或许，哈里最终抱着不断去学习如何"笑对人生"，从而完善自我，黑塞以开放式的结局结束这部小说。

2. 反思中的"向内之路"与救赎

现代性作为一个社会学概念，总是和现代化过程密不可分，工业化、

---

① Hermann Hesse, *Der Steppenwolf*, S. 19.

* 注：特里斯丹（Tristram）是亚瑟王传说中的骑士。

② Hermann Hesse, *Der Steppenwolf*, S. 19-20.

③ ［法］米歇尔·福柯：《疯癫与文明》，第 13 页。

城市化、科技化、世俗化、市民化等现代化的种种指标无不构成现代性。从某种意义上来说，政治的、经济的、社会的和文化的历史进程均与现代性有着复杂的互动关系。黑塞从欧洲社会现状、个体内在世界、人的发展与教育、人与自然等层面探讨现代性与现代人的存在。如席勒认为现代所缺少的正是理想化了的古希腊人所具有的整体性、和谐以及和解①。在这个充满欲望的矛盾化的现代性之下，被碎片化的个体如何重新凝聚，如何健康存在成为他"向内之路"的创作主旨。

黑塞在《洞察混沌》（*Blick ins Chaos*，1921）一书中，从分析陀思妥耶夫斯基（Dostojewskis，1821—1881）的两部小说《卡拉马佐夫兄弟》和《白痴》为出发点，探讨"欧洲下沉"论，即"欧洲精神衰落"②观，黑塞认为衰落源于启蒙运动以来所崇尚的绝对理性主义以及因此所引发的现代性问题。黑塞说："我们体会到他的书*中一种预言，预先反映了我们近几年来在欧洲亲眼看到的毁坏和混乱。"③ 童话《欧洲人》（1917）讽刺了欧洲人崇尚的"理性"及它所导致的毁灭性，直指现代文明带来的、几乎无可解决的人类生存问题。文中开篇描写世界大战结束之日，上帝发起一场毁灭性的大洪水。欧洲希冀凭借其引以为傲的"光辉技术"对抗大洪水。然而建起的巨坝未能阻挡住欧洲沉没的脚步，"欧洲开始沉没，人被淹入水中。新近竖起的铁塔发射着明亮异常的探照光，笔直照向潮湿的堤坝上。坝土簌簌散落，快速下沉。大炮射出的炮弹在空中来回疾驰，划出优美的光弧。"④ 在此，作家讽刺那自以为无可匹敌的欧洲科技文明却成为欧洲下沉的见证者。一位银须随风飘动的老主教——诺亚驾驶着巨大方舟试图挽救世人。许多族类被救上方舟，欧洲只一人幸存。他自诩精明能干且学识渊博，才智超群而蔑视他族的技艺和劳作，宣称拥有"解决人类幸福的伟大使命"⑤。当众人问及何为人类幸福的秘密，欧洲人却哑言。对这个一无所能、傲慢无礼的欧洲人，其他种族向主教质疑其存在的必要性。主教说："请大家对这些白人多多海涵。他们恰因再次毁灭可怜的地球而受到惩处。……［其他种族］在地球将开启新的生

---

① ［德］席勒：《人的美学教育书简》，第281页。
② Hermann Hesse, *Blick ins Chaos*, Bern: Verlag Seldwyla Bern, 1922, S. 1.
* 此处指陀思妥耶夫斯基的小说《白痴》。
③ Hermann Hesse, *Blick ins Chaos*, S. 20.
④ Hermann Hesse, „Europärer", in Hermann Hesse, *die Märchen Legenden Übertragungen Dramatisches Idyllen*, S. 149.
⑤ Hermann Hesse, „Europärer", S. 154.

活。……这位欧洲的幸存者也许可以成为一个幽灵，不时向我们提出告诫，推动我们前行。"① 看来，在黑塞眼中，欧洲现代文明是摧毁世界的主力军，在毁灭世界的同时自我毁灭。文章最后指出只有欧洲人潜入到其他民族中，才能得以继续存在。黑塞在此提出欧洲文化得到修正和可持续发展的方法：汲取他民族的智慧。

针对现代性对个体发展的负面作用，黑塞首先指出现代教育体制的功利性与非自然性。小说《在轮下》中那个热爱自然，生性聪敏活泼的汉斯·吉本拉特在老师和学校的教育下，"小吉本拉特的成长是多么美好呀！他几乎放弃了闲逛与游戏，在上课时早已不会无缘无故地笑了，也不在种花、养兔与钓鱼了"②。学习目的变为不知缘由地成为高人一等的"野心家"。"因为他若想在神学校中也高人一等的话，就必须更加用功不可。他很明白这点，而且他当然要高人一等。这到底是为什么呢？他不懂是为什么？"③ "对校长来说，看到这个被他引导的学生成就了伟大的野心，自然是满心欢喜。"④ 受到国家所托的各级教育者之使命：

> 就是除去少年心中的粗野力量与自然的欲望，加紧国家所承认的稳健与中庸的理想。……在少年心中，有着粗鲁、残暴和野蛮的本质，只需首先予以粉碎，少年心中的危险火焰必须首先予以扑灭。自然所创造的人类，是无法衡量的，是无法看透的，也是不稳定的。像是从未知的山上流下来的奔流，也像是杂乱无章的没有道路的原始森林。正如必须把原始森林开采出来、整理和大力维护一样，学校也必须把天生的人类打碎、打败才行。学校的任务就是遵循上面所订的规则，把自然的人类变成社会有用的一员，最后用军队的严密训练，把各种性质作最后的雕琢。⑤

黑塞认为，现代德国教育体制所奉行的"稳健与中庸"泯灭了年青一代的自然天性，其目的是统一听命于国家机器。不符合国家教育目的自

---

① Hermann Hesse, „Europärer", S. 156.
② Hermann Hesse, *Unterm Rad*, *Ausgewählte Werke*, Bd. 1, Frankfurt am Main: Suhrkamp Verlag, 1994, S. 198.
③ Hermann Hesse, *Unterm Rad*, S. 192.
④ Hermann Hesse, *Unterm Rad*, S. 197.
⑤ Hermann Hesse, *Unterm Rad*, S. 197.

然天性被抹杀。《荒原狼》评价当时的德国教育以"摧毁学生的意志"① 为教育基础,黑塞认为这种教育制度是现代人成长的悲哀。《在轮下》中,黑塞写道:"(父母亲)他们的心里充满了夸耀、奇特的感情与美丽的希望,却没有一个人想到今天自己是把自己的孩子拿去交换金钱的利益,把孩子卖给了国家。"② 除了《在轮下》,《劳舍尔》《儿童心灵》(Kinderseele) 以及《德米安》等作品中同样揭露当时的教育制度带来个体健康成长的危害。③《德米安》的主人公辛克莱怀疑从学校、家庭、教会所学到的是虚假道德而逃出神学院。这些小说情节均源于黑塞的真实教育经历,"后来,我开始接受了正式教育。但是学校教育并不注重生命不可或缺的重要知能,它主要是侧重于一些华而不实的文字游戏"④。

黑塞以其青少年时期所受学校教育为根据,提出因材施教,避免现代教育制度造成的机械性和片面性。教育应该保护自然天性,适度宽松自由的培养方式才能培养出全面发展的健康个体。《魔术师的童年》一文中指出与自然紧密联系对青少年的成长非常重要:"在上学之前,我即学到了生活中最珍贵、最不可或缺的东西……我会吟咏许多首大自然之歌。我还会变魔术,我拥有了童年时期的一切传奇智慧。"⑤

其次,黑塞认为现代社会的过度城市化对人与自然危害巨大。他从两个方面批判过度城市化:一方面是对人的精神损害;另一方面是对自然的无情破坏。

黑格尔认为现代人追求的主体性内涵具有个体主义、批判权力以及行为自由的特征。在现代性进程中乡村逐渐瓦解。乡村的年轻人倾慕城市的自由和物质发展,更加渴望摆脱传统乡俗束缚。他们纷纷进入城市,以为在城市可以获得行为自由和批判权力,成就独立的个体。然而在黑塞眼中的现实是,来自乡村的新城市人并未获得所期望的真正自由,反而往往成为城市的边缘者、孤独者。黑塞对城市化的批判最早出现在《彼得·卡门青特》中。小说中来自瑞士山村的年轻人卡门青特,在城市读完大学

---

① Hermann Hesse, *Der Steppenwolf*, S. 14.
② Hermann Hesse, *Unterm Rad*, S. 211.
③ Siehe Hermann Hesse, „Biographische Notizen", in Hermann Hesse, *Autobiographische SchriftenII*, S. 19.
④ Hermann Hesse, „Kindheit des Zauberers", S. 171.
⑤ Hermann Hesse, „Kindheit des Zauberers", S. 171.

之后，当了报纸编辑，工作出色，然而始终无法融入城市中上层社会文化圈，爱情屡遭失败，最终重返故土，投入乡村与大自然的怀抱。彼得返乡意味着乡村之子始终无法融入城市文明，城市化进程中的他们沦为边缘人、局外人。这种身份使他们在日益喧嚣的城市进程中踽踽独行，精神上漂泊无根，陷入孤独、恐惧之中。

孤独感不仅侵入来自乡村的城市闯入者，它实为现代性的衍生物。现代人精神危机的重要表现——孤独感弥漫在几乎黑塞所有的作品中。黑塞说："人生就是皆然独处，没一个人了解别人，人人都很孤独。"[①] 在现代性的进程中，个体与社会的碰撞激发了个体意识的孤独感，因为人的主体意识在现代性的脚步中得到不断强化，甚至个体与集体走向对立。现代人的心中不在伫立上帝，没有信仰可以依托，存在的荒诞性让人陷入孤独，走向异化。孤独促使人寻找故乡，甚至渴望死亡之解脱。这是现代社会中人追求个体化的必然结果。寻找故乡，向往自然，怀念母亲、渴望死亡等等，这些个体孤独感之体验与克服始终萦绕着黑塞式的人物身上。

现代性中的城市化进程导致乡村瓦解，乡土文化被破坏殆尽。应该说，乡土文化是现代社会中人与自然的联系纽带。城市化进程使这种纽带更加彻底地被撕裂，人与自然愈加剥离，人类处于对立于自然的孤独之中，使人的主体性更加无法全面发展。关于城市化发展使人远离自然，甚至破坏自然的问题，黑塞的短篇小说《城市》（*Die Stadt*，1910）以及《南方的一座外国城市》（*Die Fremdenstadt im Süden*，1925）中均有所探讨，它们和《欧洲人》共同提出现代人应当与自然和谐共存的主题。在《城市》中描写了一座现代大都市及其文化在自然中兴起与沉沦的故事。小说《南方的一座外国城市》讽刺现代人热衷制造样貌相同，供人物质享乐的"理想"的仿自然现代化城市。那些真正的自然环境却因不够精致舒适，遭人嫌弃。如果将黑塞对城市钢筋混凝土的讽刺与他对山村田园风光满怀温情的描述相比较，可以看到，黑塞对科技理性所主导的现代文明对个体精神世界以及人类文化的戕害深为忧虑。他以一系列作品探索构建健康的内在世界的可能性，寻找修正现代性危机的方法。

黑塞不仅在文学世界中寻求救赎欧洲文化的道路。在现实中，他也积极参与抵制现代文明，寻找人类理想世界的实验。20 世纪初面对日益增长的工业化、技术化和城市化，一群力图抵制工业社会的青年素食主义激进派在真理山建立了聚居地。其中尤为著名的是比利时的工业家之子亨

---

① Hermann Hesse, „Im Nebel", in Hermann Hesse, *Die Dichte*, S. 137.

利·欧德柯文和奥地利人伊达·霍夫曼。他们试图通过建立回归自然的居住区来寻找人生的真谛。在短篇小说《科诺尔戈博士的末日》(*Doktor Knölges Ende*, 1910)中，黑塞描写了素食者、斋戒狂热分子、生食者、生活简单者和混食者……他们努力追求一种返归纯自然的生活方式和精神信仰①，表现出怪诞的宗派主义特征。黑塞曾经在真理山上生活了四周。1907年4月中旬，黑塞致马克斯·布赫勒尔和艾丽莎白·瓦科纳戈尔德的信中写道："我一个人住在自己的木屋里，完全在绿色之中，我有足够的安静和自由。……我在这里慢慢地、合法地和愉快地享受着回到长裤汉的初始状态。"②

自我放逐——死亡意识

《欧洲人》不仅讽刺了欧洲人崇尚"理性"，也直指现代人生存问题。黑塞借用《圣经》中的大洪水消灭欧洲现代文明，重启生命文明。从这个角度来看，黑塞将死亡意识纳入摧毁不合时宜之物，重启新途的重要方式之中。死亡意识成为黑塞克服现代性弊端的一种重要手段。这一思想出现在黑塞早、中、晚期的众多重要作品中。

现代性所强调的主体性原则易于导向自我中心主义，带给个体病态心理以及偏激个性。黑塞的《盖特露得》中，歌唱家莫德这个自我中心主义的不满足者最为典型。他才华横溢，却"不是个能为别人付出牺牲的人"③，总是热衷名利、地位、金钱和女人。他玩世不恭地认为"青春不过是个欺骗，完全是写在报纸和书上的欺骗。什么人生最美好的时光，简直可笑之极！"④ 以追求无尽的欲望满足自我，从而无法领略生命的价值和意义，总是"在眉宇之间洋溢着企求与不满足的神态"⑤。这些追求并未带来幸福，却使他"忍受重重的痛苦，孤寂得如同一头饿狼"⑥，这个典型的自我中心主义者最终以自杀结束痛苦的一生。

---

① Hermann Hesse, Volker Michels (Hrsg.), *Die Kunst des Müßiggangs*, Frankfuhrt am Main: Suhrkamp Verlag, 1973, S. 115-121.
② 转引自 [德] 弗尔克·米歇尔斯编《黑塞画传》，第97页。
③ Hermann Hesse, *Gertrud*, in *Ausgewählte Werke*, Bd. 1, Frankfurt am Main: Suhrkamp Verlag, 1994, S. 455.
④ Hermann Hesse, *Knulp*, in *Ausgewählte Werke*, Bd. 2, Frankfurt am Main: Suhrkamp Verlag, 1994, S. 399-400.
⑤ Hermann Hesse, *Gertrud*, S. 350.
⑥ Hermann Hesse, *Knulp*, S. 353.

《克努尔普》中，克努尔普一生追逐内心自由，灵魂特立独行，然而他终其一生也无法摆脱现代性所带来的有用性、价值性的评价体系。在病入膏肓之时，他返回故乡，回忆往昔，发现自己终生的幸福与快乐是在家中度过的一段时光，那是自己被赶出拉丁语学校之前，"他有过完美的幸福……享受过不带一丝苦味的快乐"①。他的流浪汉生活是"站在世间之外，变成流浪汉，变成旁观者。年轻时虽然风光，但上了年纪则一身病痛，孤独无依"②。克努尔普评价自己特立独行的一生是在错误的纷乱中愈陷愈深，找不出任何意义和一丝安慰③。在与神的对话中，他尽管承认青春时代的自由与独立是多么美好而快乐，但依然坚持其中已隐藏着罪恶和悲伤④。由此可见，克努尔普陷入内心自由与现代有用性评价标准的对立、矛盾之中，在否定自我中承受着不安、痛苦和孤独，内在世界是矛盾和分裂的。这样一个矛盾的、对立的、惶恐不安的自我本身体现出现代性的特点：矛盾、对抗、短暂、易变。这种不完善的自我最终被放逐，生命终结于风雪之中。

现代性到底将人引向理智冷酷、还是热情疯狂呢？现代人的幸福因现代性的永不满足、追求无尽的欲望而难以企及。他们憎恨社会现实又无法逃走，和荒原狼一样，他们向死亡和酒神追问意义。与福柯的《疯癫与文明》一样，黑塞作品中的疯狂直指现代性弊端。西方文化在强调理性与非理性、疯癫与文明的鲜明对立中形成绝对理性的现代化世界。这种理性要求"秩序、对肉体和道德的约束，群体的无形压力以及整齐划一的要求。共同语言根本不存在，或者说不再有共同语言了"⑤。

《玻璃球游戏》中克乃希特从纯粹精神世界进入世俗世界之后，由于无法适应尘世环境，很快溺水而亡。或许，克乃希特一生的生存环境本就处于精神世界与尘世世界彼此分裂的状况下，可以说，他是先天不足。虽然通过后天不断地学习，克乃希特已经深刻意识到这种分裂的严重后果，他希望通过进入世俗世界从事实际工作来改善之。但这种基因缺陷无法改变，因此他所代表的现代性分裂最终也走向死亡。死亡意识反映出黑塞认为从现代性土壤中成长起来的现代人类，其精神基因由于工业化、工

---

① Hermann Hesse, *Knulp*, S. 82.
② Hermann Hesse, *Knulp*, S. 85.
③ Hermann Hesse, *Knulp*, S. 89.
④ Hermann Hesse, *Knulp*, S. 90-93.
⑤ [法] 米歇尔·福柯：《疯癫与文明》，第2页。

具理性化等原因而产生缺陷,因此内在世界无法和谐发展,始终陷入巨大的精神危机之中。

黑塞笔下的这些人物虽各具性格,经历相异,但最终走向死亡,消失个体。是否据此可以认为黑塞对于现代文明持完全否定的态度,对现代文明彻底绝望呢?黑塞曾说:"人们应当失去自我,以便更加自信地重新找到自我。"[1]《荒原狼》中,在莫扎特、歌德的引领下,绝望自杀的哈里重拾信心与力量,主动进入人生炼狱的修炼;《东方之旅》中H. H.与精神领袖雷欧彼此融合,相伴相生;《玻璃球游戏》中,克乃希特溺亡的湖水中走出健康年轻的少年堤托。克乃西特的死亡与堤托的重生相继相成。

自我回归之路

黑塞作品中的死亡并不意味着彻底的消亡和绝望,而是在死亡中蕴含生机与复活。从他的作品中我们读出的是方生方死、出入死生的悲剧纠结。犹如浪漫派作家诺瓦利斯在《夜颂》中站在"生命的极限,返观生命,以死观生,将死亡视为生者朝向真正自我迈进的救恩之必然环节"。[2] 黑塞也在创作中将个体发展设计在置之死地而后生的环节。他认为针对现代性带来的个体危机、文明危机需要通过个体消除不平衡发展的"我",提升自身,完善自身,真正迈进更加完善的自我。

如席勒认为的:通过更高的艺术——审美教育来恢复现代人天性中的完整性。[3] 黑塞在文学作品中曾经尝试从审美教育入手,通过艺术与审美升华人类精神,完善个体。从黑塞中后期的代表作品中可以看到,为了消除内在的分裂与对立,超越自我,建立更好的人性,黑塞寻求了艺术审美教育的帮助。在这一点上,黑塞应该受到席勒思想的影响。在席勒眼中,要解决现代文明导致的人类损失与进步之间的矛盾,是不能指望弊端始作俑者的现代国家,也不能指望理性观念中设想的理想国家,因为它本身首先必须建立在一种既有和谐一致的一体性,又有个体自由和多样性的更好人性基础之上。[4] 为了实现"更好的人性",黑塞在创作中将"艺术"视

---

[1] Hermann Hesse,„Über das Lesen", *Die Welt der Bücher: Betrachtung und Aufsätze zur Literatur*, Frankfurt am Main: Suhrkamp Verlag, 1977, S. 87.
[2] 胡继华:《忧郁之子与光的暴力——〈夜颂〉与灵知主义》(上),《上海文化》2016年第7期,第92—105页。
[3] [德] 席勒:《人的美学教育书简》,第181—187页。
[4] [德] 席勒:《人的美学教育书简》,第188—189页。

为一种奇妙而完美的语言,能够充分帮助自身不断完善。席勒的审美教育思想中提出品格高尚化只能通过艺术①。以艺术与审美升华人类精神,黑塞在创作中进行实践。《盖特露德》以音乐来救治、抚慰人性的暴躁与激进。《荒原狼》中,莫扎特、歌德笑声所蕴含的艺术力量令绝望自杀的哈里重拾信心与力量,走进人生的炼狱之中,也是向更理想的精神境界"真之国"的迈进。《玻璃球游戏》中,音乐大师给予克乃希特一个完美的光辉形象,使他在自我成长中不断获得精神力量。

(二) 现代文明与信仰危机

中世纪人们对上帝的信仰深深植根于内心。正如荣格所说:"地球永恒地固定和静止在宇宙中央,太阳围着它旋转,抚爱地给它以温暖;一切人类都是上帝的孩子,都沐浴在这至高无上者的爱护中,他为他们准备了永恒的幸福,而他们也都确切地知道他们应该做些什么,以及怎样才能从这个可以朽坏的世界上升到那永恒的、充满欢乐的生活中去。"②

随着科学技术突飞猛进的发展,人类对自然的掌控能力较之以前增加千倍不止。现代文明与科技不仅使人的精神物质化,也令人类信仰的天堂崩塌。在尼采"上帝死了"的振臂疾呼下,科学技术飞速发展不断冲击着基督教存在的根基。在人类面前,科学无情地把蒙在世界之上的可爱面纱撕成碎片。科技理性给现代人带来怀疑主义。宗教中的那些故事成为现代人怀疑和耻笑的对象。教义中的伟人们变成陌生而令人难以理解的陈年旧事,成为新人类批评指责的对象。③ 欧洲人过去的精神信仰处于重重危机之中。"几十年来,世界上每一座城市,每一处乡村在工业化过程中发生了翻天覆地的变化。地球表面上的这些转变和变化也在人们的心灵中、思想中引起同样巨大的变化。对这个文明进程中的大部分世界来说,首先是支撑所有生活秩序、文化和美德的两大元素'宗教和习俗'崩溃和丧失了。"④ 没有了信仰,世界将陷入绝望,人类的生命也将失去价值。丧失了历史象征的现代人,任何替代物都无法寄居进人类的心灵:"他的面前伸展着一片空虚,他于恐怖中转过脸去,背对着这空虚的景象。更糟的是,这空虚中充满了荒唐的政治和社会观念,所有这些观念都以精神的苍

---

① [德] 席勒:《人的美学教育书简》,第 193—196 页。
② [瑞士] C. G. 荣格:《荣格文集——让我们重返精神的家园》,第 106 页。
③ 参见 [瑞士] C. G. 荣格《荣格文集——让我们重返精神的家园》,第 198 页。
④ Hermann Hesse, *Betrachtungen und Berichte I*, S. 479.

白为其特征。"① 现代文明带来的信仰危机致使欧洲人觉得基督教的种种宗教形式不再来源于他们的内心深处，反倒更像是外部世界给他们开列出的清单。失去信仰的欧洲人也丧失了心灵的平静。欧洲的现代文化精神也不能给予现代人任何内在的启示。欧洲的传统宗教已无法解决人的信仰问题。许多欧洲人，尤其是知识分子便轮流去尝试各式各样新的宗教信仰，开始研究各种心理现象，包括招魂术（spiritualism）、占星术（astrology）、通神学（theosophy）、心灵学（parapsychology）等，希望能够通过这样的研究，寻找解决心灵谜题的答案。

黑塞认为信仰危机是造成欧洲社会危机和文化衰落的一个重要原因，是现代性危机的重要表征。他写道："我们不必畏惧铁道和汽车，不必恐惧金钱和理性，唯独应对神的忘记和灵魂的平庸倍加恐惧。在机械与心灵，金钱与上帝，理性与虔敬——对真实生活命运和真相的虔敬——所有这些矛盾体之间高高架起拱桥。"② 黑塞虽然出生在宗教家庭，但是他质疑基督教教义，"尽管我出生于一个真正虔诚的家庭，但在那里的上帝和信仰我却无法接受。我的一生都在找寻适合我的信仰"③。从这个角度来看，黑塞"内向之路"创作以及他的生命从根本上来讲是在寻找和创造一种信仰。"《德米安》最初的三页内容也出现在《悉达多》中，我的创作基本就是树立一种信仰，它能够帮助青年人去生活④。"

在黑塞笔下，信仰成为现代人重建自我的力量。在《彼得·卡门青特》中，卡门青特重归山林，走进自然，以自然之力涤荡时代痼疾，净化和提升身心，返璞归真。《德米安》中辛克莱在逃离旧日世界之后，爱娃以女神形象帮助他重建世界，破茧重生。《纳尔奇斯与歌特蒙德》中，歌特蒙德一生追逐着代表玛利亚圣母的女性来净化心灵，最终雕刻出圣母完美雕像。《悉达多》是黑塞研究东方文化的产物。悉达多在经历漫长的寻找之后，终于达致自我回归，进入理想精神境界。使他的精神能够不断提升的恰是对自然之"道"的信仰。悉达多默然倾听谕示生命与时间的河流，虚幻无迹的永恒之河——"道"给他生命意义以最终启示。

建立信仰是黑塞解除现代性危机的根本方法。他的作品不是简单地数

---

① ［瑞士］C. G. 荣格：《荣格文集——让我们重返精神的家园》，第 52 页。
② Hermann Hesse, *Betrachtungen und Berichte I*, S. 429.
③ Hermann Hesse, *Briefe. Erweiterte Ausgabe*, u. d. T. *Ausgewählte Briefe* erschienen, Frankfurt am Main：Suhrkamp Verlag, 1974, S. 167.
④ Volker Michels, *Materialien zu Hermann Hesses >>Demian<<*, Bd. 1, S. 205.

落战争、技术、民族主义等现代文明问题,其"向内之路"的创作道路以建立信仰为目标。"我走了一条令人质疑的告白之路。在我的大部分作品中,包括《东方之旅》,比起表述信仰,我稍多地展现出自己的懦弱和困境。尽管有这些软弱,但是信仰使我生活下去,使我更加坚强。"① 黑塞希望人们能够以信仰代替时代偶像,"我已经在作品中表达了这样的思想和价值,例如《荒原狼》中的莫扎特、永生、魔术剧院,《德米安》和《悉达多》以其他的名称表现了这些价值"②。《荒原狼》中通过剖析荒原狼内在本质的复杂矛盾性,黑塞揭示出个体内在世界混沌多变、善恶相生的景象。在认识和接受真实的自我之后,黑塞思考如何使内在世界达到"调和"与"和谐"。他认为个体只有重塑信仰,内化修身,才能完善自我。从而避免遁入混沌的危机之中。个体精神通过"内在修身与重塑信仰"达成和谐圆满,抵达尼采所讲的"超人"境界。尼采的这种自我超越境界在《荒原狼》中是:超越时间,隐匿内心,只存在于内在自我之中的第三世界,"永恒——圣徒会。这是时间与表象彼岸的国度"③,"神圣的彼岸、永恒价值的世界、神圣本体的世界"④,黑塞称为"真之国"⑤。莫扎特、歌德、诺瓦利斯都属于这个国度。"那些创造了奇迹、壮烈牺牲、给人类提供了伟人榜样的圣人。但是,每一幅真正行为的图画,每一种真情实感的力量都属于永恒,即使没有人知道它、看见它、写下它、为后世保存下来。在永恒中没有后世,只有今世。"⑥ 由此可见,黑塞的"真之国"在一定意义上是以歌德为代表的德国市民精英阶层所创造的文化精神王国。如前文所述,这一文化精神在黑塞时代不断衰亡。黑塞认为只有重建这一文化精神王国,树立起治愈时代弊病的信仰和价值。让代表更高精神文化的新时代替代当下的物质时代,人类才能克服当下危机,走向和谐永生。荒原狼们只有永恒,迈向"真之国",才能够跨越绝望与死亡,得以和谐生存,因为那里是他们信仰与价值的家乡。但是,他们必须穿越世俗人间的种种历练,只有"越过污泥浊水,经历荒唐愚蠢

---

① Zitiert aus Martin Pfeifer, *Hesse-Kommenta zu Sämtlichen Werken*, München: Winker Verlag, 1980, S. 204-205.

② Volker Michels, *Materialien zu Hermann Hesses >>Demian<<*, Bd. 1, S. 204-205.

③ Hermann Hesse, *Der Steppenwolf*, S. 166.

④ Hermann Hesse, *Der Steppenwolf*, S. 167.

⑤ Hermann Hesse, *Der Steppenwolf*, S. 165.

⑥ Hermann Hesse, *Der Steppenwolf*, S. 165.

的事情才能够回到家乡！无人指引，唯一的向导是乡愁！"① 虽然在小说中，赫尔米娜说返回家乡之路无人指引，但是在荒原狼的梦与冥想中，莫扎特、歌德这两个不朽者或幽默、或朗朗大笑地出现在荒原狼面前，以笑和幽默作为指路之光："那是一个真正的人，经历了人类的苦难、罪孽、差错、热情和误解，进入永恒、进入宇宙后留下的东西。"② 可见，他将内在修身寄情于"不朽者"的引领。不朽者以"幽默"感化现代迷途之人。黑塞眼中的幽默包含着生活和艺术的本质："幽默是苦恼的人为了忍受痛苦的人生，或想要赞美痛苦人生，而诞生的产物"，"一个小丑越是毫不留情地把我们的愚蠢凝结成喜剧公式，他也就越是伟大，也就是引发出愈来愈多的笑声！世上的人们多么爱笑啊！""幽默是一种结晶，唯有在深邃而持久的悲哀中才会结晶。""幽默家们……所要表达的主题永远只有一个：人类生活的惊人悲哀和无比糟糕，以及赞叹人生尽管悲惨却依旧美丽惊人和无比珍贵。""悲剧与幽默并不对立，或者说，它们之所以对立，因为这一个的出现必然无情地引发另一个的诞生。""只有笑，只有认真地不拘泥于现实，只有始终知道现实是易碎的，才能耐得住现实"。③

不朽者如荣格理论中的智慧老人原型。黑塞所塑造的"智慧老人"原型有歌德、莫扎特等不朽者，以他们的精神力量指引荒原狼们克服人间历练，给予他们精神世界的信仰和人生价值，从而使遇到困顿的人们强化、修炼心灵、提升内在世界，进而解决外部世界危机。因此"真之国"的终点和创作目标是治愈个体危机和重塑信仰，探索永恒价值。黑塞将"真之国"的理想融进后来的创作中，在《东方之旅》（1932）中，它以精神盟会这一跨越时空的精神团体出现，它引导人类精神走向光明之乡，黑塞本人称为"精神王国"。④ 它集结了黑塞生平最重要的朋友和"精神史上无以计数的伟大人物，无论是真实存在的、还是被创造出的"⑤，他们是索罗亚斯特、老子、柏拉图、色诺芬、毕达格拉斯、诺瓦利斯、波德

---

① Hermann Hesse, *Der Steppenwolf*, S. 166.

② Hermann Hesse, *Der Steppenwolf*, S. 167.

③ Hermann Hesse, *Die Nürnberger Reise*, in Hermann Hesse, Volker Michels (Hrsg.), *Sämtliche Werke*, Bd. 11, Frankfurt am Main: Suhrkamp Verlag, 2003, S. 129–182.

④ 陈敏、戴叶萍：《〈东方之旅〉中尼采与老庄思想共存现象及其探究》，《德国研究》2012年第1期。

⑤ Kurt Weibel, *Hermann Hesse und die Deutsche Romantik*, S. 102.

莱尔等人，还有画家克林索尔、魔术师杰普、化身为巴勃罗的音乐家莫扎特等①，"正是他们为人类创作诗歌，塑造人性"②。《东方之旅》亦是一场寻找信仰的精神之旅。《玻璃球游戏》中，克乃希特溺亡的湖水中走出健康年轻的少年铁托，它在告诉我们，通过改造具有不良现代性基因的自我，使精神世界重获成长，如同凤凰涅槃，浴火重生。

显然，黑塞追寻自我的一生也是重塑信仰的一生。他认为现代人获得心灵整体性的途径就是自我超越。这条路的尽头是人的精神世界树立具有永恒价值的信仰，从而使人类精神世界变得高尚，充满爱，使人性能自我完善、自我超越，达到人类精神世界和谐完满，新的文明世界才能来临：

  我的信仰一句话无法说清楚。可以这样表述：我认为，尽管看似无意义，生命依然拥有意义，我顺从于生命，用理性无法理解生命的终极意义，我已经准备效劳于它，即使牺牲自我也在所不辞。当我真实而清醒地充满生命活力之时，内心响起生命意义的声音。这一刻，生命向我所要求的我愿竭力去实现，即使它对立于普遍的风尚和准则。无法命令和强迫人去相信这样的信仰，只能体验它。③

在现代性的背景之下，面对横亘于自我精神世界当中"我"与"世界"之间的巨大断裂，黑塞希望凭借"艺术"以及"信仰"的力量使完整、健康的"自我"能回归，重建人类"诗意的栖居地"。

---

① Hermann Hesse, *Die Morgenlandfahrt*, S. 49.
② Kurt Weibel, *Hermann Hesse und die Deutsche Romantik*, S. 102.
③ Volker Michels, *Materialien zu Hermann Hesses >>Demian<<*, Bd. 1, S. 203.

第二编　哲学篇

尼采说"人类是跨越动物和超人之间深渊的绳子"①。尼采所说的绳子可视为黑塞所寻找的存在与超越之路,即"向内之路"。在这条维系深渊两端的"绳子"之上黑塞艰难前行,"对我来说,指出一条道路,例如人们从我这里能够确定人类永恒的理想,相信一些理想、目标,以及我们时代的慰藉,这些是不可能的。我亦对此毫无兴趣。相反,在我的一生中我尝试了许多道路,在这些道路上时间被超越,人的生命可以不受时间束缚。(我部分是以游戏的方式,部分是严肃地描述这些道路)"②。黑塞在这条"向内之路"上以广博的视野,追索世界文化中的生命智慧,以期超越"人类对于超人来说,只是一个笑话和令人痛苦的羞愧"③的现实。黑塞在西方尼采思想和中国老庄智慧中寻找。古老的东西方智慧帮助黑塞重塑信仰:"灵魂如同一叶小舟,被遗弃在浩瀚无际的欲望之海上,忧虑和无知的不毛之地上,知识的海市蜃楼中或无理性的世界中。这叶小舟完全听凭疯癫的大海支配,除非它能抛下一只坚实的锚——信仰,或者扬起它的精神风帆,让上帝的呼吸把它吹到港口。"④ 信仰链接起内在世界的巨大断裂,自我认同和历史认同的危机逐渐消退,自我回归之路再次被建起。黑塞的"向内之路"不是恒定不变,而是一条不断变化,以人类各民族智慧铺就的变化之路,超越之路。

---

① Friedrich Nietzsche, *Also sprach Zarathustra Ein Buch für Alle und Keinen*, vollständige Ausgabe nach dem Text der Ausgabe Leipzig 1891, Berlin: Der Goldmann Verlag, 1999, S. 13.

② Volker Michels, *Materialien zu Hermann Hesses >>Demian<<*, Bd. 1, S. 204.

③ Friedrich Nietzsche, *Also sprach Zarathustra Ein Buch für Alle und Keinen*, S. 11.

④ [法]米歇尔·福柯:《疯癫与文明》,第14页。

第三章　存在之思

18世纪，德国文化进入了一个崭新的时代——批判的时代。它由康德的三大批判开始，从认识论、伦理学和美学的角度对传统的一切问题重新进行审视，最终归结为对人的本质探究。康德试图寻找"人是什么"这个终极问题[①]。其后的思想家、作家们就此问题做了持久不懈的探索。19世纪，以歌德、席勒这些老一辈作家为代表的古典主义时期，以及同时出现的以诺瓦利斯、施莱格尔兄弟等青年作家为代表的浪漫主义时期形成德国文学影响世界的两大流派。哲学领域里，谢林、费希特、黑格尔等才俊辈出。可以说，那时是整个德国文化界最为光辉灿烂的时期，也是启蒙运动之后群星璀璨的时代。19世纪末至20世纪，在叔本华、尼采等人影响下形成的一种被称为"生命哲学"的人文思潮蔚然成风，狄尔泰、齐美尔等人以各自的方式倾诉着对生命和世界的感悟。

中国传统思想和文化多次进入欧洲思想界。在各种思潮中，中国文化的影响力也不容忽视。文艺复兴以来，欧洲形成过两次大的"中学西进"运动，16世纪和18世纪，尤以18世纪"中国热"对欧洲思想界的影响最为广泛和深刻。中国文化对启蒙运动时期的德国学者产生了巨大的影响，莱布尼兹、腓特烈大帝、歌德在其思想中或多或少受到中国文化的影响。19世纪的哲学家谢林、黑格尔、叔本华亦多多少少与中国哲学思想有着关联。至19世纪末20世纪初，欧洲不再像18世纪那样形成"中国热"，但是在一些汉学家、传教士的积极促进下，通过更加成功的中国典籍翻译使中国文化在欧洲学术界得以更加广泛的传播，其中卫礼贤（Richard Wilhelm，1873—1930 德文译名理查德·威廉海姆）、理雅各（James Legge，1815—1897）等传教士汉学家功不可没。

两次世界大战期间，黑塞凭借艺术家的社会责任感以笔为伐呼唤和

[①] 刘润芳、罗宜家：《德国浪漫派与中国原生浪漫主义——德中浪漫诗歌的美学探索》，第8页。

平，期望通过文字传播和平信念，对抗当时德国的热战情绪。现代文明的弊病、战争带来的毁灭令黑塞全面反思欧洲文化，追寻酿成世界大战的思想和文化根源，并寻求解决之道。在他看来，西方精神文化没落与痼疾植根于现代性的土壤之中，并导致欧洲中心主义。这是欧洲现代文化的片面性特征，继续发展下去非常危险。如果欧洲不向其他文化（还有古代文化）开放以及不能做到开放的接纳态度，那么欧洲将陷入落后狭隘的地方主义危机之中。① 黑塞转向东方，希望从中寻找济世之道。他认为亚洲可以成为人类崇高心灵的代表。"只要人们还彼此残杀，在欧洲的引导下，我质疑对人类进行划分的行为。我不相信欧洲，只相信人性，相信尘世的心灵王国，所有的民族都共同分享这个王国。我们要感谢亚洲，它是心灵王国最为崇高的代表。"② 为了拯救欧洲文化的没落，黑塞在他的文学世界中尝试了一种开放式的文学观。在黑塞看来，拯救欧洲文化并不意味着把现代欧洲文化简单地引向东方文化，想要"解救和持续欧洲文化只能通过重新找回生活的艺术精神和共同拥有精神"③。

那时，无论是歌德的浮士德精神，还是浪漫主义思潮，抑或尼采的生命哲学均为德国时代精神的一部分，影响并带动着历史的脉动。欧洲弥漫的文化没落论促进了一些知识分子接纳和研究中国传统文化。可以说，在19世纪至20世纪初，德国以及欧洲各种思潮涌动，形成多维度、多层面的文化特征。在这个时代背景下，生长于多元文化家庭的黑塞，其思想的复杂多样性似乎顺理成章。他既接受了歌德、浪漫派的思想，也欣赏叔本华、尼采的生命哲学观，同时深受中国文化影响，他的思想形成有着显著的时代原因。

一 尼采对黑塞的影响

弗里德里希·威廉·尼采（Friedrich Wilhelm Nietzsche, 1844—

---

① Michaela Zaharia, „Exotik als Brücke zwischen Kulturen: Hermann Hesse und die unendliche Weite der Exotik", in Michaela Zaharia, *Exotische Weltbilder in der Deutschsprachigen Literatur von Max Dauthendy bis Ingeborg Bachmann*, Bd. 104, Hamburg: Verlag Dr. Kovač, 2009, S. 119.

② Volker Michels, *Materialien zu Hermann Hesses >>Demian<<*, Bd. 1, S. 99.

③ Hermann Hesse, „Erinnerung An Asien", in Hermann Hesse, Volker Michels（Hrg.）, *China Weisheit des Ostens*, Frankfuhrt am Main: Suhrkamp Verlag, 2009, S. 140.

1900）作为一名作家和哲学家，对德国作家产生了深远的影响，尤其是19世纪80年代出生的表现主义者。① 因此"在1900年……尼采就成为诸多欧洲年轻知识分子'真正膜拜'的对象"②。黑塞显然属于这些年轻人之列，尼采对他的影响广泛而持久。尼采的虚无主义思想，其艺术和道德观以及语言艺术都对黑塞的思想和作品有着长期的影响③。黑塞的《德米安》（1919），《查拉图斯特拉归来》（1920），《克林索尔最后的夏天》（1920），《悉达多》（1922），《荒原狼》（1927），《玻璃球游戏》（1943）等作品均是研究尼采对黑塞影响的代表作品。在近十多年的研究中，研究者们分别就尼采的主要思想——酒神精神、强力意志、永恒价值回归以及他的人生观、教育观、文化观等对黑塞作品的影响进行了细致探讨④。拉斯兹罗夫·撒博（László V. Szabó）的专著《尼采对黑塞的影响》梳理和分析了几乎所有黑塞的重要作品，以论证尼采思想对其创作的影响。

回顾黑塞一生对尼采及其思想的态度，大多认为黑塞在图林根作学徒

---

① Siehe Gunter Martens,„Nietzsches Wirkung im Expressionismus", in Bruno Hillebrandt (Hrsg.), *Nietzsche und die Deutsche Literatur*, Bd. 2, Tübingen: Max Niemeyer Verlag, 1978, S. 78.

② ［法］柯莱特·卡米兰：《黑塞和尤瑟纳尔：道家思想与酒神精神》，王春明译，《跨文化对话》2011年第2期。

③ László V. Szabó, *Der Einfluss von Nietzsche auf Hesse*, Wien: Universitätsverlag Veszprém Praesens Verlag, 2007, S. 16.

④ Siehe also Jacob Barto, "The Poetics of Affirmative Fatalism: Life, Death, and Meaning-Making in Goethe, Nietzsche, and Hesse", ProQuest Dissertations Publishing (2017), pp. 398-433; Nathan Drapela, "The Price of Freedom: Identifying the Narrator of Hermann Hesse's *Das Glasperlenspiel*", *The German Quarterly*, Vol. 89, No. 1, 2016, pp. 51-66; Sir	uček, Jiří, Naděžda Heinrichová, and Simona Jindráková,„Hermann Hesses Roman ‚Der Steppenwolf' im Licht der Philosophie Friedrich Nietzsches", *Brünner Beiträge zur Germanistik und Nordistik*, Vol. 16, Nr. 1-2, 2011, S. 111-127; Kocku von Stuckrad, "Utopian Landscapes and Ecstatic Journeys: Friedrich Nietzsche, Hermann Hesse, and Mircea Eliade on the Terror of Modernity", *Numen*, No. 57, No. 1, 2010, pp. 78-102; Dagmar Kiesel,„*Das gespaltene Selbst: die Identitaetsproblematik in Hermann Hesses ‚Steppenwolf' und bei Friedrich Nietzsche*", *Nietzsche-Studien*, 2010-Vol. 39, S. 398-433; Mauro Ponzi,„Hermann Hesse, Thomas Mann und Nietzsche", in Mauro Ponzi (Hrsg.), *Hermann-Hesse-Jahrbuch*, Bd. 4, Tübingen: Max Niemeyer, 2009, S. 1-24; Soon-Kil Hong,„Ist Hesse Nietzscheaner？", in Mauro Ponzi (Hrsg.), *Hermann-Hesse-Jahrbuch*, Bd. 4, Tübingen: Max Niemeyer, 2009, S. 25-39; László V. Szabó, *Der Einfluss von Nietzsche auf Hesse*, Wien: Universitätsverlag Veszprém Praesens Verlag, 2007.

时就已经接触了尼采的作品。他于 1895 年 6 月 15 日写给艾斯特·卡普夫博士的一封信中首次提到尼采①，称他是"超人、新的预言家"②。从此，尼采伴随黑塞走过长达半个多世纪的人生旅程，虽然时远时近，但是黑塞从未舍弃尼采的思想，因为真正的伟大德意志精神最后展现者是尼采：

> 长久以来，除了歌德，我只看尼采的东西……在他那里我学到了一些重要的美学思想；另外，对我来说，他的思想之路是我所接触的作家中最伟大的。③

> 如果说到对我的转变影响最大、最持久的精神体验，那就是与尼采、印度（《薄伽梵歌》和《奥义书》）和您的中国作品以及与弗洛伊德和荣格的接触。④

1948 年，老年黑塞给诺委会的信中道："西方思想家中，对我影响最大的是柏拉图、斯宾诺莎、叔本华和尼采……"⑤ 更值一提的是，在 20 世纪三四十年代由于尼采思想被法西斯主义扭曲，工具化为其思想旗帜，因而受到许多文学家的清算和重新评价。在此时代背景下，黑塞依然保持独立的学术思想，拒绝参与重新阐释尼采的潮流。尼采思想在他获得诺贝尔文学奖的著作《玻璃球游戏》（1943）中起到重要作用⑥。

黑塞几乎所有作品和信件中，尼采这位偶像的名字经常被提及。⑦ 1919 年初，黑塞以尼采名著《查拉图斯特拉如是说》文体，仅用 2 天 2

---

① Soon-Kil Hong, „Ist Hesse Nietzscheaner? ", in Mauro Ponzi (Hrsg.), *Hermann-Hesse-Jahrbuch*, Bd. 4, Tübingen: Max Niemeyer, 2009, S. 25-39.

② Ninon Hesse (Hrsg.), *Kindheit und Jugend vor Neunzehnhundert-Hermann Hesse in Briefen und Lebenszeugnisssen*, Bd. 1, S. 491.

③ Ninon Hesse (Hrsg.), *Kindheit und Jugend vor Neunzehnhundert-Hermann Hesse in Briefen und Lebenszeugnisssen*, Bd. 2, S. 191.

④ Volker Michels (Hrsg.), *Materialien zu Hermann Hesses Siddhartha*, Bd. 1, Frankfuhrt am Main: Suhrkamp Verlag, 1975, S. 199.

⑤ Siegfried Unseld, *Hermann Hesse. Werk und Wirkungsgeschichte*, Frankfuhrt am Main: Suhrkamp Verlag, 1985, S. 310.

⑥ László V. Szabó, *Der Einfluss von Nietzsche auf Hesse*, S. 52ff.

⑦ Siehe Ursula Apfel (Hrsg.), *Hermann Hesse: Personen und Schlüsselfiguren in Seinem Leben*, Bd. 2, München: K. G. Saur Verlag 1989.

夜撰写了《查拉图斯特拉归来》一文①。一方面，黑塞这篇政论文的思想响应了尼采精神的召唤；另一方面，他借助尼采的查拉图斯特拉这个拥有巨大影响力的名称阐释自己的观点，应该是为了在读者群中获得更强有力的影响性和说服力。有学者甚至认为，黑塞创作主题源发于尼采思想。②在《荒原狼》中，尼采的痛苦就是哈勒的痛苦："我知道哈勒是一个痛苦的天才。尼采的许多痛苦表达在他自己身上形成了一种可怕的痛苦能力。"③《疗养客》描写了个体内在的分裂，被认为与《荒原狼》均可溯源至尼采。④比照《东方之旅》与尼采思想，会发现作品中的精神盟会，文化批评等许多内容与尼采密不可分。《玻璃球游戏》是研究尼采对黑塞影响的重要作品之一，《东方之旅》则被学界认为是该作品的前奏和准备⑤。《玻璃球游戏》中，主人翁克乃西特的朋友弗利兹·特古拉里斯（Fritz Tegularius）被认为以尼采为原型⑥。从这方面来看，尼采思想是黑塞思想形成的重要组成部分，继而成为其作品人物的重要性格特征。尼采成为黑塞宣讲观点的旗帜，在其诸多小说、日记、文论中，尼采之名看似成为他阐发思想的有力后盾。尼采犹如黑塞思想的导师，心灵的挚友，总是闪现在黑塞的创作主题和问题意识之中。⑦黑塞如《德米安》中的辛克莱："我很自由，一整天都属于我自己。……桌子上摆着几本尼采的书。我跟尼采一起生活，感受他心灵的孤寂，体察那不断驱赶着他的命运，和

---

① Hermann Hesse, „Zu >>Zarathustras Wiederkehr<<", in Hermann Hesse, Volker Michels (Hrsg.), *Die Welt im Buch III*, *Sämtliche Werke*, Bd. 18, Frankfurt am Main: Suhrkamp Verlag, 2002, S. 91-92.

② Soon-Kil Hong, „Ist Hesse Nietzscheaner?", in Mauro Ponzi (Hrsg.), *Hermann-Hesse-Jahrbuch*, Bd. 4, Tübingen: Max Niemeyer, 2009, S. 25-39.

③ Hermann Hesse, *Der Steppenwolf*, S. 14ff.

④ Anni Carlsson, „Zur Geschichte des Steppenwolfsymbols", in Volker Michels (Hrg.), *Materialien zu Hermann Hesse>>Der Steppenwolf<<*, Frankfurt am Main: Suhrkamp Verlag, 2001, S. 378.

⑤ Siehe Andreas Thele, *Hermann Hesse und Elias Canetti im Lichte ostasiatischer Geistigkeit*, Ph. D. dissertation, Düsseldorf: Heine Universität Düsseldorf, 1993, S. 64; Eugene L. Stelzig, "'Die Morgenlandfahrt': Metaphoric Autobiography and Prolegomenon to 'Das Glasperlenspiel'", *Monatshefte*, University of Winsconsin Press, Vol. 79, No. 4, 1987, pp. 486-495.

⑥ The Glass Bead Game, https://en.wikipedia.org/wiki/The_Glass_Bead_Game. 2019/8/12.

⑦ Siehe: László V. Szabó, *Der Einfluss von Nietzsche auf Hesse*, S. 17.

他一起忍受煎熬,看到这样一位依然走自己路的人,我觉得很幸福。"① 在这一节中,将从尼采的自我发展观、酒神精神以及对现代文化商业化的批评观几个方面阐释黑塞对尼采的接受。

(一) 生命哲学中的自我发展观

尼采的哲学是生命哲学,他的人生观是强调自我和个性的人生观。在黑塞眼中,面对现代生活掩埋、覆盖了的心灵,个体必须抗争那种肤浅而机械的活动,追寻心灵深处高贵的激情与自由,摆脱被麻痹与被压制的现代处境。因此,黑塞强调说他所探讨的问题:从来不是国家、社会和教会,而是具体的人、人格和唯一、非标准化的个体②。他在尼采思想中找到了共鸣。尼采致力于揭露现代文明社会对自我的欺骗和个性泯灭,为"自我"的独特价值不断辩护。黑塞首部小说《彼得·卡门青特》已经开启了自我价值追寻的旅程,卡门青特比他人生活得更自由、更热烈、更美丽、更高贵……执着走在一条独立自我的道路上。评论界仿照凯勒的《绿衣亨利》也把它称为《绿衣彼得》,被认为是对工业时代的一种选择和对抹杀个性的抗议。③

尼采哲学包含了对自我的诠释和理解。每一个人必须独立探求人生意义,创造自我的独特价值。尼采的思想令黑塞认识到个体心灵内在发展的力量,恰恰是这些被压制或麻痹的心灵深处乃是人类生命中最为强烈、最有价值的源头。《德米安》中有:"未来的意志必将聚集于我们所留下的,或者我们当中的幸存者周围。人性的意志将会显现。这些意志正是欧洲长久以来用技术与科学的大市场竭力压盖的东西。随即将会证实,人性意志与如今的共同体、国家、民众、协会和宗教毫无共同之处。自然对人的安排写在每个人身上,写在你我的心中,写在耶稣心中,尼采心中。"④ 尼采的"自我"寻求和独特"自我"的创造观体现在黑塞的许多作品中。

现实世界中,个体完整的主体意识在现代性发展中无法得到强化。现代化进程使个体不断受到内外冲击,主体性主张与现代化社会的碰撞激发

---

① Hermann Hesse, *Demian, eine Geschichte von Emil Sinclairs Jugend*, Hermann Hesse, Volker Michels (Hrsg.), *Sämtliche Werke*, Bd. 3, Frankfurt am Main: Suhrkamp Verlag, 2001, S. 338.

② 《致法国大学生们的信》,1951 年。转引自 [德] 弗尔克·米歇尔斯编《黑塞画传》,第 78 页。

③ [德] 弗尔克·米歇尔斯编:《黑塞画传》,第 78 页。

④ Hermann Hesse, *Demian, eine Geschichte von Emil Sinclairs Jugend*, S. 342.

出个体意识无可逃脱的孤独感，因此《荒原狼》中主人公哈里·哈勒自名为"荒原狼"。他独来独往，非常不合群，自称来自另一个世界的陌生、野蛮，却又非常胆小的生物。① 这个看似来自异域的他充满睿智却哀伤孤独，又有些言行古怪，对现实社会抱着既好奇又嘲讽的态度。他以犀利的目光针砭时代、文化与人性的不完美。黑塞从孤独、绝望、自杀欲望等方面刻画陷入痛苦之中的荒原狼哈勒，并非出于增强人物性格的艺术表现手法，而是以这些元素表现现代人的生命痛苦历程。通过哈勒对自我的不断探求和成长，使痛苦成为现代人追寻自我，创造自我独特性的推动力。尼采将痛苦视为人生的一种积极意义，因为痛苦的人才更有智慧和力量。"只有巨大的痛苦……强迫我们哲学家下降到我们终极的深渊。我怀疑那样的痛苦能使我们'更好'，但我相信它能使我们更加深刻。"② 《荒原狼》以诺瓦利斯强化痛苦的价值："请您听这句话：'人应该以痛苦为自豪——每一次痛苦都是我们高贵身份的记忆。'说得太妙了！比尼采早八十年！"③ 从而指出哈勒与尼采的痛苦一致。

"荒原狼"所比喻的现代社会之局外人身后站着尼采关于高低物种之间，群居动物与天才的特例独行者间的矛盾。④ 荒原狼这个形象塑造具有尼采式的动物象征手法。尼采的《狄奥尼索斯颂歌》(Dionysos—Dithyramben, 1888) 集中《只是傻瓜！只是作家》(Nur Narr! Nur Dichter!) 一诗以鹰与豹子象征作家。诗中，诗人在现代文明中被迫变为奴颜婢膝，满嘴谎言的动物，成为贪欲的猎物。人类的精神与信仰如同野兽嘴中的羔羊：

<blockquote>
你看看人类
所以上帝就像羊——
在人类中撕裂神
就像人类中的羊
并且笑着撕碎它——⑤
</blockquote>

---

① Hermann Hesse, *Der Steppenwolf*, S. 7.

② Friedrich Nietzsche, *Die Fröhliche Wissenschaft*>>*La Gaya Scienza*<<, vollständige Ausgabe nach dem Text der Ausgabe Leipzig 1891, Berlin: Der Goldmann Verlag, Neuauflag 1999, S. 13.

③ Hermann Hesse, *Der Steppenwolf*, S. 18.

④ Siehe Anni Carlsson, „Zur Geschichte des Steppenwolfsymbols", S. 378.

⑤ Friedrich Nietzsche, „Nur Narr! Nur Dichter!" https://kalliope.org/en/text/nietzsche200-201311. 2019/8/18.

黑塞在《荒原狼》中展现出对时代以及精神世界的绝望："他看穿了我们的整个时代，看穿了整个忙忙碌碌的生活，看透了逐鹿钻营、虚荣无知、自尊自负而又肤浅轻浮的人的精神世界的表面活动……"①。尼采在《查拉图斯特拉如是说》中高声呼吁远离这样的现代文明，"不要去人类那儿，留在森林中！宁可去动物那儿！你为什么不像我这样呢？熊之中的一只熊，鸟之中的一只鸟"②，借以指出维护自我本真必须抵制现代文明。在《只是傻瓜！只是作家》中尼采描写大自然中生活的动物们，自由幸福地顺应本性：

窥探每片原始森林，
你在丛林里
在毛色斑驳的猛兽中
罪孽的健康，美丽四处奔跑，
充满欲望的嘴唇，
幸福嘲弄，幸福的恶魔，幸福的弑杀，
……
或像老鹰，长久
长久盯着深渊，
……
撞上羔羊，
冲下来，馋嘴地，
渴望羔羊，
哀悼所有羔羊的灵魂，③

这不禁让人想起《荒原狼》中，荒原狼和人之间的杀戮嗜血。荒原狼与尼采的豹子一样"是远离人类文明的本原自然代表者"④，具有嗜血的动物本能和自由天性。

像鹰一样，像豹一样

---

① Hermann Hesse, *Der Steppenwolf*, S.12.
② Friedrich Nietzsche, *Also Sprach Zarathustra Ein Buch für Alle und Keinen*, S.10-11.
③ Friedrich Nietzsche, „Nur Narr! Nur Dichter!"
④ Anni Carlsson, „Zur Geschichte des Steppenwolfsymbols", S.379.

> 是作家的渴望，
> 是你在千万种幼虫中的渴望
> 你这个笨蛋！你是作家！…
> ……
> 那就是你的幸福，
> 豹和鹰的幸福，
> 一个作家和傻瓜的幸福！①

尼采通过这种象征的方式指出人类的幸福在于真正自我的追寻和创造，只有释放出生命本性才使人真正成为完整的人，成就个体的独特、唯一、自性化。黑塞的荒原狼同样在剖析本真自我，寻找自我内在独特性。

前文已述，黑塞"向内之路"由多部作品构成。在《东方之旅》中以主人公 H. H. 寻找象征着引导人类精神走向"光明之乡"②，追求精神"家乡和心灵青春"③ 之盟会为主线，探讨了个人寻找内心真实、独特的"自我"，发展、超越自我的精神道路。"我们的东方之旅不仅是地理上的旅行，还是追寻心灵家园和青春的旅行。"④ 从这一点来看，它与尼采呼吁人们去发现真实"自我"的精神相一致。

H. H. 因为社会中对盟会的各种评判而妨碍他的回忆，使他无法寻找到那个曾经参加东方之旅的"真实自我"。作家通过比较盟会精神生活与世俗社会，说明现代社会导致人的发展不完整，因此必须去寻找内心那个真实、独特的"自我"，超越自我的不足才能使内外世界和谐完善。H. H. 在认识自我的旅行中充满了迷茫、混乱和怀疑，因为总是会受到各种来自外界或内在因素的干扰。"回忆本身有时也被行为的结果弄得混乱不堪"⑤，"不幸，疾病和深重的灾难致使我已经丢失了大部分记忆"⑥，回忆中记忆的残缺不全令他苦恼不堪，甚至怀疑自身的记忆能力。他的回忆多次陷入一种欲理还乱、云遮雾罩的状态："因为我几乎无法讲述任何

---

① Friedrich Nietzsche, „Nur Narr! Nur Dichter！"
② Hermann Hesse, *Die Morgenlandfahrt*, S. 15.
③ Hermann Hesse, *Die Morgenlandfahrt*, S. 28.
④ Hermann Hesse, *Die Morgenlandfahrt*, S. 28.
⑤ Friedrich Nietzsche, Giorgio Colli/Mazzino Montinari（Hrsg.）, *Sämtliche Werke：Kritische Studienausgabe in 15 Bänden*, Bd. 2, München und New York：Verlag Walter de Gruyter & Co., 1980, S. 83.
⑥ Hermann Hesse, *Die Morgenlandfahrt*, S. 7.

事情。我在写一个唯一的小插曲，本来我根本想不起它，我停留在雷欧失踪的插曲上。没有一个清楚的情节，如同是千万个线条结成团握在手中，这个团需要上百双手用许多年来拆解和梳理。纵使不是每个具体的线条，一旦抓住一条，想要轻轻抽取，它却如此脆弱，抓在指尖也会断裂。"[1] 迷雾般的回忆迫使他追寻并记录这段走向东方的历史，期望留存下那些真实的经历，因为那里有着真实的"自我"。然而"在我期待讲述我们历史那难以抑制的整个欲望背后是致命的绝望。……这个绝望不仅提出此问题：你的历史是可讲述的吗？它还提出：它是可以经历的吗？我们想到许多例子，即便是世界大战的参加者，尽管他们并不缺乏真正的真实报道，掌握被确证的历史，也不得不偶尔体会到这种疑虑。"[2] 发现真实的自我是如此困难。面对内心，认识真实的自我亦需要巨大的勇气。尼采认为，真正的自信者必是有勇气正视自己的人，而这样的自信必定和对自己的怀疑及不满有着内在关联。在真实的自我与怀疑、绝望之中，自我不满者将成为强者："所有他们所做的善事、能事、伟业，起初都是反对内心的怀疑者的论据：用来说服或者开导这些怀疑者，而为此几乎需要天才。这就是伟大的自我不满者。"[3]

"东方之旅的特殊之处还在于，尽管盟会已经确定这次旅行的终极目标（它们是秘密的，不能告知），但是每个参与者也可以并且必须有他们自己的旅行目标，因为那些没有个人奋斗目标的人将不被接收。"[4] 盟会的这一规定确定了自我创造的独特性。

H. H. 追忆、寻找和重回盟会可以视为个体自我发展的过程。他从认识"真实自我"出发，走向自我发展和超越。尼采真实"自我"的发展具有两个级别：从低级的无意识欲望发展到高级的精神创造追求（低级"自我"是隐藏在潜意识中的个人生命本能，包括无意识的欲望、情绪、情感和体验；高级"自我"则是精神性的"自我"，是个人自我创造的产物）[5]。H. H. 的精神历程也经历了这样的发展阶段，H. H. 加入盟会的最初目标是"见公主法特玛，希望获得她的爱"[6]。这时的 H. H. 还只追寻

---

[1] Hermann Hesse, *Die Morgenlandfahrt*, S. 44.

[2] Hermann Hesse, *Die Morgenlandfahrt*, S. 45.

[3] Friedrich Nietzsche, *Die Fröhliche Wissenschaft*, S. 159.

[4] Hermann Hesse, *Die Morgenlandfahrt*, S. 12.

[5] 参见周国平《尼采：在世纪的转折点上》，上海人民出版社 1986 年版，第 141 页。

[6] Hermann Hesse, *Die Morgenlandfahrt*, S. 14.

情感欲望，属于尼采所说的低级无意识欲望式的"自我"。而后面对困难——雷欧失踪，朝向东方的旅行中途夭折之后，那个曾经在大家眼中是"最忠诚，最虔诚的盟会成员"[①] H. H. 也与其他成员一样，从最初的慌乱、震惊、悲伤到脆弱无力，怀疑信仰，最终丢失信仰，陷入绝望。他们这支团队也分崩离析，成员们四散而去，甚至认为精神组织已经消亡；H. H. 内心挣扎于迷失信仰的绝望之中，甚至于丢掉艺术——把代表艺术的小提琴卖掉——的痛苦之中；他虽然历经磨难，但始终未放弃寻找雷欧，即其精神信仰。H. H. 最终克服重重精神困境，重归盟会，成为盟会的历史记录者，真正成为精神创造王国的一员。在此过程中完成了尼采提出的真实自我的发展，以勇敢的自信找到自己，实现自我。最终他以个体献身整体而达到完善，走向永恒。从这个角度来看，H. H. 追寻之旅完成了尼采的个人发展观。

（二）酒神精神与自我完善——以《东方之旅》为例

狄奥尼索斯（Dionysos）在希腊众神世界中是葡萄酒、欢乐、生育、疯狂和狂喜之神。[②] 在《悲剧的诞生》中，尼采以阿波罗所代表的日神精神和狄奥尼索斯所代表的酒神精神阐释希腊独特的文明发展。尼采从承认人生的悲剧性出发，以酒神精神战胜人生悲剧性。酒神精神所要解决的是在人生悲剧中如何肯定人生，确立一种对待人生悲剧的积极立场。

1. 盟会盛典——布莱姆花园庆祝会

《东方之旅》第一部分的高潮是 H. H. 追忆盟会会员们在布莱姆花园举行的盛典。当会员们进入花园立即"听到奥塔玛尔在侧房的豪华大厅演奏莫扎特的音乐……仙女阿尔米妲在温泉旁唱歌……"[③] 人们晚间聚会之后，"月亮冉冉升起，孔雀尾巴在高高的树杈间闪烁，阴影斑驳的河岸岩石间，方才潜上岸的水妖身上晕染着可爱的银辉。栗子树下，枯瘦的堂·吉诃德孤立在井旁值夜守班。城堡塔楼上空的烟火随着最后几个光球温柔坠入月夜中。带着玫瑰花冠的同事帕布洛，为姑娘们吹着波斯芦笛。这一切永恒印入我的脑海。"[④] 作者笔下的盛典浪漫神秘，弥漫着自然之韵，月色、河流、树林、花香为读者呈现一个超越尘世的人间仙境。那儿

[①] Hermann Hesse, *Die Morgenlandfahrt*, S. 98-99.
[②] Dionysos, https: //de. wikipedia. org/wiki/Dionysos. 2019. 10. 30.
[③] Hermann Hesse, *Die Morgenlandfahrt*, S. 30.
[④] Hermann Hesse, *Die Morgenlandfahrt*, S. 31.

有美丽的女妖，可爱的美人鱼，给这个美轮美奂的自然世界增添了魔法般的童话色彩。会员们来自现实与虚拟的文学世界，艺术人物"路易斯用西班牙语与穿靴子的雄猫卡特聊天，而汉斯·瑞斯穆许愿要去卡尔大帝的陵墓朝圣……众人拜倒在美的膝下。城堡主诵诗一首引领晚会盛况。森林中的动物们密密麻麻地围在城堡墙外，静静倾听。鱼儿欢快地在河中摇尾游弋，鳞光闪闪。主人呈上各色糕点和美酒款待宾客……"① 这个童话般的自然与美学世界令人忘却一切现实中的烦恼与痛苦，毫无羁绊地进入自然唯美的世界中。盟会举办了一场自然美学盛典。自然与人，现实与文学，真实与幻境在这场盛典中相互融合，不分彼此。所有会员在音乐幻境中自由沉醉于自然与艺术之美，迷幻在艺术享受中。布莱姆花园盛典以自然、音乐，以及神话人物的迷幻色彩弥漫着狄奥尼索斯精神，其魔力笼罩之下的自由、艺术和美三位一体。"在狄奥尼索斯的魔力之下，不仅人与人之间重新结成同盟，就连与人已经疏远，敌视或者被征服的自然也重新与它已经失去的儿子——人类共同庆祝彼此的和解。"② 在此状态中，人们处于神秘的陶醉境界，摆脱现实束缚，复归自然的生存体验，回归原始状态。

布莱姆花园如同脱离尘世的世外桃源，参加者在自然原始状态下进入美学世界，离不开"紧密地将我们包围"③ 的"魔圈"保护。作者并未明确定义"魔圈"，仅仅指出盟会盛典形成的自然与美学世界通过这个"密闭的魔圈"得以维护和存在。在它之外的人被"战争所震惊，困顿和饥饿令人绝望。人们牺牲了所有热血与财产，却看似毫无用处，陷入深深的失望"④。显然，"魔圈"内外是两个世界，现实中的人痛苦挣扎于苦难之中，痛苦与生命自然之美在这里彼此对立分割。尼采指出必须承认人生的悲剧性。黑塞以"魔圈"将人生悲剧性与肯定生命自然之美对立共存。"魔圈"为盟会成员暂时割裂尘世悲剧，通过艺术与自然使人的精神欢欣鼓舞，享受生命之美，使人在痛苦之外狂欢。从这里看，魔圈具有割裂功能。通过它的魔力把人们的痛苦经历与精神享受割裂，把现实世界与生命

---

① Hermann Hesse, *Die Morgenlandfahrt*, S. 30.
② Friedrich Nietzsche, *Die Geburt der Tragödie aus dem Geiste der Musik*, vollständige Ausgabe nach dem Text der Ausgabe Leipzig 1891, Berlin: Der Goldmann Verlag, Neuauflag 1999, S. 29.
③ Hermann Hesse, *Die Morgenlandfahrt*, S. 30.
④ Hermann Hesse, *Die Morgenlandfahrt*, S. 13.

美学世界割裂，从而使人能够在人生痛苦之外感受到生命魅力，享受悲剧人生。尼采的酒神精神所要解决的问题是在人生悲剧中如何肯定人生。从这个层面来看，魔圈帮助狄奥尼索斯精神肯定了人生。如果只是简单的外力割裂，人也无法完全摆脱痛苦，进入美学狂欢的状态，因此这个魔圈还具有遗忘功能。所有尘世的痛苦凭借"魔圈带来的魔力浪潮将一切都冲洗掉"①，使人们暂时忘却人生的痛苦与不幸，使人进入一种狄奥尼索斯的迷醉状态。尼采说"狄奥尼索斯的迷醉状态消除存在的日常界限……忘却的深渊割裂了日常世界和狄奥尼索斯世界"②。黑塞的魔圈是尼采的酒神精神达成其目的——战胜人生悲剧性并实现积极人生的方式和方法。

但是，尼采接着指出"那些日常现实一旦重新回归人的意识之中，就会让人觉得讨厌无奈"。③ 的确，这种狂欢庆典带给人们的始终只是暂时的、虚幻的美好。现实始终紧紧跟随众人。"哦，我们中谁又能想到，这个魔圈如此快就被打破，以至于我们中几乎所有的人——也有我，也有我！——又一次重新迷失在盖有现实印记，毫无声色可言的荒芜之中，就如同官员们和商店店员，在经过一次铺张的宴席或者周日郊游之后，又重新冷静地缩回到日常工作中！"④ 狄奥尼索斯精神主张生命勃发，坚韧勇敢，无论外部世界如何变化，"属于事物之基础的生命始终是坚不可摧和充满欢乐的"⑤。尼采首先要求承认人生的悲剧性，其次要战胜人生的悲剧性。酒神精神是肯定人生能够有力战胜命运的悲剧性。文中以"魔圈"暂时隔离尘世痛苦，使人感受到自然生命之魅力，为人战胜现实悲剧提供追寻美的精神力量。这种梦幻下的幸福使人勇敢地面对和接受接踵而至的人生悲剧。在小说中，盟会成员在经历了布莱姆庆典狂欢之后，随即不得不面对雷欧突然失踪的现实问题。这一事件导致他们的东方旅行中途夭折，每个人面临着前所未有的人生考验，痛苦经历。真正的人生必须能够超越迷醉，无畏地面对痛苦、险境和未知事物。黑塞的《东方之旅》继续探讨了尼采酒神精神所蕴含的生命哲学问题。

2. 双体人像

《东方之旅》最后部分，黑塞以魔幻式的"双体人像"情节结束小

---

① Hermann Hesse, *Die Morgenlandfahrt*, S. 31.

② Friedrich Nietzsche, *Geburt der Tragödie aus dem Geiste der Musik*, S. 57.

③ Friedrich Nietzsche, *Geburt der Tragödie aus dem Geiste der Musik*, S. 57.

④ Hermann Hesse, *Die Morgenlandfahrt*, S. 31.

⑤ Friedrich Nietzsche, *Geburt der Tragödie aus dem Geiste der Musik*, S. 56.

说。H. H. 的肖像渐渐"流向或者融向雷欧的图像","我的图像越来越多地流向雷欧身体里,供养他,使他强壮。"最终"雷欧必将成长,我必将衰败。"① 这个充满魔幻色彩的情节,以尼采酒神精神来看,H. H. 代表个体的人,受到时空限制。在双体人像中的他不断衰弱,恰如个人随着时间的流逝走向死亡。雷欧如同人类永恒精神世界之化身,象征着普世精神世界,他由人类历史上所有思想、艺术、文学、宗教等精神财富所构成和供给。在个体不断奉献下,人类精神世界趋向完满,这将是一个超越时空的永恒历程。尼采认为生命意志是世界的本质,它理应是永恒不息,个体的生死轮回是自然现象,是自然发展的基础。它这也恰恰证明自然界生生不息的强大生命力。"怀着喜悦和信任的宿命论,一个这样被解放的精神立于宇宙之间,他深信仅有个体被遗弃,在整体中万物必被拯救和肯定——他不再否定……但是一个这样的信念是所有可能信念中最高的:我已经名之为酒神精神。"② 从这个意义来讲,个体生命之意义在于超越个体存在,献身整体,因此"雷欧必将成长"。正如尼采所说:"甚至于在最异样、最艰难的问题上肯定生命本身,生命意志在生命最高类型的牺牲中为自身的不可穷尽而感到兴奋欢欣——我名之酒神精神……"③ H. H. 的衰败与雷欧的成长正是个体献身于整体从而达到永恒的酒神精神。"人类在消失个体,与世界合一的绝望痛苦哀号中获得生的极大快意"④,个体生命的毁灭也是一种肯定生命意志本身的形式,黑塞以"双体人像"表达出肯定超越自我的途径是个体奉献于人类文化精神所凝练的整体生命。宇宙永恒不息,稍纵即逝的个体生命想要获得永恒价值及意义则必须超越个体,立足宇宙,肯定生命整体,这必然包括肯定个体的痛苦和毁灭,这就是酒神精神的精髓。⑤ 因此,历经痛苦与死亡,超越个体而献身整体是完善自我的必要途径。

(三)尼采的文化批评论

现代性所引发的道德唯物质主义表现为社会信奉和追逐金钱与实利。

---

① Hermann Hesse, *Die Morgenlandfahrt*, S. 101-102.
② Friedrich Nietzsche, *Der Fall Wagner*, *Götzen—Dämmerung Nietzsche contra Wagner*, vollständige Ausgabe nach dem Text der Ausgabe Leipzig 1891, Berlin: Der Goldmann Verlag, Neuauflag 1999, S. 138.
③ Friedrich Nietzsche, *Der Fall Wagner*, *Götzen-Dämmerung Nietzsche contra Wagner*, S. 146.
④ Dionysos, https://de.wikipedia.org/wiki/Dionysos. 2019.10.30.
⑤ 参见周国平《尼采:在世纪的转折点上》,第74页。

代表着精神世界的文化亦被商业化。社会现代性的推进中,文化的商业化与媚俗艺术紧密相连。尼采对文化商业化深恶痛绝,发明"文化市侩"(Bildungsphilister)① 一词专指那些借文化谋利的文人,轻蔑地称他们为"文化寄生虫"(Bildungs—Schmarotzer),痛斥他们把"精神推向贸易",使其金钱化,如同"精神领域的售货员",用文化谋求私利。②

黑塞认同尼采的观点,在作品中严厉批评和讽刺文化商业化现象,称之为"副刊文化"。他认为文化商业化导致文艺行业及出版业以营利为目的,无视文化对个体精神发展的引领作用,成为精神异化的帮手。个性丧失导致个体精神软弱无能,最终成为强权者手中顺从的玩具。黑塞在《东方之旅》中嘲讽这类"文化市侩"的精神贩卖行为。战争不仅使人牺牲了财富与生命,更令精神陷入困顿与绝望。许多"文化市侩"于是借机推销种种精神快餐产品,"我们一些民众仅仅看到些虚假杜撰的资料……纷纷出现酒神巴克斯的信徒舞蹈队和重新洗礼的战斗队,各色灵异事件层出不穷,纷纷指向彼岸世界和圣徒奇迹;另外,印度、古波斯和其他东方的神秘宗教及其祭奠仪式无不在欧洲肆意流行"③。《东方之旅》中的 H.H. 们所寻找的精神盟会,由于文化商业化风潮导致人们误解这种真正的精神追求,致使蕴含人类宝贵精神财富的真正文化失去应有的社会价值和地位。"……而所有这些导致我们的盟会——那个极为古老的盟会——也成为大多数人心中的'时尚快餐文化'。于是,几年之后,随着那些时尚产物的消失,盟会也被大众遗忘,被蔑视甚至变得声名狼藉。"④

黑塞时代的文化不仅被推销,还被意识形态所利用,从而为战争服务。黑塞在《荒原狼》中写道:"被破坏、被股份公司吸干的地球上,人类世界以及所谓的文化在那虚伪、卑鄙、喧闹的年市霓虹灯幻彩中,犹如一个令人作呕之辈寸步不离地面对你狞笑,在有病的自'我'中把我推向无法忍受的顶峰。"⑤ 这个"所谓的文化"在一定程度上与第一次世界大战相关。第一次世界大战爆发后,德国知识界名流于 1914 年 10 月联名发表宣言《致文化世界》(Aufruf an die Kulturwelt),集体发出其民族主义

---

① Friedrich Nietzsche, *Der Antichrist*, *Ecce Homo*, *Dionysos—Dithyramben*, vollständige Ausgabe nach dem Text der Ausgabe Leipzig 1891, Berlin: Der Goldmann Verlag, Neuauflag 1999, S. 142.

② Friedrich Nietzsche, *Die Fröhliche Wissenschaft*, S. 229.

③ Hermann Hesse, *Die Morgenlandfahrt*, S. 13.

④ Hermann Hesse, *Die Morgenlandfahrt*, S. 13.

⑤ Hermann Hesse, *Der Steppenwolf*, S. 34.

声音:"没有德意志军国主义,德意志文化早已被抹除于地球之上。……为了保卫德意志文化,德意志军国主义才出现。德意志军队与德意志民族合一。"① 史称"1914 年思想"(Idee von 1914)。那个时代的德国,文化与战争、军国主义紧密相连,"对于第一次世界大战期间的德国知识分子而言,这场战争是一场文化战争。他们正告世人,德意志作为一个文化民族,作为歌德、贝多芬和康德之神圣遗产的继承者,将把这场文化战争进行到底。"② 尤为嘲讽的是,这些打着康德、歌德旗帜的德国知识分子们,将他们所反对的暴力革命、战争奉为维护德国文化的必要手段,且与文化民族合一。"1914 年思想"不仅推动了战争初期的战争动员和爱国主义浪潮,而且促使德国民族主义走向极端化。③ 然而它在当时却是德国发展道路的思想标杆,那些与之不符的观点往往被视为背离国家和民族。

在黑塞看来,这种时代文化的商业化、政治军事化使个体灵魂丧失,成为整齐划一的制造品。对于崇拜歌德的黑塞来说,时代文化实际上是对歌德所引领的德意志市民精英文化的彻底背叛。《荒原狼》中,黑塞比较了两种音乐类型,借此将它们所代表的时代文化与他所尊崇的真正市民文化进行比对。哈里在一家小酒馆听到流行的爵士乐,他称之为"没落的音乐"④。这种音乐映射出"时代的艺术、思想和表象文化"⑤,具有非常坦率、纯朴、诚实、天真、愉快的优点,散发出黑人味、美国味。黑塞认为,在欧洲人眼中,黑人与美国都很强壮,显得非常有生气,非常天真。但与巴赫、莫扎特以及真正的音乐相比较,这种音乐就是胡闹。⑥ 黑塞熟悉且崇敬由昔日的欧洲、昔日真正的音乐、昔日真正的文学所组成的文化,那是精神、灵魂、优美、神圣的东西。然而,它在现代似乎只不过是一个早已死亡的幽灵。黑塞们,这些崇尚和奉行昔日文化的人将在明天被遗忘,是被人嘲笑的精神病人、傻瓜。⑦

---

① Jürgen von Ungern – Sternberg, Wolfgang von Ungern – Sternberg, *Der Aufruf „ An die Kulturwelt!"*, *Das Manifest der 93 und die Anfänge der Kriegspropaganda im Ersten Weltkrieg*, Stuttgart: Steiner, 1996, S. 158. 转引自曹卫东主编《德国青年运动》,第 10 页。
② 曹卫东主编:《德国青年运动》,第 11 页。
③ 参见邓白桦《试论德国"1914 年思想"》,《同济大学学报》(社会科学版) 2010 年第 4 期。
④ Hermann Hesse, *Die Morgenlandfahrt*, S. 46.
⑤ Hermann Hesse, *Die Morgenlandfahrt*, S. 46.
⑥ Hermann Hesse, *Die Morgenlandfahrt*, S. 46.
⑦ Hermann Hesse, *Die Morgenlandfahrt*, S. 46.

《德米安》《荒原狼》《东方之旅》《玻璃球游戏》等作品和言论中均感叹欧洲传统文化及其精神在现代潮流中被冲击溃败，导致没落。如何挽救欧洲文化，黑塞与尼采一样，将远离现代工业化视为重要解决方式。尼采认为，欧洲文化衰落的原因之一是精神物质化，而导致精神物质化的是现代工业化。尤其是现代大机器生产和强迫分工①形成"工厂奴隶制"（Fabrik—Sklaverei），从而使人成为机器的傀儡，"失去自由的呼吸"，"牺牲内心价值"，这种工厂奴隶制最终的结局是"文化消失"。因此倡导"反对机械，反对资本"②。黑塞在《东方之旅》中，为了克服这种现代工业大机器化导致的恶果，以追寻人类精神家园与生命之光为旨之盟会要求成员在"旅行中舍弃所有来自现代，林林总总的旅行工具，没有火车、汽轮、电话、汽车、飞机等"③，"不使用任何来自那个具有金钱、数字和时间诱惑的俗世之物，也远离涉及这些内容的生活；尤其是机器，例如火车、钟表等类似的东西"④。在这里，我们不仅看到，黑塞既指出了现代文明社会对于个体思想进行统一制造和压抑个性的问题，也试图通过远离现代物质社会来解救衰落的文化精神，从而唤起解放思想、积极创新的精神。

正是尼采强有力的生命呼唤，对现代文明的尖锐批评，成为"他那个时代的伟大对立面"⑤，作为世纪之交的时代精神代表，实现了黑塞这一代年轻作家的文学诉求。⑥ 尽管黑塞深受尼采思想的影响，但是也发现尼采悲观主义和虚无主义思想中的局限性。尼采的个人发展观虽然强调"自我"的真实、独特和具有创造性，但是过于强调自我的特立独行，甚至将个人与集体、社会处于对立关系。"纯洁性对孤独有一种崇高的偏爱和渴望，这种孤独对于我们来说是一种美德。纯洁性已猜测到，在人与人接触时——在交往中——它如何陷入不可避免的非纯洁性。每个团体总是

---

① Friedrich Nietzsche, *Die Fröhliche Wissenschaft*, S. 212.
② Friedrich Nietzsche, *Morgenröter*, vollständige Ausgabe nach dem Text der Ausgabe Leipzig 1891, Berlin: Der Goldmann Verlag, Neuauflag 1999, S. 163.
③ Hermann Hesse, *Die Morgenlandfahrt*, S. 9.
④ Hermann Hesse, *Die Morgenlandfahrt*, S. 16.
⑤ Christian Morgenstern, „Nietzsche", in Bruno Hillebrandt (Hrsg.), *Nietzsche und die deutsche Literatur*, Bd. 1, Tübingen: Max Niemeyer Verlag, 1978, S. 111.
⑥ Soon-Kil Hong, „Ist Hesse Nietzscheaner?", in Mauro Ponzi (Hrsg.), *Hermann-Hesse-Jahrbuch*, Bd. 4, Tübingen: Max Niemeyer, 2009, S. 25-39.

以某种方式在某地某时使人变得'平庸'。"① 黑塞并未止步于尼采，他试图通过实践更加积极的精神智慧达到人性的和谐发展，战胜尼采悲剧式思想。

二 老庄之"道"与"向内之路"

20 世纪初，当西方文明陷入危机的思潮不断扩大时，随着东西方经济文化进一步交流，一些欧洲学者重新开启研究中国古代文化精神的道路。黑塞是当时德国走进中国文化的代表性人物。在同一时期的德语文学界，同样关注中国文化的作家们主要有如下成就：马丁·布伯（Martin Buber）翻译了《庄子之论及寓言》（*Reden und Gleichnisse des Tschuang-Tse*，1910）、《中国神怪及爱情故事》（*Chinesische Geistergeschichten*，1911）；克拉邦德热衷改写以唐诗为主的中国古典诗歌，先后出版改写诗集《紧锣密鼓》（*Dumpfe Trommel und berauschtes Gong*，1915）、《李太白》（*Li tai-pe*，1916）、《中国诗歌》（*Chinesische Gedichte*，1916）、《花船》（*Das Blumenschiff*，1921）等，最为著名的是将李行道创作的元杂剧《包待制智赚灰阑记》改写为舞台剧《灰阑记》（*Der Kreidekreis-Spiel in 5 Akten*，1925）；阿尔福雷·德布林（Alfred Döblin）的《王伦三跳》（*Die drei Sprünge des Wang-lun*，1915）被赞誉为德国"第一部表现主义小说"和"现代德语小说的开山之作"②；布莱希特（Bertolt Brecht）的《四川好人》（*Der gute Mensch von Sezuan*，1938—1940）是其史诗剧的典范。他们均从中国文化中汲取素材应用于自己的创作中。不过，在热爱中国文化，积极正面的宣传和继受中国思想方面，那时的德国知识界，无人能与黑塞匹敌。家学渊源使黑塞从小形成开放的文化观。在他长期的治学写作过程中，广泛阅读来自印度、中国的典籍著作。东方文化，尤其中国传统文化和思想深刻影响黑塞思想和创作，使他逐渐形成了独特的世界文学观。长久以来，黑塞的作品被认为是东西方文化的桥梁，他被视为德语文学中接受东方思想的典范。黑塞研究专家弗尔克·米歇尔斯在论及黑塞对

---

① Friedrich Nietzsche, *Jenseits von Gut und Böse*, vollständige Ausgabe nach dem Text der Ausgabe Leipzig 1891, Berlin: Der Goldmann Verlag, Neuauflag 1999, S. 171.

② Walter Falk, „Der erste moderne deutsche Roman, Die drei Sprünge des Wang-lun' von A. Döblin", *Zeitschrift für deutsche Philologie*, Nr. 89, 1970, S. 510-531.

中国文化的热爱时写道：

> 人们很难在 20 世纪的德语作家中再找到一位像黑塞这样热爱中国文化的人，再无人能像他那样耗费心血于中国的传统文化，唯有他五十多年坚持呼吁，我们"必须平等地位地研究中国文化，无论未来是友是敌。总之中国会影响到我们，获益或受损"。因为中国人在他看来，"不囿过往，始终面向未来的民族"。再无德国作家将如此多的中国思想融进自己的作品中，以至于他临终之时说："诗经、易经、孔子的学说、老子到庄子和荷马与亚里士多德一样，都是我的教育者。他们帮助我成为一个善良、睿智、完美的人。"①

因此，黑塞对中国思想的继受一直是黑塞研究的重点，仅近几年已有多部专著出版。在卡尔·约瑟夫·库舍尔的《物河：与佛陀、老子和禅宗对话中的赫尔曼·黑塞与贝尔托·布莱希特》②（2018）中，探讨了基督教、佛教以及中国道教在黑塞以及布莱希特作品中的体现。黑塞对东方传统文化，尤其中国哲学思想继受的研究专题始终受到研究者们的重视。弗尔克·米歇尔斯 2015 年出版的专著《黑塞作品中的印度与中国》③（2015）详尽阐释了黑塞作品中的印度文化和中国文化，指出黑塞全球影响力的很大原因在于其世界观受到远东印度教、佛教、儒家和道家的影响。其多元世界观形成的目的在于寻求一种协调，即在不安、离心的西方观与平静、向心的亚洲观点之间实现平等和富有成果的平衡。在黑塞看来，这两种观念不是相互排斥，而是相辅相成。弗尔克·米歇尔斯绘制出黑塞这种观念形成的心路历程，并溯其缘由。代表性论文如下：詹春华的《赫尔曼·黑塞的世界文学观及其对中国文学的批评》④（2018）阐述了黑塞对中国文学的评价以及在世界文学中的定位。蕾塔·温弗·卢克史克（Rita Unfer Lukoschik）的《赫尔曼·黑塞继受中国的根际方式》⑤

---

① Hermann Hesse, Volker Michels（Hrsg.）, *China Weisheit des Ostens*, Frankfurt am Main: Suhrkamp Verlag, 2009, Vorwort, S. 9.

② Karl-Josef Kuschel, *Im Fluss Der Dinge*, 2018.

③ Volker Michels, *Indien und China im Werk von Hermann Hesse*, 2015.

④ Zhan Chunhua, "Hermann Hesse's Concept of World Literature and his Critique on Chinese Literature", *Neohelicon*, No. 45, 2018, pp. 281-300.

⑤ Rita Unfer Lukoschik, „Hesse rhizomatisch Wege der China-Aneignung bei Hermann Hesse", *Jahrbuch für Internationale Germanistik*, Vol. 48, No. 2, 2016, S. 35-47.

(2016) 从文学理论层面探讨了黑塞所构建的超文化理念。

（一）东方之旅

欧洲的 20 世纪初文化悲观主义促使黑塞倾心研究东方文化。印度文化首先受到他的青睐。1911 年 9 月黑塞踏上了首次"印度之行"的旅途，去亲身感受从小所梦寐的印度文化。黑塞与其朋友画家汉斯·施图岑耐格（Hans Sturzenegger）一起登上开往印度的客轮，开始了长达三个月的东方之行。他先后旅经科伦坡、槟榔屿（Penang）、吉隆坡、新加坡、占碑（Djambi）、帕莱昂（Palaiang）、巨港（Palembang，苏门答腊）等地，回来时途经新加坡、科伦坡、康迪，并登上了锡兰的最高峰——亚当峰[①]。

不过，此次印度之旅使黑塞感受到印度文化的欠缺。印度土著居民给他留下虚弱、衰颓的印象，从而认为印度精神欠缺一种强健的生命力。黑塞后来回忆说："在真正接触了真实的印度，印度的精神和文化之后，我依旧感到那种令人无法平静的思乡之痛，就如同以前在欧洲的感觉。印度思想依旧不属于我。"[②]

在东南亚旅行期间，黑塞观察了所接触到的中国人及其文化，并将之与其他民族相比较，深刻感受到中国文化的无穷生命力及其无可比拟的魅力。这成为黑塞此次旅行的意外收获。黑塞 1911 年 11 月给卡拉德·豪斯曼的信中写道："在民族方面我见到了马来人、爪哇人、塔米尔人、锡兰人、日本人和中国人。关于最后的这种人必须说伟大：一个令人敬佩的民族！"[③] 称中国"才是一个真正的文化民族"[④]。因为在黑塞看来，中国人的务实取向和肯定生命的态度比那种苦行僧式的、否定生命的印度更吸引他。[⑤] 所以中国文化体现出的智慧更符合人性的自然本质。亚洲之行使他发现了精神故乡："这世间还有一种使我一再惊奇而且赋予我幸福感的可能性：在最遥远最陌生的地方发现一个故乡，去爱那些似乎非常难以接近的东西，并产生信任感。对此，在我生命早期在印度文化精神里，稍后，

---

① ［德］弗尔克·米歇尔斯编：《黑塞画传》，第 124 页。
② Hermann Hesse, *Betrachtungen und Berichte I*, S. 422.
③ ［德］弗尔克·米歇尔斯编：《黑塞画传》，第 124 页。
④ Hermann Hesse, Ursula und Volker Michels（Hrsg.）, *Gesammelte Briefe*, Bd. 1, S. 204.
⑤ Rita Unfer Lukoschik, „Hesse rhizomatisch Wege der China-Aneignung bei Hermann Hesse", *Jahrbuch für Internationale Germanistik*, Vol. 48, No. 2, 2016, S. 35-47.

在中国文化精神里，得到了佐证。"① 黑塞更加勤奋地研读中国经典著作，关注中国社会和时政。在他记述的槟榔屿见闻中称赞中国人是"东方秘密的统治者"，详细描述了观看中国戏剧的体验，高度赞扬中国戏剧与音乐。② 亚洲之行三年之后，黑塞在1914年6月的《三月》（März）杂志上发表了《回忆亚洲》，此时对中国的思考更加深刻和理性。他在中国人身上第一次见识到一种绝对一致的民族性，认为欧洲不可轻视中国，而应珍之重之。③ 1919 年 7 月 26 日黑塞写给爱丽斯·洛特侯德（Alice Leuthold）的信中道："多年以来，我一直坚信，欧洲思想正在走向没落而且需要回归到其亚洲起源。多年里我敬重佛祖，从少年时起就阅读印度文献。后来，我认识和了解了老子和其他中国人。就这些思想和研究来看，我的印度之行充其量不过是一段附带的文字和图片。"④ 中国人宁静、勤劳的品德，中国文化显现的勃勃生机让他发现了一种"接近生活的精神，以及一种高尚的、决心到达最高伦理要求的精神性和感性、日常生活游戏与刺激间的和谐——在高度精神化与天真的生活享受之间睿智摇摆。"⑤

从20世纪初直至黑塞去世，可以说黑塞研究中国文化长达五十年之久。他与中国文化的初次接触大致始于1905—1907年⑥。从三十岁左右开始，他大量阅读各种关于中国文化的译作。中国文学、戏剧、音乐、哲学均受到黑塞青睐。他赞扬中国诗歌形式完美，中国戏剧是舞台艺术的瑰宝，中国小说的叙事内容和结构让他耳目一新，认为短篇小说以自由神奇的转化模式突破了现实和幻想的隔阂。中国文化中对黑塞影响最为深刻的莫过于古典哲学思想。中国古典哲学典籍，如老子、庄子、孔子、孟子等人的哲学著作均进入黑塞的阅读视野。中国传统哲学中阐发

---

① Hermann Hesse, „Lieblingslektüre", in Hermann Hesse, *Betrachtungen und Berichte II*, S. 466.
② Hermann Hesse, „Abend in Asien", in Hermann Hesse, Volker Michels（Hrsg.）, *China. Weisheit des Ostens*, Frankfuhrt am Main：Suhrkamp Verlag, 2009, S. 123ff.
③ Hermann Hesse, „Erinnerung an Asien", S. 138.
④ Hermann Hesse, Ursula und Volker Michels（Hrsg.）, *Gesammelte Briefe*, Bd. 1, S. 409.
⑤ Adrian Hsia（Hrsg.）, *Hermann Hesse und China, Darstellung, Materialien und Interpretation*, Frankfurt am Main：Suhrkamp Verlag, 1974, S. 52.
⑥ 参见马剑《黑塞与中国文化》，首都师范大学出版社2010年版，第50页。

"自然和精神,宗教和日常生活不是敌对的,而是和谐的对立互补"① 思想深为黑塞所敬重,盛赞这些哲学典籍为他打开了具有自然哲学性质的中国智慧大门。中国哲学家们的智慧走进了黑塞许多作品和人物中。他在《最喜爱的读物》(Lieblingslektüre)中写道:"我直到三十多岁都未曾意识到,中国文学如此精彩,人类及其精神财富中有一份中国的特殊贡献!我爱之珍之,它甚至能成为我精神的避风港和第二故乡。"② 1927 年,黑塞在《世界文学书库》(Eine Bibliothek der Weltliteratur)中起草了一份世界文学大纲,其中中国文学被列为重要资源之一。③ 黑塞在探讨歌德的世界文学思想时,指出中国文学提升了自己的世界文学理念。

黑塞创作继受中国传统文化主要表现为三种类型:第一类直接改编中国诗歌、小说、寓言或者人物形成作品;第二类在其创作中引入并融入中国思想,使之成为自己创作思想的一部分;第三类为评述中国、中国人以及中国传统哲学和文化的书评、散文、游记、诗歌、杂文和大量信件等。

属于第一种类型的有:写于 1913 年的童话《诗人》(Der Dichter④),讲述中国作家韩福克少年时期辞别父母、新婚妻子,为成为一名完美的诗人而离乡求学。他向一位隐居大师学习诗歌艺术直至耄耋之年。此故事直接取自《列子·汤问篇》的"薛谭学讴"。

中国的聊斋故事给黑塞带来不曾有过的阅读体验,他将之与格林童话相媲美。他最早应该是阅读了著名汉学家葛禄博(Wilhelm Grube,1855—1908)编写的《中国文学史》(Geschichte der chinesischen Literatur,1902)⑤ 中的聊斋故事《红玉》。1911 年,黑塞阅读了马丁·布伯(Martin Buber)的《中国神怪爱情故事选集》,其中有 16 篇聊斋故事。

---

① Hermann Hesse, „Eine Bibliothek der Weltliteratur", in Hermann Hesse, *Betrachtungen und Berichte II*, S. 423.
② Hermann Hesse, „Lieblingslektüre", in Hermann Hesse, *Betrachtungen und Berichte II*, S. 466.
③ Siehe Zhan Chunhua, "Hermann Hesse's Concept of World Literature and his Critique on Chinese Literature", *Neohelicon*, No. 45, 2018, pp. 281-300.
④ Hermann Hesse, Volker Michels (Hrsg.), *China Weisheit des Ostens*, S. 37-44.
⑤ Hermann Hesse, „Ein Bibliotheksjahr", in Hermann Hesse, *Die Welt im Buch II*, Hermann Hesse, Volker Michels (Hrsg.), *Sämtliche Werke*, Bd. 17, Frankfurt am Main: Suhrkamp Verlag, 2002, S. 461.

这些真实与梦幻结合的怪谈诡谲故事给他留下极其深刻的印象，称赞此书是"世界上最美丽的童话故事书之一"①，赞誉"蒲松龄为17世纪最成功的学者和可怜的书生"②。黑塞不仅对这些故事做了书评，还对其中一些故事进行改编再创作。他的一首赞美诗《献给女歌手婴宁》(An die Sängerin Ying—Ning，另一首题目为 An eine chinesische Sängerin③)，描写"我"在船上邂逅一个美丽女子，其美妙的琴音和歌声深深打动"我"，对她一见钟情。这首诗虽未像《聊斋志异》中《婴宁》那样讲述人狐相恋的爱情故事，但女主角也名为婴宁，同样是与男主人公邂逅并一见钟情。从这些来看，很有可能是仿效《聊斋志异》中的故事。

黑塞的短篇小说《国王幽——古老中国的一则故事》(König Yu—eine Geschichte aus dem alten China④) 依据我国古代史书《东周列国志》中"幽王烽火戏诸侯"的故事改编而成。其实早在1899年，朱利叶斯·比尔鲍姆（Julius Bierbaum，1865—1910）已编写故事《幽王宠褒姒》(Das schöne Mädchen von Pao)。⑤ 黑塞作品中的国王幽不再是中国史书中那个暴戾寡恩、荒淫无度的昏君，而是一位善于纳谏、知书达理的贤君。他亦是一位英雄难过美人关的情痴，为博褒姒一笑，不惜置社稷于不顾，最终失去国家和性命。黑塞以浪漫主义情怀书写了一曲不恋江山爱美人的爱情悲歌。

黑塞还以《中国寓言》(Chinesische Parabel⑥) 为题，撰写山翁崇郎的故事。崇郎的一匹马走失，邻人惋惜，崇郎则说怎知是不幸呢？几天后，这匹马竟带回一群野马，众人叹其好运，山翁疑有祸相随。不久儿子因骑马摔残腿。后残疾助其躲避兵役之苦。何为幸，何为不幸？显然，这则寓言来自《淮南子·人间训》中"塞翁失马"的寓言故事。

黑塞的短篇故事《祖咏》(Dsu Yung⑦) 以唐朝诗人祖咏应试科举

---

① Hermann Hesse, „Chinesische Geister-und Liebesgeschichten", in Hermann Hesse, *Die Welt im Buch II*, S. 75.

② Hermann Hesse, „Chinesische Geistergeschichten", in Hermann Hesse, *Die Welt im Buch II*, S. 99-100.

③ Hermann Hesse, Volker Michels (Hrsg.), *China Weisheit des Ostens*, S. 55.

④ Hermann Hesse, Volker Michels (Hrsg.), *China Weisheit des Ostens*, S. 76-82.

⑤ Das schöne Mädchen von Pao, https://gutenberg.spiegel.de/buch/das-schone-madchen-von-pao-5028/1. 2019/8/14.

⑥ Hermann Hesse, Volker Michels (Hrsg.), *China Weisheit des Ostens*, S. 98.

⑦ Hermann Hesse, Volker Michels (Hrsg.), *China Weisheit des Ostens*, S. 99.

的轶事为题材。公元 725 年，年轻诗人祖咏参加长安的科举考试，按文题《南山冬雪》(Letzter Winterschnee auf dem Nan—schan) 作了四句诗。考官认为该诗太短，按照试规至少写八句，退回让其重写。祖咏仅答："意尽。"考官重审之后，坦然认可并接受考卷。此后，祖咏的"意尽"成为当时评判诗词公认的标准①。黑塞改编的《祖咏》以尊重思想自由，给予艺术家独立创作的空间为主旨，表达其一贯的思想特征。

黑塞的《生平简述》②（Kurzgefaßter Lebenslauf, 1924）结尾，叙述人走进自己的画中，乘上一列小火车，穿进黑色的巷道。最后整幅画和"我"均消失逃离。这个情节是黑塞从唐代画家吴道子的传说中获得的灵感。③ 他在 1921 年的一篇日记中写道："中国画家吴道子的故事太神奇了：他当众在墙上画了一幅山水画，接着神奇地走进画中。最后，随着画中山洞的消失，整幅画消失不见了。"④

中国唐朝最著名的两位大诗人李白、杜甫同样给黑塞留下无法忘怀的印象。早在 1907 年，黑塞阅读汉斯·贝特格（Hans Bethge, 1876—1946）编辑出版的中国名诗选集《中国之笛》(Die chinesische Flöte) 时⑤，李白的诗句令其击掌赞叹。贝特格在选集中编译了李诗 15 首，杜诗 9 首。贝特格在译本导言中盛赞中国诗词魅力无穷，深为折服，并专门讲述了李

---

① 事实上，据《唐诗纪事》卷二十记载，祖咏在长安应试，按文题作《终南望余雪》："终南阴岭秀，积雪浮云端。林表明霁色，城中增暮寒。"唐代应试诗限五言六韵十二句，作者只写四句即交卷。考官让其重写，他坚持己见。问其故，曰"意尽"。结果祖咏未被录取。这首诗精练含蓄，别有新意，一直流传至今。清代诗人王士祯在《渔洋诗话》中将之与陶渊明、王维等人的咏雪诗并列，赞为"古今雪诗"之"最佳"。

② Hermann Hesse, Volker Michels（Hrg.）,„Kurzgefaßter Lebenslauf", in Hermann Hesse, *Autobiographische Schriften II*, S. 46-62.

③ Volker Michels, Volker Michels, *Indien und China im Werk von Hermann Hesse*, S. 50.

④ Hermann Hesse, Volker Michels（Hrsg.）, *Blick nach dem Fernen Osten：Erzählungen, Legenden, Gedichte und Betrachtungen*, Frankfurt am Main：Suhrkamp Verlag, 2002, S. 140-141.

⑤ Hans Bethge, *Die chinesische Flöte, Nachdichtungen chinesischer Lyrik*, Leipzig：Inselverlag, 1922. 在导言（S. 110-111.）中，贝特格写道，他所编译的这本诗集改编自 Hans Heilmann, *Chinesische Lyrik*, Verlag von R. Piper und Co., München, o. J.；Judith Gautier, *Le livre de] ade*, bei Felix Juven, Paris, o. J.；Marquis d'Hervey-Saint-Denys, *Poésies de l'époque des Thang*, Paris 1862. 贝特格翻译的中国 19 世纪的诗词基于英文译本。

白生平及其诗词特点。这本诗集使黑塞领略了以李白、杜甫为代表的中国诗歌艺术。黑塞于 1907 年 11 月 27 日在《慕尼黑报》(*Münchner Zeitung*) 副刊《雅典神殿大门》(*Die Propyläen*) 第 5 卷第 9 期上发表书评《新瓶装老酒》(Alterwein in neuen Schläuchen),评论这本编译诗集。该书评是黑塞最早发表的有关中国文化的评论。他在文中高度赞扬贝特格主编的这部诗集:"一本令人感到惊异的书。……李太白,这位忧郁的豪饮者和多情之人,其诗句雄奇飘逸,意蕴悲怆,将外表的豪放与内在忧伤完美结合,造就了中国诗词的顶峰。这束异域雅莲之中飘散出的无限情怀把我们带到了希腊人、古意大利人和吟游作家身边。"[1] 李白的"古来圣贤皆寂寞"的感叹同样道出了黑塞不为世人所理解的寂寞与悲苦。李白诗中流露出的怀才不遇,寂寞黯然击中黑塞内心的共鸣,其旷达不羁、豪情天下的浪漫主义气质亦为黑塞所欣赏。

"诗圣"杜甫也是黑塞最喜爱的中国诗人之一。这两位诗人直接出现在《克林索尔最后的夏天》这部小说中,由此可见黑塞对李白、杜甫的喜爱程度。1919 年 5 月,黑塞移居蒙塔诺拉,直至 1931 年。乔迁伊始,一切还未就绪,黑塞既开始执笔写作,以释放自己在战争期间被压抑的创作激情。《克莱恩和瓦格纳》《克林索尔最后的夏天》《悉达多》在这一年连续完成。《克林索尔最后的夏天》几乎成为黑塞 1919 年夏天的生活传记:从战争回归平凡生活,暂时脱离重压回归自由。恰如小说主人公画家克林索尔整日徜徉在青山碧水之间,与朋友们饮酒作乐,挥毫泼洒,自比为中国唐代大诗人李太白。伴其左右的朋友曼,人称"杜甫"。克林索尔如李太白一样,虽浪漫不羁,却忧怀天下。

生命匆匆消逝如电,
光华乍露便难觅踪影。
但见天空大地常驻不变,
人的容颜匆匆随时流逝。
噢,掛满酒杯因何不饮,

---

[1] Hermann Hesse, „Münchner Zeitung, 27. November, 1907", in Hermann Hesse, *Die Welt im Buch I*, S. 259.

你还在等待谁人光临?①

今晨你的头发还乌亮似黑绸，
夜晚时便已像白雪覆盖，
谁若不愿活生生被折磨致死，
就举起酒杯邀明月共饮②。

　　小说的字里行间透出一份借酒消愁的无奈，以及对人生苦短、年华似水的感叹。这首诗应该是改编自李太白的《对酒行》《将进酒》的诗句。黑塞在"下沉之歌"章节中写道："'今天我要痛饮三百杯'③，李太白嚷着说，同影子碰杯。"④ 这些让人想起李白《襄阳歌》与《月下独酌》两首诗。

　　第二类，黑塞在创作中融入中国思想。其创作继受中国思想范围较广，从早期作品，如童话《笛梦》(Flötentraum)、《诗人》，理论文章《浪漫主义杂谈》等体现出自然和谐思想，到中后期的《克莱恩与瓦格纳》《德米安》《纳尔齐斯与歌特蒙德》《东方之旅》以及《玻璃球游戏》等主要作品均体现出中国哲学智慧。诸多研究者认为，黑塞大多数小说中的对立统一思想相当一部分来自中国哲学中天人合一的对立统一思想。

　　就黑塞从印度转向中国思想的角度来看，小说《悉达多》展示了从青春叛逆到道家内敛谦逊的思想发展之路。第一次世界大战结束之后，一

---

① Hermann Hesse, *Klingsors letzter Sommer*, *Ausgewählte Werke*, Bd. 2, Frankfuhrt am Main: Suhrkamp Verlag, 1994, S. 389.
　　＊比照李白的《对酒行》：
　　松子栖金华，安期入蓬海。
　　此人古之仙，羽化竟何在。
　　浮生速流电，倏忽变光彩。
　　天地无凋换，容颜有迁改。
　　对酒不肯饮，含情欲谁待。

② Hermann Hesse, *Klingsors letzter Sommer*, S. 390.
　　李白《将进酒》中有诗句：君不见高堂明镜悲白发，朝如青丝暮成雪。人生得意须尽欢，莫使金樽空对月。

③ 李白《襄阳歌》有：百年三万六千日，一日须饮三百杯。黄金爵，白玉瓶，李白与尔共死生。

④ Hermann Hesse, *Klingsors letzter Sommer*, S. 409. 李白《月下独酌》有：举杯邀明月，对影成三人。

千七百万人倒在枪炮之下,战争带给人类和世界的灾难啃噬着作家的心,黑塞试图用悉达多具有道家思想的成长来回答西方工业国家激进的冲动主义。①《克林索尔最后的夏天》"下沉的音乐"所讨论的乐理问题直接来自《吕氏春秋》。小说中关于文化发展的思想体现出易经、道家观念。《东方之旅》中雷欧具有老子思想特征。《玻璃球游戏》综合融汇了中国易经以及儒道等哲学思想,黑塞自称这部小说为读者"打开了一扇通向东方的窗户"②。中老年时期所做的一些诗词颇具禅宗思想,如《一指禅》(Der erhobene Finger)中阐发俱胝禅师"道"之表述③。《禅寺的小沙弥》(Junger Novize im Zen—Kloster)描写一位远离家乡的小和尚在思乡与清修中,身心不断成长。他于世间万象与一切为空之间徘徊、困惑:

万有皆为幻,真实不可名;
尽管如此,山峰凝视着我,
　山峦叠影,清晰可辨
　　　……
　尔应凝心见性——
　世界进入无相无名。
　　尔应立地凝心,
　　学习观与察!
　凝心——世界为相。
　凝心——相为性焉。④

1959年,黑塞发表《中国神话》(Chinesische Legende)一文,借中国儒家著名思想家孟子(Meng Hisä)之名,以倒立看世界为例表达言语为虚、哲眼求真的思想⑤。本节将围绕黑塞在探索现代人的存在和个体化精神完善方面,中国老庄哲学对其"向内之路"思想所产生的启迪和发展。

---

① Volker Michels, Volker Michels, *Indien und China im Werk von Hermann Hesse*, S. 47.
② Hermann Hesse, Volker Michels(Hrsg.), *China Weisheit des Ostens*, S. 191.
③ Hermann Hesse,„ Der erhobene Finger ", in Hermann Hesse, Volker Michels(Hrsg.), *China Weisheit des Ostens*, S. 117.
④ Hermann Hesse,„ Junger Novize im Zen – Kloster ", in Hermann Hesse, Volker Michels(Hrsg.), *China Weisheit des Ostens*, S. 118.
⑤ Hermann Hesse,„ Chinesische Legende ", in Hermann Hesse, Volker Michels(Hrsg.), *China Weisheit des Ostens*, S. 107.

第三类，关于中国的评论。黑塞一生阅读了约 160 本中国书籍译本，孜孜不倦地记录下所感所悟，发表 40 多篇评述。他评论中国、中国人以及中国传统哲学和文化，相关的书评、散文、游记、诗歌、杂文和大量信件可以说数不胜数。在他一生撰写的 3365 篇书评[①]中，超过百分之二十在谈论中国哲学、诗歌、戏剧和小说。最早的书评是前文已经提到的《新瓶装老酒》。黑塞了解和研究中国传统哲学思想的主要文献资源来自卫礼贤的德文译本。针对当时德国汉学研究著述，黑塞撰写诸多书评，除卫礼贤之外，还包括汉学家叶乃度（Eduard Erke）、孔舫之、克劳泽，东方学者格里尔（Julius Grill），以仿作中国诗闻名的卡拉邦德（Klabund）、贝特格（Hans Bethge），东亚艺术研究者曲美尔（Otto Kümmel），以及马丁·布伯、胡尔森贝克（Richard Huelsenbeck）等人，以对卫礼贤的相关作品评述为最多[②]。

总的来看，黑塞撰写的中国书评大体可分为哲学典籍类和文学类。1910 年，卫礼贤出版了迄今最负盛名的《论语》德译本。黑塞 7 月 6 日即在《雅典神殿大门》上发表书评：《德文版〈论语〉》(Cofucius deutsch)。他写道："比起我们生活的方式方法，它们迥然不同。阅读《论语》如同呼吸着异域的空气。……中国人的思想像是外星球的产物，如能深入而非肤浅地体悟它，益处良多并且是一种极佳的思辨，因为以他者的眼光审视我们的个人主义文化非常必要"[③]。7 月 15 日在《三月》上摘录卫氏译本中的孔子言录。

1930 年，黑塞在《书虫》(Der Bücherwurm) 上发表《卫礼贤遗著》一文，向读者介绍了卫礼贤最后一部译著——《礼记》，称之为中国五经之一，包含着古老中国国家智慧与伦理道德的典章制度选集。[④]

黑塞阅读老庄译作的时间较早，约 1907 年开始阅读老子的德译著作，随后又深研《庄子》《列子》等道家典籍[⑤]。1911 年 5 月 24 日，黑塞在《雅典神殿大门》上发表《东方智慧》(Weisheit des Ostens)，评介格里尔

---

① Marco Schickling, *Hermann Hesse als Literaturkritiker*, Heidelberg: Universtätsverlag, 2005, S. 8.

② 参见范劲《卫礼贤之名——对一个边际文化符码的考察》，华东师范大学出版社 2011 年版，第 373—374 页。

③ Hermann Hesse, Volker Michels (Hrsg.), *China Weisheit des Ostens*, S. 158.

④ Siehe Hermann Hesse, Volker Michels (Hrsg.), *China Weisheit des Ostens*, S. 187-188.

⑤ 祝凤鸣：《赫尔曼·黑塞作品中的中国智慧及其启迪》，《江淮论坛》2018 年第 6 期。

和卫礼贤的老子《道德经》德译本①。黑塞强调这两种译本均立足于中文原文翻译，而非转译。他指出格里尔将老子与耶稣相比较，并认为老子的伦理观接近西方雅利安人，远东著名思想家无人与之比肩。卫氏译本语言更加有力、确切，凸显个性化，因而更易于理解接受。1921 年 6 月，黑塞在《Vivos voco》评论 H. 费德曼（H. Federmann）翻译的《道德经》——中国最深奥的典籍，他认为此译本在形式与内容上非常接近卫氏译本，然而过于追求文字的精确明晰，甚至不惜强译。黑塞指出理解老子必须超越字面方能得其本质一二。② 1925 年，在柏林的《新瞭望》（Die Neue Rundschau）杂志上，黑塞点评了维克多·施特劳斯（Viktor von Strauß und Torney, 1809—1899）翻译的《道德经》，指出老子思想的双极性特征。③

1912 年，黑塞在《联邦报》（Der Bund）上发表《评南华真经》（Das wahre Buch vom südlichen Blütenland）④，首先介绍布伯编撰的《庄子之论与寓言》，赞其为传播中国思想做出贡献；其次评论被视为更加完整版的卫氏《南华真经》德译本。黑塞认为卫礼贤依然将老庄关系等同于苏格拉底、柏拉图的关系。庄子是中国思想家中最伟大卓越的诗人，同时是儒家最大胆幽默的批判者。

20 世纪 20 年代黑塞曾经接触过中国禅宗思想。不过，他真正开始细致研究这一思想是在 70 岁之后。他阅读了表弟威廉海姆·贡德特（Wihelm Gundert）1960 年翻译出版的"禅门第一书"《碧岩录》（Das Bi—Yaen—Lu）之后，1961 年 4 月在《瑞士月刊》上发表的《关于两本书》（Über zwei Bücher）中介绍了该译著⑤。他在文中对禅宗的公案选取、禅理分析上显示出非凡的智慧和悟性。他之后曾多次介绍和评述禅宗思想。他在解释《德米安》所表达的思想时，提到禅宗修炼过程中提升内在修为的重要方法——顿悟："《德米安》对我来说代表着那个躁动不安的火热年代，一个美丽的、无法挽回的世界走向消逝，重新认识和理解现实世界起初是痛苦的，后来内心变得清明。对立和矛盾的崩塌标志着认识在和谐统一道路上的顿悟，这种顿悟类似于几千年前中国禅宗大师们以神

---

① Hermann Hesse, Volker Michels (Hrsg.), *China Weisheit des Ostens*, S. 163-164.
② Siehe Hermann Hesse, Volker Michels (Hrsg.), *China Weisheit des Ostens*, S. 174.
③ Siehe Hermann Hesse, Volker Michels (Hrsg.), *China Weisheit des Ostens*, S. 181.
④ Hermann Hesse, Volker Michels (Hrsg.), *China Weisheit des Ostens*, S. 168.
⑤ Hermann Hesse, Volker Michels (Hrg.), *China Weisheit des Ostens*, S. 195.

秘的方式所传递出的内容。"① 看来,黑塞已在一定程度上领略到禅宗的核心——无可言说之妙义。

除了儒释道典籍之外,黑塞也关注中国其他哲学典籍。卫礼贤在劳乃宣的扶持下于1924年完成并出版德文版《易经》,引起社会关注。一直在关注卫礼贤的黑塞,1925年在《新瞭望》杂志上发表《阅读回顾》（Erinnerung an Lektüre）,其中热切评论卫氏的《易经》（I Ging）译本,称《易经》具有几千年历史,是中国人的智慧与符咒之书,通过8种符号建制了整个世界的比喻体系②。1928年卫礼贤出版《吕氏春秋》德译本之后,黑塞1929年发表的《书籍笔记》（Notizen über Bücher）中点评:吕不韦主持编纂的《吕氏春秋》保留下许多古代中国的智慧遗文,其中大部分原典已被焚毁。智慧并未湮灭在时代流转中,只是转变了形式与风俗。③

作为文学家,黑塞热衷评论中国文学的译著。1912年3月25日在《新苏黎世报》上发表了关于马丁·布伯编辑的《中国鬼怪与爱情故事》（1911）书评,认为这些鬼怪故事构成的童话世界极具诗学价值,随文介绍了《聊斋》的作者蒲松龄④。1914年8月在《三月》上发表文章评议卫礼贤编译出版的《中国民间童话》（Chinesische Volksmärchen）。1914年6月在柏林《日报》上发表《东方文学名著》概括介绍了中国小说特点。1924年2月《新苏黎世报》以及12月的巴塞尔《民族报》（National-Zeitung）上分别发表《古代中国爱情喜剧》和《中国小说》,评介了汉斯·鲁德尔伯格（Hans Rudelsberger）翻译编辑的中国戏剧和小说,指出中国元代戏剧如《西厢记》等具有高超的艺术和舞台技术风格,中国小说独具特点,完全不同于欧洲小说,其纯粹性、生活性和神秘特征与格林童话、德国浪漫主义作品有些许类似。⑤ 黑塞后续撰写多篇文章评介当时被译介到德国的代表性中国明清小说,如《好逑传》《二度梅的奇迹》和《金瓶梅》等。他两次发表书评介绍中国四大名著之一《红楼梦》,最初认为它未能体现中国智慧而不属于经典的艺术作品⑥,第二次评论指出这

---

① Volker Michels, *Materialien zu Hermann Hesses >>Demian<<*, Bd. 1, S. 227.
② Siehe Hermann Hesse, Volker Michels（Hrsg.）, *China Weisheit des Ostens*, S. 180.
③ Siehe Hermann Hesse, Volker Michels（Hrsg.）, *China Weisheit des Ostens*, S. 186.
④ Siehe Hermann Hesse,„Chinesische Geistergeschichten", in Hermann Hesse, *Die Welt im Buch II*, S. 99-102.
⑤ Siehe Hermann Hesse, Volker Michels（Hrsg.）, *China Weisheit des Ostens*, S. 177-178.
⑥ Hermann Hesse, Volker Michels（Hrsg.）, *China Weisheit des Ostens*, S. 190.

部小说代表了中国文学与艺术的鼎盛时期，小说弥漫着哀伤与堕落，是一部表达着"衰退和颓废的杰作"①。

黑塞关注卫礼贤而注意到他 1911 年翻译的《中国抵抗欧洲思想》（德译本名为：*Chinas Verteidigung gegen europäische Ideen*），该书为中国学者辜鸿铭所著。1912 年，黑塞对这本译著撰写书评，在《三月》杂志上发表。② 辜鸿铭提出欧洲输往中国的东西劣胜于良，黑塞颇为认同。

黑塞不仅介绍中国典籍译著，而且就中国思想，尤其哲学思想发表文章阐发见解和思考。20 世纪初，黑塞先后发表了《东方智慧》（Weisheit des Ostens, 1911）《两极》（Die zwei Pole, 1915）、《中国思考》（Chinesische Betrachtung, 1921）、《我与印度和中国精神的关系》（Über mein Verhältnis zum geistigen Indien und China, 1922）、《中国拾零》（Chinesisches, 1911/1926）、《关于中国精神》（Vom chinesischen Geist, 1926）、《望向远东》（Blick nach dem fernen Osten, 1960）等作品。在这些文章中，他缕析了自己所理解的中国文化精神特征，例如在研读卫氏《论语》译本之后，1911 年发表的《中国拾零》（*Chinesisches*）中评述《孔子》《道德经》《庄子》等译著，对中国哲学注重社会实践，崇尚生命与自然的思想给予整体性评价。在广泛而深入解读儒道典籍的基础上，黑塞从敬佩欣赏的角度客观公正地评价中国和中国人。他非常重视中国典籍所蕴含的智慧与精神，认为欧洲应该改变轻慢的态度，珍视来自中国的文献资料。1911 年 2 月 7 日曾在《三月》杂志上发表《慕尼黑的中国图书》（Chinesisches in München）一文，惋惜东方学者纽曼（Karl Friedrich Neumann, 1793–1870）留赠给巴伐利亚州一个拥有上万册书籍的中国图书馆被官方视为无用之废纸③。在《中国思考》以及《中国拾零》中公开批评欧洲主流社会对中国文化所持的偏见。1926 年 7 月 18 日，黑塞在《福斯报》上发表《中国拾零》批驳当时欧洲对中国盛行的看法："中国人是野蛮的"。黑塞指出：中国人的美德，尤其是他们持久忍耐、吃苦耐劳、坚忍不拔的精神凸显出民族本质中的优良性④。在当时，黑塞给予如此公

---

① Hermann Hesse, „Der Traum der roten Kammer", in Hermann Hesse, *Die Welt im Buch II*, S. 367.

② Siehe Hermann Hesse, „Chinesische Geistergeschichten", in Hermann Hesse, *Die Welt im Buch II*, S. 78–79.

③ Hermann Hesse, Volker Michels（Hrsg.）, *China Weisheit des Ostens*, S. 162.

④ Hermann Hesse, *Betrachtungen und Berichte I*, S. 471.

正、中肯的评论是难能可贵的。

中国文化在黑塞"向内之路"的道路上扮演了无可替代的角色。他对中国文化的一些研究甚至超过了许多西方汉学家。在接受中国文化的过程中，黑塞往往会将自己的一些想象和理想加诸其中，使黑塞式的中国文化带有了理想主义的乌托邦色彩。中国精神为这位陷入现代性个体生存痛苦和困惑的欧洲作家营造了一个新的精神空间，那里有来自异域的清新空气，为他在20世纪初期极端混乱的政治、意识形态中创造了一片平和而统一的精神乐园。中国思想对于黑塞精神的自我完善和超越起到了历久弥新的影响力。黑塞将中国文学视为世界文学的重要组成部分，为世界文学发展理念进行更加深入的尝试，极大地丰富了20世纪初"世界文学"的建构。黑塞对中国古典文化的评述不仅为东西方文化交流，为当时海外汉学研究在欧洲社会的传播作出了巨大的贡献。这位成长于基督教教义的欧洲人，以文学将亚洲智慧介绍到欧洲，以其跨文化和跨宗教的创作成就被视为具有全球化意识的先锋。①

(二) "道"与心灵家园

第一次世界大战的枪炮与牺牲未能阻止第二次世界大战的降临。1933年4月，黑塞写给阿尔弗雷德·库斌（Alfred Kubin，1877—1959）的信中说："我毫不怀疑许多年轻爱国者的理想主义，但是我发现，1914年的所有经历如今又再次重现：即谄媚的德国知识分子、教授们的自白和号召，以及媒体的狂热态度，它们与那个时候完全一样。"② 这位"一战"的反战先锋竭力去警告德国民众，试图唤醒世人应避免这场更大的灾难。他以文学呼唤和平，希望借此对抗战争倾向，传播和平信念。据统计，20世纪20年代以及30年代早期被视为黑塞一生中最多产、最富成果的创作时期。③ 黑塞不仅撰写了大量诗歌、散文、书评、杂文等，还出版多部重要小说，如《悉达多》(1922)、《疗养客》(1925)、《吕贝克之旅》(1927)、

---

① Ch. Gellner, *Die Rezeption Hermann Hesses im Raum der Theologie*, Calw: 2002, S. 7. Zitiert nach Mária Bieliková, *Bipolarität der Gestalten in Hermann Hesses Prosa: die Romane „Demian" und „Der Steppenwolf" vor dem Hintergrund der Daoistischen Philosophie*, XIII.

② Volker Michels (Hrsg.), >>Außerhalb des Tages und des Schwindels<<*Hermann Hesse- Alfred Kubin Briefwechsel 1928-1952*, Frankfurt am Main: Suhrkamp Verlag, 2008, S. 51-52.

③ Annette Kym, *Hermann Hesse Rolle als Kritiker: eine Analyse seiner Buchbesprechungen in „März", „Vivos Voco" und „Bonniers Litterära Magasin"*, Frankfurt am Main: Peter Lang AG, Internationaler Verlag der Wissenschaften, 1983, S. 9.

《荒原狼》(1927)、《纳尔齐斯和歌特蒙德》(1930)、《东方之旅》(1932)等。他对思想界的关注也进入到哲学与心理学领域。这一时期，黑塞希望通过认识内在世界，发展和完善自我，以抵御外界社会如军事主义等不良精神潮流对心灵的毒害。以老庄为代表的道家哲学思想以内在超越为特征，自我超越是依靠自己内在本性升华而达到①，恰好给予黑塞心灵发展的力量，因此成为其思想谱系的重要部分。

　　黑塞对中国传统哲学的三大流派——儒、道和禅宗思想均有研究。黑塞在父亲的引导下认识了老子。1910 年，格里尔翻译出版了《道德经》，黑塞最初于 1911 年阅读了格里尔译本②。同年，卫礼贤版的《道德经》德译本出版。黑塞在 1911 年 5 月 24 日的《慕尼黑报》上推荐了这两个版本的《道德经》，并对它们进行了对比。同时，黑塞简单回顾了《道德经》在欧洲的传播情况："中国哲学家老子，在以往的两千年内都不曾为欧洲所知，但在过去的 15 年内却被翻译成所有的欧洲语言，他（卫礼贤）的《道德经》也成了畅销书籍。"③ 1914 年，黑塞父亲在巴塞尔撰写《老子，一位公元前的真理证人》(Lao Tsze, einem vorchristlichen Wahrheitszeugen)④。通过这些资料，黑塞开始了解老子及其思想。

　　中国道家思想崇尚自然无为，注重生命，提倡自我修炼和完善。老子说："知人者智，自知者明。胜人者有力，自胜者强。"⑤ "自知" "自胜" 尤为重要，不仅是人类文明与进步的标志，也是每个人进一步开展精神生命的自觉道路。从这个层面来看，老子所代表的道家哲学思想契合了黑塞"向内之路"的精神需求，带给他极大的智慧与安慰。老子立说的最大动机是缓和人类社会冲突，其思想具有强烈的反战意识，提出："夫兵者，不详之器，物或恶之，故有道者不处。"⑥（兵革是不祥的东西，大家都怨恶它，所以有道的人不使用它⑦），提倡和谐自然的生命观，体现出人道主义精神。深陷战争时代的黑塞，欣喜地发现老子智慧对解救当时欧洲社

---

① 参见汤一介《儒道释与内在超越问题》，江西人民出版社 1991 年版，第 18—20 页。
② Hermann Hesse, „Richard Wilhelms China Werk", in Hermann Hesse, Volker Michels (Hrsg.), *China Weisheit des Ostens*, S. 183.
③ Hermann Hesse, „Chinesisches", in *Betrachtungen und Berichte I*, S. 470.
④ Mária Bieliková, *Bipolarität der Gestalten in Hermann Hesses Prosa: die Romane „Demian" und „Der Steppenwolf" vor dem Hintergrund der Daoistischen Philosophie*, S. XIV.
⑤ 陈鼓应：《老子注译及评介》，第 192 页。
⑥ 陈鼓应：《老子注译及评介》，第 185 页。
⑦ 陈鼓应：《老子注译及评介》，第 186 页。

会危机极其重要。老子哲学是主静的哲学,"清静为天下正"所引导下的治国之策是清静无为。个人则要顺应自然,保持宁静,"虚而不屈,动而愈出。多言数穷,不如守中"①。黑塞对老子追求内心宁静的思想推崇备至。尤其在混乱时代,老子的"静心"说启迪黑塞,当外部世界不再允许个体拥有祥和的家园,甚至无法再生存,个体可以自主创造宁静的精神空间。在充满各种竞争的社会和时代,个体如果能寻找或者主动追求心灵清静,则外部世界的动荡不安不会影响到自我走上正途。由此,黑塞认为那个时代的欧洲需要将《道德经》视为必读的政治著作。1919 年 7 月 13 日,黑塞在《新苏黎世报》发表文章向社会呼吁:"……我们所急缺的智慧,恰在老子那里,如今我们这个时代唯一的任务是把它翻译到欧洲来。"② 黑塞视老子为掌握宇宙基本元素的伟大哲学家,相较于西方人混乱的细化学科分类哲学,其思想更加符合人性的自然发展,将《易经》《道德经》与《圣经》相提并论,一并奉为"神圣和智慧的书籍"。

"如果不想表现智慧,只是想呼吸和生活于智慧之中,那么就像老子那样。老子是人类最智慧的人,他透彻认识到,只要试图用言辞表述真正的智慧,就已经在做蠢事"③,黑塞眼中的老子是人类智慧的化身。以老子智慧为代表的道家个体修身,两极对立思想,以及天人合一的自然宇宙观纷纷进入黑塞"向内之路"的文学中。他常常在小说中通过某个智者身份表述老子智慧箴言。小说《东方之旅》的开篇,黑塞引用了悉达多——"一位东方智者"④的话:"语言不适合传递隐秘之意。所有事物通过言辞立即发生变化,有点虚假,有点歪曲……,我认同这种观点:一个人视为珍宝和智慧的,另一个人会觉得愚蠢。"⑤ 这段引言转述了上述老子思想。同时,这句智者所言也暗示了"东方之旅"与中国的联系。在许多作品中,老子智慧被拟人化为智者类型的导师,如《悉达多》中的摆渡人,《东方之旅》中的雷欧,《玻璃球游戏》的大师兄和音乐大师等,他们皆体现出内敛睿智、通晓宇宙规律的道家圣人的特征⑥,引导主

---

① 陈鼓应:《老子注译及评介》,第 74 页。
② Hermann Hesse, „Über einige Bücher", in Hermann Hesse, *Die Welt im Buch III*, S. 71.
③ Adrian Hsia (Hrsg.), *Hermann Hesse und China, Darstellung, Materialien und Interpretation*, S. 263.
④ Hermann Hesse, *Die Morgenlandfahrt*, S. 10.
⑤ Hermann Hesse, *Die Morgenlandfahrt*, S. 10.
⑥ Siehe Mária Bieliková, *Bipolarität der Gestalten in Hermann Hesses Prosa: die Romane „Demian" und „Der Steppenwolf" vor dem Hintergrund der daoistischen Philosophie*, S. 56.

人公不断追寻"道",走向个体、自然与宇宙的和谐之路。

黑塞阅读了马丁·布伯和卫礼贤的庄子译作之后,盛赞庄子是"中国思想家中最伟大和最杰出的诗人"①。庄子对个体生命的关怀以及人格修炼的实践意义使黑塞在自我超越思想方面获得重要启迪。

黑塞本人具有极高的音乐修养。亚洲之行中接触到的中国戏剧和音乐给黑塞留下了深刻而美好的印象,促使他之后仔细研究了中国音乐理论及其所蕴含的哲学思想。卫礼贤的《吕氏春秋》德译本帮助他认识了相关思想,并找到共鸣。《吕氏春秋》主要吸取儒道两家的思想,对法墨两家的观点往往采取批判的态度。可以说此书以黄老思想为中心,"兼儒墨,合名法",提倡在君主集权下实行无为而治,顺其自然,无为而无不为。此书集各家之所长,合一家之思想,即以道家思想为主干,融合各家学说。《吕氏春秋》所表述的音乐美学思想深受黑塞喜爱。他写给荣格的信中说道:"在《吕不韦》第二章中精确而神奇地表述了我的思想。很多年来,我在内在和外在的阻碍之下,用梦丝编织着音乐寓言故事。"② 这里提到的《吕不韦》实指《吕氏春秋》。其中《夏纪》主要论述了音乐教学道理及理论。

  仲夏纪:
  二曰:音乐之所由来者远矣,生于度量,本于太一。太一出两仪,两仪出阴阳。阴阳变化,一上一下,合而成章。浑浑沌沌,离则复合,合则复离,是谓天常。天地车轮,终则复始,极则复反,莫不咸当。日月星辰,或疾或徐。日月不同,以尽其行。四时代兴,或暑或寒,或短或长,或柔或刚,万物所出,造于太一,化于阴阳。萌芽始震,凝寒以形,形体有处,莫不有声,声出于和,和出于适。和适,先王定乐,由此而生。
  天下太平,万物安宁,皆化其上,乐乃可成。成乐有具,必节嗜欲。嗜欲不辟,乐乃可务。③

---

① Hermann Hesse, „Das Wahre Buch von südlichen Blütenland", in Hermann Hesse, Volker Michels (Hrsg.), *China Weisheit des Ostens*, S. 169.
② Volker Michels, *Materialien zu Hermann Hesses >>Demian<<*, Bd. 1, S. 212.
③ 许维遹撰,梁运华整理:《吕氏春秋集释》(上),中华书局2009年版,第108—110页。

第三章　存在之思　135

《吕氏春秋》将音乐的产生与宇宙万物相联系，提出"生于度量，本于太一"。又从"心""物"感应关系，论述音乐产生的心理过程，指出"适"与"和"之递进关系，强调音"适"和心"适"，才能获得美的感受。《吕氏春秋》中"乐"的哲学思想获得黑塞的接受，出现在小说《克林索尔最后的夏天》以及《玻璃球游戏》中。在《玻璃球游戏》的引言中，黑塞称誉中国音乐为最古老的音乐典范，认为它具有最尊崇的地位①。他简述了中国礼乐兴邦的历史，并摘引数段《吕氏春秋》中关于音乐理论的内容，提出执政理念应以保护个体、合和自然为标准，从而认为音乐的真正意义——合调而激起人们内心永恒的神力，批评世人已遗忘音乐此价值和意义②。黑塞试图在创作中恢复音乐本真意义和价值，音乐成为帮助个体生命走向精神完善之路，也即天地万物和谐共生的一种信念。《荒原狼》中的音乐大师莫扎特，《玻璃球游戏》中的音乐大师，他们通过音乐引导 H. H. 与克乃西特体验自然之美，宇宙之律法，促使两人内在心灵神圣化，走向和谐永恒之路。音乐成为小说中达到人类最高目标的途径之一"使内心自由、纯洁和完善"③，此时的音乐成为一种信仰，如黑塞给荣格的信中所述："……而对于我的信仰来说呢，可以用音乐来比喻。不过不是通常的任何一种音乐，而是古典音乐。"④

总体来看，黑塞不仅认为道家智慧有助欧洲克服现实混乱和危机，还为其"向内之路"提供更加有力的精神智慧。"道"在中国传统文化中是一个非常重要的所指，其概念含义范畴极其广泛。不只是道家、道教讲"道"，中国古代哲学史上的许多学派，都有自己的"道"论，例如儒家、墨家等。不过，从东汉以来特别是魏晋之后，学术界将先秦的老子学派和庄子学派合称为道家，并一直沿袭至今。其早期代表性人物还有杨朱、列子等。道家的《老子》，又名《道德经》，以"道"为核心，建构了上至帝王御世，下至隐士修身，蕴意无限的哲学体系。"后世道家与道教即渊源'道'字的观念而加以扩充，统摄天地、鬼神、物理与人生的共通原则而立教"⑤。至此，"道"作为道家与道教的最高范畴，从哲学角度来

---

① Hermann Hesse, *Das Glasperlenspiel*, Frankfuhrt am Main: Suhrkamp Verlag, nach der Erstausgabe 1943, S. 26.
② Siehe Hermann Hesse, *Das Glasperlenspiel*, S. 27-28.
③ Hermann Hesse, *Das Glasperlenspiel*, S. 263.
④ Volker Michels, *Materialien zu Hermann Hesses >>Demian<<*, Bd. 1, S. 212.
⑤ 南怀瑾著述：《中国道教发展史略》，《南怀瑾选集》第 5 卷，复旦大学出版社 2003 年版，第 508 页。

讲，基本上成为道家与道教的专有概念。对黑塞来说，老子之"道是一切存在的根源"①，对他意味着全部生活的真谛。因此，研究黑塞如何把握老庄哲学中"道"的概念可以梳理出其对中国文化的基本观点。《东方之旅》《玻璃球游戏》是黑塞晚期最为重要的两部作品，集中体现了黑塞的整体思想，包括其对中国哲学的认识。黑塞"向内之路"思想在这两部作品中已基本趋于成熟。本章阐释黑塞在这两部著作中所表达的"道"，从而探讨中国道家思想对黑塞思想的影响。

1. 黑塞与老子之道

老子是中国自古以来隐士思想的代表人物。在中国哲学史上，老子首次把"道"作为哲学范畴而给予系统化的论证，其哲学理论以"道"的概念为基础。可以说，老子整个哲学系统由其预设的"道"铺展开来，从而建立起以"道"为核心的哲学体系②。"道"是道家哲学的核心，宇宙本源，是统治宇宙中一切运动的法则。在老庄思想中（即道家），"道"有多重意义：老子首先把"道"作为最高的形上范畴，是世界万物之宗，一切存在的始源。"先天地生""惟恍惟惚"的"道"以"无""有"指称，用以描绘"道"由无形质落向有形质的活动过程。"无"为天地之始，"有"是万物之根。"道"为宇宙的本原，创生万物，具有自然性和无为性；"道"体固然是无形不可见，恍惚不可随，但它作用于万物而表现某种规律。在老子看来，万事万物是以两种截然不同的形式显现，两者时间上不分前后，空间上没有大小。因此"道"具有规律性，即对立转化规律和循环运动规律；道之规律可作为我们人类行为的效准，由此老子将"道"推衍至人类社会，形而上的"道"，落实到物界，便可称为"德"，成为一种人生准则、指标或典范。老子认为，"道"既是形而上的实存者，又指一种规律，还指人生的德性准则。"道"与"德"之关系合二而一。"自然无为"是老子理论的中心思想。

老庄虽合称为道家，但是，"道"之意指有所不同。庄子之"道"与老子之"道"虽然有着明显的渊源继承关系，他们所规定的"道"的方向都是"自然""无为"；二者的不同之处在于，老子之"道"重实体性，重规律性，重视理想的治国与个人修身的方略，而庄子之"道"属于精神境界意义，道是一种人生最高境界，主要是为其"逍遥游"的理想人格以及"逍遥自适"的人生实践奠定本体论的基础；老子更加看重

---

① Hermann Hesse, „Chinesisches", in Hermann Hesse, *Die Welt im Buch II*, S. 15.
② 陈鼓应：《老庄新论》（修订版），商务印书馆2008年版，第45页。

"道"的"无为而无不为"之特征,庄子则更多地关注"道"的"无为而自适"的特征。

总体来看,道家之"道"一方面作为宇宙最高的本体和统摄宇宙万物及运行的法则,具有形而上学的哲学意味;另一方面作为个体"德"之准则,使之具有人生哲学的伦理意义,是人所应该追求的最高境界。"德"是"道"这个形上本体落到人之个体的一种行为准则和所应追求的最高境界,从而将个体内在与宇宙本源相关联,"道"成为个体追寻的目标。老庄"道"之观念被黑塞拟化为创作中的许多人物,如《东方之旅》中的雷欧,《玻璃球游戏》的大师兄和音乐大师[1]。

道被推衍为德,成为衡量人性品质的标准。老子思想中,德性被具体为致虚守静、生而不有、为而不恃、长而不宰、柔弱、不争、居下,其后,慈、简、朴等行为准则,只有具有这样品质的人才能成为道家所提倡的"圣人"。《东方之旅》的精神首领雷欧身上散发着自然、无为、低调、俭朴和不为人先的气质。首先,雷欧最初的出场极其低调、内敛,"许多同伴和领队我都很喜欢,但是几乎没有一个人能像雷欧那样在我的记忆中留下如此丰富的印象,尽管那个时候他只是我们的一个仆从,显得是那么无足轻重"[2]。"恰恰这个毫不显眼的人身上却拥有着自然、平和的气质,以至于我们所有的人都喜欢他。他欢乐地工作,独自唱唱歌或者吹吹口哨,如果没有需要,从来不会出现,是一个十分理想的仆人。"[3] 其次,雷欧的服务工作体现老子"上善若水"的思想。他先后干过修剪指甲、足部护理、按摩、康复护理、药草疗养等活计,从而践行了老子"水善利万物而不争,处众人之所恶,故几于道"[4] 之思想。而且,雷欧与自然亲如一家。他像对待同类一样,友好地对待自然界的各种生物。无论他走到哪里,小动物们都喜欢围在他的身边。他不仅了解并爱着身边所有的自然事物,无论是动物还是雨滴,甚至一块泥土……这很容易让人联想老子哲学的核心:"道生万物",强调宇宙万物和谐一体。

老子认为治国之略遵"道"之"无为",即自然无为之观念。领导者应遵循事物发展之"道",顺其自然,避免过多的人为干预。雷欧的真实

---

[1] Siehe Mária Bieliková, *Bipolarität der Gestalten in Hermann Hesses Prosa: die Romane „Demian" und „Der Steppenwolf" vor dem Hintergrund der Daoistischen Philosophie*, S. 56.

[2] Hermann Hesse, *Die Morgenlandfahrt*, S. 26.

[3] Hermann Hesse, *Die Morgenlandfahrt*, S. 27.

[4] 陈鼓应注译:《老子今注今译》,商务印书馆2003年版,第102页。

身份是精神盟会的最高领袖。这个身份一直被隐藏至作品的最后部分才被揭露。作为盟会最高领导者，他低调、谦逊、俭朴、不为人先，以自然无为的领导风格管理盟会组织，颇具"是以圣人处无为之事，行不言之教"①的风范。他以仆从的身份出现在团体中，热情为众人服务，与会员及自然平等相处，以个人品德获得所有成员的爱戴。"统治等同于服务"的思想贯彻于雷欧的所有言行之中。

雷欧施行无言之教，通过身体力行来引导人们的思想接近自然，效法"道"，彰显了自然无为的精神特征，"他的性格特征恰恰符合道家的理念②。"因此可说《东方之旅》的盟会领袖雷欧体现了老子"德"之思想。有些研究者认为雷欧象征中国的老子③。在道家思想中，达到"德"之最高境界的人被称为"圣人"。"《东方之旅》中，黑塞把道家圣人的形象作为塑造雷欧这个人物特征的模板。"④可以说，黑塞创作的智者形象中，雷欧与老子的圣人形象最为相似。

《玻璃球游戏》中的"道"

《东方之旅》被学界认为是黑塞创作《玻璃球游戏》的前奏和准备⑤。黑塞多次提到《东方之旅》与《玻璃球游戏》有着密切的承递关系，"如我所计划的那样，当它（《玻璃球游戏》）成为我最后的重要诗作时，我的内心世界之最后阶段——它以《东方之旅》为开端——将被完整表现出来"⑥。从《东方之旅》与道家的紧密关系来看，《玻璃球游戏》应该更加深刻全面地呈现黑塞"向内之路"对中国道家思想的吸收。

前文已述，道家之"道"具有规律性，即对立转化规律和循环运动

---

① 陈鼓应：《老子注译及评介》，第 60 页。
② Andreas Thele, *Hermann Hesse und Elias Canetti im Lichte Ostasiatischer Geistigkeit*, S. 71.
③ Adrian Hsia（Hrsg.）, *Hermann Hesse und China, Darstellung, Materialien und Interpretation*, S. 263.
④ Dan Heilbrun, "Hermann Hesse and the *Daodejing* on the *Wu* 无 and *You* 有 of Sage-Leaders", *Dao: a Journal of Comparative Philosophy*. Dordrecht [u. a.], Vol. 8, No. 1, 2009, pp. 79–93.
⑤ Siehe Andreas Thele, *Hermann Hesse und Elias Canetti im Lichte Ostasiatischer Geistigkeit*, S. 64; Eugene L. Stelzig, "'Die Morgenlandfahrt': Metaphoric Autobiography and Prolegomenon to 'Das Glasperlenspiel'", *Monatshefte*, University of Winsconsin Press, Vol. 79, No. 4, 1987, pp. 486–495.
⑥ Hermann Hesse, Ursula und Volker Michels（Hrsg.）, *Gesammelte Briefe*, Bd. 3, Frankfuhrt am Main: Suhrkamp Verlag, 1982, S. 37.

规律，体现出老子哲学的辩证法思想，从辩证的角度看待事物，人的内在与外在相融相通，人与自然、宇宙彼此依存。老子说："道生一，一生二，二生三，三生万物。万物负阴而抱阳，冲气以为和①。"这就是说"道"产生了元初的统一整体，从中化生的对立两端或曰对立的阴阳之气，"三"指阴阳之气合和而生，从而形成万物。这种通过强调否定面来把握事物的对立转化，从而回归本源是老子的核心思想——对立统一思想。万事万物由相互排斥、相互吸引的两极组成受到黑塞的认同，在他的创作中，被塑造的人物、世界往往具有分裂、对立矛盾的特征。研究者玛丽亚·比丽柯法（Mária Bieliková）认为老子的双极性思想影响了黑塞"从1919年出版的《童话》《德米安》直到《玻璃球游戏》"② 所有这些作品，例如"《德米安》中的辛克莱，《荒原狼》中的哈里·哈勒从阳极世界穿过阴极世界最终认识到两极和谐统一"③。比丽柯法甚至认为，黑塞的双极性思想并未直接受到欧洲传统的影响。④ 这一观点有些过于绝对化。双极性思想在欧洲传统哲学中早已存在。在布罗克豪斯百科全书（Brockhaus—Enzyklopädie）中，双极性（Polarität）被定义为："在古代自然哲学中，赫拉克利特将双极性理解为一种自相矛盾现实的本体论结构，这种本体论结构以逻各斯的统一原则为基础。"⑤ 在《哲学词典》中，尼采哲学的阿波罗精神和狄奥尼索斯精神被视为本原矛盾；德国唯心主义的自然哲学中，结构法则为双极性，是辩证法的一种现象。⑥ 18世纪下半叶，德国尤其在浪漫主义时期盛行双极性思想，不过无论是浪漫派还是古典主义者都在探讨"双极性"的概念，赫尔德、歌德、诺瓦利斯、谢林都是这一思想的代表。世界在他们眼中可以被理解为白天与黑夜，思想与

---

① 陈鼓应：《老子注译及评介》，第225页。

② Mária Bieliková, *Bipolarität der Gestalten in Hermann Hesses Prosa：die Romane „Demian" und „DerSteppenwolf" vor dem Hintergrund der Daoistischen Philosophie*, S. XIV.

③ Mária Bieliková, *Bipolarität der Gestalten in Hermann Hesses Prosa：die Romane „Demian" und „DerSteppenwolf" vor dem Hintergrund der Daoistischen Philosophie*, S. XIV.

④ Mária Bieliková, *Bipolarität der Gestalten in Hermann Hesses Prosa：die Romane „Demian" und „DerSteppenwolf" vor dem Hintergrund der Daoistischen Philosophie*, S. 10.

⑤ Polarität（Philosophie），https：//brockhaus. de/ecs/enzy/article/polarit%C3%A4t-philosophie. 2019/8/15.

⑥ Alois Halder, Max Müller（Hrsg.），*Philosophisches Wörterbuch*, Freiburg im Breisgau：Herder Verlag GmbH, 2008, S. 241.

感觉，普遍与个体，可见与不可见或思想与梦。① 根据前文对黑塞思想构成的分析，浪漫派与尼采均对其思想和创作产生深刻影响。从逻辑上来看，一方面，黑塞的双极性思想应部分受到欧洲传统哲学的影响。另一方面，道家的对立统一思想对黑塞产生更加重要的影响。1922年，黑塞给茨威格的信中表明老子双极性思想对他的重要性："老子目前在我们可怜的德国很时髦，但是几乎所有人都认为他根本是自相矛盾的。然而，他的思想恰恰不是自相矛盾，而是严格的双极、两极，并且不止一个维度。他是我经常汲取的思想源泉。"② 对于比丽柯法的观点值得商榷，在本书中暂时搁置，仅探讨黑塞对中国相关哲学思想的继受。

黑塞在《玻璃球游戏》这部小说中为对立统一的双极性思想确立了特殊地位，可以说是它的一个基本思想。首先，黑塞将题目中的"游戏"定义为："由精神和肉体两者组成的一种生命整体动力学现象"③，从而赋予"游戏"具有对立统一性的特征；其次，小说中象征最高人类文化艺术精髓的玻璃球游戏本身是一个阴阳两极对立统一的游戏。它的特点是"正确认识真正对立，首先当然是看作矛盾，其次视之为一个统一体的相对极"④。从主人公克乃西特在学习玻璃球游戏时顿悟到宇宙万物的双极统一性特点可以看到，玻璃球游戏不仅展现人类生命的对立统一性，而且体现宇宙万物的对立统一性：

> 世上的万事万物莫不自有其丰富的意义。每一个符号以及符号与符号间的每一种联系并非是进入这里或者那里，也并非导向任何一种例证、实验以及证据，而只是要进入世界的中心，进入充满神秘的世界心脏，进入一种原始认识之中。……它们均是抵达宇宙堂奥的道路。呼与吸、天与地、阴与阳之间永恒交替变化，完成所属之永恒神性。⑤

从而阐发老子之"道"：宇宙万物充满联系，彼此依存，最终走向

---

① Dualismus, https://de.wikipedia.org/wiki/Dualismus#Literatur. 2019/8/15. 文学中的二元论与双极性几乎可以互释。
② Hermann Hesse, Ursula und Volker Michels (Hrsg.), *Gesammelte Briefe*, Bd. 2, S. 42.
③ Hermann Hesse, *Das Glasperlenspiel*, S. 107.
④ Hermann Hesse, *Das Glasperlenspiel*, S. 79.
⑤ Hermann Hesse, *Das Glasperlenspiel*, S. 117.

"世界的中心"，"进入原始的认识之中"，这是化生对立两端，阴阳之气的元初统一体——"道"。

另外，小说构建的精神世界和世俗世界之间的关系实质表达了希望人类精神与物质世界以对立统一的关系存在，而不是分裂、对立，甚至绝对隔离的关系。《玻璃球游戏》中运用象征、隐喻等手法构建一种乌托邦式的人类纯精神王国"卡斯塔里"。在这里，以全部人类文化的内容和价值为对象的玻璃球游戏曾经极盛发展，几乎达到"完美的境地"①。但是，这种太过完美也"令人不得不为它们担忧"②，因为在"卡斯塔里人眼中，世俗世界的生活是一种近乎堕落和低劣的生活……但是，外面的世界及其生活，事实上比卡斯塔里人所能够想象的不知要广大和丰富多少倍……那个世界是一切命运，一切创造，一切艺术以及整个人类的归宿和故土"③。而卡斯塔里这个与"人类生活整体相隔离的"④ 精神王国，落入孤芳自赏之中，"不再变化，不再成长"⑤，必然走向衰败。这两个世界的代表：约瑟夫·克乃西特和帕里尼奥·台斯格诺里也体现出双极性。台斯格诺里来自世俗世界，是卡斯塔里精神王国的闯入者。克乃西特作为精神领域的代表和台斯格诺里为各自的世界辩护。开始，两人互不认可，不过随着他们知识的不断丰富，思考愈加深刻，逐渐认识到两个世界对立的弊端。克乃西特领悟到对方存在的合理性，在未放弃卡斯塔里精神原则下承认世俗世界是自然的、原生态的、是永恒的存在。台斯格诺里也意识到没有精神世界的指引，世俗世界会成为人类欲望的奴隶。这两个世界、两种原则的具象化身成为好朋友。"黑塞的《玻璃球游戏》对这两种世界和两种生命选择之间进行了富有成效的转换影响。在多层面的人物网和主题网中，尤其与约瑟夫·克乃西特对应的人物身上，这种转换的影响尤为显著鲜明。在小说的叙述世界中，这些人物具体体现了双极。"⑥ 这种与克乃西特对极型的人物除了台斯格诺里之外，还有音乐大师——克乃西特首位最重要的老师，以及大师兄和本笃会神父雅克布斯，他们如同克乃西特的精神引导者，促使他与卡斯塔里团体产生批评性的距离。

---

① Hermann Hesse, *Das Glasperlenspiel*, S. 266.
② Hermann Hesse, *Das Glasperlenspiel*, S. 266.
③ Hermann Hesse, *Das Glasperlenspiel*, S. 409.
④ Hermann Hesse, *Das Glasperlenspiel*, S. 405.
⑤ Hermann Hesse, *Das Glasperlenspiel*, S. 409.
⑥ Christoph Gellner, *Hermann Hesse und die Spiritualität des Ostens*, Düsseldorf: Patmos Verlag, 2005, S. 200.

并且，克乃西特自身存在也体现了对立转换法则。他的传记很早便明确了其本质具有双元性或者两极性："在他的生命历程中显示出了两种相反相成或者双极性倾向——亦即阴和阳——一种倾向是毫无保留地忠于并且卫护自己的宗教团体，另一种倾向则是'觉醒'，想要突破、理解和掌握现实生活。"① 当他成为卡斯塔里最高精神代表的玻璃球游戏大师时，卡斯塔里、玻璃球游戏是神圣的、价值崇高的；而对于觉醒者、突破者，他必须以抗争突破他们的生命形式。② 正是克乃西特心中的两极性令他洞悉到卡斯塔里永恒性和完美性背后的危机——脱离现实生活的卡斯塔里将不可避免地走向衰亡。他将拯救卡斯塔里视为自己的使命。最初，他希望卡斯塔里当局自身进行改革，从而使其获得新生。于是他向当局提出：希望温和而缓慢地扩展卡斯塔里的生活和思想，向它注入从世俗世界和历史汲取的新鲜血液。③ 他呼吁两个世界和谐发展，如兄弟般睦邻相处，并在每个人的心里联合一致。然而卡斯塔里当局拒绝了克乃西特的建议。他的另一倾向促使他突破当下陷入精神世界的现状，去理解、把握世俗世界。于是他离开卡斯塔里，走向现实生活，希望通过做一些具体的、实在的服务工作来完成自己将两个世界和谐统一起来的使命。

纵观黑塞中、后期小说，除《玻璃球游戏》之外，这种冲突对立的两极现象随处可见，如中期代表作《荒原狼》《纳尔齐斯与歌特蒙德》。《荒原狼》中，黑塞通过诡异魔幻的情节，塑造出具有两极对立性格的人物，试图阐释个体内在世界的复杂莫测。《纳尔齐斯与歌特蒙德》通过两个分别代表理性与感性的人物体现现代人精神世界的二元对立性。正是这种创作特点使黑塞成为 20 世纪此种文学类型的重要代表：在通往心灵王国的旅程中表现各种内心分裂，内在与外在对立。

2. 黑塞与庄子之道

虽然老子和庄子都推崇道，但是对"道"的解释各有所向。老子之"道"具有本体论和宇宙论的特征，庄子则将它转化为心灵的境界。就道的实存以及它和天地万物的关系方面，庄子继承和发展了老子学说。首先，道是实存的。他把"道"视为天地万物之本原，有物即有道，故道"无所不在"。《庄子·大宗师》云："夫道，有情有信，无为无形；可传

---

① Hermann Hesse, *Das Glasperlenspiel*, S. 277.
② Christoph Gellner, *Hermann Hesse und Die Spiritualität Des Ostens*, S. 200.
③ Hermann Hesse, *Das Glasperlenspiel*, S. 409-410.

而不可受，可得而不可见。"① 《庄子·齐物论》："非彼无我，非我无所取。是亦近矣，而不知其所为使。若有真宰，而特不得其朕，可行已信；而不见其形，有情而无形。"② 同时，道是自存的。《大宗师》述之"自本自根，未有天地，自古以固存"③，指出道的自在性、先在性、永存性。之后，"道"为天地万物之根源，且参与万物的流转变化。"神鬼神帝，生天生地"④，正是这"自本自根"、"生天生地"的"道"先于天地鬼神，且为天地万物的根源。《庄子·知北游》云："物物者与物无际，而物有际者，所谓物际者也；不际之际，际之不际者也。"⑤ 庄子之"道"运作万物且内附与万物，自身在万物流转中永不消失。然之，道具整体性。《齐物论》中，庄子最先从认识论上提出这个观念："故为是举莛与楹，厉与西施，恢恑憰怪，道通为一。其分也，成也；其成也，毁也。凡物无成与毁，复通为一。"⑥ 庄子眼中的"道通为一"意指万物具有共同性、同源性。因此，万事万物，有所成必有所毁，一切事物通体来看都将归于整体。"故曰彼出于是，是亦因彼。彼是方生之说也，虽然，方生方死，方死方生；方可方不可，方不可方可。"⑦ 下沉与上升，死亡与新生构成事物的两面，它们彼此相辅相成。黑塞在《克林索尔最后的夏天》的"下沉之歌"中，克林索尔与来自亚美尼亚的占星家谈论西方文化趋于衰亡，艺术永恒问题时，占星家说："下沉是不可能存在的东西。……上面与下面是不存在的，它们仅存在于人类的头脑里，存在于假想世界。一切对照都是假象。"⑧ 从庄子的"道通为一"思想来看，一切事物成毁相伴。世间万物为表象世界，生死流转，皆归为道。因此占星师说：你倒不如说，我们乐意新生，在你看来是下沉，在我眼中也许却是新生⑨。庄子"道"论使黑塞看到西方文明危机中的生机，从那个日薄西山的欧洲下沉中必然诞生一个新的、充满活力的欧洲。于是他（克林索尔）"为自

---

① 陈鼓应注译：《庄子今注今译》，中华书局1983年版，第181页。
② 陈鼓应注译：《庄子今注今译》，第46页。
③ 陈鼓应注译：《庄子今注今译》，第181页。
④ 陈鼓应注译：《庄子今注今译》，第181页。
⑤ 陈鼓应注译：《庄子今注今译》，第575页。
⑥ 陈鼓应注译：《庄子今注今译》，第61—62页。
⑦ 陈鼓应注译：《庄子今注今译》，第54页。
⑧ Hermann Hesse, *Klingsors letzter Sommer*, S. 410.
⑨ Hermann Hesse, *Klingsors letzter Sommer*, S. 411.

己碰杯，他赞美下沉，赞美死，这是庄子的音调"[1]。

庄子把"道"与个体人格和心灵的自由发展紧密结合。"以道观之，物无贵贱"[2]，道是整体的，各物是道的部分，事物的贵贱价值区别是人为附加的。在整体认识之下，人与自然宇宙平等一体。道是超越时空的，"在太极之上而不为高，在六极之下而不为深，先天地生而不为久，长于上古而不为老"[3]，惟有用心灵才能体悟道的超越时空性。"万物皆一"令个体心灵开放，走进宇宙，从而人的精神走向自由，无执无系。庄子"道"论从认识论出发，终极目标是达到人在体道之后的自由境界。庄子之道与个体心灵境界的提升紧密相扣，通过个体心灵"体道""得道"或"达道"使主体升华为一种宇宙精神。"心斋""坐忘"是庄子体道的修炼方法，以此使内心虚寂，达到与"道"合一，臻至"朝彻"境界，实现"逍遥游"的"至人、神人、圣人"的人生目标。人生所臻至的最高境界便是道的境界，作为客观精神的"道"就具有了主观精神的意味。由老子形而上之本体论和宇宙论之道，在庄子这里内化为至纯至静的心灵境界。显然，心灵纯净，精神专一安定才能进入"体道""悟道"的状态。因此庄子反对机械，反对由此养成的技巧之心。因为机械的前提是理性工作，这种理性致使人的思想走向片面的目的论、功利论，从而侵害心灵的纯净性。对于机器蒙蔽人的心灵这一思想，庄子和尼采观点相同。在《庄子·外篇·天地》中记载了这样一则寓言：

子贡南游于楚，反于晋，过汉阴见一丈人方将为圃畦，凿隧而入井，抱瓮而出灌，搰搰然用力甚多而见功寡。子贡曰："有械于此，一日浸百畦，用力甚寡而见功多，夫子不欲乎？"

为圃者仰而视之曰："奈何？"曰："凿木为机，后重前轻，挈水若抽；数如泆汤，其名为桔槔。"为圃者忿然作色而笑曰："吾闻之吾师，有机械者必有机事，有机事者必有机心。机心存于胸中，则纯白不备；纯白不备，则神生不定；神生不定者，道之所不载也。吾非不知，羞而不为也。"

子贡瞒然惭，俯而不对。[4]

---

[1] Hermann Hesse, *Klingsors letzter Sommer*, S. 412.
[2] 陈鼓应注译：《庄子今注今译》(中)，第420页。
[3] 陈鼓应注译：《庄子今注今译》(上)，第181页。
[4] 陈鼓应注译：《庄子今注今译》(中)，第318页。

从这个角度来看，现代科技理性是束缚人的精神自由与创造力的巨大力量。黑塞在《东方之旅》中批评了现代工业化和机械化。小说中的精神盟会拒绝现代工业机械化，要求成员在朝向东方的旅程中舍弃那些由金钱、数字、机器和时间构成的俗世之物，以纯净的心灵追寻人类精神家园与生命之光。"心灵的纯净单一"是参加"东方之旅"的前提条件，并且盟会试图用这一方法抵制理性行为对纯真人性的损害。《东方之旅》中，H. H. 遇到一个年轻的盟会会员：他在旅行中面对挫折，失败，来自世俗世界对他的否定，产生倦怠颓废，同时也受到世俗社会的物质诱惑，认为朝向东方的旅行事业是不可信任的，甚至愤怒地大喊："做这种愚蠢的旅行，我受够了，这永远不会把我们带向东方……"① 他要乘火车回到家乡，寻回他那有用的工作，也就是进入理性世界，目的世界。然而在脱离盟会，进入世俗社会之后，他再次陷入精神的痛苦绝望之中，历尽千辛万苦希望重新回归盟会，却再也找不到，看不到盟会。因为心灵失去纯真使人迷失自我，蒙蔽精神与心灵的双目，从而陷入绝望。所以，东方旅行者不应仰赖于那个"金钱、数字和时间的俗世"，因为谁具有了目的性思想，那么他就会失去内心的目标。

《玻璃球游戏》中大师兄如隐士一般住在竹林的木屋中打坐，"令人联想到中国的智者庄子"② 修炼心灵追寻"道"的境界。克乃西特个人的成长道路主要通过三次顿悟而进入更高层次"道"的境界。玻璃球游戏团体成员重要的修炼方式是静观、冥想。冥想、静观也逐渐成为游戏的主要内容。克乃西特净化心灵，完成精神升华的过程犹如庄子"心斋""坐忘"的心灵修炼之法。书中写道：他谛听风声或雨声，久久凝视着一朵鲜花或者潺潺流动的河水，他不想了解什么，只是怀着对客观世界的所有好感、好奇和共鸣，渴望摆脱这个自我，进入另一个自我，另一个世界，向神圣和神秘，向幻象世界痛苦而又美丽的游戏境界靠拢。……从内心开始，逐渐发展到让内心与外界互相汇合又互相肯定，最终达到纯粹的和谐统一。③ 克乃西特通过静观冥想使心灵纯净，思虑俱寂，使道我合一。此时，人与"道"同体，随"道"俱往，人的心灵与客观世界合而为一，犹似达到庄子的"体道"境界。

哲学意味着爱智慧，是一种自我意识追寻人类存在最大幸福的智慧。

---

① Hermann Hesse, *Die Morgenlandfahrt*, S. 21.

② Christoph Gellner, *Hermann Hesse und Die Spiritualität Des Ostens*, S. 202.

③ Hermann Hesse, *Das Glasperlenspiel*, S. 56.

东西方哲学家们以不同理念探寻人与宇宙的基本关系以及精神与存在的本质。黑塞期望通过汲取高度智慧化的哲学思想来升华"向内之路"。这部分重点分析了黑塞作品所蕴含的西方尼采与中国道家哲学思想。黑塞的创作始终是一种多元模式，尤其在两部晚期作品中更加集中体现此特征。他运用象征、隐喻等手法将欧洲传统思想和中国思想亲近整合，希望集人类集体智慧寻找到个体精神升华的道路，通过兼容并蓄的文学创作来实现东西方文化和谐共生的理想。

  黑塞这位游走于各个民族智慧之间的游子，始终坚守着欧洲文化传统与精神。游子无论走得多远，最终还是要回归自己的家园。"走向高处。这股风迎面而来，散发着彼岸与远方、水天分界与语言疆界、群山与南方的奇异香氛。风饱含承诺。再见，小农舍，家乡的田野！如同少年辞别母亲似地与你话别：他知道，此时是辞母远行之时，他更知道，自己从未能完全离开她，无论他愿意与否。"[1] 那些亲近中国智慧的著名欧洲学者无论是黑塞、荣格还是卫礼贤，他们走向东方，均期许能在东方文化中找到一条引领自己去往精神家园的漫漫长路，重回欧洲精神的家园。

---

[1] Hermann Hesse, „Wanderung", in Hermann Hesse, *Autobiographische Schriften* I, S. 8.

第三编 心理学篇

我们的时代渴望亲身体验自己的心理①，不过无论是文学还是哲学领域，认识内在精神的过程中，更多依赖主体的主观思想和意识，缺乏客观可证性以及方法性方面的理论。黑塞在1916年开始的心理治疗过程接触到以荣格分析心理学为主的心理分析理论，他发现在探知人类神秘莫测的内在精神世界时，文学与心理学有着天然的共通性，并且可以借鉴与自然科学相关联的心理学方法来帮助文学家们探索内在。于是，黑塞创作再一次迈向新的领域——心理学。

其实，19世纪初以来，甚或从法国大革命开始，欧洲人逐渐开始关注人的心理问题。普遍认为，现代心理科学诞生于19世纪末。德国哲学家和心理学家威廉·冯特（Wilhelm Wundt，1832—1920）1879年在莱比锡大学创建首个心理学实验室，被视为心理学科兴起的标志。② 不过，有些历史学家认为启蒙时代，即18世纪为"心理学的世纪"③，尤其在18世纪的德国，心理学被认为是最高级的科学研究领域④，侵入道德哲学、教育学、美学、人类学等众多学科的讨论中。18世纪，正是那些自我定位为心理学家的文学家探索心灵导向了反思启蒙运动。⑤ 心理学与其他人文学科的亲缘关系随着时代演进越加紧密。在黑塞生活的19世纪末20世纪初，心理学已在全球引起广泛兴趣，且呈增长之势。现代人已经深刻体会到，个体的存在方式受到外部物理世界与自我内在世界双重影响，如果只注重外在现实，无视内在现实，人类的心灵则会处于惶惶不安之中，无法自拔。

> 这样的自知之明之所以具有头等重要的意义，原因就在于通过它，我们便可以接近本能所在的人的天性中那根本的一层或核心了。最终制约我们的意识所作的伦理决定的那些先在性动因就在这里。这

---

① 参见［瑞士］C. G. 荣格《文明的变迁》，周朗、石小竹译，《荣格文集》第6卷，国际文化出版公司2011年版，第62页。
② ［美］戴维·迈尔斯：《心理学》（第9版），黄希庭等译，人民邮电出版社2013年版，第2—3页。
③ Fernando Vidal, "The Eighteenth Century as 'Century of Psycholgy'", *Jahrbuch für Recht und Ethik*, No. 8, 2000, pp. 407-434.
④ 王一力：《18世纪的心理学转向与黑色浪漫文学》，《比较文学与世界文学》2016年第1期。
⑤ 王一力：《18世纪的心理学转向与黑色浪漫文学》，《比较文学与世界文学》2016年第1期。

个核心就是潜意识及其内容，对此我们是无法作出任何终极性的判断的。我们关于它的观念肯定是完整的，因为我们无法在认识方面理解其本质并给它加以合理的限制。我们只能通过科学来获得有关大自然的知识，而这种知识则扩大了意识的范围；因此，深化性的自知之明也需要科学，也就是说需要心理学。①

享誉世界的心理学大师荣格（Carl Gustav Jung，1875—1961）指出，我们人类历史是沿着两条线在发展，一条是外在的，它凭借对前人物质财富、生产资料、精神资料（主要是书籍）的承继而延续下来；另一条是内在的，它依靠种族遗传，经由人类储存信息的大脑保留下来。两条线索的交错发展才使人类文化绵延不绝。据此观点，我们这个世界存在着两个现实：外在现实和内在现实。内在现实是人类的心灵世界，人的内在心理模式。一个完整的个体，其精神活动必须在两种现实上均衡发展。然而，人类对"内在现实"的思考非常少，对于现实和真理的思考主要建立在外在现实的基础之上，因此，世界基于不断增强的科学理解力而为外在现实所主导。人类心灵被科学理性所压抑，"内在现实"失去了全面发展的空间。恰如卢梭所言：关于人的知识我们掌握得最少。

荣格是瑞士心理学家，分析心理学的创始人。② 他重视个体生命，从心理学角度研究人的小宇宙——心灵世界。荣格认为人类在现代文明中"迷失了自己"，从而陷入精神荒原，因此究其一生都在寻找着一个答案：我是谁？荣格坚信，"如果我们希望理解心灵，我们就必须思考整个世界"③。他以自己和他所诊治病人的切身体验为基础，结合不同文化的神话、哲学、比较宗教学、东西方比较文化和人类文化学创立了分析心理学。从思想史的角度来看，荣格的思想渊源复杂多元，除了精神病学领域尤其弗洛伊德的影响之外，古希腊罗马神话文学哲学，如柏拉图、亚里士多德等人；德国古典哲学和文学，如康德、歌德等，以及尼采学说；西方正统基督教之外的所谓异教精神在荣格眼中都是研究人类精神世界的重要

---

① ［瑞士］C.G.荣格：《荣格自传：回忆·梦·思考》，刘国彬、杨德友译，上海三联书店 2009 年版，第 284 页。

② Carl Gustav Jung, https://de.wikipedia.org/wiki/Carl_Gustav_Jung.

③ C. G. Jung, *Archetypes and the Collective Unconscius*, in Gerhard Adler、R. F. C. Hull, Collected Works, vol. 9（1），Princeton：Princeton University Press, 1981, p. 56.

资料，诸如诺斯替教、炼金术、原始神话等。除了西方文化之外，东方文化，如佛教，中国哲学思想，尤其是道家思想同样进入荣格的思想谱系。其中，对他影响最深刻的两部著作是卫礼贤所译的《易经》和《太乙金华宗旨》。通过对东西方智慧的艰苦探索，他试图透彻地认识心灵世界，揭示现代文明对于人类精神的不良影响，确立有益于现代人精神世界全面发展的理论。

荣格对当代思想影响巨大，其集体无意识理论、原型理论、象征的意义等学说有力冲击了欧洲的传统思想，他所创立的分析心理学不仅对心理学，乃至当代哲学以及整个人文学科产生巨大影响，成为现代思潮重要的变革者和推动者。可以说，现代社会整体思想与他紧密攸关。作为弗洛伊德最具争议性的弟子，荣格将神话、宗教、哲学与灵修等被弗洛伊德所忽略的问题引入分析心理学研究之中。因此，荣格的研究和理论具有两大特色："一是自然科学，另一方面则是人文科学。在他看来，这才是心灵结构的真正面目。"[①] 弗洛伊德、荣格等人的理论使人文领域的思想进入心理学研究领域，令现代心理学更富人文主义特征，在大幅降低其理性内容的基础上，心理学成为艺术与文学的近亲好友。从而使黑塞这样的文学家们更加容易走进现代心理学领域。

黑塞在思考现代性问题时，始终落足于认知自我，通过对人类心灵世界的探讨和思考以期寻找到和谐的个体存在方式。寻找自我存在的道路犹如《东方之旅》中"看似去东方的旅行实际上是一场深入心灵与精神的旅行，是潜入自我的深层结构。黑塞在他的作品中总是在不断地描写内心深处，并把这作为他生命中最富魅力的事情"[②]。其文学世界与心理探索自然相连，尤其后期创作深富哲理，注重解析人的内在现实。"1916年，当我的私生活，以及战争带来的压力使我陷入困境之时，我开始接触心理分析。……心理治疗对我的身体大有裨益，尤其是阅读弗洛伊德的主要著作[③]。"心理学逐渐成为黑塞探索自我、寻找自我的良师益友。《克莱恩与瓦格纳》《德米安》《克林索尔最后的夏天》《荒原狼》《玻璃球游戏》……其作品试图以文字绘出内在世界，由此形成一条"向内之路"。

---

① [瑞士] C. G. 荣格：《寻求灵魂的现代人》，黄奇铭译，上海译文出版社2013年版，第1页。
② Günter Baumann, „Die göttliche Stimme", S. 40.
③ Hermann Hesse, Volker Michels (Hrsg.), *Gesammelte Briefe*, Bd. 4, Frankfuhrt am Main: Suhrkamp Verlag, 1986, S. 54.

然而他的探索并未带来确定,他发现似乎最为熟悉的"我"却难于把握,"我"的心灵始终云遮雾罩。

荣格心理学理论深厚的哲学与人文主义基础以及黑塞的心理治疗经历,使荣格的理论成为黑塞内在世界探索中不容忽视的部分。当前,一些黑塞研究者认为黑塞思想和理论源于荣格心理学。考瑞认为作家在《德米安》和《克林梭尔最后的夏天》中的梦境描述源于他那时与朗医生关于梦所做的探讨①。黑塞1926年再次接受朗医生的心理辅导期间开始信奉梦幻状态下的生命之美,并明确这种体验与浪漫的梦境体验之界限,由此形成"魔术剧院"思想②。四川大学教授冯川曾就荣格对黑塞的影响评论道:"有人指出:黑塞创作的后期,基本上是在用荣格的思想写作甚至直接使用荣格的许多术语。这一说法虽然有些过于武断,但我认为:黑塞的名作《纳尔齐斯与歌尔德蒙》,的确表现了外倾与内倾、情感与理智、女性心象(阿尼玛)与男性心象(阿尼姆斯)的分化和对立,以及它们在'自性'意义上的互补与整合。不管怎样,黑塞受荣格的影响是明显的。"③ 在黑塞研究领域中,针对深层心理分析学对黑塞影响的研究已有许多成果。黑塞创作中,由于心理剖白和对内在的探索占据重要地位,因此心理分析方法和分析心理学的阐释法在黑塞研究领域中受到越来越广泛的应用④。在运用心理学阐释黑塞作品的研究工作中,汉斯·鲁道夫·施密特(Hans Rudolf Schmid)的《赫尔曼·黑塞》(*Hermann Hesse*,1928);理查德·B. 马茨西(Richard B. Matzig)的《赫尔曼·黑塞,对作家作品及其内在世界的研究》(*Hermann Hesse, Studien zu Werk und Innwelt des Dichters*,1949)以及 A. W. 布林克·赫尔曼(A. W. Brinks Hermann)的文章《黑塞和恋母情结的追求》(*Hesse and the Oedipal Quest*,1974)均从弗洛伊德的释梦理论角度分析了《德米安》中辛克莱的梦,以及爱娃夫人和辛克莱的关系。还有一些研究采用弗洛伊德理论分析黑塞本人的性格特征。这些研究者大多以心理分析师居多,具有代表性的为约瑟夫·帕特那(Josef Pattner)所著《文学心理分析和传记——赫尔曼·黑塞:心理

---

① Beate Petra Kory, *Hermann Hesses Beziehung zur Tiefenpsychologie*, Traumliterarische Projekte Studien zur Germanistik, Bd. 4, Hamburg: Verlag Dr. Kovač, 2003, S. 47.
② Beate Petra Kory, *Hermann Hesses Beziehung zur Tiefenpsychologie*, S. 44.
③ [瑞士] C. G. 荣格:《荣格文集——让我们重返精神的家园》,第646页。
④ David G. Richard, *Exploring the Divided Self. Hermann Hesse's Steppenwolf and ins Critics*, p. 143.

风景的暗喻》(*Literaturpsychoanalyse und Biographik. Hermann Hess: Andeutungen zu einer Psychographie*, 1982)。心理分析师约翰纳斯·克里莫尔留斯 (Johannes Cremerius) 所著的《赫尔曼·黑塞：无尽的罪责与救赎》(*Hermann Hesse. Schuld und Sühne ohne Ende*, 1995) 着重介绍黑塞接受心理治疗的经历。

在大卫·G. 理查德 (David G. Richards) 看来，"黑塞热"与"荣格热"同时出现在20世纪六七十年代的美国，显著体现出荣格与黑塞的相似性，由此开启了从荣格分析心理学角度阐释黑塞的大门。最早全面研究荣格与黑塞的成果是美国学者艾玛努尔·麦雅 (Emanuel Maier) 所著《赫尔曼·黑塞作品中C. G. 荣格的心理学》(*Die Psychologie C. G. Jungs in den Werken Hermann Hesse*, 1952)，在研究荣格对黑塞影响的领域中，此论文具有开拓性地位。马尔特·达恨道夫 (Malte Dahrendorf) 的《赫尔曼·黑塞〈德米安〉与 C. G. 荣格》(*Hermann Hesse's Demian and C. G. Jung*, 1958) 运用荣格的象征理论简要分析了《德米安》。多纳尔德·F. 乃尔森 (Donald F. Nelson) 撰写的《赫尔曼·黑塞〈德米安〉与恋母情结的分解》(*Hermann Hesse's Demian and the Resolution of the Mother-Complex*, 1981) 和雷讷·布洛格尔曼斯 (René Breugelmans) 于1981年8月在《加拿大比较文学评论》(*Canaian Review of Comparative Literature*) 上发表的《赫尔曼·黑塞与深层心理学》(Hermann Hesse and Depth Psychologie) 都阐释了弗洛伊德与荣格心理学对黑塞的不同影响。布洛格尔曼斯和达恨道夫所持观点相同，都认为黑塞的思想更加接近荣格。他们以黑塞的文学背景为依据，认为黑塞传承了诺瓦利斯等德国浪漫派的思想并接受了约翰·雅克布·巴赫欧芬 (Johann Jakob Bachofen)[1] 的观点，由此而证明其心理和思想状况等都接近荣格思想[2]。布洛格尔曼斯指出，尽管黑塞本人说对弗洛伊德的作品印象更加深刻，但是事实上黑塞的作品表现出更多荣格观点的印记。君特·鲍曼 (Günter Baumann) 的《C. G. 荣格心理学视域下的赫尔曼·黑塞》(*Hermann Hesses Erzählungen im Lichte der Psychologie C. G. Jungs*, 1989) 全面地分析了从《德米安》到《玻璃球游戏》期间黑塞所有的作品，指出荣格的自性化理论对这些作品的影响。

---

[1] Johann Jakob Bachofen, 1815-1887, 瑞士著名的法学史家。

[2] René Breugelmans, "Hermann Hesse and Depth Psychologie", *The Canadian Review of Comparative Literature*, Vol. 8, No. 1, 1981, pp. 10-47.

根据前人研究的主要结论，结合黑塞心理治疗经历，即他主要接受了荣格及其弟子的心理治疗，并与他们保持长久的交流和联系，因此在这一篇章，从东西方哲学，尤其尼采与道家思想为背景，聚焦于黑塞与荣格深层分析心理学的互动与继受。其他的心理学家，如弗洛伊德等人的影响在此暂不讨论。

第四章　黑塞与心理学之情缘

1916年，黑塞开始接触心理分析学方面的书籍，并对它产生了浓厚的兴趣。他在《艺术家与心理分析》一文中回忆道：

> 我记得，大约两年前，一位熟人推荐给我两本雷欧哈德·弗朗克（Leonhard Frank）的小说，他称其不仅仅是有价值的文学作品，而且还是心理学导论性的书籍。自此，我阅读了一些显著具有弗洛伊德学说痕迹的文学作品。尽管我本人对这门新兴的心理科学丝毫不感兴趣，不过如今却从弗洛伊德、荣格、史德柯尔（Stekel）和其他一些心理学家的著作中收获了一些新的、重要的东西，于是我兴趣盎然地阅读它们。[①]

继而，黑塞进一步阅读和研究了弗洛伊德和荣格的心理学著作。作为作家、艺术家，黑塞认为心理分析学对艺术家具有重要意义，且关系密切。他指出作家和心理分析师的关系为"作家是人类某种思维方式的代表，其思考方法实际上与分析心理的方法背道而驰。作家是做梦者，而分析师却是释梦者"[②]。尽管艺术家与分析师的工作方法彼此相异，但是他们有着共同的目标，即努力描绘和认识人类那无边无际的心灵海洋。正是此共同目标使心理学成为艺术家存在价值的重要鉴定者。基于此，黑塞高度评价心理分析学与艺术之间的亲密关系：

> 自从弗洛伊德的"心理分析学"跨越狭小的精神科医生圈子，吸引了更多的参与者；自从他的弟子荣格建立了无意识心理学和类型

[①] Hermann Hesse, „Künstler und Psychoanalyse", in Hermann Hesse, *Betrachtungen und Berichte II*, S. 352.

[②] Hermann Hesse, „Künstler und Psychoanalyse", S. 353.

理论，并有了部分著述；自从分析心理学直接致力于民间神话、传说和诗学的研究，艺术与心理学就形成了彼此靠近、成果丰硕的交往。①

黑塞和荣格均致力于探索人的内在世界。一位在文学世界中为建立一种指引认识自我存在与超越的普世文学不懈努力，另一位在心理学领域中用东西方文化的智慧来观察和探索那个复杂、多变，无边无际的精神世界。他们共同追求认识自我、超越自我、完善个体内在，让精神与自然不再对立，统一于宇宙之中。共同的追求使他们惺惺相惜、彼此欣赏。溯其根源，应该说，两人许多类似的生活经历、学术和思想背景为他们思想的彼此走近搭建了可能的桥梁。

出生于1877年的黑塞，卒于1962年。荣格生活于1875年至1961年，两人几乎完全生活在同一时代，年龄相当。荣格是瑞士人。黑塞虽然出生在德国，从小却与瑞士结下不解之缘，分别于1883年和1923年两次加入瑞士籍，并终老于瑞士。

荣格虽为瑞士国籍，其本质上是日耳曼身份②，荣格的文化是德意志式的，从小沉浸于希腊罗马神话与文学以及德国古典文化之中，因而其灵魂深植于德国之中③。据传荣格的祖父老卡尔·古斯塔夫·荣格（1794—1864）是歌德的私生子。这一传说令荣格以自己是天才歌德的直系后代而倍感骄傲。第二次世界大战之前，荣格的著作和书信中，始终自认为是德国人民的一分子。荣格与黑塞同样生长于虔诚的宗教家庭。1875年，荣格出生于瑞士的康斯维尔。其整个家族热衷于宗教事业。荣格的八个叔叔以及外祖父均为神职人员。父亲是一位十分虔诚的牧师，几乎把信仰视为自己的生命。或许，正是这种浓郁的宗教气氛培养了荣格的神秘主义倾向。在德意志传统文化中，19世纪的宗教阶层是社会最高、也最博学的阶层，是文化精英阶层，"一位历史学家称之为'德意志声名显赫的家族'"④。祖父的显赫身世以及源于宗教阶层的家族使荣格终生具有精英意识。荣格一生活跃在精英阶层，并成为该阶层的领袖人物，"尼采的新

---

① Hermann Hesse, „Künstler und Psychoanalyse", S. 351.
② ［美］理查德·诺尔：《荣格崇拜：一种有超凡魅力的运动的起源》，曾林等译，上海译文出版社2006年版，第11页。
③ 参见［美］理查德·诺尔：《荣格崇拜：一种有超凡魅力的运动的起源》，第13页。
④ ［美］理查德·诺尔：《荣格崇拜：一种有超凡魅力的运动的起源》，第15页。

贵族理想在荣格身上得到体现"①。

颇有意思的是,来自神职世家的黑塞与荣格,从幼时起都对基督教神学产生强烈的质疑。黑塞在《传记随笔》中回忆道:"在我 14 岁行坚信礼的时候,我已经相当怀疑。不久以后,我开始形成自己的思想和完全世界性的幻想。尽管我对父母生活于其中的那种虔信主义顺从非常热爱和尊敬,但我觉得还是有某种不满足的,某种屈从的,也可以说是乏味的东西,在我的青春期之初常常对之进行激烈的反抗。"② 在小说《德米安》中,黑塞展现了其青少年时期的信仰怀疑,以及与家人在宗教思想方面的矛盾。正是对基督教神学的怀疑导致黑塞一生走在寻找"理想信仰"的道路上。1930 年 12 月 24 日黑塞在写给姐姐阿德勒的信中说道:"我从坚信礼以来就不再做任何弥撒,走了一条通过尼采、叔本华、印度和中国理论的道路。"③

荣格在青少年时期已强烈质疑从父亲那里所获得的宗教知识。尤其在他参加一次圣餐仪式之后,不仅彻底打碎了他所耳濡目染的宗教观,并且使他陷入惶惑之中:

> 我与就我所知的教会和这个人类世界结合成一体的感觉被彻底粉碎了。就我看来,我已遇到了我一生中最大的失败。我所设想的并构成了我与这个世界唯一有意义的联系的宗教观解体了,我不可能再分享这普遍的信仰的欢乐了,而是突然觉得自己卷入了某种不可表达的事情之中,卷入了我那秘密之中,而这种情形我却无法与任何人分享。这是很可怕的,而且还是——这是最糟糕的——卑劣的和可笑的,是魔鬼对我的愚弄。④

由此,荣格开始反思他所接受的宗教,并解构和重塑基督教。其宗教观念在许多方面与传统的基督教存在着巨大的区别——特别是在回答有关恶的各种问题及对上帝的理解方面:他并不认为上帝是至善或仁慈的。

西方文明的衰落,战争迭起导致的信仰危机、精神危机促使黑塞与荣格严肃思考精神世界的问题。他们深入研究欧洲现代文明,均认为在现代

---

① [美] 理查德·诺尔:《荣格崇拜:一种有超凡魅力的运动的起源》,第 16 页。
② Hermann Hesse, „Biographische Notizen".
③ 转引自 [德] 弗尔克·米歇尔斯编《黑塞画传》,第 27 页。
④ [瑞士] C. G. 荣格:《荣格自传:回忆·梦·思考》,第 43 页。

文明背景下，宗教与文化衰败导致欧洲失去了文化之根，也就失去了生命的蓬勃生机，成为全然僵化的东西。荣格把充斥着现代文明的欧洲称为"一切魔鬼之母"①。20 世纪 20 年代，荣格走进非洲的原始文明，沐浴在原始土地的"神性和平"②之中。"在我和一切魔鬼之母的欧洲之间，横亘着几千英里。在这里，各种魔鬼对我可谓鞭长莫及，这里没有电报，没有电话铃声，没有信件，没有来客。我的精神力量得到了解放，自由自在地归返到了原始的宽阔天地。"③在荣格看来，人类精神在没有现代文明的世界中才能长袖善舞，充满自由和想象，欧洲必须勇于承认现代文明使人的想象力贫瘠，致使西方精神陷入困顿。他在《自传》中自我警示："……为了你自己、为了你的同伴寻求救世主吧，这是你的急需。你的状况岌岌可危，你正面临毁坏千百年来所建树的一切的直接危险。"④

黑塞面对欧洲文化的矛盾和缺陷，认为需要从外在视角才能更好地审视和深刻地了解自己。荣格也抱着同样的态度审视欧洲文化。他曾经说道："如果我们从来没有机会从外界观察我们的民族，我们如何能够意识到自己的民族特点呢？"⑤在他看来，这种外部观察应该从他民族的观点审视自我。因此，首先需要充分了解和学习外国集体精神特征。其次应该克服因不同民族文化间的差异而产生的民族偏见和民族矛盾。正是这种令自己不快的差异和矛盾促使自己认识自己。所以，在当时"东学西进"的潮流中，他们把目光投向了东方，积极走进他文明之中寻找促进生命力的新鲜血液。荣格说："我们寻找着灵验有效的形象，寻求着能够满足我们心灵和头脑的不安的思想形式，于是我们发现了东方的宝藏。"⑥学习东方智慧让他们体验到一种充满生命的东西。黑塞与荣格对于如何学习东方思想有着相似的态度：面对东方文明不能简单地采用拿来主义。黑塞说："我们根本无法从这些外来的古老智慧之中获得拯救人生的新观点，我们也不应该抛弃我们的西方文化而变成中国人！只不过我们在古老中国，尤其在老子那里，得到了一种思维方式的启示。这种思维方式我们实在太过于忽略。在那里我们也见到了本应习惯和熟悉的自然力量，只是我

---

① [瑞士] C. G. 荣格：《荣格自传：回忆·梦·思考》，第 231 页。
② [瑞士] C. G. 荣格：《荣格自传：回忆·梦·思考》，第 231 页。
③ [瑞士] C. G. 荣格：《荣格自传：回忆·梦·思考》，第 231 页。
④ [瑞士] C. G. 荣格：《荣格自传：回忆·梦·思考》，第 244 页。
⑤ [瑞士] C. G. 荣格：《荣格自传：回忆·梦·思考》，第 218 页。
⑥ [瑞士] C. G. 荣格：《荣格文集——让我们重返精神的家园》，第 50 页。

们自己心有旁骛，从而太过长久地不再关注它。"① 荣格认为欧洲人是西方千百年来所建树的基督教象征体系确定的法定继承人，然而以基督教文明为代表的传统文明被现代人所遗忘。不过它依然存在，只是变换了形式："白昼所遗忘的神话黑夜继续叙述，被意识贬低成平庸和可笑琐屑之物的强大形象重又受到诗人的承认，又在预言中复活；因此，这些形体也能够'变换形式'，受到善于思考的人的承认。过去的伟大形象并不像我们想象的那样已经消亡；它们只是变换了名称而已。"② 欧洲人不应偏颇浪费这一精神遗产，转而闯入东方，甚至迷失于东方智慧之中，失去了发现自身现实的能力。欧洲人应当基于欧洲现实，向东方学习传承历史文化的精神，简单地模仿和继承东方文化绝对不是拯救欧洲现代文明的正途。显然，黑塞与荣格均认为应立足欧洲现实，汲取东方智慧中有益的成分，旨在修正西方现代文化中的缺陷，帮助西方思想重新强大。黑塞融合中西方思想的《玻璃球游戏》，荣格对圣杯的求索和探寻"哲人石"均彰显此间思想。

在此观念指引下，黑塞与荣格都成为东方文化，尤其是中国传统文化的积极研究者。黑塞更希望通过共建多元文化而达到人类精神共同进步，"希望整个世界都变成欧洲文化或者中国文化是一种愚蠢的想法。我们应该在异域思想面前秉持这样的态度：没有什么是我们不能学习和汲取的，至少遥远的东方同样可以成为我们的老师，就如同许久以来我们对西亚的东方所采取的态度一样（人们现在只想着歌德！）"③ 中国传统文化对荣格和荣格心理学的发展既产生了深远的影响，也成为荣格心理学强有力的佐证。荣格通过卫礼贤了解到中国道家思想之后，敬佩地发现道家的主要精神和思想，尤其内丹功法与他的分析心理学非常相似，"从某种意义上说，中国思想或许成就了荣格思想中最有创意的部分，如'个性化'概念、'同时性原理'、'集体无意识'等"④。荣格认为西方现代心理学可以成为东西方文化沟通的桥梁，西方人通过心理学才能够真正理解东方智慧，并且欧洲精神将受益于东方智慧。

---

① Hermann Hesse, „Chinesische Betrachtung", in Hermann Hesse, Volker Michels (Hrsg.), *China Weisheit des Ostens*, S. 142-143.
② ［瑞士］C. G. 荣格：《荣格自传：回忆·梦·思考》，第244页。
③ Hermann Hesse, *Betrachtungen und Berichte I*, S. 470.
④ 方维规：《两个人和两本书——荣格、卫礼贤与两部中国典籍》，《清华大学学报》（哲学社会科学版）2015年第2期。

黑塞与荣格相似的家族环境和成长经历，由欧洲传统哲学、文学构成的共同教育背景，在特定的时代文化影响下形成了类似的学术思考。此外，黑塞接受荣格分析心理学还有一个重要缘由：黑塞的心理治疗经历使他有机会切身体会和深入研究荣格分析心理学理论。看来，黑塞走进荣格的分析心理学并非偶然。

一　危机与治疗

黑塞从小是一个特立独行之人，"成为你自己"是他的人生信条，因为他的固执和对各种清规戒律的反叛，令其在学生时代经受诸多磨难，甚而多次陷入心理危机，直至成年也未能幸免。

黑塞的心理危机有着较长的历史原因。前文已经提到，黑塞成长于虔信派基督教家庭，童年生活在浓郁的宗教氛围之下。父母对其教育颇为严苛。黑塞却是一个性格倔强、特立独行之人，自幼就是一个清规戒律的反叛者。黑塞"反对任何一种戒律，尤其是在我的青年时代，我的行为举止总是难以驾驭。只要一听见'你应该'三个字，一切都会在我心里南辕北辙，我会变得执拗不化"[1]。叛逆使黑塞很早就感到备受压制，经常陷入与父母的矛盾对立之中。早在一岁半时，黑塞的执拗被妈妈施以"鞭打教育"。少年时期毛尔布隆神学院的学习与青春期问题使黑塞精神处于抑郁之中，以致父母不得不把他送进一家精神病疗养院进行治疗。青少年时期的经历导致黑塞的精神方面遗留下创伤，如同荷尔德林、尼采以及荣格一样，比常人更加容易患上精神官能症[2]。成年黑塞，深陷战争与时代的矛盾冲突中，面对婚姻、家庭、事业等各种个人危机，常常出现精神抑郁状态，不得不寻求心理辅导和治疗。

从20世纪初开始，黑塞断断续续接受心理治疗一直持续至20年代中期。1909年7月，黑塞在巴登韦勒（Badenweiler）疗养期间，接受了阿

---

[1] Hermann Hesse, „Kurzgefaßter Lebenslauf", in Hermann Hesse, *Autobiographische Schriften II*, S. 46.

[2] Günter Baumann, *Der Archetypische Heilsweg: Hermann Hesse, C. G. Jung und die Weltreligionen*, Rheinfelden: Schäuble Verlag, 1990, S. 11.

尔伯特·弗兰柯尔（Albert Fraenkel）医生的心理治疗①。之后，黑塞先后接受了心理医生约瑟夫·本哈尔德·朗（Josef Bernhard Lang）博士与荣格师生以及朗·约翰那斯·诺尔（Lang Johannes Nohl）等人的治疗。这些治疗经历使黑塞从怀疑心理学转变为热衷研究心理学理论，其思想转变的历程也是他逐渐接近荣格分析心理学的历程。

1909年7月11日，黑塞写给父亲的信中简单描写了弗兰柯尔心理治疗方法并评价道：

> 在一般病况下，这种简单的辅慰方式就可以起到疗效。无论如何，患者减轻了那种彻底的孤独感和不被理解感，总之会有所作用的。当然，这种方法还很年轻，在类似我这种病况下，其研究和治疗的方法还非常不完善。针对那些过于敏感、个性细腻的知识分子，即使是最聪明的医生也只能部分地理解和猜到他们的心思，例如艺术家、作家……从一开始我就没期望被治愈。②

三年之后的1912年8月，黑塞在巴登韦勒的弗兰柯尔教授那儿接受了第二次心理治疗③。黑塞当时遭遇的困境焦点首先是其婚姻问题，其次是严重质疑自己迄今为止所从事的文学工作的价值。同一时期，黑塞开始撰写《罗斯哈尔得》。在这部作品中，黑塞以文学形式探讨了艺术家的婚姻问题。这部小说也成为黑塞暂时的创作终点，因为他觉得自己如同瘫痪了一般，再无力继续文学创作④。

黑塞对这次心理治疗给予了更加积极的评价。1913年9月，黑塞写给弗兰柯尔教授的信中赞扬道："在我近期的写作中，其中一些是理论性文章（主要作品是一篇关于歌德《威廉·麦斯特》的重要随笔）。在工作中我时常发现，从您那儿学到了如此多关于心理和人性的知识，有些收获直接来源于我们的交谈，有些则是通过观察您的行为和工作而获得。"⑤ 由此可见，这次心理治疗不仅对黑塞的身体，也对其思想创作产

---

① Hermann Hesse, Ursula und Volker Michels（Hrsg.）, *Gesammelte Briefe*, Bd. 1, S. 154 – 160.

② Hermann Hesse, Ursula und Volker Michels（Hrsg.）, *Gesammelte Briefe*, Bd. 1, S. 159.

③ Hermann Hesse, Ursula und Volker Michels（Hrsg.）, *Gesammelte Briefe*, Bd. 1, S. 230.

④ Günter Baumann, *Der Archetypische Heilsweg: Hermann Hesse, C. G. Jung und die Weltreligionen*, S. 12.

⑤ Hermann Hesse, Ursula und Volker Michels（Hrsg.）, *Gesammelte Briefe*, Bd. 1, S. 229.

生了影响。与该医生交往期间,黑塞创作了《盖特露德》(1910)、《罗斯哈尔得》(1914)和《克努尔普》(1915)三部作品。如果将这三部作品与《彼得·卡门青特》(1904)或者《赫尔曼·劳舍尔》(1910)作比较,会发现这三部作品注重描写人物的心路历程,显现出心理学的印记。看来,与弗兰柯尔医生的相遇唤起黑塞对心理分析方面的好奇和兴趣[1]。

1916 年春天,黑塞在露茨(Luzern)的索玛特(Sonmatt)疗养院休养了四个星期。在那里,他接受了荣格的学生约瑟夫·本哈尔德·朗博士的心理治疗。据有关资料证明弗兰柯尔不是专业的心理分析师,因此可以说黑塞实际上是从朗医生这里才真正受到专业的心理治疗。朗也为黑塞打开了一扇通向荣格分析心理学的大门。黑塞先后接受了 12 次诊疗,每次三个小时。那时,黑塞清楚地意识到,这种治疗疗效显著。因此,在那段治疗之后,他坚持接受朗医生的定期心理辅导,共计大约 60 次,直至 1917 年 11 月。在此期间,他每星期都要从伯尔尼的住处开车赶往露茨的索玛特疗养院[2]。仅仅赴诊的来回路程就需花费六个小时。为了进行心理治疗,像这样坚持如此之久,耗费如此多的时间,在黑塞后来的生活中再未出现过。

据此来看,一方面,说明黑塞当时陷入非常严重的心理危机。从这一时期的书信中会发现一个绝望、孤独、对前景黯然神伤的忧郁黑塞:

> 我肯定,在缜密细致的心理下回视自己,如果没有经过改变和揉捏,我将不可能爬出这个狭窄的、地狱般的隧道。[3]

> 这条路通向哪里,我并不清楚——或许返回"世间",抑或走向更加狭隘的寂寞、孤独和自我封闭。现在我只感到欲望与思想的凋散,而这些曾经令我多么愉悦,让我充满生命的活力。新的变化依然模糊不清,只给我带来恐惧,而不是快乐。可怕的战争导致令人痛苦的压迫感,这些加速了我的枯萎凋零。[4]

不过,执拗的黑塞虽然陷入无目的抑郁之中,却依然在抗争,无论是

---

[1] Beate Petra Kory, *Hermann Hesses Beziehung zur Tiefenpsychologie*, S. 36.
[2] Günter Baumnn, *Der Archetypische Heilsweg: Hermann Hesse, C. G. Jung und die Weltreligionen*, S. 13.
[3] Hermann Hesse, Ursula und Volker Michels (Hrsg.), *Gesammelte Briefe*, Bd. 1, S. 323.
[4] Hermann Hesse, Ursula und Volker Michels (Hrsg.), *Gesammelte Briefe*, Bd. 1, S. 324.

面对内心还是面对世界,从未放弃希望。

  我不知道寻找怎样的新标志和价值。我只知道,迄今为止,现有的目标和价值从未令我感到温暖和满足。我腹里空空地从丰盛的餐桌旁起身。在没有清楚地看到新的目标之前,我无法重新开始生活、事业和创作。它们还在遥远山际微微翕动的云霞中,但是它们存在着,一份不知名的魔力牵引着我与它们。①

  君特·鲍曼(Günter Baumenn)认为:"这封信表明黑塞的心理疾病与他寻找精神上新的定位有关。……黑塞所谓的'新的目标和价值'实际上在心理分析的过程中已经找到。紧接着在《德米安》中表达了出来。"②

  另一方面,这一阶段的治疗经历也让黑塞切身体会且更加深刻地了解到心理治疗的科学性和疗效性。1916年8月5日,黑塞给赫里得夏德·瑙戈博勒(Hildegard Neugeboren)的信中写道:"……当然需要患者作出重要决断的方法是心理分析法。依据治疗体系(有多种体系),疗法有难有易。疗法肯定是尖锐深刻,令人望而生畏且需做出许多牺牲。恰恰因此,这种疗法具有治愈病人的可能性,且无危险。"③黑塞依据自己的治疗体验已然相信心理治疗能够成功治愈病人。

  1916年,朗医生向黑塞介绍了自己的老师C.G.荣格,并向他推荐了荣格的著述。借此,黑塞几乎阅读了荣格的所有重要著作。它们使黑塞逐渐深入了解到荣格的分析心理学说,并从中获得认识内在的启迪和方法。在治疗期间,黑塞开始借鉴心理学理论系统性地分析自己的梦,并撰写了《1917/1918心理分析的梦日记》,从1917年7月9日到1918年8月20日"尽可能毫无成见地记录下心灵的体验和梦幻"④。这些日记以记录梦境为主线,一部分记录了黑塞的日常生活及身心状态,另一部分是黑塞写给朗的书信。黑塞仿照荣格梦之解析的模式,记录梦境之后对其进行联想式解

---

① Hermann Hesse, Ursula und Volker Michels (Hrsg.), *Gesammelte Briefe*, Bd. 1, S. 323.
② Günter Baumann, *Der Archetypische Heilsweg: Hermann Hesse, C. G. Jung und die Weltreligionen*, S. 13.
③ Hermann Hesse, Ursula und Volker Michels (Hrsg.), *Gesammelte Briefe*, Bd. 1, S. 331.
④ Hermann Hesse, „Traumtagebuch der Psychoanalyse1917/1918", in Hermann Hesse, Volker Michels (Hrsg.), *Sämtliche Werke*, Bd. 11. Frankfurt am Main: Suhrkamp Verlag, 2003, S. 446.

析，并阐发相关思考。另外，黑塞还帮助朗医生分析医生自己的梦。① 显然，这个时期的黑塞被荣格释梦理论所吸引，兴趣盎然地尝试应用荣格理论分析梦所展示的内在世界。这些尝试和应用也被写进《德米安》的梦境情节中。

在朗医生的治疗之后，黑塞接受过约翰那斯·诺尔医生的治疗，不过时间非常短。克里莫尔留斯猜测，这次治疗始于 1918 年 5 月，止于同年秋天②。《1917/1918 心理分析梦日记》中提到，大概在 1918 年 7 月 18 日之前，这位医生为黑塞的妻子玛莉亚诊治。但在诺尔医生治疗期间，玛莉亚突然精神崩溃。这一原因导致黑塞结束了在诺尔医生处的治疗。

20 世纪 20 年代初，黑塞接受了荣格的心理治疗。对于这一时期的治疗经历，将于下文中详细记述。荣格对黑塞的治疗时间并不是很长，但是从诸多文献资料和黑塞那个时期的作品来看，对他的创作和思想产生了一定影响。

1925 年 12 月至 1926 年 3 月，黑塞再次接受朗医生的心理辅导。此时，朗住在苏黎世，黑塞时而住在巴塞尔，时而在苏黎世③。在这一时期，朗对黑塞的心理治疗几乎被一种彼此间愈加亲密、深厚的朋友聚会形式所替代。这份友谊一直持续至 1945 年朗去世。黑塞 1925 年 12 月 25 日写给妹妹阿德勒（Adele）的信中④，以及 1926 年 2 月 17 日写给艾米（Emmy）和胡果·巴尔夫妇的信中，均提到与朗的交往，称其为"我的朋友"⑤。在 1926 年 2 月 10 日给安娜·博德默（Anny Bodmer）的信中细述了他们之间的交往：

> 我很少在家，因为大多和朗在一起……晚上我们几乎总在一起。我们一起在下村头的小酒馆吃饭。然后去他那儿或者我那儿坐坐，聊天，喝白兰地，他已经成为个中高手。而我也从他那儿学到了东西，即跳狐步舞。前不久，我生平第一次在假面舞会上练习它，直到次日

---

① Hermann Hesse, Volker Michels (Hrg.), *Gesammelte Briefe*, Bd. 4, S. 286.
② Johannes Cremerius, „Hermann Hesse. Schuld und Sühne ohne Ende", in Johannes Cremerius, *Freud und die Dichter*, Freiburg im Breisgau: Kore, 1995, S. 95.
③ Günter Baumnn, *Der Archetypische Heilsweg: Hermann Hesse, C. G. Jung und die Weltreligionen*, S. 21.
④ Volker Michels (Hrg.), *Materialien zu Hermann Hesses >>Der Steppenwolf<<*, Frankfuhrt am Main: Suhrkamp Verlag, 1972, S. 55.
⑤ Volker Michels (Hrg.), *Materialien zu Hermann Hesses >>Der Steppenwolf<<*, S. 63.

早晨七点半①。

　　学习狐步舞的生活经历成为《荒原狼》的情节。巴尔在黑塞传记中评价他们那时的交往："两人之间深入的交流并不是本意上的'治疗'。朗医生带给黑塞的不再是医学知识，而是充满活力的生活启发。第一次给他具有现实意义的非凡哲学和生活方式。"② 贝阿特·派特拉·考瑞（Beate Petra Kory）也认为此间交往根本算不上正规的心理治疗，更类似朋友性的聚会。他们在一起所关注的是富有情趣的生活方面③。黑塞与朗医生的友谊那时已非常亲密深厚，甚至成为黑塞生活中的重要帮助者。黑塞曾给朋友在信中说："现在这些事务都已经放到朗医生这儿了，因为我如今除了经济灾难，还得遭受精神沉船之痛。"④ 考瑞进而认为朗那时承担了黑塞的经济事务⑤。1950年4月，黑塞给赫尔伯特·舒尔兹（Herbert Schulz）的信中深情怀念这位重要朋友："1916年，我开始了解心理分析学……这位医生不是一个自负傲慢之人，还很年轻，敬重名流，为人真挚。他成为我的亲密朋友。之后的几十年里，我们的交往已与心理治疗无关。"⑥ 黑塞以朗医生为原型创作《德米安》中的人物形象："有充分证据证明，黑塞在皮斯托琉斯身上纪念了他的分析师和挚友朗医生。"⑦ 朗医生的心理治疗对黑塞来说，一个重要意义在于为他开启荣格心理学理论的大门，尤其促使他从分析心理学的角度阐释梦与内在世界。

　　1917年9月7日，黑塞与荣格第一次会面。他们在伯尔尼的一家酒店共进晚餐。这次晚餐的缘起现已无从查证。此次相聚中，荣格展现出的自信睿智让黑塞颇有好感。不过，荣格的过于自信亦让黑塞颇觉不悦。这一印象在他们后来的交往中未曾改变过。一年之后，黑塞的妻子玛莉亚精神崩溃，黑塞请荣格为她治疗。11月初，荣格给玛莉亚做了检查并诊断为典型精神分裂症。朗医生安排玛莉亚住进库斯那赫特（Küsnacht）精神病院。其间，荣格给黑塞写了第一封信，告知他妻子的情况。根据黑塞的

---

① Hermann Hesse, Ursula und Volker Michels (Hrsg.), *Gesammelte Briefe*, Bd. 2, S. 131.
② Hugo Ball, Volker Michels (Hrsg.), *Hermann Hesse—sein Leben und sein Werk*, S. 114.
③ Beate Petra Kory, *Hermann Hesses Beziehung zur Tiefenpsychologie*, S. 44.
④ Hermann Hesse, Ursula und Volker Michels (Hrsg.), *Gesammelte Briefe*, Bd. 1, S. 421.
⑤ Beate Petra Kory, *Hermann Hesses Beziehung zur Tiefenpsychologie*, S. 46.
⑥ Hermann Hesse, Ursula und Volker Michels (Hrsg.), *Gesammelte Briefe*, Bd. 4, S. 54.
⑦ Beate Petra Kory, *Hermann Hesses Beziehung zur Tiefenpsychologie*, S. 152.

一份生平简历①，1921年2月19日至24日黑塞在苏黎世参加了荣格心理分析俱乐部举办的读书会，并接受了荣格的心理治疗。这次治疗使黑塞了解到心灵和谐所带来的能量，心灵之力是客观存在的，它决定着人类精神世界的发展。1921年3月23日，黑塞给他未来第二任妻子的母亲，准岳母丽萨·温格尔（Lisa Wenger）的信中写道："在我看来，人类的理想不是某种善德或者某个信仰，而是将个体心灵所能达到的最大和谐视为人类所能够追求到的最高理想。谁拥有了这种和谐，谁就拥有了心理分析学中所谓的自由支配力比多的能力，亦如〈新约〉所说'一切为你所有'。"② 此后，荣格于同年5月19—25日，6月16日—大约7月2日分别对黑塞做了心理治疗③。1921年5月，荣格给黑塞写信道："您所讲述的梦，已经向我清楚地表达出您当前的状况是多么的紧迫。"④ 据此看来，荣格对黑塞的治疗也是围绕着对其梦的释意。

黑塞这一年的信件记录着当时的身心状况及荣格诊疗。他给安德列安（Andreä）写道：由于夹在精神和物质困境之间，我找不到解决生活和婚姻问题的方法。而这些问题通过与荣格的交谈再次变得紧迫起来⑤。给汉斯·莱哈特［他资助黑塞儿子海讷（Heiner）在柯菲寇（Kefikon）州教育院学习］的信中说："我现在荣格这儿，身处困境，几乎再也无法承受生活之重。心理治疗过程令我震颤，深入血液，痛入骨髓。但这必不可少。……我只能说，荣格博士以他非凡的自信和杰出的才能为我进行治疗。"⑥ 荣格最后阶段治疗看来将黑塞从懈怠和绝望中拯救出来，唤起他生活的勇气。1921年8月4日，黑塞给乔治·莱哈特写道："我在苏黎世那儿做出决定，无论如何要整顿好外部生活。"⑦ 1921年7月，黑塞突然中断了在荣格处的治疗。

此次中断治疗的缘由从现有文献中无从查证。约瑟夫·米莱柯（Joseph Mileck）依据黑塞与荣格彼此信件保留情况（黑塞保存了荣格全

---

① Volker Michels（Hrsg.），„eine biographische Chronik", in Volker Michels（Hrsg.），*Materialien zu Hermann Hesses Siddhartha*，，Bd. 1，S. 38.

② Hermann Hesse, Ursula und Volker Michels（Hrsg.），*Gesammelte Briefe*，Bd. 1，S. 468.

③ Volker Michels（Hrsg.），*Materialien zu Hermann Hesses Siddhartha*，Bd. 1，S. 38.

④ Volker Michels（Hrsg.），*Materialien zu Hermann Hesses Siddhartha*，Bd. 2，Frankfurt am Main：Suhrkamp Verlag，1976，S. 322.

⑤ Hermann Hesse, Ursula und Volker Michels（Hrsg.），*Gesammelte Briefe*，Bd. 1，S. 472.

⑥ Hermann Hesse, Ursula und Volker Michels（Hrsg.），*Gesammelte Briefe*，Bd. 1，S. 473.

⑦ Volker Michels（Hrsg.），*Materialien zu Hermann Hesses Siddhartha*，Bd1，S. 137.

部信件，荣格只留下两封黑塞的信①）猜测心理学家的言行引起作家反感②。有人推断荣格过于傲慢，引起作家不满。从黑塞对荣格的评价来看，该说法应该是缺乏客观性。

另外，在接受荣格治疗时期，黑塞的信中屡次提到经济困难：

> 因为荣格而留在苏黎世一段时间。只希望他有时间给我治疗。治疗费我还没考虑，希望荣格不收费或者苏黎世的谁能帮下我。我很需要治疗一段时间，这样才能让我心情轻松些，否则无法忍受当前的生活和状态。我们全部的文学价值信仰已被彻底丧失，从而导致的这种停滞不前在我看来是灾难深重。只有绘画才能让我获得平静、舒畅，帮助我活下去。但是我的生活没有给予我活下去的理由，无论精神上还是物质上。③

1921年5月，黑塞再次给汉斯·莱哈特写道："如果经济允许，我想继续在荣格这里治疗。他才思敏锐，颇具个性，是一个难能可贵、非常活跃的天才式人物。我非常感谢他，也很高兴再在他这儿待一段时间。"④ 关于信中提及的诊疗费问题是否获得荣格帮助，也无从查证。因此经济问题也可能是黑塞中断心理治疗的原因之一。鲍曼则认为因荣格缺乏艺术理解力而引起作家的失望⑤。不过，直到1928年，黑塞才在给特奥多·史尼柯（Theodor Schnittkin）的信中第一次谈到心理学家对艺术的陌生感。虽然黑塞的确指出心理学家们都缺乏艺术感，但是很难确定他会因此终止治疗。另一种可能，如考瑞认为的那样，荣格对黑塞的治疗已经取得了较好的效果，已经帮助他暂时克服精神危机。因此对黑塞来说，暂时不需要继续治疗⑥。从黑塞谈及的治疗结果来看这个观点比较客观。这

---

① Beate Petra Kory, *Hermann Hesses Beziehung zur Tiefenpsychologie*, Note 5, S. 49.
② Joseph Mileck,„Hermann Hesse: Dichter, Sucher, Bekenner" *Biographie*, München: C. Bertelsmann, 1979. Zitiert nach Joseph Mileck, *Hermann Hesse: Life and Art*, Berkeley and Los Angeles, California: University of California Press. Ltd. , 1981, p. 100.
③ Hermann Hesse, Ursula und Volker Michels（Hrsg.）, *Gesammelte Briefe*, Bd. 1, S. 470 - 471.
④ Hermann Hesse, Ursula und Volker Michels（Hrsg.）, *Gesammelte Briefe*, Bd. 1, S. 473.
⑤ Günter Baumann, *Der Archetypische Heilsweg: Hermann Hesse, C. G. Jung und die Weltreligionen*, S. 20.
⑥ Beate Petra Kory, *Hermann Hesses Beziehung zur Tiefenpsychologie*, S. 53.

也符合荣格心理治疗的理念：荣格通常在给病人治疗一段时间之后，都会缩短治疗时间并减少治疗频率，因为他希望"当事人必须自行学习走出自己的路来"①，从而使当事人逐渐在心理上摆脱对心理治疗师的依赖。

之后许多年，黑塞与荣格之间保持着书信往来，交流彼此的作品和思想。荣格多次在信中评价和赞誉黑塞的《德米安》《东方之旅》等主要作品。1927年2月19日，黑塞曾参加荣格心理俱乐部，朗读了《荒原狼》中"魔术剧院"章节②。他多次撰写书评向大众推介荣格理论和作品。据米歇尔·理博柯（Michael Limberg）推测，1921年2月，荣格送给黑塞《心理类型》(*Psychologische Typen*) 手稿。1921年8月28日，黑塞在柏林的《福斯报》(*Vossische Zeitung*) 上发表了关于荣格《心理类型》的书评："最近给我留下最强烈印象的是一本科学书籍，荣格的《心理类型》。荣格著作不单纯是科学进步史上跨出的重大一步，它还具有极高的人类实践意义。在历史、宗教和文化王国中，通过心理学角度观察世界，它传授和展示了新的视角和理解的可能性。不仅如此，书中还教给我们数不胜数的应用于实践生活的知识。"③ 1925年6月30日，黑塞给巴尔的信中评价《力比多的转变和象征》(现为《象征的转化》，*Symbole der Wandlung*) 是荣格"最重要的作品"④。这本书对《德米安》成书有着重要影响。1934年9月，黑塞在柏林的《新瞭望》(*Die Neue Rundschau*) 发表综论性书评《书论》，着重介绍了荣格的几部重要作品。荣格被黑塞称为"弗洛伊德最卓越的子弟，占据当前心理学特殊而重要的地位。作为极富创造力的《力比多的转化》一书作者引起巨大轰动，……他凭借'集体无意识'和'心理学类型'两个新理论为核心的学说成为新的心理学理论创立者"⑤。文章指出，荣格最新著作《心灵的现实》(*Wirklichkeit der Seele*) 包含许多

---

① ［瑞士］C. G. 荣格，《分析心理学与梦的诠释》，杨梦茹译，上海三联书店2009年版，第15页。

② Hermann Hesse, Ursula und Volker Michels（Hrsg.）, *Gesammelte Briefe*, Bd. 2, S. 164-165.

③ Hermann Hesse, „Ein paar schöne neue Bücher", in Hermann Hesse, *Die Welt im Buch III*, S. 256-257.

④ Günter Baumann, *Der Archetypische Heilsweg: Hermann Hesse, C. G. Jung und die Weltreligionen*, S. 14.

⑤ Hermann Hesse, „Über einige Bücher", in Hermann Hesse, Volker Michels（Hrsg.）, *Die Welt im Buch IV*, *Sämtliche Werke*, Bd. 19, Frankfurt am Main: Suhrkamp Verlag, 2002, S. 493.

新的重要内容，其价值意义值得重视。黑塞赞誉荣格道："对于我，他就如同令人仰止的高山，一位杰出的天才①。"黑塞曾以一首四行小诗敬贺荣格八十岁生日：

> 心灵鞠躬又站起，
> 在无穷无尽中呼吸。
> 从矛盾纠结的丝线中织就
> 上帝更加美丽的新装。②

黑塞写给米古艾勒·赛拉诺的信中曾经缅怀荣格：他的逝世让我遭受了无法弥补的损失③。依据黑塞与荣格的交往以及两人的通信往来，可以看出，黑塞与荣格之间有着一种彼此敬重、彬彬有礼的友谊。

综上所述，1916 年至 1926 年的十年间，黑塞与心理学之间历经接触—研究—接受的过程，其中主要针对荣格的分析心理学思想及其理论。黑塞在接受以荣格分析心理学为主的多次心理治疗中，用笔记下了切身体验。给赫里得夏德·瑙戈博勒的信中，黑塞指出内在世界既塑造人之善，也赋予人之恶，人站在世界普遍矛盾之中，继而写道："心理疾病的治愈，我不认为是改变了患者的本性，而是令患者内心自愿接受自己的本性，并帮助他提升本性中积极正面的心性。④"心理学帮助黑塞科学性地认知和接纳复杂的内心存在，并促使他重新认识自我与世界。1920 年 1 月 5 日黑塞致路德维希·芬克的信中说："这期间发生了战争，我的宁静、我的健康、我的家庭都见鬼去吧！我学会了从新的角度看待整个世界，尤其是通过时代的共同经历和心理分析，我完全重新定向了自己的心理学。如果我还真的想继续进行下去，除了把早先所做之事一笔勾销并重新开始之外，再无其他选择。我现在所寻求表达的，部分是我从未阐述过的东西⑤。"荣格心理学上的宗教观使黑塞相信内在世界也驻扎着上帝。

---

① Miguel Serrano, *Meine Begegnungen mit C. G. Jung und Hermann Hesse*, Zürich und Stuttgart: Rascher Verlag, 1968, S. 25.
② Volker Michels (Hrsg.), *Hermann Hesse. Leben und Werk im Bild*, Frankfurt am Main: Insel Verlag, 1973, S. 120.
③ Miguel Serrano, *Meine Begegnungen mit C. G. Jung und Hermann Hesse*, S. 46.
④ Hermann Hesse, Ursula und Volker Michels (Hrsg.), *Gesammelte Briefe*, Bd. 1, S. 332.
⑤ Hermann Hesse, Ursula und Volker Michels (Hrsg.), *Gesammelte Briefe*, Bd. 1, S. 436 – 437.

荣格分析心理学非常独特之处在于赋予宗教以心灵治愈功能,他认为宗教性神圣体验具有不可低估的治疗功能[1]:"……走进神圣(das Numinose)才是真正的治疗,人只要获得神圣的体验,便从疾病磨难中解脱。疾病本身有着神圣的特征。"[2] 荣格将心理疾病与神之体验相关联,启发黑塞更加深刻地追寻内在世界的永恒神性。1921年5月,黑塞写给胡果夫妇的信中称:"如今的心理分析……根本上想要并且能够在我们心中创造一个地方,在那里我们能够聆听上帝的声音,再无其他目的。"[3] 在黑塞眼中,心理分析如同一团熊熊烈火,患者必须异常痛苦地穿越这烈火,内心的神圣本性才被升华而出。这一生命历程中,心理科学已经成为黑塞认识和完善内在世界的重要途径和方法:"再无它处能像参加一场严肃认真的心理分析那样,如此真挚、如此震撼地感受到人的出处、所受到的束缚和心之所望。所学之事变为可视之物,所知之事变为心跳。当恐惧、困窘、压抑逐渐消散,生命和个性的重要意义更加纯粹地被提升和索求。"[4]

从上述分析来看,黑塞这十年来的重要作品可说是与心理学,尤其是与荣格思想密切交往的丰硕成果。1916年以来黑塞主要作品如下:1917年(40岁)开始撰写《德米安》,1919年(42岁)以辛克莱的笔名发表小说《德米安》,同年出版小说《克莱恩和瓦格纳》;1920年(43岁)出版小说《克林梭尔最后的夏天》;1922年(45岁)小说《悉达多》;1925年(48岁)小说《疗养客》(*Kurgast*);1925年12月至1926年3月黑塞撰写《荒原狼》(1927年出版)。这些作品中所展现出的荣格心理学思想不容忽略,也是研究者阐释黑塞中后期作品的重要理论背景。

从黑塞的心理治疗经历来看,荣格的分析心理学为解除黑塞当时的心理危机起到了很好的疗效。不过从创作层面来讲,黑塞还是多次否定了荣格对自己有过重大的影响。因为黑塞认为心理学与文学创作之间,"就像许多我认识的分析师一样,没有一个人不认为艺术就是无意识的表现形式;任何一个病人的神经官能症之梦在他们眼中都是有价值的,比起歌德

---

[1] 参见方维规《两个人和两本书——荣格、卫礼贤与两部中国典籍》,《清华大学学报》(哲学社会科学版)2015年第2期。

[2] C. G. Jung, „Brief an P. W. Martin" (28. Aug. 1945), in C. G. Jung, Aniela Jaffé (Hrsg.), *Briefe*, Bd. 1, Olten & Freiburg i. Br.: Walter-Verlag, 1972, S. 465.

[3] Hermann Hesse, Ursula und Volker Michels (Hrsg.), *Gesammelte Briefe*, Bd. 1, S. 474.

[4] Hermann Hesse, *Betrachtungen und Berichte II*, S. 355.

来更加有趣。带着这样的认知,我才从心理治疗的环境中最终并且完全解脱出来。当然,这种疗养对我的身体大有裨益,尤其是阅读弗洛伊德的主要著作"①。从而在黑塞眼中,荣格与文学的关系始终保留着心理学科的色彩。而这种学科特色必然使两人的观点存在无法逾越的差异和距离。1950 年春天给迈亚(Maier)的回信中写道:"在较晚的时间,就是我接受心理辅导(尤其是荣格的)很久之后,才逐渐注意到,我的这位朋友与艺术毫无关系,尽管他热衷于此。渐渐地,我终于明白,所有的心理分析师都是这样的情形,荣格首当其冲。"② 1957 年,他给艾德瓦尔德·默敕(Eduard Motschi)的信中写道:"曾经短期的心理治疗(在朗医生处,引者注)对我还是有帮助的,但是主要问题还是必须我自己承受。这些治疗与我的创作毫无瓜葛。……对我有用的就是我们进行了梦的探讨。"③

看来,两位大师虽然对生命、世界和宇宙有着许多相同的观点和看法,但是他们思想之间的差异又是不容忽视的,所以两人既惺惺相惜,又有着某种内在的疏远。

二 心理学家的哲学探索

荣格,20 世纪著名的心理学派创始人,也是那个时代心理学界知名的医生。当时所有论述荣格心理学的讲座和论文"均致力于将之分类为当今的科学和精神生活"④。其心理学思想最吸引黑塞的则是对人类哲学思想的承继和探究,他盛赞荣格:"弗洛伊德之后,当今再无心理学家能像荣格那样深入地探视心灵本质。他并未停滞在机械进化论中,不是把心理科学视作自然科学而是作为哲学来探索。"⑤

(一)荣格与尼采

作为哲学家和作家,尼采除了对 20 世纪的文学、哲学产生巨大的影

---

① Hermann Hesse, Volker Michels (Hrsg.), *Gesammelte Briefe*, Bd. 4, S. 54.
② Hermann Hesse, Volker Michels (Hrsg.), *Gesammelte Briefe*, Bd. 4, S. 54.
③ Hermann Hesse, Volker Michels (Hrsg.), *Gesammelte Briefe*, Bd. 4, S. 286.
④ Hermann Hesse, „Über einige Bücher", in Hermann Hesse, Volker Michels (Hrg.), *Die Welt im Buch IV*, S. 493.
⑤ Hermann Hesse, „Über einige Bücher", in Hermann Hesse, Volker Michels (Hrg.), *Die Welt im Buch IV*, S. 494.

响，还为心理学的重要理论做出了贡献。卢卡奇将尼采归为强调直接经验和直觉的生命哲学运动的旗手①。他的作品中，尤其是大量的格言警句中涉及心理学方面的思考，并强烈抨击了当时学院派心理学，认为它是愚蠢而远离生活的。他的学说对弗洛伊德（Sigmund Freud）、路德维希·克拉格（Ludwig Klages）、鲁特·贝尼迪科特（Ruth Benedict）和 C.G. 荣格影响深远，尤其在深层心理分析学诸多概念的生成方面贡献巨大。

在尼采看来，"心理学是解决基本问题的道路"，是"科学的女主人"②。他出于直觉论述了人的意识与无意识、梦与醒、冲动与情感。虽然他的这些思考并非科学研究之后的结论，但是从科学的角度看，其思想具有重大的开创意义。可以说，尼采是人类史上第一个明确揭示人的心理无意识领域并加以细致剖析的思想家。"当弗洛伊德在酝酿他的精神分析学时，他吃惊地发现，尼采早就已道出了他的基本思想。"③ 因此，尼采甚至被称为现代心理学的先驱。

欧洲 19 世纪末兴起"生命哲学"运动，荣格在很大程度上受主张生机论的生命哲学传统的影响。④ 尼采强调生命价值与意义的哲学引起荣格极大关注，他在作品中反复讨论尼采的观点，尼采对人类精神的深度洞悉，带给荣格莫大的启示。荣格理论中的重要概念"智慧老人"，"阿尼姆斯与阿尼玛之间的辩证关系""生命的下午""沃旦"等均与尼采的查拉图斯特拉等哲学思想有着密切关系。从他的医学论文《力比多的转变与象征》（Wandlungen und Symbole der Libido，1911—1912）到专著《无意识过程心理学》（Die Psychologie der unbewußten Prozesse，1916）和《心理类型》均展开对尼采的研究。他与学生对尼采《查拉图斯特拉如是说》作了篇幅浩大的分析和阐释，撰写《尼采的〈查拉图斯特拉如是说〉》一书。1934 年至 1939 年，荣格举办大型研讨课"查拉图斯特拉"，对尼采作了最为详尽的阐述。其研究的深度与广度可能只有海德格尔在 20 世纪 30 年代的讲座能与之比拟⑤。荣格著名的《向死者的七次布道》总是令人联想到尼采的《查拉图斯特拉如是说》中，

---

① ［美］理查德·诺尔：《荣格崇拜：一种有超凡魅力的运动的起源》，第 35 页。
② Friedrich Nietzsche, *Jenseits von Gut und Böse*, S. 27.
③ 周国平：《尼采：在世纪的转折点上》，"前言"第 2 页。
④ 参见 ［美］理查德·诺尔《荣格崇拜：一种有超凡魅力的运动的起源》，第 35 页。
⑤ Paul Bishop, „Libido und Wille Zur Macht：CG Jungs Auseinandersetzung Mit Nietzsche", *The Modern Language Review*, Vol. 108, No. 4 (October 2013). https：//www.jstor.org/stable/10.5699/modelangrevi.108.4.1313. 2019/8/18.

那个全知者查拉图斯特拉回答基督徒亡灵问题的情节。荣格在文中强调"追求自己的本质",才是自然的本性,才表现出个体的独创性,因为从根本上来讲,只存在一种追求,即追求个体的本质。① 这与尼采所呼吁的生命之独特意义如出一辙。那些和荣格最熟悉的人,几乎都听他谈起过在他思想走向成熟的过程中,尼采作为哲学家、诗人兼心理学家,对他有过重要的影响。②

神话对人类精神的重要作用均受到尼采与荣格的重视。尼采等人的生命哲学将神话重新挖掘出来,神话成为现实生活的真实本质或个体对生活主观感受的参照物,被命名为"客观现实的特殊形式"。然而,现代科技与理性不遗余力地想要把神话和幻想驱逐出人类的心灵。尼采在《悲剧的诞生中》提出神话是人类精神的保护伞:"希腊人知道并且感受到生存的恐怖和可怕,为了能够生活下去,他们必须在它面前安排奥林匹斯众神的光辉梦境之诞生。"③ 他发现神话与个体心灵之间的联通关系,认为神话是人类的精神家园,人类生活与神话密不可分,"为了能够活下去,希腊人出于自身的需要不得不创造这些神"④。荣格通过广泛的临床实践、考古研究,宗教学、神话学的大量资料分析,认为神话包含了人类的无意识原型。在荣格眼中,原型创造了神话、宗教和哲学,因此神话、宗教和哲学都被赋予心理学的功能。"神话首先关涉的是心理现象,这些现象描述了心灵的本质。迄今为止,对于该本质人类还从未涉足其间。"⑤ 原始人通过神话把一切外在的感官体验同化为内在的心理事件,对他们来说,仅仅看到日落日出是不够的,而是外部之所见同时必是一件心灵事件。也就是说,太阳之运转变化肯定在描述着某位神明或者英雄的命运,这些神灵或英雄最终唯有留存于人的灵魂之中,别无他处;一切神话化的自然过程,无论冬夏四季、月之圆缺、天气变化等,更是内在的、无意识的心灵戏剧的象征性表达。⑥ 在荣格思想中,那些原型人物中的英雄或者神灵,

---

① Volker Michels, *Materialien zu Hermann Hesses >>Demian<<*, Bd. 1, S. 26-27;刘耀中、李以洪:《建造灵魂的庙宇——西方著名心理学家荣格评传》,东方出版社1996年版,第390—410页。

② [瑞士] C. G. 荣格:《荣格文集——让我们重返精神的家园》,第571页。

③ Friedrich Nietzsche, *die Geburt der Tragödie aus dem Geiste der Musik*, S. 35.

④ Friedrich Nietzsche, *die Geburt der Tragödie aus dem Geiste der Musik*, S. 35-36.

⑤ C. G. Jung, *Archetypen*, München: Deutscher Taschenbuch Verlag GmbH & Co. KG, 1990, S. 9.

⑥ Siehe C. G. Jung, *Archetypen*, S. 9-10.

他们战胜邪恶势力,把人民从毁灭和死神手中解救出来。这些伟大形象融入人的心灵深处,他们的命运与自然息息相关,受到超验力量的支配。人们通常以舞蹈、音乐、圣歌等形式来膜拜他们,臣服于种种神秘超验的幻想和梦境。在此过程中,个体得以提升,产生与英雄同一的心理,从而帮助个体战胜苦难和无能。当某种信念长存之后,形成信仰,甚至可以确立整个社会的基调。荣格指出,古希腊埃留西尼亚(Eleusinian)神话与德尔菲神谕表现了古希腊本质和精神,由此事实证明原型神话对于人类精神世界和社会的巨大影响性。因此具有宗教特性的神话是一种可以医治整个人类各种苦难和焦虑——饥饿、战争、疾病、衰老和死亡的精神治疗方法①。荣格比较了东西方的神话特点。在他看来,东方人用神话解释了宇宙之始终,表达了一种静止孤立、循环往复的宇宙创造观。西方人则认为静态宇宙观毫无价值,他们认为宇宙进化应当具有不断上升完善的创造价值。这两种对立的宇宙观念可溯源于东西方的自然论。东方人认为天人合一,人本身就体现了自然、宇宙的创造意义,无须另外设定。西方人则需要为完善世界的意义进行思考,而东方人则力求在人自身上实现世界的意义。② 在荣格的心理学中,"神话是现代艺术、科学、哲学、宗教的起源,是人类精神现象最初的、整体的表现,是原始人的灵魂"③。他承继了尼采针对神话的思考,强调神话是人类精神世界健康发展的庇护所,批评发达的科学技术导致神话消逝,从而"……甚至摧毁了内心生活最后的庇护;从前的避风港现在变得一片狼藉"④。他认为,现代人之所以"无家可归",正是因为盲目相信自己的理性和效力,对于许多神秘超验的"力量"视而不见,彻底忽视无意识这个隐秘角落的联通力,致使现代人的意识与本能分裂,现象和本体、经验和超越、意识与无意识之间无法彼此通达。只有通过人的幻觉、直觉和想象才能与心灵深处沟通,现代文明这种只认可意识部分的科学,阻碍了人类正确认识内在世界,是现代人远离自己灵魂故乡的根源。科学越发达,人的精神越空虚;人们也就越需要幻想,越向往科学解释不了的神话⑤。因为,人类的灵魂故乡恰恰隐含在神话之中。荣格认为尼采极大地挖掘和发展了人类直觉、本能这一心理功能

---

① [瑞士] C. G. 荣格:《探索潜意识》,第 58—59 页。
② 参见 [瑞士] C. G. 荣格《荣格自传:回忆·梦·思考》,第 274 页。
③ [瑞士] C. G. 荣格:《心理学与文学》,第 13 页。
④ [瑞士] C. G. 荣格:《荣格文集——让我们重返精神的家园》,第 107 页。
⑤ [瑞士] C. G. 荣格:《心理学与文学》,第 13 页。

的应用范围："在我看来，《查拉图斯特拉如是说》就是最好的例证。同时，它也生动地展现了人类如何以一种非理性但却仍然是哲学的方式去把握问题。"① 尼采的"超人"思想被荣格理解为：人通过忠实于自己的本能而得以自我超越②。荣格理论非常重视研究内在无意识体验，即直觉和本能，将之视为分析和治疗心理的基本测评要素。荣格说："我一直从未割断我与这些初始体验的联系。我所有的著作，我的一切创造性活动，都是来自始于1912年即差不多五十年前的这些最初的幻觉和各种梦。我晚年所取得的一切均已包含于它们之中，不过最初只包含在各种情感和意象的形式里就是了。"③ 不过，荣格与尼采之间的对抗更是两者观点的核心④。人的本能在尼采眼中是"强力意志"，它促使自我以精神的方式最大限度地扩张自己。荣格则强调人类"自我保护"的本能，认为尼采的论点恰恰忽视了人类的这种本能。尼采以强力意志把人从基督教禁欲主义道德中解放出来，呼唤个体生命自由、独特地成长自我。但是"尼采在自我膨胀、自我扩张的同时，却丧失了自己可能从基督教（以及在更广的意义，可能从人类文化，特别是神话中）获得的保护"⑤。

在荣格看来，尼采是一位生命哲学家，他的哲学更关注人的心理层面，而不是在形而上学方面；他致力于寻找一种能够指导和丰富人类生命的世界观，作为生命哲学家，他始终把精神与生命紧密相连。虽然尼采总是在竭力为个体生命和本能争取应有的权利，但与此同时牺牲了生命和本能的许多方面。荣格从心理学层面证明人类生命存在的深刻意义和创造性价值。从这个层面来看，他的学说目标与尼采相同，他将人类意识提升到创造世界的崇高地位，并且引用炼丹术士的话"凡自然未能使之完美者，艺术使之完美"⑥ 来定义人类意识的宇宙意义。在此层面，人类生命被赋予了创造世界、感知世界的精神价值，人与世界相依相存，无人感知的世

---

① C. G. Jung, *Psychological Types*, *The Collected Works of C. G. Jung*, Vol. 6, translated by R. F. C. Hull, Princeton: Princeton University Press, 1976, p. 320.
② C. G. Jung, *Two Essays on Analytical Psychology*, *The Collected Works of C. G. Jung*, Vol. 7, translated by R. F. C. Hull, Princeton: Princeton University Press, 1966, p. 31.
③ ［瑞士］C. G. 荣格：《荣格自传：回忆·梦·思考》，第168页。
④ Paul Bishop, „Libido und Wille Zur Macht: CG Jungs Auseinandersetzung Mit Nietzsche", *The Modern Language Review*, Vol. 108, No. 4 (October 2013). https://www.jstor.org/stable/10.5699/modelangrevi.108.4.1313. 2019/8/18.
⑤ ［瑞士］C. G. 荣格：《荣格文集——让我们重返精神的家园》，第577页。
⑥ ［瑞士］C. G. 荣格：《荣格自传：回忆·梦·思考》，第225页。

界也无存在性,只有"我"的出现,世界才被感知。

> 人本身就是世界的第二个创造者,只有人才把客观的存在提供给世界;如果没有这种客观的存在,世界就不会被听到、被看见,只是在寂静中吃、生殖、死亡、点头,达亿万年,在非存在的最深沉的黑夜之中继续下去,直至尚不可知的终结。人类意识创造了客观存在和意义,人类在伟大的存在过程中发现了自己不可缺少的地位。①

总的来说,尼采的神话论、生命观被荣格谨慎吸收,发展了无意识对现代人内在世界的重要价值,为生命和本能争取更加重要的地位。"基督教的禁欲主义道德希望把我们从这一可怕的背景中解放出来,但所冒的风险却是使人的动物天性在最深的层面上解体。"② 尼采的"反基督论"虽然帮助人的天性发展,却冒着失去宗教对人类精神保护作用的风险。荣格借此提出宗教对"自我保护"的精神作用。

结合前文中关于尼采思想对黑塞影响的研究,可以看到,黑塞与荣格共同的哲学思想特点之一:他们虽然对尼采思想都有批判,但是尼采的生命哲学观对两人影响深厚,对两者思想发展起到重要作用。

(二) 荣格与道家思想

可以用柯勒律治的短诗《笔记本》来陈述荣格的研究和探索:

> 他用望远镜来观察自己的心灵。
> 看似乱糟糟的一团,
> 他却说看到的是一个美丽的宇宙;
> 他给意识增添上的是,
> 宇宙内不为人知的宇宙。③

荣格倾尽一生探寻宇宙与生命所隐藏的终极真理,并希冀将这一真理展现在世人眼前。"最大的、几乎不可逾越的困难在于用什么样的方式与途径引导人们去经历那些心理体验。它们能够使人类看到万物背后潜在的

---

① [瑞士] C. G. 荣格:《荣格自传: 回忆·梦·思考》,第 225 页。
② C. G. Jung, *Two Essays on Analytical Psychology*, pp. 29-30.
③ [瑞士] C. G. 荣格:《荣格自传: 回忆·梦·思考》,"绪论"第 1 页。

真理。我必须说，这种无处不在的真理是统一且一致的。道家是我所知道的对这一真理最完美的表达之一。"① 中国道家对心灵世界高度发达的洞察与体悟，对自然宇宙的描述令荣格看到自己对心灵世界体验的再现。他们的哲学思想都立足于宇宙万物的本质具有对立统一性。这一东方智慧成为他超越西方理性传统的精神导师和伙伴，"卡尔·荣格是最早认真思索古代中国传统意义的深度心理学家之一"②。

荣格对无意识的理解，不同于弗洛伊德所归结为性冲动的观点，他相信无意识包括许多追求的类型，如宗教和精神的追求。他把梦和一些未知的事物相联系，用来解读病人梦中以及自己梦中那些具有预见性意义的内容。这种释梦之法类似中国的卜算。荣格在接触中国文化之前已经发现这种预示现象，并着手研究。他曾经在1909年试图与弗洛伊德探讨未卜先知和灵学的问题，弗洛伊德则认为必须以可求证性为研究标准。直到好几年之后，弗洛伊德才认识到灵学的严肃性并承认"神秘"现象的真实性。③ 荣格体验到诸多幻觉和梦的预见性之后，逐渐意识到无意识的原型意象及其预见意义，认识到人类精神世界的客观性。1911年荣格发表了《力比多的转化和象征》。荣格与弗洛伊德思想分歧越来越大。1912年9月，荣格在纽约所做的一系列讲座中，清楚地阐释力比多（精神能量）是一个比弗洛伊德所认为的性欲更加广泛的概念，它能够以"具体化的"形式在普遍的象征或"原始的意向"中出现，而这些象征或意象显现于人类的神话之中。这些观点的发表导致弗洛伊德与荣格的友谊于1913年彻底终结，也意味着荣格与弗洛伊德所代表的正统精神分析思想的分裂。此时，他开始直接面对心灵世界的无意识。1913年12月，荣格从无意识中获得了一个重要意象："斐乐蒙"（Philemon），是其内在"导师"，指引着荣格逐渐看清无意识世界的内容④。1916年，荣格在无意识下画出了第一幅曼陀罗画⑤，由此开始了以绘制曼陀罗表现和发现深层自我、领悟自性化的道路。这些体验和感受帮助荣格从无意识中汲取丰富的灵感，成为其终生研究的原始素材。在梦与无意识的内在导师"斐乐蒙"启发下，荣格形成了集体无意识理论与思想。显然，其集体无意识理论以

---

① C. G. Jung, Aniela Jaffé（Hrg.），Briefe, Bd. 2, Olten: Walter Verlag, 1972, S. 194.
② 申荷永：《荣格与分析心理学》，"序言"第1页。
③ ［瑞士］C. G. 荣格：《荣格自传：回忆·梦·思考》，第134页。
④ 参见申荷永《荣格与分析心理学》，第33—35页。
⑤ ［瑞士］C. G. 荣格：《荣格自传：回忆·梦·思考》，第149页。

及自性化理论直接源于自身的体验和理解。在欧洲理性主义潮流中，荣格以无意识体验为基础所建构的心理学说引起广泛质疑。这一时期，荣格感到孤立无援，压力巨大，甚至使他陷入精神危机。

恰在此时，1923年，卫礼贤在荣格主持的"心理学俱乐部"介绍和评论了中国《易经》以及中国文化。尽管荣格多年来一直在使用理雅各（James Legge）的《易经》译本[①]，然而唯有卫礼贤的译本才为他敞开了这座神奥世界的大门。卫礼贤告诉他《易经》对中国的道教、儒家、中医、文字、数术、哲学、民俗文化等产生了重要影响。《易经》编码的阴阳学说及其极变规律、先后天八卦思想对道家影响深远，是道家学说的思想根基，被道家崇为"三玄之一"。荣格不仅从《易经》中体会到中国传统的文化精神，还惊讶地发现，西方无意识研究竟然早就存在于中国古老文化之中。荣格理论中的神秘主义倾向，在西方正统的因果论中无法被论证。来自中国的《易经》则提供给荣格一种新的思维方式，帮助和启发他提出了"同时性原则"（synchronicity），这一原则成为分析心理学发展的内在基石。该原则可以帮助他解答曾经所经历和发现的心物联系、身心的连续性、感通性等超心理学现象。例如荣格在《易经》中找到梦与神话之间关系的证明。荣格说《易经》中"涉大川"的说法证明了梦使用的是原始、譬喻的语言。如果释梦者想要解读梦的这种象征性语言，那么掌握这门"语言"的历史知识是必不可少的。"要使梦的语言变得可以理解，我们需要大量来自原始心理学和历史象征主义的类比，因为梦基本上迸发于无意识，而无意识则包含着所有先前进化时代的功能性可能的种种残余。"[②] 因此，释梦者只有具备广泛的神话学知识，才不会遗漏梦所包含的复杂意义。有学者指出，荣格"内倾""外倾"，以及相应的"思维、情感、感觉、直觉"四种心理要素，组建与完善其八种性格类型，与《易经》中的太极阴阳和四象八卦有着内在联系[③]。深受《易经》智慧启迪的荣格，盛赞道："也许没有哪部著作能像《易经》那样体现了中国文化的精神。几千年来，中国最杰出的人一直在这部著作上携手合作，贡献力量。它虽然成文甚早，但万古常新，至今仍然富有生机，影响深远。……任何一个像我这样有幸能在与

[①] 参见［瑞士］荣格、［德］卫礼贤《金花的秘密》，张卜天译，商务印书馆2016年版，第5—6页。

[②] C. G. Jung, *Two Essays on Analytical Typology*, p. 85.

[③] 高岚、申荷永：《荣格心理学与中国文化》，《心理学报》1998年第2期。

卫礼贤的精神交流中体验过《易经》占卜能力的人，都不会对一个事实长久地视而不见，那就是我们已经触及了一个有可能动摇我们西方心态基础的阿基米德点。"①

1927年，卫礼贤寄给荣格一封信，信中附有一篇论述道教炼丹术的文章草稿，标题为"金花的秘密"。荣格立即如饥似渴地读完这篇草稿，他发现文中所述内容竟然佐证自己关于曼陀罗、自性化理论的想法。他未曾想到，证明自身学说的资料竟然来自遥远的中国。当他以为自己站在一座思想的孤岛上时，突然发现这里还有他的思想伴侣，"这便是打破了我的孤独的第一件事"②。1928年，卫礼贤再次送给他一本关于中国道家炼丹术的德文全译本《太乙金华宗旨》。这为荣格举步维艰的研究工作提供了重要支撑和证明。自1913年以来，他一直埋头研究集体无意识，但是"由于没有什么东西可供比较，我花费十五年的辛劳所得到的这些结果似乎是悬而未决。……正是《太乙金华宗旨》这部著作帮我第一次走上了正确的道路"③。1929年，荣格与卫礼贤合著《金花的秘密》一书，两人携手将道教智慧介绍给西方。卫礼贤在书中讲解了《太乙金华宗旨》，并后附该书及其他典籍如《慧命经》的德译本。荣格在书中发表了《〈太乙金华宗旨〉的分析心理学评述》，以心理学为工具探讨道教典籍所蕴含的东方智慧。荣格在评述中指出西方的科学和技术应是服务于人的工具和方法，而不应推崇唯上。中国道家所代表的东方智慧以人类生活为源泉，以高超的心灵洞察力为根本，展现出比西方更加广泛深邃的见解。《金花的秘密》强调"人类永远不会真正失去精神的绿洲和对内部世界的探索，通晓心灵将依然是人类的终极目标"④。荣格用集体无意识理论解读《太乙金华宗旨》中的超越现象，视其为一种无意识状态。在他看来，"金花"是道家练功时，通过坐禅和沉思，体内出现的一种神秘光感。它引导精神顿悟和智慧升华，道家修炼"金花"实质是精神转化的过程。他认为内丹（金花）修行就是从有意识的状态返回到心灵深处的无意识状态，此状态正是他提出的"集体无意识"的显现，具有超凡的精神超越作用，个人的精神成长自性化的进程，与道家"金花"修炼的实质相同。

---

① ［瑞士］荣格、［德］卫礼贤：《金花的秘密》，第6页。
② ［瑞士］C. G. 荣格：《荣格自传：回忆·梦·思考》，第172页。
③ ［瑞士］荣格、［德］卫礼贤：《金花的秘密》，"序言"第1—2页。
④ ［德］卫礼贤、［瑞士］荣格：《金花的秘密》，邓小松译，黄山书社2011年版，"译者序"第9页。

因此，道家的炼丹术是对自性化的一种隐喻，金花的秘密就是人真正内在生命的秘密，是人类精神世界中的本质秘密。通过研究这些集体转变过程并且认识了炼丹术的象征性，荣格"得到了心理学上关键性的概念：自性化进程"①。《太乙金华宗旨》给予荣格"集体无意识"理论以决定性的支持。《太乙金华宗旨》中的道家思想帮助荣格在思想和研究的关键之处——接触到自性的时候，"才再找到了重返这个世界的归路"②。正是《太乙金华宗旨》描述的心灵体验，更加有力地验证荣格所提出的心理学观念，例如集体无意识、自性（self）、曼陀罗（Mandala）等。荣格在《心理类型》中论述"类型"时，洞悉到针对人格的多样性进行补偿的统一性的问题，从而被引导到中国"道"的观念之上③，开始执着探究以道家思想为代表的中国文化。荣格不仅研究了"道""回光""中心"等道家基础概念，并用其心理学观念来解读它们，进而认为中国的哲学家们是"象征主义心理学家"④。他依据自身的内在体验，将"道"理解为自性化的过程，道的心理学意义在于"将分离的东西统一起来的方法或自觉的道路"⑤，"成道"是意识（慧）与生命脱节之后（意指出生之后），意识与潜意识重新统一，获得"意识的生命"（慧命）。荣格凭借真实的心理学案例阐释道家之"道"，并由此接受和理解老子的两极对立统一的"道"论，并将之内化为他的理论基础之一——一种原型意向"selbst"（自性）。由此，过去陷入僵局的问题迎刃而解，荣格以更加开阔的研究视野自信地创立自己的心理学理论。同时，在真正理解西方炼金术的心理象征意义方面，《太乙金华宗旨》带给荣格重大启示。书中内丹学的特质帮助荣格发现了西方炼金术所蕴含的心理学意义，他从炼金术中熔化矿物的物质仪式联想到其中所蕴含的身心转化，并认为其中具有宗教性的精神升华象征，从而将炼金术与心理分析相互联通。荣格说："只是读了《金花》的文本之后，对炼丹术的本质我才开始逐渐了解。"⑥《太乙金华宗旨》使荣格意识到西方炼金术具有自性化的特征。炼金术的精神升华作用吸引荣格广泛搜集欧洲的炼金术文本，甚至成为此类文本最为齐全的收

---

① ［瑞士］C.G. 荣格：《荣格自传：回忆·梦·思考》，第186页。
② ［瑞士］C.G. 荣格：《荣格自传：回忆·梦·思考》，第185页。
③ ［瑞士］C.G. 荣格：《荣格自传：回忆·梦·思考》，第184页。
④ ［瑞士］C.G. 荣格：《荣格的欧洲评述》，［瑞士］荣格、［德］卫礼贤《金花的秘密》，第57页。
⑤ ［瑞士］C.G. 荣格：《荣格的欧洲评述》，第30页。
⑥ ［瑞士］C.G. 荣格：《荣格自传：回忆·梦·思考》，第178页。

藏者之一①。他甚至表示，《太乙金华宗旨》带给他的启发和引领，远超诺斯提教派。老年荣格学养深厚，声名显赫，却更加佩服和理解老子之"道"对世界本质的深刻体察和认识。荣格在其《自传》中写道："老子是个有着与众不同的洞察力的一个代表性人物，他看到了并体验到了价值与无价值性……"②因此在荣格眼中，人类认识自身、认识世界的根本方法是对道的追求，对生活意义的追求。荣格因推崇道家思想而自称中国文化的忠实学生，主动学习汉语。他认为汉字具有丰富的意象，称其为"可读的原型"。

《易经》《太乙金华宗旨》，以及老庄典籍所构成的中国传统道家文化成为荣格分析心理学理论强有力的佐证，同时，荣格也为道家理论在现代社会的使用价值提供了心理学的意义和价值。荣格说："道家形成具有普遍意义的心理学基本原则。这些原则具有如此的广泛性，以至适用于整个人类。另外，恰恰因为它的普遍性、新的转化性和细化性使这些原则同样适用现实应用之中。"③西方科学注重经验性实证，中国道家们用整个生命去实践和理解形上超验世界，这是东西方文化在哲学层面上的起点差别。荣格认为道家为欧洲提供了一种更为广泛、深刻的生命观，这是一种对生命、对生活更高层次的理解。"但是西方人注重现实的真实经验，而且这种经验性不允许用文字语言代替"④，因此能使西方人理解东方智慧的前提必须是这些智慧文字变成西方人可理解的现实经验。现代的心理学则是一条使东西方文化达到更好交流和沟通的重要途径。

荣格不仅使弗洛伊德的无意识理论向更深层的集体无意识迈出了决定性的一步。他在心理学理论中引入中国道家思想，把集体无意识以及内丹学中的许多体验纳入科学研究领域，不仅为内丹学的科学研究进行了基础性和方向性的尝试，也为道教内丹学科学化奠定坚实的基础，⑤从而为中国道家文化走向世界，为中西方文化交流做出了重要贡献。

---

① ［英］Anthony Stevens：《简析荣格》，杨韶刚译，外语教学与研究出版社 2007 年版，第 217 页。
② ［瑞士］C. G. 荣格：《荣格自传：回忆·梦·思考》，第 308 页。
③ C. G. Jung, Aniela Jaffé（Hrg.）, Briefe, Bd. 2, S. 194.
④ C. G. Jung, Aniela Jaffé（Hrg.）, Briefe, Bd. 2, S. 194.
⑤ 张钦：《内丹学的西传及对分析心理学的影响》，《宗教学研究》1999 年第 2 期。

三 伟大的德国中国人卫礼贤

黑塞与荣格不仅在西方思想的承继上有着共同的基础，他们在对待东方思想，尤其是接受中国传统哲学思想方面，也有着出奇的一致性。他们对中国文化的继受主要归功于20世纪最著名的德国汉学家卫礼贤在当时"东学西渐"中的伟大贡献。从历史层面上看，黑塞和荣格接受中国传统哲学有着坚实的历史基础。早在16世纪和17世纪之交，中国文化通过传教士们的大量报道、著述和通信，介绍到欧洲。从此，中国文化在欧洲被热捧了长达近两个世纪。在德国，这股"中国热"于启蒙运动和洛可可时期达到顶点。在那时，出现了许多积极研究中国思想、文化的重要思想家和学者，他们主张与中国进行文化交流，并虚心向中国学习。例如托马修斯（Ch. Thomasius，1655—1728），莱布尼兹（G. W. F. v. Leibniz，1646—1716）和克里斯蒂安·沃尔夫（Ch. Wolf，1679—1754）等人，他们详细深入地研究了中国儒家思想，并在欧洲广为传播。从那时直至20世纪，欧洲各层面的东方学者一直在为东西方文化交流做着中介工作。

尽管十八九世纪欧洲科技疾步前行，现代化带来全球主导性地位导致对中国文化的冷漠、忽视和蔑视。然而，"20世纪初，特别是因为一战带来的传统理想的破碎，'中国'作为一种乌托邦理想重返欧洲知识界，这股潮流在德国尤胜"[1]。此次东学西进中，享誉全球的汉学家卫礼贤（Richard Wilhelm，1873—1930）无疑是中国文化在西方最重要的传播者之一。他译介了中国传统经典古籍中的主要文献，并撰写大量论文，为中国的哲学、历史和现状研究做出不朽贡献。卫礼贤在近现代基督教传教史、西方汉学史和中西文化交流史上具有举足轻重的地位。季羡林评价他是"中国在西方的精神使者"，德国媒体则称他为"中国精神世界的马可·波罗"，卫礼贤的孙女贝蒂娜·威廉表示，祖父最大的人生追求之一，就是探寻人类的真理和智慧何以历经沧桑依旧放之四海而皆准[2]。黑

---

[1] 范劲：《卫礼贤之名——对一个边际文化符码的考察》，"导言"第10页。
[2] 参见柴野《卫礼贤与〈易经〉——访德国导演兼编剧贝蒂娜·威廉》，《光明日报》2013年7月28日第8版。

塞誉之为"中欧之间的使者",①"伟大的德国中国人"②。

卫礼贤对中国文化的研究始于儒家学说,涉猎领域十分广泛,包括《易经》、道家学说、佛教禅宗、中国哲学、文学与艺术、中国文化史与思想史等。总体来看,他以儒家文化为主线,其他思想文化领域为辅助,形成了自己独到的中国文化观。③ 卫礼贤最初是德国基督教同善会的一名教士,1897年来到中国青岛,从事教育和慈善事业。在华期间,他从汉语学习中体会到中国文化的无穷魅力,以至于认真到连睡觉都在学汉字④,继而潜心研究汉学思想一生不辍。他沉迷中国文化并全身心地热爱它,甚至自傲在中国作了一个"不传教的传教士"⑤。他在中国生活了二十余年,直至1924年才返回德国。此时,他"已成为中国文化最热烈的西方鼓吹者,一位从思想到情感都融入了中国的儒家信徒,将东方之光一同带回了欧洲"。⑥

蒋锐将卫礼贤的汉学生涯划分为三个阶段:(1)早期阶段(1902—1910)。这个阶段以卫礼贤1902年在上海的德文杂志《远东》上发表《三字经》译本为起点,1910年出版《论语》首个全译本为终点。此时在青岛的卫礼贤,其汉学活动主要围绕传教与办学展开。尝试向德语世界译介一些中国古典作品,并发表文章介绍中国的风土人情、历史文化、现状与人物。这一时期卫礼贤结交了众多熟读儒家经籍的旧文人。(2)中期阶段(1911—1921)。1911年为卫礼贤汉学生涯的转折点。这一年卫礼贤与德国出版商奥伊根·迪德里希斯(Eugen Dieterichs)拟定一个计划,翻译中国典籍出版十卷本"中国宗教和哲学"丛书。此计划虽因"一战"爆发而未实现,但是仍奠定了卫氏在欧洲汉学界的地位。这一时期撰写《中国——国家与特征》和《辜鸿铭:中国对欧洲思想的抵抗》两部重要作品。并在德文媒体发表大量介绍性及研究性文章,介绍中国。另外,

---

① Hermann Hesse,„Ein Mittler zwischen China und Europa", in Adrian Hsia (Hrsg.), *Hermann Hesse und China*, *Darstellung*, *Materialien und Interpretation*, S. 320.
② Hermann Hesse,„Ein Mittler zwischen China und Europa", S. 320.
③ 参见蒋锐编译、孙立新译校《东方之光——卫礼贤论中国文化》,外语教学与研究出版社2007年版,第11页。
④ [德]卫礼贤:《青岛的故人们》,王宇洁、罗敏等译,青岛出版社2006年版,第11页。
⑤ 柴野:《卫礼贤与〈易经〉——访德国导演兼编剧贝蒂娜·威廉》,《光明日报》2013年7月28日第8版。
⑥ 范劲:《卫礼贤之名——对一个边际文化符码的考察》,第43页。

1911年辛亥革命爆发，大批前清遗老避居青岛，其中不乏顶尖旧文人学者，使青岛成为当时的中国旧学中心。卫礼贤与这些顶尖上层知识分子的往来交流使其登入中国传统文化堂奥圣殿，全然沉浸在中国古典世界中，发起建立"尊孔文社"。这些学术交流将他引入中国经典文化的精微之处。这一时期是卫礼贤学术思想走向成熟的阶段。（3）后期阶段（1922—1930）。1922年初，卫礼贤再度来华，任德国驻北京公使馆科学顾问，后被聘任为北京大学教授。这时他所面对的是中华民国时期的全新中国，开始认识一个涌现新思想、新文化的年轻中国。在中国度过的两年，卫礼贤同中国新文化运动和新的中国精神亲密接触，称赞辛亥革命后孙中山引领的少年中国是"'极其现代的'精神了"①。1925年，卫礼贤在法兰克福筹建"中国学社"（China—Institut），开展各种汉学研究和交流活动，创办数种汉学研究报刊，《中德年鉴》《东亚评论》等。这一时期卫礼贤完成一系列汉学研究著作。②

据不完全统计，卫礼贤一生出版的专著有二十四种，译著十四种，在报刊发表文章二百四十七篇（据《SINICA》第五卷第二期，1930年4月），主编过八种杂志③。有学者认为，卫礼贤最大的贡献在于对中国典籍最为全面的翻译工作。他翻译了《论语》《孟子》《大学》《中庸》《礼记》《易经》《吕氏春秋》《道德经》《列子》《庄子》等，几乎涵盖了儒、道等中国文化中的名著经典。20世纪之初，借由他的译介使中国传统思想和文化迅速进入德国主流思想界。对当时的德国社会，尤其在知识精英阶层产生了重大影响。卫礼贤翻译的《易经》最为有名。他与中国晚清名士劳乃宣合作完成《易经》的德语翻译工作。劳乃宣先给他详细且深入的讲解《易经》文本，然后卫礼贤借此理解的基础上，结合西方文化传统背景进行翻译。德文版《易经》1924年在德国出版后，立即引起巨大轰动，至今已再版20多次，成为西方公认的权威版本。1951年，英美两国出版英译本时，荣格特为此书撰写前言，誉之为"无与伦比的译本"。之后卫氏《易经》被转译成法、西、荷、意、葡等多种文字，传

---

① ［德］吴素乐（Ursula Ballin）：《卫礼贤（1873—1930）传略》，孙立新、蒋锐主编《东西方之间——中外学者论卫礼贤》，山东大学出版社2004年版，第47页。
② 此部分参见蒋锐编译、孙立新审校《东方之光——卫礼贤论中国文化》，第12—18页及范劲《卫礼贤之名——对一个边际符码的考察》，第43—48页。
③ 鲁海：《卫礼贤与青岛》，［德］卫礼贤《青岛的故人们》，"序"第6页。

遍整个西方世界①。20 世纪 70 年代，英译本《易经》在美国成为嬉皮士运动的神书。卫氏《道德经》译本同样获得当时盛誉。他的译本带有浓厚的神学色彩，为该书在欧洲的接受提供了有利的条件。在译本中，他不仅引用了大量的《圣经》词句，而且多次借用欧洲家喻户晓的《浮士德》等文学经典及当时流行的尼采哲学概念。这样一本东西合璧的《道德经》译本在东西方思想与文化的交流中贡献颇丰。总体来看，卫礼贤的翻译方法具有"为中国思想穿上欧洲外套"②的特点。尽管受到学院派汉学家们的诟病，不过深受德语区读者们喜爱，黑塞与荣格均对其译本发表评述，颇为赞赏。

卫礼贤不仅在中国典籍的翻译方面贡献巨大，在海外汉学研究领域也占有重要地位。他尤为重视研究中国文化所蕴含的世界观，③ 成为欧洲的中国古代圣人诠释者。他撰写的《孔子与儒家学说》《老子与道家学说》《中国哲学》《中国文学》《中国文化史》等著作，成为欧洲人了解中国思想文化的必读作品。1926 年，卫礼贤出版了《中国心灵》(*Die Seele Chinas*)，1928 年此书英译本出版。随后在整个欧洲大陆和北美都产生了深刻影响。卫礼贤在书中把"来自中国的人生智慧"推崇为"现代欧洲的良药和救赎"。欧洲人在第一次世界大战的灾难之后，试图从遥远的东方寻找新的生命意义，这部作品恰好触动了当时读者的神经。卫礼贤在汉学方面的伟大成就受到当时德国学界的高度评价。法兰克福大学授予他汉学荣誉博士学位。他所撰写的一系列汉学著作对 20 世纪以来西方形成的"中国传统文化观"有着重大影响力。

通过《太乙金华宗旨》德译本，卫礼贤为中国道教在世界的传播和理解做出无可替代的贡献。他使这部原本默默无闻的道家炼丹手册，进入了当时德国一流知识分子的视线中，为他们打开了一扇通向中国神秘道教文化的大门，引起社会极大反响。这部内丹手册译本除其自身独特的内容和相对于西方文化来说的异质文化魅力之外，与卫礼贤的介绍和注释亦有着密切的关系。首先，他以西方人冷静、客观的态度来分析《太乙金华宗旨》流行的社会和修炼内丹功法的目标。他先指出《宗旨》流行的时

---

① 参见孙保峰《卫礼贤的〈易经〉翻译》，孙立新、蒋锐主编《东西方之间——中外学者论卫礼贤》，第 82 页。

② 方维规：《两个人和两本书——荣格、卫礼贤与两部中国典籍》，《清华大学学报》(哲学社会科学版) 2015 年第 2 期。

③ Volker Michels, Volker Michels, *Indien und China im Werk von Hermann Hesse*, S. 41.

期背景和诸多教派特征：

> 出于中国政治经济形势的迫切需要。这时出现了一系列秘密教派，它们通过力图实修古代的神秘传统，以达到一种摆脱一切人生痛苦的心灵状态。……还有一种致力于禅修或瑜伽功法这种心理学方法的秘传活动。……通过把人的精神本原与相互关联的精神性力量结合在一起而为死后生命继续存在的可能性做准备，这种死后生命……是一个有意识的精神。……甚至可以战胜死亡，使死亡成为生命过程的和谐终点。①

由此可见，卫氏对道教内丹修炼的本质已经有着深刻的认识。其次，他将精神分析当作中国智慧与西方心理学的中介。"将心理学和汉学相联系，肇始于卫礼贤，由此他成为荣格的前驱和预备者"②，在介绍和翻译《金华宗旨》与《慧命经》的内丹学内容时，他运用了西方具有科学性的概念以及心理学内容加以诠释。例如，他对元神出窍的解释中借用了交感神经系统这样的西方医学名词。心理学上的阿尼姆斯用来命名中文中的"魂"，"魄"被译为阿尼玛。意识与无意识的概念来阐释内丹学中极为重要的两个范畴——识神和元神。他指出《慧命经》其基本观点是："在出生时，心灵的两个半球——意识与无意识就分离了。意识标志着所分离的被个体化了的元素，无意识是他与宇宙相通的元素。通过禅修使两者合为一体是这部书要表达的基本原理。"③ 这种用西方医学、心理学方法阐释中国传统内丹学，也为中国道教内丹学研究提供了新的视角。另外，针对内丹学的基本概念——性与命的理解上，卫礼贤也给出了精确而富有创见的定义。他在解释《太乙金华宗旨》时，指出在超验的意识状态下，作为基底（Substrat）保留下来的东西是"性"，与逻各斯（Logos）接近，在进入现象时与命紧密结合，"命"与厄洛斯（Eros）相近，性与命均是超越个体的④。卫礼贤的阐释赋予这一古老学派以科学性和现代性，为我们中国传统文化与现代社会相结合给出了一个极好的范例。他关于中国内

---

① ［德］卫礼贤：《卫礼贤的文本与解释》，［瑞士］荣格、［德］卫礼贤：《金花的秘密》，第75—76页。
② 范劲：《卫礼贤之名——对一个边际文化符码的考察》，第356页。
③ ［德］卫礼贤：《卫礼贤的文本与解释》，第74页。
④ 参见［德］卫礼贤《卫礼贤的文本与解释》，第83页。

丹学方面的研究，不仅向西方介绍了中国的道教理论，还为中国道教研究开辟了新的视野和方法。

卫礼贤对中国哲学思想有一种神秘的想象，把它当作和西方理性主义相对立的观念。因此他希望通过翻译中国典籍使中国的人生智慧进入欧洲意识中，帮助解决工业文明冲击下的欧洲及整个世界所面临的精神危机，从而改变世界，寻找到解决人类共同问题的办法。他试图建构一个永恒的、非历史的中国，其中所蕴含的"'东方的智慧'成为被文明压抑的潜意识的避风港，保留了西方已失去的或面临失去的东西。'中国'又成了新理想的试验场"①。其译著和思想不仅帮助 20 世纪的西方思想界了解中国文化，而且影响了许多人。其中有文学家黑塞、凯瑟琳、施威策尔，剧作家布莱希特，政治经济学家和社会学家马克斯·韦伯（Max Weber），存在主义哲学家、神学家、精神病学家卡尔·西奥多·雅斯贝尔斯（Karl Theodor Jaspers），分析心理学理论创始人 C. G. 荣格等。可以说，"卫礼贤把伟大的中国文化遗产介绍给西方，其成就或许超过任何西方人"②。他以一己之力塑造中国在德国以及整个西方的全新形象，并卓有成效。当 20 世纪 30 年代末，德国纳粹政府公开与日本联手，与国民政府分裂，德国外交部同情中国的人依然超过亲日派。③

1910 年，卫礼贤在奥伊根·迪德里希斯出版社出版的首个译本《论语》时，④ 从中国来的一切，对当时的黑塞"还完全陌生"⑤，与他所熟悉的欧洲存在和思想相比，中国"的一切还建立在另一种节奏，另一种生命法则之上"⑥。正是卫礼贤的这部《论语》译本以及导读，让黑塞认识到仿佛来自外星球一般的中国思想所蕴含的智慧和价值，帮助其从他者的眼光审视自以为理所当然的欧洲"个人主义文化"，进而发现两种世界是可能结合的，因为孔子文化与西方伟大思想家们在核心特征上是相同的。从这本译著中，黑塞已经领略到这位神父所展现出的"聪慧意识和

---

① 范劲：《卫礼贤之名——对一个边际文化符码的考察》，第 287—288 页。
② 方维规：《两个人和两本书——荣格、卫礼贤与两部中国典籍》，《清华大学学报》（哲学社会科学版）2015 年第 2 期。
③ 范劲：《卫礼贤之名——对一个边际文化符码的考察》，第 47 页。
④ Volker Michels, Volker Michels, *Indien und China im Werk von Hermann Hesse*, S. 41.
⑤ Hermann Hesse, „Cofucius deutsch", in Hermann Hesse, Volker Michels（Hrsg.）, *Blick nach dem Fernen Osten*, *Erzählungen*, *Legenden*, *Gedichte und Betrachtungen*, S. 365.
⑥ Hermann Hesse, „Cofucius deutsch", S. 365.

精确细致"①，对此深为黑塞所"欣赏，深表感谢"②。在当时汉学家的译作中，卫礼贤的系列译本对黑塞影响较大，影响到他对中国文化的理解，尤其卫礼贤对"道"这个道家哲学基本概念的翻译和诠释。

前文已述，黑塞极为关注当时德国的汉学研究，并撰写大量书评，尤以卫礼贤最多。黑塞如此执着不懈地向大众推介卫礼贤的译著工作，甚至将其对中国传世经典的译介视为"当今德国精神生活最重要的事件之一"③，应该具有两个方面的原因：一方面，由于卫礼贤采用中西合璧的翻译方法使其译本更加有力、清晰，对欧洲人来说更加通俗易懂④；另一方面，黑塞认为中国传统文化所展现的哲理，将自然与精神、宗教与世俗生活和谐统一所体现的存在智慧对当时的欧洲极为重要⑤。卫礼贤的译本帮助黑塞更加热切地关注和深入研究中国传统文化。1922 年，黑塞在《我与印度和中国思想上的关系》中写道："我的东方知识和思想因为中国人而得以部分修正并丰富起来，这些中国人是我阅读了卫礼贤的译著得以结识，逐渐对中国有所了解。"⑥ 1926 年，黑塞在《论中国思想》一文中赞誉卫礼贤译介中国古典文学和哲学的成就斐然，数量之多史无前例⑦。1930 年卫礼贤因病去世，复活节期间，黑塞在《书虫》(der Bücherwurm) 上撰写悼文纪念卫礼贤，文中写道："在我二十年的生命中，再没有什么比卫礼贤的中国古典译著更加珍贵的东西了，它们为我和许多人打开了一个生命不可或缺的世界。"⑧ 另外发表了一篇名为《卫礼贤最后的译著》(Richard Wilhelms letztes Werk) 的书评，评述卫礼贤最后一部译作《礼记，德行之书》(*LiGi, das Buch der sitte*)，称誉这位汉学家的伟

---

① Hermann Hesse,„Cofucius deutsch", S. 365.

② Hermann Hesse,„Cofucius deutsch", S. 365.

③ Hermann Hesse,„Eine Bibliothek der Weltliteratur", in Hermann Hesse, *Betrachtungen und Berichte II*, S. 422.

④ Siehe Hermann Hesse,„Chinesisches", in Hermann Hesse, *Betrachtungen und Berichte I*, S. 470. 类似评述多次出现在黑塞论述卫礼贤译著的文章中。

⑤ Hermann Hesse,„Eine Bibliothek der Weltliteratur", in Hermann Hesse, *Betrachtungen und Berichte II*, S. 423.

⑥ Hermann Hesse,„Über mein Verhältnis zum geistigen Indien und China", in Hermann Hesse, Volker Michels (Hrsg.), *Blick nach dem Fernen Osten, Erzählungen, Legenden, Gedichte und Betrachtungen*, S. 395.

⑦ Hermann Hesse,„Chinesisches", in Hermann Hesse, *Betrachtungen und Berichte I*, S. 470.

⑧ Hermann Hesse, *Die Welt im Buch IV*, S. 158.

大工作将会使几代欧洲人受益①。1932年6月，黑塞在《书虫》(der Bücherwurm)上为卫礼贤逝后出版的《人与存在》(Der Mensch und das Sein, 1931)一书发表评论，指出卫礼贤汲取中国文化的智慧，用他所翻译、理解的孔子、老子思想付诸最为艰辛的尝试：帮助战后沉疴之中的德国寻找治疗的智慧②。1956年为卫礼贤传记出版撰写了纪念性文章《中欧之间的使者》(Ein Mittler zwischen China und Europa)。

无论是黑塞的书评还是谈论卫礼贤对其影响的文章，均显著证明了卫礼贤汉学研究成就对黑塞认识中国、理解东方精神起到不容忽视的作用。黑塞把对老子、《易经》的理解纳入人生观、世界观中，更是融入他的文学创作中。如范劲认为《玻璃球游戏》是"以西方传统和《易经》精神的交融来实现新的文艺复兴构想"③。米歇尔斯进一步指出："在黑塞这部老年作品中……不仅在《易经》的象征中使人体验到潜在的中国古典艺术，而且这类象征贯穿整本书，成为主旋律，最终汇流为儒家的等级社会哲学。"④ 从1911年开始阅读卫礼贤的译作直至晚年，黑塞多次深切感念卫礼贤在20世纪"东学西进"过程中所做的巨大贡献，以及卫礼贤译著对自身思想丰富性和深刻性的重要影响。1926年黑塞曾致信卫礼贤表达由衷的感谢⑤。

同时，作为20世纪具有重大影响力的著名文学家，黑塞关于卫礼贤的书评扩展了卫礼贤汉学思想的影响范围，使其赢得更广泛的社会关注，从而卓有成效地推动中国文化在德国传播。卫礼贤同样非常感谢黑塞对其学术成果持续不懈地推广，去世前特意写信感谢黑塞在《世界文学书库》及《日记》中对其译作的评述："除了非常感谢您的精神友谊之外，您还为我作了大量的实体工作。"⑥

如前文所述，卫礼贤所带来的中国文化使荣格分析心理学获得深厚的学理基础和佐证。在荣格眼中，卫礼贤对其影响超出任何人，他在纪念卫礼贤的悼文中说："卫礼贤一生的工作，对我具有如此重要的价值，因为他为我解释与证实了我苦苦寻觅、努力探索、思考，并竭尽所能进行的研

---

① Siehe Hermann Hesse, „Richard Wilhelms letztes Werk", in *Die Welt im Buch IV*, S. 178.
② Siehe Hermann Hesse, „Richard Wilhelms, >>Der Mensch und das Sein<<", in *Die Welt im Buch IV*, S. 301-302.
③ 参见范劲《卫礼贤之名——对一个边际文化符码的考察》，第375—376页。
④ Volker Michels, *Indien und China im Werk von Hermann Hesse*, S. 53.
⑤ Hermann Hesse, Volker Michels (Hrsg.), *Gesammelte Briefe*, Bd. 2, S. 142.
⑥ Zitiert aus Volker Michels, *Indien und China im Werk von Hermann Hesse*, S. 52.

究工作，这些关系到如何减轻欧洲人所遭受的精神痛苦。……事实上，我感到卫礼贤极大地丰富了我的思想，我从他那里的收获远远胜过其他任何人。"① 与卫礼贤的相遇造就了荣格分析心理学与中国道家思想的对话，成为荣格学派开创性的要素之一。"更为重要的是，他的工作给我们注入了中国精神的鲜活萌芽，它足以从根本上改变我们的世界观。"② 卫礼贤采用中西合璧的方法翻译中国典籍，试图在西方思想框架下纳入中国智慧，实现在德语阅读者中复活中国思想的可体验性感受。荣格说："就像卫礼贤赋予这种东方的精神财富一种欧洲的意义那样，我们也应该将这种意义转化成生命力。"③ 如此深厚的精神交流使荣格将他视为自己终生的良师益友。他们携手书写了中西文化交流、汉学与心理学跨界研究的绚丽篇章。

卫礼贤与黑塞、荣格三人之间的学术交流，为中华传统文化在世界的传播作出了开创性的工作，为在欧洲塑造20世纪正面的中国形象进行了筚路蓝缕的奋斗。同时，他们从他者角度对中国文化的解读，也帮助中国传统文化在现代文明下的解读和传承提供了新的视角和尝试。他们从文学、心理学和海外汉学的角度为中西方文化之间的和谐互鉴做出了宝贵的实际推进工作，直至当代其思想依然具有无法磨灭的现实价值和理论意义。

根据前述研究，我们在一定范围内阐释了黑塞与荣格共同的思想渊源基础：他们有着类似的家庭成长环境；深受西方生命哲学，尤其是尼采哲学的影响；两位西方学者，不约而同地深深爱上中国传统文化，在各自的研究领域中接受了中国传统思想的许多内容，尤其对于道家思想进行了深入的研究，也信奉道家的重要理论。在这些共同的思想背景之下，黑塞与荣格的思想碰撞出了火花。

---

① C. G. Jung, "Richard Wilhelm, In Memoriam", in C. G. Jung, *The Collected Works of C. G. Jung*, translated by R. F. C., Hull, Vol. 15, Princeton：Princeton University Press, 1966, p. 62.

② C. G. Jung, "Richard Wilhelm, In Memoriam", p. 55.

③ [瑞士] C. G. 荣格：《人、艺术与文学中的精神》，《荣格文集》第7卷，国际文化出版公司2011年版，第73页。

第五章 梦与心灵

荣格说人类意识的发展是缓慢而艰难的，虽然历经无数个世纪的漫漫长路才达到现代这种文明状态，然而这种进化与人类世界的完美文明相距何止遥遥千里。"我们称之为'心灵'的东西与我们的意识及其内容毫无相同之处。"[1] 在黑塞眼中，荣格的心理学"在实践上和医学上……坦诚追寻'心灵现实'，并对超越个体的无意识之智慧致以崇高敬意，从而早已在地球上站稳了脚跟，并且值得我们进一步思考"[2]。同为心灵的探索者，荣格的分析心理学理论成为黑塞在文学创作中建构个体存在方式的又一支撑，帮助他在创作中描述真实自我，对其探寻人类尚不知晓的心灵世界有着特殊的启发。

一 作家与心理分析

1918年7月16日，黑塞在《法兰克福日报》上发表了《艺术家和心理分析》一文，全面阐述他对心理分析及其学说的看法。他根据切身体会评价道：分析心理学不是一种信仰或者哲学，而是一种经历和体验。心理分析唯一的价值就在于令人尽情享受那种直至心灵根源的体验，从中获得存在价值。[3] 因为心理分析可以将人的所有遮盖全部撕开，把那最内在、最真实的心灵呈现出来，虽然这个过程是一种惨烈的、痛入骨髓的经历。恰因如此，它是一种认识人们内在世界的重要方法，是艺术家了解内在世界不可或缺的好帮手。

---

[1] ［瑞士］C. G. 荣格：《探索潜意识》，第6页。
[2] Hermann Hesse, „Über einige Bücher", in Hermann Hesse, Volker Michels (Hrsg.), *Die Welt im Buch IV*, S. 493.
[3] Hermann Hesse, Ursula und Volker Michels (Hrsg.), *Gesammelte Briefe*, Bd. 1, S. 473.

同时，心理分析学与展现人类精神世界的艺术创作密不可分。艺术家实际是在分析自我存在中成长起来的，做梦和追随无意识是其创作的重要素材。艺术"不是那些被压抑的精神内容。它们源于无意识，是涌向意识层面的各种思潮，是一些不受控制的突发奇想或者梦。艺术也不能陷入无穷无尽的无意识中，而是温柔倾听掩藏在内心深处的源头之声，然后在纷扰嘈杂的内在世界中选择和评判出心灵真正的呼声。所有伟大的艺术家都是如此工作。如果说某种技能能够帮助艺术家满足这种需求，那就是心理分析学"[1]。因此心理分析是创作的一个源泉。

分析心理学从深层次证明了幻想的价值，即虚构的价值。因为社会普遍价值和教育的影响，对于"自我"发出的陌生声音，亲身经历的幻想，艺术家总是陷入怀疑论中，因此对生发于内心的作品充满疑虑，甚至疑心身患精神虚弱症。这类创作行为也"仅仅"被视为美丽的虚构。恰恰是分析心理学告诉每一位艺术家，那些被认为"仅仅"是虚构的想法实际上具有崇高的客观价值，正是艺术家的幻想见证了广域心灵的存在，否定了那些所谓的权威标准和评价。分析心理学从而为艺术家提供了智性飞扬幻想，让"自我"得以展示的空间。

黑塞在总结分析过去著名文学家们的创作和思想之后，认为在这门学科兴起之前，艺术家们已经从本能出发应用心理学知识进行创作，有些已经拥有了与分析心理学本质上近似的认知。最具代表性的当数托思妥耶夫斯基（Фёдор Михайлович Достоевский, 1821—1881），在弗洛伊德、荣格及其弟子之前，他已经无意识地在创作中应用了心理学上的某些实践和技巧。黑塞列举席勒写给柯约么（Körner）的信证明席勒认为无意识是艺术家创作的源泉。当柯约么抱怨创作力被干扰，席勒写道："在我看来，你抱怨的根源在于你的理智压抑了你的想象力。"[2] 席勒认为如果理智过于严格地审视脑海中源源涌现的思潮，不利于心灵创作。在一个充满创造性的脑袋里，理智会撤回思维的门卫，让念头如潮水般涌进脑海，然后理智才会站在高处眺望和审视众多念头。此外，黑塞认为让·保尔（Jan Paul）关于心理状况的观点与自己所接触的心理学十分接近。因此，或许无人比艺术家更能感知心理分析法所产生的教育力、促进力和鞭策力。

在厘清了艺术家与分析心理学的关系之后，黑塞指出对待这门新兴科学，艺术家们应当重视且密切关注。艺术家可以彻底、认真地在自身尝试

---

[1] Hermann Hesse, *Betrachtungen und Berichte II*, S. 356.

[2] Hermann Hesse, *Betrachtungen und Berichte II*, S. 356.

心理分析，因为心理分析可能会对艺术家自身成长具有重要的促进作用。但是不能变身心理分析师，不应将心理分析的医学技能真正应用于艺术领域。心理分析对艺术家来说不是一种理性的事务，而应该是一种感性体验和经历。谁要是想通过心理分析来为自己的诸种"情结"寻求解释理论，为内在生命求得某些理性表述，那么就真正错过了心理分析最为重要的体验价值。

无独有偶，荣格同样发现了心理学与文学的亲缘关系。他从心理学的角度高度评价了艺术对于促进人类内在精神世界发展的重要作用：

> 这种精神力量与美好理想并不来自远古，并不来自集体无意识，它就发生在一定的社会生活中，包括其全部历史文化背景。艺术作为崇高精神和美好理想的象征而具有审美的意义和价值，又因为这种精神和理想来源于社会生活而具有社会的功利、符合人类的目的。创作和欣赏并不一定是唤醒了集体无意识的原始意象，而可能是激发了人对于未来的憧憬和想象。它是人对自由，对自身本质力量，对它的无限多样的可能性的刹那间的欣悦体验。正是在这种体验中，自我的狭窄的界限被打破，意识中融入了社会历史的因素，个人被提升到人类的高度从而超越自己。这种超越，不是对自我的消极否定，而是对自我的积极肯定，因为自我必然在历史进程中通过不断的追求而获得全面的实现。[①]

除了艺术之外，荣格还热衷于研究哲学、宗教、神话，以及文化人类学，这些人文学科深刻地影响到荣格的分析心理学理论。看来，在针对心灵世界的研究中，作家和心理学家不约而同地肯定彼此领域的重要性，肯定彼此在探讨人的存在方式和实现自我价值过程中的积极作用。

文学和心理学均以人及其心灵为核心，从学科目的上来看，两者有着一定的亲缘关系。作为文学家，黑塞对心理学理论有着天然的亲近感，乐于了解现代心理学家们的理论，并且尝试着应用这些思想和技能来探索人的内在心灵。荣格对于哲学、神话学和宗教学的研究，让他的学说和理论在黑塞眼中并不陌生。黑塞对荣格心理学的亲缘性除了之前所阐述的思想渊源近似性，部分还可能"源于浪漫主义思想的魅力（der Faszination

---

① ［瑞士］C. G. 荣格：《心理学与文学》，冯川、苏克译，生活·读书·新知三联书店1987年版，第28页。

vom romantischen Gedankengut zu verdanken），更多地归结为作家本人独特的心理学本能"①。

二 文学中的心理学

上文讲到，黑塞认为作家是做梦者，心理学家是释梦者。因为做梦和追随无意识是艺术家创作的重要源泉，并对艺术家具有重要的促进作用，所以心理分析学是艺术家了解内在世界不可或缺的"好帮手"。那么，在黑塞的诗学创作中，这个好帮手到底起到了怎样的作用呢？纵观黑塞中后期作品，荣格分析心理学中的原型理论、梦的释义、象征的转换以及与其思想有着密切关系的诺斯替主义均有迹可循。在下文中，分别从荣格的原型理论、阿布拉克萨斯神（Abraxas）的意义、死亡观、性欲意义、自性化理论等几个方面分析黑塞诗学创作中对荣格分析心理学理论的接受情况。

（一）"原型"意象的文学象征

荣格把人类心灵统称为"精神"或者"灵魂"，也就是我们通常所说的"心"。他将人类精神世界分为意识、个体无意识、集体无意识三个层面。人类精神世界中的无意识是不可感知的隐性意识部分。无意识又被划分为个体无意识和集体无意识。荣格用个人无意识指称一定程度上无意识表层层面部分②，通常是一些我们曾经意识到，但是后来由于遗忘或者被压抑而从意识中消失的内容。个人无意识主要表现为各种情结。个人无意识"则有赖于一个更深的层次，这个层次不再源自个人经验和学识，而是与生俱来的。这个更深的层次即为'集体无意识'"③。荣格以"集体"一词表述这部分无意识是非个人的、普遍存在的共同本性。他通过心理研究和自己的诊疗经验，发现心灵世界深层次的集体无意识是人类存在以来，亿万次社会活动的心理积淀，经由种族遗传而传达给个体。所有人身上的集体无意识的共同性构成了具有超越个体的共同心理基础，并预存于每个个体。因此，集体无意识具有先天性和普遍性特征。

---

① Beate Petra Kory, *Hermann Hesses Beziehung zur Tiefenpsychologie*, S. 115.
② C. G. Jung, *Archetypen*, S. 7.
③ C. G. Jung, *Archetypen*, S. 7.

集体无意识概念被荣格延伸至人类精神的所有领域，尤其在巫术、宗教象征、原初神话、星相、梦幻等。集体无意识是储存人类精神的巨大宝库，是人类智慧的源泉，其本质实际上是人类文化的一种历史积淀。荣格认为，人类首先不是作为生理的个体存在，而是作为先天的集体文化的携带者存在。从这个层面上看，自我存在是一个内容庞杂，关系复杂的人类精神合体，认识自我即认识世界，在此，"我"与世界同一。

> 集体无意识绝非一个被压缩的个人系统，它是全然的客观性，既和世界一样宽广，又向全世界开放。在那里，"我"是每一个主体的客体，截然不同于"我"的平常意识，因为在平常意识中，"我"总是有客体的主体。在那里，"我"与世界如此紧密结合，以致"我"轻而易举地忘记了在现实中"我"是谁。描述这一状态的恰当之语："迷失在自身之中。"自我即这个世界，或者如果意识能够注视到它，这个自我便是一个世界。这就是我们必须知道我们是谁的原因所在。[1]

通过心灵世界的遗传，现代人拥有与人类过往祖先同样的或类似的意象或感情基础。例如，每个人观看太阳从地平线升起的刹那，心中都会不自觉地产生一种无比神圣的感觉。这种神圣感属于人类心理上的一种先天意象。先天意向指的是几乎所有人类从出生开始就已经拥有的感情基础，这种全人类都有的心理基础荣格命之为"心理原型"。因此，集体无意识的内容就是原型（Archetypen）[2]。原型理论是荣格思想的重要理论基石之一。根据荣格的研究，原型本意指人身上神的形象，神话和童话是原型的另一种表达方式。从本质上讲，原型是一种被改变的无意识内容，被个人意识感知、显现。[3] 通过对巫术、宗教象征、原初神话、星相、梦幻这些领域的研究，荣格发现集体无意识以多种原型意象的形式显现。荣格的原型意象主要有人格面具、阿尼玛和阿尼姆斯、阴影、个性，等等，在此四者之外，还有智慧老人、仙女、恶魔、上帝等原型意象。这些原型往往互相交叉出现在人的无意识世界中，由此构成个体的无意识思想体系。荣格的原型与集体无意识理论在黑塞的文学世界中得以重现。在荣格师徒对黑

---

[1] C. G. Jung, *Archetypen*, S. 24.
[2] C. G. Jung, *Archetypen*, S. 8.
[3] C. G. Jung, *Archetypen*, S. 9.

塞进行心理治疗期间，他完成了《德米安》《悉达多》《克莱恩和瓦格纳》《荒原狼》几部作品，从人物塑造上看体现了荣格心理学的影响。①

黑塞1919年夏天撰写的中篇小说《克莱恩与瓦格纳》所表现的心理问题是辛克莱初级痛苦的更高阶段。② 主人公弗里德里希·克莱恩在日常生活中是一位好父亲和品行端正的银行职员。某天晚上突然拿着贪污的款项和伪造文件，带着一把枪离家逃往南方。他充满绝望地试图理解自己的反常行为。逃亡途中，他被舞女特雷西娜所吸引，陷入内心的深层欲望与市民道德品质的冲突之中。他总是幻想着一个与他有着"某种程度联系"的那个厄恩斯特·奥古斯特·瓦格纳，那个疯狂中杀戮家人的人。市民阶级的价值观与被压抑的自我爆发之间的对立矛盾引发克莱恩内在的极端痛苦。他渴望能够消解这种对立，却徒劳无功，最后在淹死时顿悟。通篇小说彰显出黑塞深厚的心理刻画之功，以正反互补法勾勒小人物克莱恩的性格特征，展现现代人在寻求自我的道路上历尽炼狱之苦，其艺术特点对黑塞以后的创作道路意义重大，是其创作心理学小说的一次重要尝试。小说中的克莱恩与瓦格纳如同《荒原狼》中的人与狼一样，映射出人的意识与无意识之间的冲突与矛盾。在荣格理论中，人格面具和阴影是一组原型意象，它们是自性化的第一层原型形象。阴影原型最靠近人的意识层面，易于冲动烦躁，构成性格的一方面，是分析无意识首先遇到的问题③。克莱恩的偷盗、潜逃，不断受到欲望的突袭，与瓦格纳的相互转化这些情节体现出荣格心理学中的阴影原型特征。

阿尼玛（Anima）和阿尼姆斯原型为自性化的第二个阶段，具有性别特征。阿尼玛用来形容男性内心的女性原型意象，也是男人对于女人无意识的个人情结。阿尼姆斯则是女性内心无意识的男性原型意象。这对原型是人类男女在进化过程中形成的心理意象。男性身上外显的通常是充满阳刚之气的男性一面，但在他的内心世界却会隐藏着软弱的女性一面，荣格称之为阿尼玛。在内在世界中，那些非我、非男性之物极可能是女性。④ 男人总是倾向于在某个现实的女性对象那里，看到自己内在的阿尼玛和心灵的投影。意即阿尼玛形象通常被投射到现实的女人身上。女性也

---

① Günter Baumann, *Hermann Hesses Erzählungen im Lichte der Psychologie CG Jungs*, Berlin: Schäuble Verlag, 1989, S. 1.
② Günter Baumann, *Hermann Hesses Erzählungen Im Lichte Der Psychologie CG Jungs*, S. 81.
③ C. G. Jung, *Archetypen*, S. 8.
④ C. G. Jung, *Archetypen*, S. 30.

是类似。任一性别都在一定程度上为异性所占据。阿尼玛与阿尼姆斯是生命原型,因为生命通过阿尼玛/阿尼姆斯来到人类身边。[1] 灵魂自我追求一种内心和谐完美的状况,它能把人类无意识与意识和谐连接,并使之发展。这种发展是一种动态的变化,即要求男性或女性心中的阿尼玛或阿尼姆斯与其自身和谐相处,它们是集体无意识的补偿内容。如果过度强调任何一方,都会导致内在世界失衡。当我们关注她/他的时候,她就会成长与发展;当我们忽视她的时候,她就会通过投射等机制,来影响我们的心理与行为。因为男人内在的这种原型意象,既可以成为男人向上的促动者,也可以成为堕落的诱惑者。荣格曾把阿尼玛描述为一种灵魂形象,往往在男人的心情、反应、冲动以及任何自发的心理生活中扮演着特殊的角色,发挥某种既定的作用。

任何带有无意识的心理内容,总是会在梦中出现。阿尼玛也是这样。荣格曾经描述了阿尼玛发展的四个阶段,不同的阶段对应不同的形象:爱娃—海伦—马利亚—索菲亚。作为爱娃的阿尼玛,往往表现为男人的母亲情结;海伦则更多地表现为性爱对象;马利亚表现为爱恋中的神性;索菲亚则像缪斯那样属于男人内在的创造源泉。

黑塞在《荒原狼》中塑造了赫尔米娜,她虽然是女性,却无论是从容貌上还是思想上,与哈里既相似又互补。赫尔米娜在哈里精神濒临崩溃、几欲自杀之时,来到他身边。她与哈里交谈,理解哈里对时代、对人生的苦恼和绝望,教他跳舞,帮助他融入生活,使哈里的心理逐渐平静、成熟,去适应大众的生活智慧,并从中获得乐趣。前文所述,荣格认为男人总是倾向于在某个现实的女性对象那里,看到自己内在的阿尼玛和心灵的投影,意即阿尼玛形象通常被投射到现实的女人身上。哈里与赫尔米娜相识相交,可以看作哈里对自我的认识与关注,学习认识自我,促进精神世界和谐发展。赫尔米娜,哈里内心阿尼玛的投射之人,在魔术剧院被哈里持刀杀死。荣格说,遭遇阿尼玛是对勇气的考验,是用火对人类的精神及其道德力量的一次严酷考验。她可能是生活的混沌要求,但是她身上始终附有某种奇特的意味深长的东西,一种秘密的知识或者隐藏的智慧。[2] 赫尔米娜被杀,可说是哈里面对内在自我考验的失败,自我隐藏的秘密知识和智慧哈里并未掌握。因此受到 12 名法官绅士的审判。法官们

---

[1] C. G. Jung, *Archetypen*, S. 29-30.

[2] C. G. Jung, *Archetypen*, S. 33.

判决哈里"处以永恒生存的刑罚"①。黑塞认为,现代人,尤其是知识分子,需要了解自我,建立健康的自我存在方式,完善内在精神世界。小说中自我存在方式应该是以人生哲学和智慧面对人生百态,而不是用忧郁、孤独、绝望的消极方式对抗人生,因此小说中歌德、莫扎特以"笑对人生"。阿尼玛原型意象还出现在黑塞的其他作品中,例如《德米安》中的爱娃、《悉达多》中的卡玛拉、《克林索尔最后的夏天》中诸多女性形象等。

通常阿尼玛和阿尼姆斯原型是所有原型中最为复杂,是距离意识层面最为遥远的"自性"(Selbst)原型中介。"自性"是荣格原型意象中埋藏在集体无意识最深层,躲在其他原型意象之后。荣格认为自性是无意识的,人类早在婴儿时期已经拥有"自性"。"自性"表现了心灵最内在、最深层的核心,同时是整体合一的体验,自我散发出颠覆性的内在体验。随着年龄的增长,知识的累积,个体对自我的认识通过意识对无意识的吸收(包括内在世界的黑暗面)而达到并趋向于"完整"境地。"自性"被荣格赋予宗教性的体验特征,其完整性位于客观价值尺度的最高阶段,所有关于神像的表述都是完整性的经验象征。②黑塞的《德米安》《荒原狼》等诸多中后期作品中,均有神的体验与自我体验同一的诗学比喻,如《德米安》中的爱娃将辛克莱带入一种神的体验,《悉达多》中观察河流体悟生命,《玻璃球游戏》中的顿悟。黑塞在一篇关于卡瑟琳《哲学家的旅游日记》的书评中写道:"四年来……我试图寻找我心中的神与自我实现理想中的合一。"③

除了上述几组原型之外,荣格还建立了其他原型意象,共同构成人的"自性化"。前文已列出,黑塞的"向内之路"上,《荒原狼》中的莫扎特、歌德;《悉达多》中的摆渡人婆薮天(Vasudeva)等。从荣格心理学角度来讲,这类启示者类似"智慧老人"原型意象。荣格说:"洞察一切的老人原型是永恒真实的。"④智慧老人代表着我们内在的意义与智慧。男性的阿尼玛发展最高阶段的索菲亚形象,以及女性的阿尼姆斯发展最高阶段的赫耳墨斯形象,都在不同程度上具有这种"智慧老人"的意义。

---

① Hermann Hesse, *Der Steppenwolf*, S. 201.
② C. G. Jung, *Archetypen*, S. 33.
③ Volker Michels (Hrsg.), *Materialien zu Hermann Hesses Siddhartha*, Bd. 1, S. 114.
④ C. G. Jung, Aniela Jaffé (ed.), *Memories, Dreams, Reflections by C. G. Jung*, translated. by Richard and Clara Winston, New York: Vintage Books, 1989, p. 359.

智慧老人原型意象经常以魔法师、医生、牧师、老师、教授、神父,或者拥有权威的任何其他人的形象出现在梦中。[①] 通过这个原型,给人精神世界赋予信念及存在价值,补偿精神缺乏或空缺的状态。黑塞塑造的人物中,并不乏魔法师、教师、牧师、医生、祖父等人物,他们以权威者的姿态出现在主人翁成长的关键时期,点拨迷雾,指引方向。摆渡人婆薮天倾听悉达多的人生困顿,引导他倾听河水的声音,点化悉达多最终感悟道之真谛。《德米安》中的皮斯托琉斯在辛克莱成长阶段,指引他、帮助他[②]。《荒原狼》中的莫扎特教导哈里继续在人世学习自我如何存在,让他学会笑,理解人生的幽默[③]。与之类似的还有《东方之旅》中的雷欧,《玻璃球游戏》中的音乐大师等。他/她指引成长者在人生之路上如何修炼自我,促进自我健康发展。他们在作品中承担治疗与救赎的作用,指引个体如何存在、如何提升。盖因于此,黑塞说他的作品不是为了批判,而是为了治疗。黑塞也像智慧老人一般,为彷徨四顾、身处迷雾中的读者抚慰心灵,指点迷津。

(二) 善恶之神(Abraxas)与《德米安》

1916年末,荣格托名巴西里德斯(Basilides)撰写冥想短文《向死者的七次布道》[④]。文中,荣格将"虚无性和充满性称为普累若麻(Pleroma)"[⑤],它是受造世界的始与终,两极对立是其特征。如果说普累若麻是一个存在,那么阿布拉克萨斯是其显像。荣格研究的学者认为此文是荣格潜入无意识所见到的心象和象征的心理变化(transformation)记录[⑥]。荣格所托名的巴西里德斯是诺斯替教领袖。巴西里德斯认为人与神之间相隔三百六十五界,统治这三百六十五界的就是阿布拉克萨斯。此神为太阳神,非确定性是其特征,他是善与恶之神,是人类精神世界的中心,他的力量永远都是一把双刃剑,他制造真理和谎言,善与恶,光明与黑暗。它

---

① [瑞士] C. G. 荣格:《原型与集体无意识》,《荣格文集》第5卷,国际文化出版公司2011年版,第172页。
② Beate Petra Kory, *Hermann Hesses Beziehung zur Tiefenpsychologie*, S. 152.
③ Hermann Hesse, *Der Steppenwolf*, S. 202.
④ 参见刘耀中、李以洪《建造灵魂的庙宇——西方著名心理学家荣格评传》,第93—94页。
⑤ [瑞士] C. G. 荣格:《向死者的七次布道》,刘耀中、李以洪《建造灵魂的庙宇——西方著名心理学家荣格评传》,第390—391页。
⑥ 参见刘耀中、李以洪《建造灵魂的庙宇——西方著名心理学家荣格评传》,第94页。

们被糅合在同样的言行之中。阿布拉克萨斯是世界,同是世界的过去与未来。因此,这样的世界永远无法达到十全十美。在阿布拉克萨斯神的眼中,恶、丑与善、美其实是一致的。如果我们非要把恶与善,丑与美区分开,那么我们将会陷入虚无和瓦解之中。在这里,诺斯替教旗帜鲜明地讨论了恶的问题,并认为恶是种积极的本能。荣格的心理学认同了该教派的思想,认为只要正确认识邪恶,依然可以在魔鬼那里找到光亮。荣格在研究基督教史的基础上,用心理分析的方法解读基督教的象征意义。由此认为基督教所倡导的非善即恶的单极世界是不真实的,不能实事求是地解决现代人的心理问题,这必然导致信仰没落。

这篇短文中的阿布拉克萨斯将所有看似对立的极合于自身,融光明之神与卢策福(Luzifer,恶魔,撒旦)为一体。即便是恶魔卢策福想要改变良善,他自己也会成为这种力量的一部分①,恰如《浮士德》中所述:"想要作恶,却也创造了善"②。善与恶、爱与恨、怀疑与确信彼此相生相克。在这个充满矛盾和对立的世界中,人的上帝就是他的内在世界,肉体是进入内在无穷世界的大门,阿布拉克萨斯是"他自己世界的缔造者,也是自己世界的毁灭者"③。阿布拉克萨斯神将各种相互作用的矛盾彼此结合,形成互补之力。这种力量形成生命(男/女—好/坏—善/恶—爱欲/精神)。荣格认为正是这种张力帮助潜意识、人格面具和阴影、自我和自性之间达到和解,形成一个新的综合体。④ 此神是内在世界的缔造者,可以理解为内在世界的"自性"⑤。黑塞认为荣格对此神系统性的研究均指向了"自性化"。⑥

---

① Volker Michels, *Materialien zu Hermann Hesses >>Demian<<*, Bd. 1, S. 27.
② Johann Wolfgang von Goethe, *Faust*: *Der Tragödie erster Teil*, Poetische Werke, Dramatische Dichtungen IV (Berliner Ausgabe, Bd. 8), Berlin: Aufbau-Verlag Berlin und Weimar 1965, S. 46.
③ [瑞士] C. G. 荣格:《向死者的七次布道》,刘耀中、李以洪《建造灵魂的庙宇——西方著名心理学家荣格评传》,第 409 页。
④ [英] Anthony Stevens:《简析荣格》,第 283—284 页。
⑤ 荣格用"自我"(ego)一词表述意识思维的中心,而用"自性"(self)一词来指称心理整体的中心。这个心理整体包含意识和潜意识的圆圈。参见 C. G. Jung, *Psychology and Alchemy*, C. G. Jung, *The Collected Works of C. G. Jung*, translated by R. F. C. Hull, Vol. 12, Princeton: Princeton University Press, 1980, p. 41。
⑥ Siehe Hermann Hesse, *Autobiographische SchriftenI*, Hermann Hesse, Volker Michels (Hrg.), *Sämtliche Werke*, Bd. 11. Frankfurt am Main: Suhrkamp Verlag, 2003, S. 493-494.

《向死者的七次布道》这篇文章是荣格 1917 年自费出版。根据黑塞《1917/1918 心理分析的梦日记》（Traumtagebuch der Psychoanalyse 1917/1918）中 1917 年 9 月 11 日的记录，"在回家的路上我看了《向死者的七次布道》，留下了强烈的印象"①。可知，黑塞 1917 年 9 月 10 日已经看过这本书。黑塞很可能通过约瑟夫·本哈尔德·朗医生获悉并阅读此作品，至少医生向黑塞介绍了关于阿布拉克萨斯神的思想②。因为《向死者的七次布道》是荣格在 1917 年由私人内部印刷出版③。

1919 年，黑塞完成长篇小说《德米安》。书中以善恶之神阿布拉克萨斯为引导，德米安最终成为一个模糊年龄、性别、伦理形象的阿布拉克萨斯。小说中的阿布拉克萨斯神基本体现了荣格《向死者的七次布道》中的重要思想。黑塞在评述"德米安"时，说道："德米安让我想到'恶魔'，也让我想到造物主。"④德米安出奇地与众不同，他"在各方面均异于他人，而显得格外独特、个性"⑤，如同《向死者的七次布道》中的阿布拉克萨斯，将所有看似对立的极合于自身。德米安身上融含着高贵与邪恶、谦和与傲慢，坦诚而神秘，小孩与大人、男人与女人、苍老与年轻、古老与永恒、生与死集于一身，"他给人一种奇怪的混合感觉：感激和敬畏、钦佩和害怕、共鸣和内心的抗拒"⑥。在辛克莱看来，德米安如同魔术师。德米安对圣经故事的批判态度，令学生时期的辛克莱认为他也是一个引诱者，将自己连接到另一个世界，那个邪恶世界。⑦德米安散发出对立互补之力将各种矛盾彼此结合形成张力，从而创造生命。他对辛克莱的影响逐渐加大，在他的帮助下，辛克莱冲破现实局限，因为"将要出生的人必须先摧毁一个世界"⑧，然后飞往神，这个神的名字是阿布拉克萨斯，善恶之神。另外，在《向死者的七次布道》中，死者从七个布道者那里（恰好与阿布拉克萨斯七个字母相对应）获知，如果他们错过了"追求自己的本质"，那恰恰就是他们生命中行差错踏的地方，因为"创

---

① Hermann Hesse, *Autobiographische SchriftenI*, S. 493.
② Günter Baumnn, *Der archetypische Heilsweg：Hermann Hesse, C. G. Jung und die Weltreligionen*, S. 14.
③ 参见刘耀中、李以洪《建造灵魂的庙宇——西方著名心理学家荣格评传》，第 93 页。
④ Hermann Hesse, *Autobiographische SchriftenI*, S. 497.
⑤ Hermann Hesse, *Demian, eine Geschichte von Emil Sinclairs Jugend*, S. 253-254.
⑥ Hermann Hesse, *Demian, eine Geschichte von Emil Sinclairs Jugend*, S. 266.
⑦ Hermann Hesse, *Demian, eine Geschichte von Emil Sinclairs Jugend*, S. 268.
⑧ Hermann Hesse, *Demian, eine Geschichte von Emil Sinclairs Jugend*, S. 176-177.

造性自觉引导人们追求差异化",而"抵抗危险的相似性","不是你们的思想而是你们的本质是具有差异性的。因此你们不应当追求不同,而应当追求本质。因为从根本上来讲,只存在一种追求,意即追求你的本质"①。荣格笔下的善恶之神为个体树立了追求自我本质以达到创造性的目标。这亦是《德米安》小说的宗旨。基于《德米安》中的这些情节特征以及黑塞阅读了《向死者的七次布道》这篇文章,从一定程度上讲,黑塞应该采用荣格这篇文章的思想,撰写了著名的小说《德米安》,为当时第一次世界大战之后陷入失望的欧洲人找到一个新的神:阿布拉克萨斯。1919年12月3日,荣格给黑塞写了第二封信,盛赞《德米安》是一部卓越且真实的艺术佳作,并坦承:"在读这本书时联想到卢策福……当如今身处黑暗之中,我不得不无助地默默忍耐时,您的书来到我身边,恰如小科纳尔来到辛克莱身边一样。因此,您的书如同暴风雨夜中一座灯塔上的光。"② 荣格感觉辛克莱的心理世界与自己的观点如此相近,随信寄给黑塞其著作《向死者的七次布道》③。弗尔克·米歇尔斯指出:"根据黑塞和荣格的想法:(荣格此文中)所指意味着要实现每个人不可混淆的基因编码正是我们的发展任务。这种观点也为《德米安》所表达。"④

在荣格的影响下,信奉阿布拉克萨斯神的诺斯替教同样引起黑塞的研究兴趣。在短篇小说《内与外》,论文集《洞察混沌》以及文论《卡拉马佐夫兄弟或者欧洲的下沉——阅读陀思妥耶夫斯基随想》等文章中,均可见到诺斯替教思想的身影。

(三) 死亡与重生

东方灵魂论认为人的生死轮回是一个无尽的灵魂循环过程——活着、获得知识、死去、再生,就像一个永远向前滚动、但是没有目的的车轮。佛教则认为死亡的目的在于战胜肉体尘世的存在,达到精神永恒存在。在诺瓦利斯眼中"生命是死亡之始。为了走向死亡而生。死亡既是终亦是始——与生命分离同时更接近自我。通过死亡而完成简化"⑤。荣格部分接受了东方的死亡观,并结合古希腊宗教思想,形成他的轮回思想。他认

---

① Volker Michels, *Materialien zu Hermann Hesses* >>Demian<<, Bd. 1, S. 26-27.
② C. G. Jung, Aniela Jaffé(Hrg.), *Briefe*, Bd. 1, S. 384-385.
③ Volker Michels, *Materialien zu Hermann Hesses* >>Demian<<, Bd. 1, S. 156-158.
④ Volker Michels, *Materialien zu Hermann Hesses* >>Demian<<, Bd. 1, S. 26-27.
⑤ Novalis, *Das philosophische Werk I*, S. 416.

为死亡是生命的第二个阶段，但是意识并未参与其中。① 死亡是个体灵魂与被丢失部分结合的时刻，是达到完整的时刻，死亡的时刻是婚礼欢庆的时刻：

> 死亡确实是一件可怕而残酷的事，这是毋庸赘言的。不仅仅从肉体的变化上看它是残酷的，而且在精神上也是如此……从另一个观点来看，死亡是一种欢愉的事。从永恒角度来看，这是一个婚礼，一种神秘的结合。灵魂获得了它那遗失的一半，将要达到完整。在希腊石棺上，欢乐的因素以跳舞的少女来表现，而在埃特鲁斯坎②的坟墓上，则是欢宴。虔诚的秘教长在老西蒙·本·约斋临终时，他的朋友们说他正在庆祝自己的婚礼。直到现在，在很多地区，还有在万灵节这一天到坟墓上野餐的习惯。这样的习惯表达了死亡确实是一种庆典的感情。③

黑塞将死亡定义为：死亡的呼唤是爱的呼唤。如果我们肯定死亡，将它视为生命和转化之伟大而恒久的形式，那么死亡将是美好的④。在他的一些谈话中也引用到荣格的思想：就像荣格所命名的那样，死亡进入集体无意识，通过死亡使人回归形式，纯粹的形式⑤。"因此，精神就可能是来世或者死者之国所在的那种存在"⑥。黑塞在诗中写道：

花

就如同花朵凋零一般，我们人类也会死亡，

---

① C. G. Jung, „Seele und Tod", in C. G. Jung, Lorenz Jung (Hrsg.), *Wirklichkeit der Seele*, München: Deutscher Taschenbuch Verlag, 1990, S. 119.
② 埃特鲁斯坎人：公元前9世纪和公元前8世纪，意大利半岛上出现了两个新民族：埃特鲁斯坎人和希腊人。古人认为埃特鲁斯坎人来自东方的安纳托利亚，今天的一些考古发现也证实了这一点。从起源看，他们似乎不是古意大利人，正如他们的语言也并非印欧语系一样，他们的文明混合了来自东西方的各种因素。
③ [瑞士] C. G. 荣格：《荣格自传：回忆·梦·思考》，第272页。
④ Hermann Hesse, Ursula und Volker Michels (Hrsg.), *Gesammelte Briefe*, Bd. 3, S. 65.
⑤ Miguel Serrano, *Meine Begegnungen mit C. G. Jung und Hermann Hesse*, S. 26.
⑥ [瑞士] C. G. 荣格：《荣格自传：回忆·梦·思考》，第275页。

只有死亡才是救赎，只有死亡才是重生①。

夜

无论是奔向太阳还是走进黑夜，
终归进入死亡，走向重生，
灵魂战栗于重生之痛。
但是一切殊途同归，皆将死亡，皆将复生，
因为永恒之母将她循环永复。②

从这些诗句中可以看出，黑塞是认同荣格的死亡观，认为死亡是生命的一种变化形式，而不是生命的终结，死亡意味着重生和轮回，是精神存在方式的不断转变、替换。在20世纪40年代，黑塞曾赋诗《倾听》：

倾听

声音如此温柔，气息如此清新
穿过灰色的白日，
犹如鸟儿羞怯扑扇地双翼，
犹如春日怯怯吹来地暖香。

回忆如同海面上的银丝细雨，
从生命的晨光中飘来，
摇曳不定，
疏忽而逝。

从今朝到昨日看似遥远，
而久已忘怀的却似在身旁，
太古和童话时代迎我而立，
那是一座敞开的花园。

---

① Hermann Hesse, *Die Gedichte*, S. 243.
② Hermann Hesse, *Die Gedichte*, S. 240.

> 也许今天悠然醒转,
> 我沉睡千年的远祖,
> 借我的声音说话,
> 在我的血中复苏。
>
> 或许使者已莅临门前,
> 即刻来到我身边;
> 或许,白日未尽之时,
> 我将返回家园。①

作家倾听来自家园的轻声呼唤,感受到祖先的召唤,虽然似有似无,犹如幻觉。作家回顾往昔,感召祖先。他倾力捕捉来自青春少年——那个童话时代的丝丝回忆,喻之为繁花似锦的花园,感念生命的华美。来自祖先的召唤也让作家预感到返回家园的时刻已经来临。在这首诗中,老年黑塞将死亡与归家紧密相连,死亡是真正的回归,回归祖先,回归家园,回归集体无意识。那些集体无意识沉入"我"的心中,沉睡在现代人心灵深处,并且"久忘"于此。即将到来的死亡唤醒沉睡千年的祖先,将我与祖先合一,在"我"体内复活,从而令个体心灵世界所承载的人类远古以来的历史基因通过"我"的声音被表达,在"我"的生命中重现。

如果对黑塞小说中的死亡情节作一番总结,也会追寻到黑塞死亡观与荣格观点相似的许多印证。在其中后期作品中,主人翁的命运往往是走向死亡。上文已述,黑塞认为死亡实际上意味着内在心灵的提升和未来的重生,个体存在经由死亡之后得以精神上的自我升华、超越。这种思想表现在《德米安》《荒原狼》《悉达多》《东方之旅》和《玻璃球游戏》中,这里以《玻璃球游戏》中克乃西特之死为例分析黑塞在小说创作中所表达的这一观点。

《玻璃球游戏》可以说是黑塞写作与思想的最终总结。他于 1931 年开始构思此书,直至 1943 年全书问世,用了整整 12 年时间。这部作品是一部幻想浓郁、象征朦胧的成长小说,表达了作者对人类未来和谐社会与和谐人生的渴望:在一个虚构的未来精神世界——卡斯塔里中,主人公克

---

① Hermann Hesse, *Die Gedichte*, S. 375–376.

乃西特天赋出众，勤奋刻苦，忠诚于这个精神王国的原则与教义，最终成长为象征人类精神王国最高智慧的"玻璃球游戏大师"。但是随着年龄的增长和地位的提升，他逐渐意识到这个与世俗社会隔绝的精神王国潜伏着深刻的生存危机。作为这个精神王国的优秀代表，他把拯救精神王国、协调精神与世俗两个世界发展视为自己的使命。但是卡斯塔里当局并不接受他的观点，不得已，他离开卡斯塔里，来到现实世界，企图用教育来改善世界。然而当他刚刚进入现实世界，希望一展才能，服务社会之时，却出师未捷身先死，在湖中溺水而亡。

对于克乃西特的死亡结局许多读者都感到不可理解。黑塞在世时，收到过众多读者询问为何以死亡为结尾。荣格也曾写信询问。1947年，黑塞在一封读者回信中，解释了克乃西特之死。

> 约瑟夫·克乃西特是祭献式的死亡，他不顾带病之身，毅然跳进山间湖水里，此举意味深长。之所以这样做，因为在他心中有比智慧更加强烈的东西，他不愿让那个难于接近的执拗孩子失望。作为一位伟大的人物，因为缇透（Tito）而导致的祭献式死亡对缇透的一生都是一种敦促和指引。这对缇透的教育意义要比所有知识传授更加巨大……至于众人是否能理解克乃西特之死的意义，我并不看重。因为他的死亡已经影响到大家，引起大家的关注。他在您心中，也在缇透心中留下了一根刺，这是一个永不会被遗忘的提醒。他的死亡唤醒或者增强了您心中对精神的向往和良知。即使随着时间的消逝，您忘记了我的书和您的这封信，那份向往和良知依然会产生影响。请您倾听那个声音，它不是来自一本书中，而是来自您内心深处，它将指引您不断前行。①

作为缇透的老师，克乃西特的死亡暗喻父辈精神和知识的传承。黑塞将克乃西特的死亡命名为祭献式的死亡（Opfertod），意即他的死亡具有牺牲和祭献的内涵。死亡是一种对内在精神永恒的唤醒和传承。黑塞以克乃西特的死亡表达了生命的本质精神以死亡的方式得以重生和轮回。恰如荣格所说，伟大的秘密就是要在我们的生命中体现某种本质的事物②。黑

---

① Hermann Hesse, Ursula und Volker Michels（Hrsg.）, *Gesammelte Briefe*, Bd. 3, S. 453-454.

② ［英］Anthony Stevens:《简析荣格》，第219页。

塞对读者说:"很遗憾,您不能接受克乃西特祭献式的死亡。您认为,如果克乃西特的故事再延长十年或者二十年,就更加有价值吗?那个把他从卡斯塔里吸引到尘世的呼唤是良知的呼唤,但亦是死亡的呼唤。在他快速突破自我之后,也就令他迅速找到美丽的死亡。"①

同时,小说中克乃西特的死亡方式——在山间湖中溺亡的情节,也映照了黑塞的解释。根据荣格的观点,艺术作品中的溺亡情节表现了宗教思想中死与再生原型意象的关系。荣格曾经在观赏一幅描写宗教故事的油画时,探讨了死亡与基督教洗礼仪式之间的关系:

> 我们是最后观赏这一幅的,内容是基督向沉没于波浪之中的彼得伸出一只手。我们在画前伫立至少20分钟,讨论洗礼的原有仪式,特别是它奇异的古老观念:其起源与死亡的真正危险有关。这种习俗常与灭顶之灾有联系,因而用以表示有关死与再生的原型意象观念。洗礼原本是名副其实的水中没顶,至少暗示出淹死的危险。②

荣格在分析水的象征意义时,认为水的母性含义是神话领域中最为清楚明白的象征解读之一。因此古希腊人说大海是生生不息的象征,水是生命之源。③ 从这个角度来看,黑塞将克乃西特的死亡方式设计为溺亡,暗示重回母体得以重生,肉体消亡而精神重生。由此,克乃西特的死亡意喻破茧成蝶,是对主体存在方式的突破、超越,意喻他的精神走向更高层次的发展。如同荣格对生命的理解:

> 在我看来,生命如同一株植物,依赖于根茎而存活。其真正的生命是看不见的,深藏于根茎中。显露地面的部分只能持续一个夏季。然后如一个短命鬼一般凋零了。当我们想到生命和文明那无尽的生死轮回,就无法摆脱对绝对虚无的印象。然而,我从未失去这种感受,即在永恒变化之中有个东西存在并与之相抗。我们看到花开花谢,但是根茎却保持不变。④

---

① Hermann Hesse, Ursula und Volker Michels(Hrsg.), *Gesammelte Briefe*, Bd. 4, S. 54.
② [瑞士] C. G. 荣格:《荣格自传:回忆·梦·思考》,第245页。
③ [瑞士] C. G. 荣格:《转化的象征》,孙明丽、石小竹译,《荣格文集》第2卷,国际文化出版公司2011年版,第186页。
④ Aniela Jaffé (ed.), *Memories, Dreams, Reflections by C. G. Jung*, p. 4.

（四）性欲的象征

荣格潜心探究了性欲在精神性方面的内容及其神秘含义，从而解释了弗洛伊德尽管醉心于此，却终未能真正把握住的东西[1]。荣格研究的是跨越了生理性意义和生物学功能的性欲。在他看来，性欲表达了一种完整性精神的本质，但不是唯一的表达。他在《移情心理学》（*Die Psychologie der Übertragung*）和《神秘关联》（*Mysterium Coniunetionis*）中指出，人类性欲在表达神秘精神性方面举足轻重。这种神秘精神性是原始性的黑暗，是一种母性的神秘，展现了上帝的另一面，即阴暗面。[2]

黑塞小说中，许多主要人物通过各种性交往得到精神安慰和提升，例如《纳尔齐斯与歌特蒙德》中，歌特蒙德在漫游中不断与异性媾和；《荒原狼》哈里与妓女玛丽亚；《悉达多》中悉达多与艳妓卡玛拉的交往。卡玛拉（Kamala）与欲界（Kāmadhātu）拼写相似，似意喻感官满足的世界。可以说，这些小说中的女性更多是起到教育和促进的精神性作用。前文提到，阿尼玛发展的四个阶段中马利亚表现为爱恋中的神性。从这个角度看，与她们的情事交往象征着在神性的引导下，主人翁精神世界得以历练，走向成熟和提高。同时，小说中的这些女性身上均具有圣母马利亚的母性宗教特征。看来，黑塞笔下的性经历不仅促进个体自性化和谐与完善，并赋予这种原始欲望以宗教渊源色彩。

乱伦作为性欲表达神秘精神性的一种现象，在荣格的研究中"具有高度宗教性，由此乱伦题材在几乎所有的宇宙起源说和众多神话中起着决定性的作用"[3]，比如古希腊神话中的俄狄浦斯，天神宙斯等。乱伦意喻"一种重归童年，回到父母荫佑之下，进入母体而获得再生的奇异观念"[4]。黑塞在《德米安》中，以辛克莱与爱娃夫人的乱伦幻想突出展现了性欲望的神秘精神性和宗教性：

> 这个在我一生中最为重要，最为难忘的梦：我回到父亲家——门楣上带有蓝色底座的鸟形徽章金光闪闪——当我踏进家门，妈妈迎上

---

[1] Aniela Jaffé (ed.), *Memories, Dreams, Reflections by C. G. Jung*, p. 168.
[2] Siehe C. G. Jung *Die Psychologie der Übertragung*, München: Deutscher Taschenbuch Verlag, 1991, S. 52ff.
[3] Aniela Jaffé (ed.), *Memories, Dreams, Reflections by C. G. Jung*, p. 167.
[4] ［瑞士］C. G. 荣格：《转化的象征》，第 191 页。

前来，正要拥抱她时，她竟然不再是妈妈，而幻化成一个从未见过的人，高大威严，与马克思·德米安和我所画的那人相似，但又不是他。尽管其外表威严，却十足是一个女性。这个人拉我入怀，开始和我可怕地缠绵交合。快乐与恐惧相混合。这场交合既是神圣仪式，同时又是罪行。这个拥抱我的形象带来许多对母亲和我的朋友的回忆。和她的交合完全是大逆不道，却也带给我巨大幸福。我常常幸福无比地从这个梦中醒来，却也常常因为可怕的罪孽感而充满死亡的恐惧，良知亦备受煎熬。①

在所有的梦境中，那个神秘的爱之梦最为坦承。我经常梦见：穿过鹞徽，走进我们那栋老房子，母亲想要拉我近身，却幻化成一个半男半女的高大女人拥抱着我，我对她既心怀恐惧，又充满灼热的欲望。……这个梦是我的阴暗面，我的秘密，我的庇护所。②

辛克莱的梦境将原始的母性神秘与神性阴暗融合展现。黑塞在1931年12月写给费·阿伯尔（F. Abel）的一封信中指出："我认为，德米安和他的母亲是一种象征，……他们是神秘的召唤。"③ 正是这种神秘的召唤不断吸引辛克莱去体验、渴望欲望，最终超越肉体欲望，走向精神和谐之爱。辛克莱对爱娃的性幻想让他觉得"幸福与恐惧、男性与女性同在，最神圣的和最丑陋的彼此交织，深重的罪恶在最温柔的纯洁中战栗——这便是我的爱之梦境，这便是阿布拉克萨斯。爱不再是起初令我感到惊恐不安的黑暗兽欲，也不再是超脱凡俗的虔诚崇拜"④。这是一种两极对立之神的召唤，破坏与重生精神的召唤，辛克莱所领悟的爱是两极对立之爱，"……爱同是两者，而且超乎其外，爱是天使和撒旦、是男女同体、是人和兽、是最高尚和最邪恶之物。我必定要去体验这样的爱，我的命运便是去品尝个中滋味。我对这样的命运既渴望又害怕，但它永远存在，永远凌驾于我之上"⑤，正是这种象征着肯定与否定、失去与获得、黑暗和光明的矛盾之力促使辛克莱走向精神升华。因此，辛克莱对爱娃的性欲象征着一种神秘精神性，这种精神性表现和外化了个体生命及其灵性，是来自集

---

① Hermann Hesse, *Demian, eine Geschichte von Emil Sinclairs Jugend*, S. 307-308.
② Hermann Hesse, *Demian, eine Geschichte von Emil Sinclairs Jugend*, S. 320.
③ Volker Michels, *Materialien zu Hermann Hesses >>Demian<<*, Bd. 1, S. 209.
④ Hermann Hesse, *Demian, eine Geschichte von Emil Sinclairs Jugend*, S. 308.
⑤ Hermann Hesse, *Demian, eine Geschichte von Emil Sinclairs Jugend*, S. 308.

体无意识世界对个体心灵世界的呼唤。通过她把个体带入更加充实、内容更加丰富的存在，使个体自我整合，以达到自我超越。

（五）自我超越与自性化

荣格自性化理论是其分析心理学的核心部分，该理论以心灵成长为目标，打造个性实现的道路，也是获得充实、丰富、美满生活的道路。自性化理论要将个体从普遍的集体心理中分化出来，让个体人格走向超越式发展，从而帮助有意识的自我（ego）与无意识中的阴影与阿尼玛或是阿尼姆斯等和谐发展，以实现自性：

> 自性化是一种自然需要，任何将其降低到集体标准而对自性化造成的妨碍都是有害于个人的生命活动。由于"个性"（individuality）乃是先天在心理生理上被给定了的并且必然会以精神的方式把自己表现出来，因而对个性的任何严厉压抑都是一种人为的扭曲。一个由扭曲的个人组成的社会群体显然不可能是一个健全的、有生命力的社会组织；只有一个既能保持其内在凝聚力和集体价值，同时又为个人提供最大限度自由可能性的社会，才可能具有持久的生命活力。①

在现代社会中，由于物质地位高于精神，那么荣格所提出的"自性化"进程会受到个体物质欲望的束缚。物质欲求的片面性成为精神全面发展的巨大障碍，并潜藏着把人降低到动物水平或机器水平的危险。荣格认为在现代人拼命追求物质利益的"强迫性冲动"中隐藏着"权力意志""死亡恐惧"等深层心理危机。因此，只有在更高的精神追求指引下才能将个体的物欲平衡和消解。然而，现实中的精神危机始终实存，致使个体自性化进程面临着巨大的"心理障碍"。

对于寻求自我存在和超越道路的黑塞来说，荣格的自性化理论带给他更加实证性的理论支持。从化学意义上看人的肉体是相同的。荣格说："有灵魂的存在是有生命的存在。灵魂是人身上的有生命之物，是独自生存并孕育生命的有生命之物"②。人的内在世界的存在方式才能够体现生命的精彩与独特，因此个体的价值在于自性的体现。黑塞说："如果你是

---

① C. G. Jung, *Psychological Types*, p. 448.
② ［瑞士］C. G. 荣格：《原型与集体无意识》，第24页。

为了成就一次自己的生命，而不是重复一次千万人的生命而生，那么你就会找到一条通向自我个性和自我生命的道路，尽管这是一条艰辛的道路。如果不能辨明它，如果力量不够，那么你迟早不得不放弃这条路，会附属于社会普遍的道德、风尚和习俗。"① 黑塞一生都在践行着"作你自己"的口号，也在不断为抵制"个性"消亡而创作。

  我的作品在创作过程中是无目的、无倾向的。但是后来我在它们中找到了共同的意义：从《彼得·卡门青特》到《荒原狼》再到《玻璃球游戏》中的克乃西特，他们都在为个性辩护（有时是一种对个体困境的呐喊），指向自性化。具体的、唯一的个体拥有遗产、机遇、才能和爱好，他是温柔而弱势的个体，需要维护者。他不得不面对所有巨大而强势的反对力量：国家、学校、教会、各种集体组织、爱国者，所有阵营的正教派和天主教派、共产主义者或者法西斯主义者也一样。于是我和我的书都在与这些力量较量。它们千百次的向我证明，个体是多么岌岌可危，多么无助和被敌视。那些在世界上不能符合统一步调的个体是多么需要保护、鼓励和爱。同时，我的经历显示，在所有的阵营和团体中，从基督教到共产主义和法西斯主义存在着无数的个体，尽管他们有自己的优势和懒散，但是不够符合统一标准，他们的灵魂遭受着正统派的煎熬。我的书给予他们一些温暖、慰藉和支持。他们从书中感受到的并不总是肯定和鼓励，也有诱惑与迷惘。②

  黑塞的文学创作无意识地践行着荣格的"自性化"理论。君特·鲍曼认为《德米安》中，埃米尔·辛克莱从童年到成人的成长过程是荣格自性化的文学示范③。小说开篇论述人生的价值和道路："每个人的人生都是一条走向自我的道路，是某种道路的尝试，是对一种路径的勾画。从来没有人能以绝对自我之相存在；尽管如此，每个人都在努力变为一个绝

---

① Volker Michels, *Materialien zu Hermann Hesses* >>*Demian*<<, Bd. 1, S. 203.
② Volker Michels, *Materialien zu Hermann Hesses* >>*Demian*<<, Bd. 1, S. 222-223.
③ Günter Baumann, „Hermann Hesses >>Demian<< im Lichte der Psychologie C. G. Jungs", in Volker Michels (Hrsg.), Materialien zu Hermann Hesse>>*Demian*<<, Bd. 2, Frankfurt am Main: Suhrkamp Verlag, 1997, S. 331-347.

对自我,有人迟钝,有人洞明。"① 这段人生阐释表明,黑塞计划在这部小说中以"心理—诗学的纲领"② 来表现荣格的自性化理论。

《悉达多》中,悉达多以寻找智慧为目的,从拜师求知到走进尘世,追求肉欲、财富享乐,最终看破红尘,重回精神修行之路。不过,当他面对唯一的儿子时,依然表现出对血统后代的溺爱。对子嗣溺爱可视为一种欲望象征:男性对血脉传递的追求。这种欲望隐藏着"权力意志",即对世界的掌控,生殖繁衍对抗死亡,寄托着肉体永生之欲望。这个情节传递出一个信息,此时的悉达多依旧未完全摆脱个体对物质欲望的追求冲动。在摆渡人婆薮天的指引下,悉达多继续以自然之力强化精神,摆脱皮相束缚,才使自性化继续进行。

看来,黑塞所阐释的心灵发展,是一个肉体与精神相互依存,相互促进的进程。精神要向上,肉体却要向下。精神与肉体似乎总是处于不可调和的对立之中。歌德的浮士德也是在这种矛盾之中不断斗争、前进,"我的胸中,唉!藏着两个灵魂","一个要与另一个各奔西东,一个沉溺在粗鄙的爱欲里,用吸盘把尘世紧紧地抱住;另一个却拼命想挣脱凡尘,飞升到崇高的先辈净土"③。正是这两个灵魂构成了完整的浮士德,黑塞的悉达多也是这样一个完整的人。丰富多彩的尘世生活由欢乐与痛苦,爱与恨,享受与进取所构成。纵观悉达多的一生,他的尘世经历如同一场生命历练,在理智、感觉、情感等方面经历了多层面的尘世体验,最终通过那些物质欲望考验,达到内在精神和谐,走向更高的精神追求。正如歌德所说:"人应该是怎么样的?"这一问题永远是以另一个问题为基础,那就是:"人是怎么样的?"只有体验了欢乐与痛苦之后,人才能真正认识自己;人也只有体验了欢乐和痛苦,才学会什么应该追求,什么应该避免④。从悉达多的自性化进程来看,个性的发展从来不能脱离肉体而独活精神,自性化是一个精神与生命同在的进程。让人的理性和无意识的感性相互融合、彼此协助,内在现实与外在现实同时进步,自性化的进程才得

---

① Hermann Hesse, *Demian*, *eine Geschichte von Emil Sinclairs Jugend*, S. 236.
② Schmidt Hannisa, Hans Walter, „Die Kunst der Seele. Poetologie und Psychologie des Traums bei Hermann Hesse", in Bernard Dieterle (Hrsg.), Träumungen: Traumerzählungen in Film und Literatur, St. Augustin: Gardez! -Verlage, 1998, S. 208.
③ Johann Wolfgang von Goethe, *Faust: Der Tragödie erster Teil*, S. 39.
④ Am Freitag, dem 10. April 1829, Im 126. Kapitel, in Johann Peter Eckermann (bearbeitet), *Gespräche mit Goethe in den letzten Jahren seines Lebens*, Urheberrechtsfreie Ausgabe von Kindle, S. 5214.

以实现。自性化的每一次前进都是生命发展史上的一个进步，一次向上帝更进一步的靠近。所以黑塞说"神不在他处，就在我们自己心中"①。

荣格的自性化理论中，个体与集体的关系并非对立。自性化的前提是个体真正的存在与集体必须普遍联系。自性化进程导致更深、更广的集体联系。个体与集体和谐的普遍关系在《东方之旅》(1932) 中有所体现。作为黑塞晚期最重要的作品之一，它展现黑塞的一个重要转折：黑塞之前的作品一直围绕着个体的自我探索，而从《东方之旅》出发，他开始将个体的自我发展与集体相关联。在文中，盟会规定："东方之旅的特殊之处还在于，尽管盟会已经确定这次旅行的终极目标（它们是秘密的，不能告知），但是每个参与者也可以并且必须有他们自己的旅行目标，因为那些没有个人奋斗目标的人将不被接收。"② 盟会的这一规定首先明确自我发展的独特性，其次树立了集体与个体的必然性联系和集体规范。

另外，文中不断强调保守盟会秘密的重要性。不能保守盟会秘密的人将永远失去盟会，陷入精神痛苦之中。在个体与集体的关系中，秘密起到了补偿个体个性发展中对集体所缺乏的黏合力。因此荣格认为，要增强个人所珍视的自性化感觉，再没有比个人发誓保守秘密更好的方式了③。个人目标是实现自身特有的天性，加入集体共享某些秘密则使独立自我与集体黏合。秘密结社是通向自性化道路上的中间性阶段。

黑塞的文学世界始终在试图实现个体存在的独特性，这条道路艰难而美丽："是否人有能力和确定去走一条艰难和美丽的道路，它通向独特的生命和意义，我无法判断……生命的意义向千万人发出呼唤，许多人在这条路上走过一段，极少人在这条路上走过青春年少时，或许没有人在这条路上一直走到终点。"④ 在德米安和荒原狼的世界中没有完美，生命不断在自我改变和完善，在自性化道路上进行一次次尝试。辛克莱的自性化进程从怀疑内在、审视自我走向个性成长。他将自己暴露在怀疑面前，甚至寻找怀疑。这条道路是给绝望者走的路。这类人因为无法表述什么是神圣，从而不能明晰理念和职责，因而深感绝望，处于生命的困境之中，然而他们的良知却无时无刻不在煎熬着他们的内心⑤。《德米安》就是为他

---

① Volker Michels, *Materialien zu Hermann Hesses >>Demian<<*, Bd. 1, S. 27.
② Hermann Hesse, *Die Morgenlandfahrt*, S. 12.
③ [瑞士] C. G. 荣格：《荣格自传：回忆·梦·思考》，第 293 页。
④ Volker Michels, *Materialien zu Hermann Hesses >>Demian<<*, Bd. 1, S. 204.
⑤ Volker Michels, *Materialien zu Hermann Hesses >>Demian<<*, Bd. 1, S. 209.

们指出一条自性化的道路。

三　心灵的存在与超越——梦

心灵漫无边际、高深莫测,"它以最为奇异的方式独立于我们的意识,尤其具有研究价值,因为它们不会说谎"①。梦中的"我"是最真实的自我,"上帝做梦时,他也只是凡人"(弗里德里希·荷尔德林)。心理学家们认为梦可以反映出生命中这最为神秘、自由的世界,像镜子一般映照出隐秘的内心,是认识心灵的重要途径。从弗洛伊德开始,心理学家们把梦视为认识人类精神真实世界的秘钥。在荣格看来,梦使我们更靠近人类生活基本事实,它以象征的方式表述出当前自我的无意识状态,并且隐含着"人类共同心理结构和心理运动规律"②。荣格为了解读人类的梦和幻觉,研究和涉猎了大量的神话、传统、原始艺术和文学作品。

梦也成为文学家笔下探索自我的重要领域。黑塞这位探索心灵深处的文学大师对梦的重视程度并不亚于心理学家们,他向来重视对梦的研究和应用。"我们几乎无法干预梦境。只能像编辑一样把自己的梦记录下来"(马丁·瓦尔泽,Martin Walser)③黑塞是一个优秀的"梦境编辑"。在他20多岁时就已经开始关注"梦",并编写梦日记,名之为《来自我的梦记录》。后来与其他的一些文章、诗歌和观后感结集成册,作为送给父亲的生日礼物。米歇尔斯认为,黑塞很早就被诗学中的梦所吸引④,其魅力使黑塞在创作中给予梦特殊地位。在他看来:"谁要是从记忆、梦和无意识联想中寻找心灵的根源,那么他就能够不断获得人们称之为'与自我无意识有内在关系的东西'。他在意识与无意识之间体验了一种更加温暖、更加有益、更加激情的来往;他把许多通常留在无意识中的,只会出现在没有被重视的梦中的东西拉到光明之处。"⑤ 梦成为人类接近心灵真

---

① C. G. Jung, William McGuire (Hrsg.), *Traumanalyse*, Olten: Walter—Verlag AG., 1991, S. 28.

② [瑞士] C. G. 荣格:《心理学与文学》,第4页。

③ Volker Michels, *Materialien zu Hermann Hesses >>Demian<<*, Bd. 1, S. 21.

④ Volker Michels, „Die Stimmen der Seele im Traum, Traumbilder und Traumbewusstsein bei Hermann Hesse", in Michael Limberg (Hrsg.), *Hermann Hesse und die Psychoanalyse: „Kunst als Therapie"*, Bad Liebenzell/ Calw: Verlag Bernhard Gengenbach, 1997, S. 115.

⑤ Hermann Hesse, *Betrachtungen und Berichte II*, S. 354.

实世界的通道。梦在黑塞的笔下含义丰富，表现形式多姿多彩，并不像心理学家那样只是局限于对个体的梦境研究。他说："人必须找到他的梦，然后路才好走。但世上没有恒久不变的梦，新梦会取代旧梦，人不能坚守某一个梦。"[1] 黑塞眼中的梦不仅仅是人的睡梦，更代表着个体的理想与追求。这一主旨也体现在黑塞诗学中的梦境创作。他的诸多作品不仅通过描述梦境喻示人物的内在特征，而且以梦言志、以梦传情。黑塞"把梦与理想诗学相提并论源于浪漫主义者对无意识的过高评价。就这一点来说，黑塞与荣格的观点一致，荣格认为诗学源自集体无意识"[2]。或许恰因梦对黑塞的强烈魅力促使他关注荣格的释梦理论。1916 年春天，黑塞在露茨的索玛特疗养院接受了朗医生的心理治疗。这些治疗使他有机会了解到荣格的释梦理论，并激起黑塞系统性阐释梦境的兴趣[3]。应该说，黑塞对心理学的兴趣首先归因于梦对他的巨大魅力，心理学则可以为他提供更多认识梦境的手段和方法。

　　要想认知、理解个体完整心灵的生命过程，就必须明白：个体的梦及梦之象征性意象扮演着至关重要的角色[4]。梦是窥探人类无边无际精神世界的一把钥匙。在荣格看来，梦连接着通向自性化的道路，揭示自我的象征。梦的目标是实现一个和谐、平衡的统一心灵世界。荣格认为梦的功能有两个：一、补偿的功能。补偿往往以想象性愿望形态出现。它是对个体内在发展不平衡的一种有计划的调节机制，基于人格的某部分在意识中过度扩张而导致潜意识的补偿行为。通常，个体一系列看似无关联的梦，在深层意义上达成一个共同的目标：均衡内在，促使人格发展和完善。二、预示未来。梦往往走在做梦者意识之前。梦是无意识的具象表征，而无意识并不仅仅是对过去的贮存地，还蕴含着未来心灵情境和观念的胚芽。集体无意识是全人类共有的经验沉淀。在梦中，凭借人类种族积淀的智慧和个人智慧，象征意象蕴含着预先安排好的个人未来地位的种种发展，预示出人的命运，以及他心灵未来进化的轨迹。"梦兆应验的神话在古代具有漫长的历史和广泛的影响。即使在今天，我们也不能说它的影响已经完全消失。相反，我们却看见它正以新的、不同于以往的方式出现在荣格等思

---

[1] Hermann Hesse, *Demian, eine Geschichte von Emil Sinclairs Jugend*, S. 346.
[2] Beate Petra Kory, *Hermann Hesses Beziehung zur Tiefenpsychologie*, S. 88.
[3] Beate Petra Kory, *Hermann Hesses Beziehung zur Tiefenpsychologie*, S. 43.
[4] ［瑞士］C. G. 荣格：《探索潜意识》，第 11 页。

想家的著作里"①。通过解析梦的象征意义，可以获得某些启示性的内容，所以梦意象具有某种意义上的预见性。

梦就像一篇含义隐晦、复杂的文章，要想尽可能准确地阐释它，就必须将做梦人自身的各种信息与梦相关联，从中寻找到释梦的"轨迹"和"暗示"。荣格在释梦时，倾向于采用"综合建构法"，要求释梦者尽可能多地掌握做梦人的背景材料，然后考察其中与梦有关的方方面面，在此基础上释梦者才能尽量充分发现和"阐释"一个梦的复杂内涵。一般来说，潜意识领域中的任何事件都以梦的形态向我们展示。在梦中，它并不作为理性的思想出现，而是以象征性的意象浮现出来②。本章以黑塞主要作品所描述的梦为研究对象，联系黑塞的生活素材，从荣格分析心理学理论角度探讨黑塞通过梦来认识个体内在的真实，探索自我发展的有效途径。纵观黑塞的文学世界，无论是早期无意识地应用梦来实现艺术表现手法，还是中后期作品中对荣格释梦理论的应用，均显示出黑塞创作中的"梦"是一个重要的研究主题。

（一）逃离现实的美学场域——早期创作之"梦"（1916年之前）

黑塞的早期作品中，生命中的美好愿望往往以梦境的方式展示出来，青春、爱情、家乡，所有青春年少的理想与追求，"安详而满足的无尽目光、幸福与美的源泉、所有累积的原初宝藏，都永恒地蕴含在自我之中。所有这些沉入我的内心，寻得一方斗室，像一股来自深湖的暗流将它涌满"③，现实的污浊与压抑被隔离在梦之外，这时的梦代表着浪漫、美好、欲望和儿童般的天堂。梦，在年轻黑塞的心中，是成就他一切愿望的领地。他在《丰收地之梦》中咏颂道："强大、有影响力的梦在我面前展开，那是阳光灿烂下的一片金色丰收地！"④ 自然、梦与家乡是其作品最核心的要素。那时的梦充满浪漫主义色彩，深受浪漫主义诗学影响的黑塞将梦与理想诗学、美学相提并论，"吸引作家的是：在诗学创作中应用梦这一主题可以表现浪漫主义观点，表现对天堂的渴望，以及用来逃离现实或者模糊现实与幻想的界限"⑤。在他早期的诗歌中，除了几首具体描写

---

① [瑞士] C. G. 荣格：《荣格文集——让我们重返精神的家园》，第598页。
② [瑞士] C. G. 荣格：《探索潜意识》，第5页。
③ Hermann Hesse, *Jugendschriften*, S. 217.
④ Hermann Hesse, *Jugendschriften*, S. 217.
⑤ Beate Petra Kory, *Hermann Hesses Beziehung zur Tiefenpsychologie*, S. 88.

梦境的诗之外，几乎所有的诗中都出现"梦"这个词，它是美、青春、活力、理想、爱的丰收地。例如，《伊丽莎白》中，爱情成为永恒的乡愁走进诗人的梦乡：

像一朵白云
伫立在天边，
你是，伊丽莎白，
如此洁白、美丽而遥远。

白云悠悠，不曾惹你留意，
可是它在暗夜，
穿越你的梦中。

白云轻舞，银波流转，
从此，你那甜蜜的乡愁
永不停息，
只为那朵白云。①

在这一时期，黑塞塑造了许多逃往"梦"中的逃离者，应用了梦的逃离功能。当个体的内在出现心理问题时，无意识层面的梦和幻象用不同象征显示这些问题，并且帮助调节内在心理状态。因此，梦的逃离功能其实是补偿功能的一种形式。荣格的退行（Regression）理论论述了梦的这一功能。他在研究无意识时发现，一切精神发展中都有一个二元的动力在发挥作用。一方面，我们被向外和向前的力量驱使着进入未来，另一方面，我们被向内和向后的力量拉扯着回到过去。发展从来不是简单的线性进程：它是一个螺旋式的发展过程，有前进、上升，也有退行、下降。荣格根据自己的经验认识到，退行能够服务于成长，精神疾病也可能意味着精神想要努力治愈自我②。《赫尔曼·劳舍尔》《彼得·卡门青特》的主人公，《在轮下》的汉斯·吉本拉特，《盖特露德》中的库恩都因无法适应现实世界而陷入心理困境，往往通过梦或幻境来逃避现实。他们有的以悲剧结尾，有的被迫回归现实。其中，《在轮下》所体现的梦之逃离功能

---

① Hermann Hesse, *Die Gedichte*, S. 69.
② ［英］Anthony Stevens：《简析荣格》，第 253 页。

具有代表性。小说主人公汉斯在现实中处于天性的压制状态。他所在的学校和教育者一味注重学习与成绩,无视学生的情感和天性需求。在此教育环境下,汉斯出现了心理危机,总是陷入幻象或梦中,例如他眼前常常出现朝圣者、亲密来客;阅读时,书中的人物浮现在眼前;在梦境和幻象中时常出现父亲、以前的老师、同学。从荣格的退行性理论来看,汉斯因无法胜任现实要求,害怕责难而躲进梦和幻象中以寻找心理支持。因为无意识创造的梦和幻境能让汉斯感到温馨且放松,从而帮助他对抗来自现实的精神压迫。不过在黑塞的这些早期作品中,这种个体内在世界的无意识逃避并未蕴含反向的成长促进力,仅仅通过逃离现实展现个体的精神危机状况。从这个角度看,这些作品中梦的逃离功能是一种单向的退行,是文学层面表现个体存在危机的一种艺术手法。

　　黑塞不仅在作品中塑造逃离者,他自己那时也是一个逃离者,"梦"成为作家逃离现实的理想之境,借此希望从令人压抑的日常世界逃离到自我创造的梦之王国中。作家在1899年出版的散文诗集《午夜后一小时》为自己创造了一个艺术家的梦之王国,美学之岛。文集的首篇散文《岛梦》[①]展现了一个诗与梦紧密相连的王国,这才是作家渴望生活的世界,它滋养、充盈着作家的美学幻想,激起他的灵感与梦幻。梦之岛重新唤起作家的活力与青春,使他进入自由的心灵世界。童年、家乡、父母、家园重现于作家心中,在美学女王召唤下,作家获得了对爱与美的原初渴望。岛梦上的一切"比所有的现实更加美丽,比一切现实更加真实"[②]。追逐美与艺术从而逃避到梦的世界中成为作家平衡协调内在世界的重要方法。梦成为个体存在的重要精神支持。

　　心理学层面梦的预示功能也属于文学创作中最古老最常用的写作手法之一。黑塞早期作品也惯用这种表现手法——通过梦预示人物的未来命运。《在轮下》的汉斯青春萌动,梦到吸引他的少女艾玛,但是梦中的他并未感到炙热的情爱,而是陷入纷乱的感受中,甚至体会到目眩和死亡的恐怖,同时,还听到校长的训诫。[③] 从后续故事情节的发展来看,这个梦与小说后续的汉斯恋爱失败、未来死亡以及死亡根源——教育(校长的训话)遥相呼应。梦的预示功能同样出现在《罗斯哈尔得》中。艺术家的小儿子比埃雷躺在病床上,梦到花园中所有的花"闪耀着一种悲怆凄

---

① Hermann Hesse, *Jugendschriften*, S. 172-187.
② Hermann Hesse, *Jugendschriften*, S. 181.
③ Hermann Hesse, *Unterm Rad*, S. 293-294.

美、犹如死亡一般的光辉"①，对面走来的妈妈悲哀且严肃地望向天空，对他视而不见。接着走来同样哀伤的父亲和哥哥，却都看不到他。死亡的气息弥漫在花园中。他来到花园的水池边，水中映出自己苍白而衰老的面容，恐怖与悲哀扑面而来。他向走来的父亲求救，可是父亲只能温柔而哀怜地看向他，"可是，在这里，他是无能为力的。他是绝望的"②。比埃雷的梦散发出浓郁的死亡气息，预示出他必将走向死亡的命运。

（二）梦与自我探索（1916年之后）

在黑塞中后期的创作生涯，梦显现于各类作品，无论是日记、信件，还是诗歌、散文、杂谈、小说等，梦境不断，其中既有黑塞真实的梦境记录，也有以虚拟的梦、幻境表达内在。在研究分析心理学梦理论的基础上，黑塞试图从荣格心理学中学习到更多阐释梦境的手段和方法，从而为认识内在世界寻找更多的道路，也尝试应用于个体存在方式的探索中。另外，黑塞将分析心理学对梦境和幻想探索作为文学创作的源泉之一：做梦和追随无意识。分析心理学证明了来自无意识的声音是内心的自我秘密，证明了艺术家幻想的价值，在这个层面上，文学虚构生发于内心，是自我表现和成长的文字描述。因此，黑塞将文学世界中的"梦"与荣格心理学的梦理论相关联。借用荣格的释梦理论，梦成为他在创作中表达思想的一种隐微手法，通过梦境展示自我存在的探索和完善过程。

1. 荣格"释梦"的文学定义

荣格认为，通常简单的梦来自个体无意识，不过有些梦与各种原型意象紧密相连，来自民族神话、童话和宗教的象征意象往往会出现在这类梦境中。梦在这种情况下具有一种集体意义，因此荣格指出具有原型特征的梦源于集体无意识，它属于人类共同的财产。③ 黑塞在《关于读书》（Vom Bücherlesen, 1920）中定义梦为：

> ……梦是一个洞，通过它你窥探到心灵深处的样子。它就是整个世界，既不比这个世界多，也不比它少。从你出生至今，从荷马到海因里希·曼，从日本到直布罗陀，从天狼星直至地球，从小红帽到山

---

① Hermann Hesse, *Roßhalde*, *Ausgewählte Werke*, Bd. 1, Frankfurt am Main: Suhrkamp Verlag, 1994, S. 596.

② Hermann Hesse, *Roßhalde*, S. 598.

③ 参见［瑞士］C.G. 荣格《荣格文集——让我们重返精神的家园》，第150页。

的儿子,等等。梦会把全部世界展示给你。如同你试图完整记录下自己的梦境一般,你的梦也把整个世界装了进去。就像作家们在作品中道尽自己所思所想。①

《玻璃球游戏》之《约瑟夫·克乃西特遗稿》中的短诗《梦》(ein Traum),黑塞于 1936 年在《新评论》(die Neue Rundschau)上发表过此诗②:

<blockquote>
在这里,一切民族袒露自己的观知,
自己千年的世界经历,
在这里,一切都在新关系中和谐会合,
旧的认识、见解、意象和发现,
始终不断在更高的新层次上流动更新,
让我在几分钟或几小时阅读中,
又一次走遍人类的全部途径,
他们向我发出最古老和最新鲜的信息,
与我内心深处的意识融和汇合。③
</blockquote>

《梦》很快引起读者广泛关注,纷纷猜测"梦"之含义。1936 年 11 月中旬,黑塞在给一位"不知名读者"的回信中碰巧给出了答案:

不能立即读懂克乃西特梦所包含的"思想",这没什么奇怪。通常,人们只是从外部来接受思想,根据这些思想来调教或者制作自己,甚或演变为个体天命所定的思想,因此一部昨天还被视为陌生的东西而受到拒绝的文学作品,今天就会对我们产生巨大影响……另外,禁止人们按照同样的方式来询问诗的意义以及对它的见解。……我的那首诗反正是个梦,它不是源于理智而是来自心灵之源。但是如果人们想要尝试着确定那个梦的"意义",就会发现一些完全确定的东西,也就是这样一个认知:所有的知识和所有知识的扩展不是以句

---

① Hermann Hesse, *Betrachtungen und BerichteII*, S. 371-372.
② Hermann Hesse, Ursula und Volker Michels (Hrsg.), *Gesammelte Briefe*, Bd. 3, S. 51.
③ [德] 赫尔曼·黑塞:《玻璃球游戏》,张佩芬译,上海译文出版社 2012 年版,第 371 页。

号为结束而是以问号为结尾,所有现有的知识总是被新的问题所替代。这首诗充分说明了这个认知。把它留给读者,这个认知让读者感到烦恼或者愉快抑或兼而有之:大部分真相都是两者兼具。除了许多其他证据,还有莱辛的名言为例,他说:在拥有唯一、最终的真相与激情地去永久寻找、追寻真相之间,让我做出选择,我会选择后者。该思想也是约瑟夫·克乃西特的。[①]

从这两部分文字中可以看到,黑塞从诗学角度阐发荣格对梦的定义。在包含艺术要素的梦及这首千年文化融于梦中的诗中,作家把分析心理学的梦之功能与文学紧密相连。[②] 黑塞在梦的理解上有两点与荣格观点相同:第一,梦表现了梦者当前的精神状况;第二,梦展现了人类集体文化宝库中的各种内容。这与黑塞的"灵魂无时空限制观"相符合。正如卡帕拉什维力(Kapalaschwili)所说:"在黑塞所塑造的诗学世界中,心灵世界是一个所有时空同时并存的世界。"[③] 当然,黑塞给读者的回答更是给予解梦者一个广域的范围,"梦"的理解在于寻找真相的路上。

黑塞1925/1926年发表《伊甸园之梦》一诗,以《圣经》传说中亚当与夏娃的原罪为母题,形成梦的内容框架,通过描写春梦情欲生动展现了人类的欲望世界。

伊甸园之梦

蓝色之花飘香四溢,
莲之苍白目光把我盯牢,
每片叶上默默伏着魔咒,
蛇从所有的枝丫间静静巡视。
花萼里长出挺直的身体,
在碧绿的繁茂沼泽中
潜伏的白皙女子眨着虎眼
发际间的花儿红艳似火。
繁衍和诱惑散发着润湿的芬芳,

---

① Hermann Hesse, Ursula und Volker Michels (Hrsg.), *Gesammelte Briefe*, Bd. 3, S. 50-51.
② Beate Petra Kory, Hermann Hesses Beziehung zur Tiefenpsychologie, S. 133.
③ Reso Kapalaschwili, *Hermann Hesses Romanwelt*, Köln/Wien: Böhlau, 1986, S. 154.

未曾品尝的原罪之阴暗欲念阵阵飘来，
困倦之由，
难抵每颗果实揽客偷尝的诱惑。
春意狂欢，欲情充盈，
透着狡猾目光，蛇匍匐逶迤，
犹如情人嬉戏在女人胸腹间的滑行手指。
不是这，不是那，把我逗引，
无以计数的所有，在盛开、在诱惑，
我似置身其中，无尽幸福①。

通常，研究者们认为"自我"表现在睡梦中一般是以"我"的第一身份出现。诗中的梦以"我"与花、魔咒、蛇、原罪、女性构成主要元素，色彩、气味、情欲、幸福这些观感词将主要元素彼此相连。诗的开篇借"蓝色之花飘香四溢，莲之苍白目光把我盯牢"引出梦中景象："我"置身花园之中，魔咒与蛇潜伏在我的周围，"蛇从所有的枝丫间静静巡视"。"未曾品尝的原罪之阴暗欲念阵阵飘来"，"难抵每颗果实揽客偷尝的诱惑"隐喻着亚当与夏娃在蛇的诱惑下偷食禁果的原罪故事。诗中的"蛇"成为人类欲望世界的诱惑者。诗人笔下的情欲是正面和积极的，是一种给人带来幸福的体验。诱惑者"蛇"也是人类幸福的导引者。"透着聪慧的目光，蛇匍匐逶迤，犹如情人嬉戏在女人胸腹间的滑行手指。"蛇带来爱人间嬉戏似的欲念幸福。在荣格理论中，蛇是原型象征之一，代表着性、智慧，衔尾蛇意味着生与死的结合，象征着永恒，表达了"永恒和不朽"的宇宙观，即"一即是全、全即是一"。诗人将蛇与情人间的性爱游戏相结合，意味着人类的感性世界、欲望世界不容否定，生殖繁衍与宇宙永续轮回紧密相连。他借用基督教的宗教元素赋予该诗神秘性和宗教性的特点。只是在诗中，原罪说被改编为感性与欲望是人类幸福的源泉。荣格认为梦帮助现代人复原本原心灵，展现人的整体人格。通过心理启发的方式，"激活"和"唤起"内心世界中的原始意象，返回到集体无意识。这也是一种超越，不过心灵所面对的不是未来，而是过去。因此，我们的无意识作为本原心灵保留了许多原始特征。梦不断帮助人的意识唤回

---

① Hermann Hesse, „Paradies-traum", in Hermann Hesse, Volker Michels (Hrg.), *Sämtliche Werke*, Bd. 4, Frankfurht am Main: Suhrkamp Verlag, 2001, S. 241. 此处参考了 [德] 赫尔曼·黑塞《黑塞诗选》，欧凡译，外语教学与研究出版社 2007 年版，第 123 页。

那些已经被现代人丢失的古老东西——幻想、幻觉、远古思维模式、原始本能等，它们是感知自然的情感能力。诗中的"我"与自然心灵相通，感知情欲相惑，自然中的植物与动物具有灵性与情感，人在自然中是一个情感充盈，内心完整的人。这首诗将神话、宗教、童话融合在一个梦境中，展现人类内在世界的本原影像。

2. 文学中的心理分析

荣格在科学观察与研究的基础上指出，一个梦就是一个偶然而走运的想法，它来自心理中黑暗的、把一切结为一体的世界，它以象征的方式表述了当前自我的无意识状态。受到荣格梦理论的影响，黑塞希望通过分析自己的梦境，认识内在世界的无意识领域。1916年黑塞在接受朗医生心理治疗时，开始系统性地分析自己的梦。并于这段时期撰写《1917/1918心理分析的梦日记》，记录了1917年7月9日至1918年8月20日的治疗经历，一部分是黑塞写给朗的书信，另一部分记录了黑塞的日常生活以及所遇到的问题和心理状态，以及梦记录。他一方面记录梦境，另一方面对自己的梦进行联想式解析，阐发由此引发的思考。另外，黑塞还在与朗医生的交往中帮助分析医生自己做的梦。

在此期间，黑塞撰写了童话《艰途》（Der schwere Weg, 1916）和杂文《梦系列》（Eine Traumfolge, 1916）。它们是黑塞文学创作中最早表现心理分析的作品。作者以象征和普遍关联的手法，试图通过它们重现接受心理治疗时的经历。[①]

童话《艰途》以"我"站在两个世界交界处为开端。一个世界阳光普照，"我"来自这里。"那儿舒适、温暖，心灵知足地浅吟低唱，犹如弥漫着花香与阳光的幸福天堂。"[②] 另一个世界阴暗不明，湿滑崎岖。"我"在引路人的督促下，恋恋不舍地离开阳光明媚，青草如茵的山谷平原——"我"的阳光世界，走进阴暗不明、湿滑崎岖的山间峡谷。站在峡谷口，看到山石嶙峋、河滩湿滑，"我"不禁感叹道："或许我是傻瓜，竟然放弃所有，想要走进山峦之间。"[③] 前路如此坎坷艰辛，"我"总是想返回山外美丽、舒适的山谷平原，只想做个普通人。人生短暂，何不凭借小小的幸运，躲在一隅阳光下，享受浮华人生？然而引路人却以理解、通

[①] Beate Petra Kory, *Hermann Hesses Beziehung zur Tiefenpsychologie*, S. 134.

[②] Hermann Hesse, *Der schwere Weg*, in Hermann Hesse, Volker Michels（Hrg.）, *Sämtliche Werke*, Bd. 9, Frankfurt am Main: Suhrkamp Verlag, 2002, S. 115.

[③] Hermann Hesse, *Der schwere Weg*, S. 115.

晓的目光让"我"无法退缩,他的目光告诉"我",他理解"我"的胆怯和虚弱,但他相信我会坚持下去。在他的信任下,"我"只得带着对他又爱又恨的心情踟蹰前行。然而,刚刚走进山间峡口,刺骨的河水、险峻的山石又一次让"我"停下脚步,返回的念头再次强烈升起。

在这里,一个问题浮出:为什么"我"必须走进峡谷,经受这样的磨难呢?引路人给出答案:他让"我"再回头看看始终不舍离开的那个美丽峡谷,此时已是满目疮痍,风光不再,只有苍白无力的阳光,山影凌乱,散发着令人厌恶的气味和色调。"我"突然明白,人生没有永恒的美好,"昨日之美酒,今日之酸醋"①。"我"只能跟随引路人继续在峡谷前行。崎岖的山路让"我"疲惫不已,路边黑紫色的野花吸引"我"停下脚步,一棵树"孤独、寂寞地长在坚硬的岩石上,冰冷的天蓝色透过它的枝丫"②。引路人却不允偷憩,唱歌鼓励道:"我愿意,我愿意。"一步步走过险石,爬上顶峰,"我"的心也从不情不愿的"我必须,我必须"转变为"我愿意,我愿意"。站在险峰上小憩时,"我"梦到阳光下一只黑色的鸟高唱:永恒,永恒!鸟的目光、歌声和这里的空旷、孤寂让人无法忍受。空旷冷寂的天空令人目眩神晕,死亡变成一种幸福。鸟儿展翅冲进宇宙。引路人跳入闪烁的蓝天。"我"也跳入天空,痛并快乐着穿越无尽,投入母亲的胸怀③。

这篇童话中的山、树和黑鸟引起研究者们极大关注。大卫·G. 理查德(David G. Richard)认为"山峰是天地的连接点"④,树是天地两个世界的中介,黑鸟则是发展之初的炼金术。B. P. 考瑞指出,根据荣格的《童话中的精神现象学》(*The Phenomenology of the Spirit in Fairytales*),童话中的精神通常以三种原型意象表达,即智慧老人、动物(尤其是鸟)和山。山代表了转变和上升的目的,因此它通常意味着心理上的自我⑤。H. 哈克(H. Hark)认为树暗示完整的自我,我们一生都在通向这

---

① Hermann Hesse, *Der schwere Weg*, S. 116.
② Hermann Hesse, *Der schwere Weg*, S. 119.
③ Hermann Hesse, *Der schwere Weg*, S. 115–120.
④ David G. Richard, *The Hero's Quest for the Self: An Archetypal Approach to Hesse's Demian and Other Novels*, America: University Press of America, 1987, p. 99.
⑤ C. G. Jung, *The Archetypes and the Collective Unconscious*, C. G. Jung, *The Collected Works of C. G. Jung*, Vol. 9, Part I., translated by, R. F. C. Hull, Princeton: Princeton University Press, 1980, p. 219.

个完整自我的道路上前行。① 从这些研究来看,黑色的山峡犹如心灵深处的不明世界②,引路人像心理分析师一样,帮助"我"克服重重险阻,穿越内心深处。童话中"我"的犹疑和对表面惬意的眷恋,对引路人的不满质疑表现作家对心理分析起初也心存诸多质疑。不过,作家还是勇敢走入并审视自我深处,突破已经习惯的内在环境。他以环境、颜色、心境等文字展现犹如攀爬峡谷般接受心理分析的经历和体验。黑塞在《艺术家与心理分析》中讲到,当人们接受心理分析之初,就会经历一种来自内心最深处巨大、强烈的体验和震动。谁要是经受住考验,并继续前行,就会认识到自己逐步走近孤独,越来越与习俗和传统观念相割裂③。恰如引路人督促"我"从美丽的山谷平原走入山峡,回头再看平原已经面目全非,这才使"我"看到传统习惯崩溃后不断升起的苦涩真相、本质。"我"攀爬山谷是一个完善自我的过程,但是山巅的"我"却陷入孤独、寂寞,"因为自性化的过程会导致人的孤独与分离"④。

由此看来,这篇童话以象征手法描述个体认识自我的艰难过程:"我"在心理治疗师帮助下克服内心的各种困扰和问题,探索神秘莫测的精神世界。文中"我"对探路山谷的态度从"我必须"逐渐转化为"我愿意"隐喻心理分析引发的教育力、促进力和鞭策力。只有这样才能够真正体验一段心理发展史,并经历一种刻骨铭心的痛苦感。在此过程中,生命和个性的重要意义不断增长。

黑塞的另一篇童话《梦系列》讲述"我"的一系列梦境。荣格认为,个体所作的一系列的梦从深层意义上来看,它们是一个有计划的整体协调均衡机制,统一目标就是帮助个体补偿和协调内在片面或者不均衡的发展状况。它们是个体人格全面发展过程的一种方式。通过系列梦境的象征意象自发表达无意识内容,这一过程荣格称为自性化过程。⑤ 从这个角度看,这几个梦可以理解为一个系列的无意识自发表达内在真实自我的

---

① Helmut Hark, „" Das Glasperlenspiel ' in tiefenpsychologischer Sicht ", in Friedrich Bran, Martin Pfeifer (Hrsg.), *Hermann Hesses Glasperlenspiel*, 4. *Internationales Hermann Hesse-Kolloquim in Calw* 1986, Bad Liebezell/Kreis Calw: Bernhard Gengenbach Verlag, 1987, S. 19.

② Beate Petra Kory, *Hermann Hesses Beziehung zur Tiefenpsychologie*, S. 134.

③ Hermann Hesse, Ursula und Volker Michels (Hrsg.), *Gesammelte Briefe*, Bd. 1, S. 473.

④ Beate Petra Kory, *Hermann Hesses Beziehung zur Tiefenpsychologie*, S. 137.

⑤ C. G. Jung, „Vom Wesen der Träume", C. G. Jung, *Grundwerk*, Bd. 1, Olten: Walter-Verlag, 1984, S. 176f.

过程。

最初梦境中，做梦者参加一场蓝色沙龙，被一位美丽而神秘的女士所吸引，她被做梦者视为"女罪人"。她深褐色的眼睛，苍白的面容尽管只是给做梦者留下模糊不清的印象，却深深驻扎在内心，并激起他的好奇心，期待能读懂它们[1]。

> 当两位姿容完美的年轻人与那位女士打招呼，我不觉心生妒意。其中一位穿着红棕色外套，衣着剪裁合体，让我既羞愧又嫉妒。他们无可挑剔、潇洒自如、笑容可亲的言行举止更让人妒忌和愤怒。他们冷漠地与我握握手，脸上浮起讥笑。我突然感到有些不对头！讨厌的寒冷从脚下升起。……我发现脚上没有穿鞋，只穿着长筒袜站在众人面前。……总是出现荒凉的、可怜的、贫困的阻碍。从无人裸身或者半裸地站在这群无可指摘而冷漠的人面前。我哀伤地试图左脚盖在右脚上，同时望向窗外的湖岸，那儿响起虚假的暗夜之声，它们想要成为恶魔。我悲戚无助地看着这些陌生人，既恨他们也恨我自己。为什么我觉得要为这个愚蠢的湖泊负责呢？两个年轻人议论我的着装。在这样的沙龙里，我的装束是不被容忍的。在我看来，这个沙龙就如同少年时期所体会的，那种美丽而虚伪的高贵、世故的腔调。[2]

梦中的沙龙环境以及那些参加者衣着得体，举止高雅，反衬出我的格格不入，没穿鞋的我，行为衣着与周围的人和事是那么不和谐，这一切让"我"感到压抑、羞涩和委屈。来自外部世界的这种压抑与格格不入感甚至可以追溯至他少年时期。

荣格认为人的精神世界分为两部分，一部分是定向思维，用来适应外部环境，另一部分为非定向思维，即做梦。在理性控制的清醒时期，人的定向思维总是让个体去思考，引导个体去适应外部世界，约定俗成的戒律束缚着个体与周围环境一致。个体内在的特立独行性在这个领域中并不被支持和赞扬，甚至被压制。个体感性的自我在理性的统治下感到委屈、受到伤害。这种情感只有在梦中才会得到释放。因为梦是用来逃避现实，释

---

[1] Hermann Hesse, *Eine Traumfolge*, in Hermann Hesse, Volker Michels（Hrg.）, *Sämtliche Werke*, Bd. 9, Frankfurt am Main: Suhrkamp Verlag, 2002, S. 137.

[2] Hermann Hesse, *Eine Traumfolge*, S. 137-138.

放主观倾向。①

　　看来，梦中的"我"备感委屈伤心是在表述自我受到外部世界的压制。在梦这一无意识的领地，真实主观的我毫无顾忌地流露出外部世界带来的创伤和压抑。童话中真实的我不仅不能适应外部世界，对自我也不满意。荣格认为在梦中陌生女人的角色其实是对潜意识的拟人化，视为做梦者的灵魂②。文中，吸引"我"注意的这位女士可视为做梦者本人内在心灵的写照。有研究者也认为这位女士是梦者心中的阿尼玛原型③。梦中的"我"认为这位女性是"可疑的""女罪人""眼睛与脸不搭配""模糊不清"等，这些特征是无意识在表达梦者对自我是怀疑、不满甚至是不了解的，渴望能够读懂自己的内在世界。梦者的内在世界也是矛盾重重。从这部分梦境可以看到，梦者的精神世界不仅受到外部世界的伤害和压制，也质疑自我，甚至有一种负罪感。可见，梦者的内在世界处于不和谐、不健康的状态。

　　前文已述，梦不仅袒露真实的自我，还具有补偿功能，对于内在世界的不均衡、不健康状态会进行协调和补偿，促进内在世界均衡发展。接下来的梦境是：

　　　　我俯身看向双脚，感觉快哭了，能否改善一下窘况呢？现在，我看到自己那双宽大的拖鞋滑出来；至少在我身后的地板上放着一双又大又软的深红色拖鞋。我犹豫地拿起它，抓住鞋跟，哭泣着。它从手中滑落时我及时抓住了——此时，它变得更大——现在我抓着它的前端。突然，我感到手中沉重的拖鞋忽然一轻，它那略带弹性的厚重鞋跟脱落了。太棒了，这么一只红色松软的拖鞋，那么的软，还那么的重！我用意大利语称它"Calziglione"。我用它打了一下那个完美无瑕的年轻人的红棕色的头，他倒在沙发上，其他的所有房间以及那个可怕的湖都消失不见。我变得高大、强壮、自由。第二次打他的头。毫无反应，没有任何自卫反击，只有大声地欢呼。我不再恨他，他让我觉得有价值而可爱。我是他的主人和创造者，因为每次用鞋击打他，都令这个不成熟、愚蠢的头被塑形、锻造、密实。随着每次击打成型，他变得更加愉悦、帅气、机智，成为我的创造物和杰出作品。最

---

① ［瑞士］C. G. 荣格：《转化的象征》，第22页。
② ［瑞士］C. G. 荣格：《分析心理学与梦的诠释》，第10页。
③ Beate Petra Kory, *Hermann Hesses Beziehung zur Tiefenpsychologie*, S. 141.

后一击，我把他的尖脑勺恰好打进去。他被圆满完成。他感激地告诉我："我叫保罗（Paul）。"①

梦开始帮助自我修复、成长，让内在的"我"变得强大有力。在无意识领地里，内在的我是统治者，创造者，"我"成为造物主。在梦的世界中，一切按照自我的意志成型、塑造。那个红棕色服饰的年轻人，令"我"感到压抑和被伤害的完美无瑕者——可以理解为外部世界所塑造的理性，此时成为自我改造的对象。

紧接着，梦中的"我"站在湖边，而不再是"沙龙"！

> 湖水墨蓝，乌云压在昏暗的山峰上，湖波翻滚。一道闪电划破苍穹，温热的暴风在咆哮。那位面色苍白的女士用纯真的声音说："湖波过来了，人不能在这儿。"我看着温柔的女罪人，浪花拍打着我的膝盖，逐渐漫至我的胸部。女罪人无力地摇晃着站在不断升起的浪涛上。我环抱起她的膝盖，将她向上举起来。她又轻又小，在我眼中，她根本就不是女罪人，也不是模糊不清的女士。再无罪人，再无秘密，她根本就是一个孩子。
>
> 我带着她穿越花园，风暴不能到达这里。这儿古树垂下的浓密树冠中，温柔人性之美被倾诉，诗歌、交响乐、妩媚的直觉世界和被抑制的享受，柯罗的大树，舒伯特的管乐。这个世界还有许多声音，为了去倾听，心灵拥有了自己的时刻。
>
> 女罪人与我辞别。关于我的朋友和创造物保罗，除了他的这个人外所剩无几。他容貌中隐匿着一张未被命名、却广为人知的容颜。那是一张同学的面孔，一张史前传说的女仆的面孔，部分令人幸福地回忆起那神奇的纪元初年。
>
> 内在的黑暗，温暖的心灵摇篮和失去的家乡纷纷开启，原初存在的时代，发源地上的最初激昂，在那里，直觉的前时代随着原始森林之梦在沉睡。我认识你，焦虑的心灵，迷醉与沉睡于你就像是回归自我原初。我们不再寻找神，我们就是神。我们杀戮，我们死亡，我们在梦中创造、复活。我们最美丽的梦是蓝天，湖泊，星空闪烁的黑夜、鱼、明亮愉悦的声音，光亮。所有都是我们的梦、最美的梦。我们死亡，成为泥土。我们发明了笑，我们排列星座。

---

① Hermann Hesse, *Eine Traumfolge*, S. 138–139.

声音响起，都是母亲的声音。树木沙沙，吹过我们的摇篮。星形的道路四通八达，每条道路都是回乡之路。①

如果前一个梦境是无意识领地中，"我"疗伤和调节外部世界所造成的压抑和伤害。那么这个梦可以看作"我"对内在阿尼玛部分的探索和接受。原型意向是自性化进程的重要过程。"我"逐渐看清"女罪人"，"再无罪人，再无秘密。她根本就是一个孩子"。梦者看到史前传说女仆的容貌，联想到纪元初年，这些暗指耶稣诞生及圣母玛利亚的传说。神话传说和宗教故事包含着人类的美好向往，激活、唤起了内心世界中的原始意象，因此"温暖的心灵摇篮和失去的家乡被纷纷开启"，梦不断帮助"我"唤回被丢失的古老东西——"原初存在的时代，发源地上的最初激昂"，正是人类的集体无意识表征。集体无意识为人类保留下许多原始特征，那是感知自然的情感能力，直觉被梦唤醒，"迷醉与沉睡于你就像是回归自我原初"。集体无意识在表述人类内在世界逐渐接受自我的原型意向，逐渐了解内在的神秘世界，不再怀疑和恐惧自我。梦者的内在世界追寻自性，"回归自我原初"。自性化进程中，梦引领梦者走向精神发展。

接下来，梦中再次出现那个自称为保罗的人，做梦者的创造物和朋友：

"他变得和我一样老。他像我少年时的一位朋友，我却不知是谁。他显得孔武有力。世界不再臣服于我，而是听命于他。"我们坐在一个地方，叫作"巴黎"。一个狭长的铁梯子搭在我面前的横梁上。人可以在其上用脚攀爬或者用手抓着。当我们爬的和房子、和树一样高的时候，我感到恐惧不安。

当我看向他的时候，我认出他来。过去裂开一道鸿沟，分裂出学生时代，回到我12岁时。生命中最美好的时光，到处是芳香、到处充满创造力，一切都散发出面包的美味，一切萦绕在冒险和英雄的耀眼金光中。②

梦境中的"我"与保罗爬到梯子上，看到他们下面的空中有一群人，看起来像走钢丝的人。"我"发现她们是许多年轻的姑娘，是吉卜赛人。

---

① Hermann Hesse, *Eine Traumfolge*, S. 140-141.

② Hermann Hesse, *Eine Traumfolge*, S. 141.

她们在屋顶支架上走动、休息。她们住在那儿。地上的雾气在她们脚下飘来飘去。"我待的地方太高了，那些人在合适的高度上，既不在地面，也不像我待的地方，高得可怕、遥远。既不低至人群中，也不高得这么孤独寂寞。另外，她们是许多人。我看到她们在展现幸福，我还无法达到的幸福。"① 但是做梦者知道，他还必须在自己的巨大梯子上继续向上爬。这个想法令他备感压抑，感到恶心，一刻也忍受不了这高处。但是无人能帮助他，保罗还在继续向上爬。

在深深的恐惧中，他迈出危险的步子，一种感觉像雾一样包裹他。一切都在雾气中不可见。一会儿我在梯子上发晕，一会儿我爬在地道里，一会儿我无望地陷进沼泽中，感到泥浆升至嘴边。黑暗和压抑到处涌动。……沉重的死亡，沉重的出生。多少的夜晚围绕着我们！我们走在多少恐惧、凶险的痛苦道路上。深入我们被淹没的心灵巷道中！永恒的可怜英雄、永恒的尤利西斯！但是我们继续前行，在令人窒息的泥浆中游泳。……②

内在世界的自性化进程是一个复杂的过程，其发展并不是直线性的，而是螺旋式上升。这个梦境中，感性的自我再次被理性的自我所引领，不断向上攀登。在理性引领下，内在世界再次脱离平衡发展的轨道，不断走向追求知识理性的巅峰，而"我"——主观的"我"被迫陷入深渊，无法自拔。走钢丝的姑娘们"象征着心灵的和谐，梦者努力走向她们，却无法企及"③ 考瑞认为这部分描述如同童话《艰途》一样，比喻心理治疗过程的艰辛与困难。④ 梦境再次变幻：

我置身一个熟悉的房间，闻着熟悉的气味。桌上燃着油灯，我自己的油灯，一张大大的圆桌子。我的妹妹在这儿，还有妹夫。他们很安静，却忧心忡忡，对我充满担忧。我来来回回地走在忧伤的云雾中，沉入苦涩、令人窒息的悲伤潮水中。我开始寻找，一本书或者一把剪刀等，但是找不到它。我拿起油灯，它很重，我太困了，重新放

---

① Hermann Hesse, *Eine Traumfolge*, S. 141.
② Hermann Hesse, *Eine Traumfolge*, S. 141–142.
③ Beate Petra Kory, *Hermann Hesses Beziehung zur Tiefenpsychologie*, S. 143.
④ Beate Petra Kory, *Hermann Hesses Beziehung zur Tiefenpsychologie*, S. 143.

下，又重新拿起，再次去寻找。尽管我知道，这一切是徒劳的。妹夫指责我，妹妹看着我，既怕又爱。我的心破碎了，我什么都无法说出，只能摇摇手，我想：就让我这样吧！你们无法知道，我的痛，我那可怕的痛！让我这样吧！①

内在世界的失衡和不协调，令"我"陷入痛苦之中，我不断寻找心灵解脱的道路却不可得。在绝望痛苦之中，梦指点我重回母亲身边：

我疲惫不堪，现在必须返回母亲在等待的家中。还能听到她的声音，看到她的容颜吗？我跌跌撞撞地攀山越岭，踏上台阶。家门敞开，母亲穿着灰色的衣裙，挎着篮子。她的身形，灰色的衣裙，我已经将这幅画面遗忘。过去许多年里从没有真正想起过她？！她站在那儿，像过去一样，干净漂亮，纯真的爱、纯真的思考！然而黏稠的空气，植物的枝蔓如同结实的细绳子缠绕着我，使我无法前行！"母亲"，我大喊道，但是这儿没有声音。在我和她之间隔着玻璃。母亲慢慢向前走去，没有回头，她一边走一边静静地思考着。我绝望地大叫，却发不出声音。母亲慢慢穿过花园，穿过敞开的房门，去了外面。她依然偏着头认真地想着，举起篮子，又放下。我忽然想到曾经在篮子里看到的一张纸条，母亲在上面写着她一天的计划和要做的事情："赫尔曼的裤子开线了——放衣服——借狄更斯的书——赫尔曼昨天没有祈祷"等。所有的记忆如潮水般涌来，爱笼罩着一切。

我被绑缚在门口，那个穿着灰色衣服的女人慢慢走远，走进花园，继续向前。②

梦中的"我"再次回乡寻找到已经逝去的母亲，被"我"遗忘许久的人。梦中的"我"充满对家人的内疚和不安。母亲象征着无尽的"爱"，是心灵的动力源泉。梦告诉"我"，心灵已经太久失去动力源泉的滋养。没有爱的心灵失去了生命根源，必然走向崩溃，走向衰老与死亡。梦者呼叫道："哦，我的上帝，这就是衰败，这就是死亡与腐朽！"③ 爱是精神世界协调发展的源泉，是日常生活的动力，认识和领悟到被遗忘的爱

---

① Hermann Hesse, *Eine Traumfolge*, S. 144.
② Hermann Hesse, *Eine Traumfolge*, S. 147-148.
③ Hermann Hesse, *Eine Traumfolge*, S. 140-141.

才是解决心灵问题的正确方法。约瑟夫·密莱克认为最后的这个梦境表达了人类与生俱来的需要——回归母亲,回归宇宙。但是奥乐根·L. 史代茨西则认为与荣格的母亲原形相关联。①

这一系列梦境中,除了母亲的特写,多次重现童年景象,儿童时期的同学,在诊所拔牙的经历……"回到12岁,生命中最美好的时光,到处是芳香、到处充满创造力,一切散发出面包的美味,一切萦绕在冒险和英雄的耀眼金光中"。童年是荣格眼中可以找到人类起源之所。童年是现代人心灵最为自由、轻松、美好的时刻,心灵真正寓居之所。《梦系列》中的童年是"温暖的心灵摇篮和丢失的家乡","我认识你,恐惧不安的心灵……你是浪潮,森林,再无外在与内在之分,你是鸟儿飞翔在空中,是鱼儿游在海中,你汲取光明,你是光明,享受黑暗,你是黑暗……我们不再寻找上帝,我们就是上帝,我们是世界。我们在梦中死亡,创造和重生。……每条道路都是归途"②。在黑塞看来,童年是心灵真正的家乡,母亲是心灵的源泉和动力,爱才是个体内在世界健康发展的动力和源泉。

荣格说:"梦由一系列表面看起来相互矛盾而又毫无疑义的意象构成,可一旦得到合理的解释,梦的内容便具有相当清晰的含义。"③ 考瑞认为:《梦系列》既阐明了无意识的优点,也展现它的危险。④ 它通过诡异变幻的场景层层推进梦境演化,从社交恐惧、高空攀登、再见母亲等展现复杂多变的内心。无意识统领下的内在世界宛如一幅幅展开的画卷,真实袒露着心灵困境和主观需求。黑塞在文中不仅从无意识角度表现内在世界的困惑与问题,进一步探索了解决内在危机的方式,即寻找心灵回归的寓所和动力源泉。奥乐根·L. 史代茨西认为,黑塞描述心灵回归源泉的道路这一思想归于荣格理论。⑤ 从这个角度看梦境过程是自性化在逐渐推进。黑塞向我们打开了人类心灵爱的源泉,让内心充满爱,像儿童一样纯洁、充满创造力是解决现代个体内在危机的关键,心灵才能在意识与无意识之间架起和谐平静的桥梁。⑥ 另外,《梦系列》中的同学与圣母结合的容貌,击打保罗等情节以及将梦中的个人精神成长作为创作主旨这些方面

---

① Beate Petra Kory, *Hermann Hesses Beziehung zur Tiefenpsychologie*, S. 144.
② Hermann Hesse, *Eine Traumfolge*, S. 140-141.
③ [瑞] C. G. 荣格:《转化的象征》,第14页。
④ Beate Petra Kory, *Hermann Hesses Beziehung zur Tiefenpsychologie*, S. 144.
⑤ Beate Petra Kory, *Hermann Hesses Beziehung zur Tiefenpsychologie*, S. 142.
⑥ Beate Petra Kory, *Hermann Hesses Beziehung zur Tiefenpsychologie*, S. 144.

来看，可视为《德米安》小说的前奏。

在《荒原狼》中，帕勃罗引领哈里和赫尔米娜"走进一间小小的圆形屋子，天花板上亮着淡蓝色的光，房子里几乎是空的，只有一张小圆桌子，三把圈手椅"①，他们坐下喝酸甜液体，慢慢抽烟，逐渐感到兴奋欣喜。帕勃罗掏出小圆镜，让哈里看镜中的自己。哈里此时神迷困惑，不知身在何处，疑惑于帕勃罗的喋喋不休。似乎自己的思想从他的嘴中说出，他的眼睛直视自己的灵魂。② 由此，帕勃罗像心理师催眠，在舒缓的氛围（喝酒、抽烟）下，开启哈里心灵世界，逐渐释放出内在"自己"（看镜子）。通过幻想和梦令哈里进入心灵，其内在"自我"在魔术剧院中精彩纷呈，各种版本的心理戏剧无拘无束地上演。哈里感到已经沉浸在自我剧院之中，好奇地走过一扇又一扇门，观看门上铭牌。它们是诱惑、允诺。③ 由此，黑塞以奇幻的叙事方式展开一场心理分析。

《克林索尔最后的夏天》以几个或惨烈或奇幻的梦展现出内心深处的痛苦和绝望。梦中的克林索尔目睹自己受到酷刑，双眼被钉进钉子，鼻孔被钩子撕裂。在另一个梦境中：

> 他躺在一片树林里，怀里搂着一位红发女性，另一位黑发女子躺在他肩上，还有一位跪在他身边，握着他的手亲吻手指。妇女和姑娘们环伺在他周围，有些还仅是双腿细长的孩子，有些已鲜花怒放，有些知性成熟。在她们微颤的脸上倦容毕露，所有女人爱着他，都愿为他所爱。突然，女人们爆发起战争与怒火，红发的一把扯住黑发的头发，想把她摔倒，自己却先摔倒；所有女人一起厮打，都在叫喊、厮打、咬啮。人人在伤害他人，也让自己忍受疼痛。冷笑声、怒喊声、痛苦的嚎叫声纠结缠绕，手指抓破了皮肉，鲜血四处流淌。
>
> ……那些狂躁女性的脸还浮现在他眼前，他认识其中许多人，叫得出她们的名字：妮娜，海尔明娜，伊丽莎白，吉娜，埃迪特，贝尔塔，他在梦中沙哑地喊出："孩子们，住手吧！你们欺骗了我。你们必须撕碎的人是我，而不是你们自己！"④

---

① Hermann Hesse, *Der Steppenwolf*, S. 186.
② Hermann Hesse, *Der Steppenwolf*, S. 164.
③ Hermann Hesse, *Der Steppenwolf*, S. 169.
④ Hermann Hesse, *Klingsors letzter Sommer*, S. 382–383.

前文已述，梦中的女性通常是做梦者拟人化的无意识，是男性无意识领域中的女性部分。从这个理论来看，梦境以象征意象的语言展现克林索尔的内心充满了冲突、矛盾，无数个自我交织在一起，相互撕扯。他的内心陷入惶恐不安，动荡不定的危机之中。黑塞这部作品创作于第一次世界大战刚刚结束之时，导致作家精神危机的战争阴霾、婚姻危机以及创作困境等原因并未解除。梦境真切地表现出黑塞当时的内心是多么的不安和惶恐，危机四伏。梦把他藏匿在灵魂最内在、最隐秘的念头演示出来。

（三）梦与自我认知和成长

荣格认为梦是象征主义文本。在生命历程中，个体的梦及梦的象征性意象扮演着至关重要的角色，[①] 对其阐释必须联系原型理论。当原型与生命个体相关联时，它们才获得了生命和意义。"梦"是原型的主要来源，梦通过原型展示个体独特的自我。黑塞作品中的梦，并不缺乏原型要素。其作品中，第一个具有原型要素的梦《美丽的梦》（1912）[②] 甚至在接触荣格心理学理论之前。黑塞在中后期的创作中往往以梦为舞台，力图通过心理学理论来深刻地剖析自我。1926年1月7日黑塞写给侄子卡罗·伊森柏柯的信中说道：

> 对我来说，浪漫主义文学世界和当前与之相关的工作相距甚远。我真正生活在充满生命力的浪漫主义和魔幻之中，游弋在非同寻常的、神奇莫测的梦与想象世界的彩色深海之中。这对我来说是唯一一条可以在当前现实状况下生存下去的道路。而且由于在这里我还有一位朋友*（《德米安》中的皮斯托琉斯），我与他携手走在这条路上，使这个阴霾密布的时刻（多少个月以来我都沉迷在自杀的欲望之中）也有了美丽和伟大的内容。我如何能成功地将我现在混乱的状况和走向内在的经历书写出来，将之变为作品我还不知道。现在看来几乎是不可能的，这取决于从梦幻迈向太一的神秘道路。[③]

本节主要围绕《荒原狼》与《德米安》两部作品，从分析心理学视

[①] ［瑞士］C. G. 荣格：《探索潜意识》，第11页。
[②] Beate Petra Kory, Hermann Hesses Beziehung zur Tiefenpsychologie, S. 124.
* 约瑟夫·本哈尔德·朗医生。
[③] Hermann Hesse, Ursula und Volker Michels（Hrsg.）, *Gesammelte Briefe*, Bd. 2, S. 128ff.

域下阐释黑塞创作中梦与认识自我、自我成长之关系。

1. 以多镜像之梦探索内在世界、认知自我

《荒原狼》中的哈里陷入困厄之中，他的引导者赫尔米娜、帕勃罗先后出现，逐步启发他追寻另一个世界：超越时间、隐匿内心的心灵画廊，帕勃罗帮助哈里显现内在世界①。哈里由此进入"魔术剧院"。这是一个超越时空限制的舞台，包厢众多、镜子环绕的梦幻剧院。哈里进入镜中，无数的"我"、狩猎战争、人狼之争、人格棋盘、重返青春热恋、用爱杀人等情节以造梦的手法，通过意象的随意并置和转换，构成各种恍惚离奇的幻境。在这里，"现在、过去和将来早已没有界限……荒原狼在魔幻剧场中穿越了心灵和时间"②。黑塞以幻境与梦境相结合的手法展现变幻莫测的心灵世界。在荣格看来，梦、幻觉和想象并不是个体对现实的歪曲反映，而是映射人类心灵的一面镜子。剧院中，镜子被用来沟通意识与无意识之域。镜子蕴含一种古老的信念：人或物体与其影像有着神奇的联系，因此镜子可以抓住人的灵魂和生命力。镜子与心灵相通，通过它可以窥见人的心灵深处。

黑塞引入荣格的释梦理论，智慧老人等原型理念，帮助他在作品中深刻解析精神世界的各个层面。因此，《荒原狼》被称为出类拔萃的心理小说，成为"生活危机小说"的典范③。张佩芬认为弗洛伊德的一系列观点和方法在"魔术剧院"章节得到了文学形式的具体实践。④ 君特·鲍曼在《原型治疗之路》(Der Archetypische Heilsweg) 中写道："朗医生（荣格的学生约瑟夫·本哈尔德·朗）对于《荒原狼》创作有着极其巨大的影响。例如，黑塞提及的'彩色深海之梦'很容易让人联想到'魔术剧院'"。⑤ 黑塞与智利作家、外交官米古艾勒·塞拉诺（Miguel Serrano）的谈话揭示出荣格学说对《荒原狼》的影响。⑥ 本文从荣格分析心理学的角度分析黑塞"魔术剧院"中的梦幻场景。

首先，黑塞借用"人格面具"和"阴影"原型意象，展现内在矛盾

---

① Hermann Hesse, *Der Steppenwolf*, S. 165.
② 易水寒：《时间的线团——黑塞〈荒原狼〉的纵剖与横切》，《国外文学》2006 年第 4 期。
③ https://de.wikipedia.org/wiki/Hermann_Hesse, 2019 年 10 月 18 日。
④ 张佩芬：《通向内在之路的独白——谈黑塞的〈荒原狼〉》，《读书》1987 年第 5 期。
⑤ Günter Baumann, *Der archetypische Heilsweg: Hermann Hesse, C. G. Jung und die Weltreligionen*, S. 22.
⑥ Miguel Serrano, *Meine Begegnungen mit C. G. Jung und Hermann Hesse*, S. 12ff.

对立是潜意识过度压抑，不认同全部的自我，导致心灵世界发展不和谐、不平衡。

在剧院的分身镜前，哈里发现自己身上有一个"人"，"这是具有思想、感情、文化、温顺而崇高的性格的世界"[1]。与之并列的还有一只"狼"，"充满欲望、粗野、残酷、低下的粗鄙性格的黑暗世界"[2]。这是哈里的两种本性：人性与狼性。[3]

魔术剧院的人狼之战在哈里眼前上演彼此被驯服的场景。令哈里深刻认识到自己身上人性和狼性两种天性之间不可调和的关系。[4] 如果以哈里心中的人代表"人格面具"原型，狼为"阴影"原型，借用荣格原型理论的"人格面具"及"阴影"原型来解释人、狼交战，可以获得一些启发。

人格面具帮助个体适应社会生活，与他人和谐相处。每个人实际上都拥有多种生活面具。它是一种展现自己、顺从社会的原型。荒原狼生长于有教养的市民家庭，他所接受的许多概念和模式源于市民阶层的固定形式和道德风尚，所以他的人格面具无法摆脱这个阶层的秩序。哈里的人格面具具有市民性特征。市民精神"无非祈求折中……在没有狂风暴雨的温和舒适地带安居乐业"[5]。因此尽管始终站在市民世界对立和反叛地带的哈里·哈勒，埋藏在其心底的渴望把他引向小市民家庭，也不曾在市民精神已经消失的地方居住生活。

他对待"我姑妈"家中的人员，甚至女仆都彬彬有礼，真诚倾听。希望能片刻机会融入市民社会。他的人格面具赋予他适应社会生活各个层面的能力。他在"我姑妈家"中表现出的行为举止，令他在社会上得到才华与身份的认可。

如果放任人格面具一味发展，使人格面具膨胀到压倒其他本性自我时，则会危害到个体的精神状态。因为这样会使个体一部分自然本性隐没在无意识领域中，易使自然本性扭曲。例如荒原狼从小所接受的市民教育令禀赋异常、个性独特的荒原狼们对人的虚伪、变态的举止和习俗深恶痛绝，[6] 他们鄙视所处的市民世界，并且深感内心备受煎熬和折磨。同时也

---

[1] Hermann Hesse, *Der Steppenwolf*, S. 68.

[2] Hermann Hesse, *Der Steppenwolf*, S. 68.

[3] Hermann Hesse, *Der Steppenwolf*, S. 53.

[4] 马剑：《黑塞对歌德"对立统一"思想的接受与发展》，《同济大学学报》（社会科学版）2012 年第 6 期。

[5] Hermann Hesse, *Der Steppenwolf*, S. 63-64.

[6] Hermann Hesse, *Der Steppenwolf*, S. 54.

更加憎恨和否定自己。"他悲观的基础……鄙视自己……他憎恨和否定的第一个人就是自己。"① 因为，哈里的人格面具压抑内心的狼性。

恰如魔术剧院的人狼之战中，当人战胜狼，个体的自然本性彻底屈从于人格面具。"狼"拥抱兔子和羊羔，从"人"手里舔食巧克力。此时的个体是虚伪和被压抑的，失去了生命自然的本性被扭曲。个体彻底成为没有真实自我，虚假的"面具人"。

哈里的另一个本性——狼性令他根本无法容忍市民世界的中庸、自保、缺乏进取性。这个与"人格面具"原型相对应的"阴影"原型，为人的自然属性，是人类本性方面带有原始的动物性。这是人内心中更接近自然、非社会性的本性需要。

人狼之战中，人驯服狼的表演之后，狼与人重新搏斗。狼——"阴影"原型，是一种任性且最具动物性的情绪基础。它那些不被社会普遍道德准则所接受的部分就是世人眼中所谓的"恶"。这次狼性占据上风。人丢掉人性、道德、信仰，甚至爱，"装狼，他用手指和牙齿抓住惊叫的小动物，从它们身上撕下一块块皮和肉，狞笑着吞噬生肉……喝着冒着热气的鲜血"②。阴影过度膨胀之后，人的自然属性肆意妄为，内在世界同样出现不协调的状态。

这两种本性，既圣洁美好，又凶残可恶；既有母性气质，又有父性气质。一个是人所经验的缺少精神的物质存在，另一个则是人永恒不变的甚至与神性相同的精神本质。两者并不能简单地以对错论处，它们都是个体本性中的一部分。如果个体能够面对和接受它们，那么内在精神世界则会和谐发展。然而，哈里的本性彼此势不两立、相互做对。③ 心灵世界的一部分本性总是被否定，内心变得扭曲、可怕。这让哈里恐惧地逃离，不敢面对。

其次，黑塞进一步指出内在世界是一个充满创造性的多变多元小宇宙。

小说中，哈里的本质由成百上千个因素构成，他的生命不只在欲望和精神，或圣子与浪子这两极之间摆动，而是在千百对，无以计数的极之间摆动。④ 年老的、年轻的、少年的、学生的，严肃的、风趣的、庄重的，

---

① Hermann Hesse, *Der Steppenwolf*, S. 17.
② Hermann Hesse, *Der Steppenwolf*, S. 209.
③ Hermann Hesse, *Der Steppenwolf*, S. 54.
④ Hermann Hesse, *Der Steppenwolf*, S. 68-69.

等等，分身镜中的"哈里身上分出第二个身体，第三个、第十个、第二十个，那面巨大的镜子里充满了哈里，无数个哈里，"① 各种不同版本的哈里们在镜中不断显现，又快速消失。他们映射出如万花筒般多变、多样的内在世界。

以"镜子"刻画心灵的叙事手法还出现在黑塞的其他作品中。例如《克林索尔最后的夏天》中《自画像》部分描写道："在呆板的玫瑰花架之间的大镜子里，克林索尔看见自己的面孔后面有许多许多面孔，他把那些面孔全都画进自己的肖像里：孩子们的脸甜蜜而带惊奇的表情，年轻人充满梦想和激情的面孔，有可笑的醉汉的眼睛，有受迫害者、忍受痛苦者、寻觅者、纵欲者、和士兵饥渴的嘴唇。"② "在克林索尔浅浅的梦乡里涌现出十万场梦境，他的灵魂穿越着自己一生的镜子大厅，一切画面都有上千种变化，每一次都以新的面貌与新的意义互相遭逢，又产生新的联系，就像在色子盘里摇出了变幻无常的星空。"③

《荒原狼》的人物结构课上，镜子中分解出的各种"我"成为棋子，被放在棋盘上，组成集团和家庭，进行比赛、厮杀。并被不断建立新组合，每次组合使不同的"我"结成错综复杂的新关系。这些组合持续表演新戏剧，构成一个小小的世界。棋盘以及棋盘上的一场场戏剧，形象地演示出人类的精神世界应该是一种充满变化、不断创新、变动不居的世界。

"每个我都是一个非常复杂的世界，一个小小的星空，是由无数杂乱无章的形式、阶段和状况、遗传性和可能性组成的混沌王国。"④ 无数个"我"构成的内在世界是一个小宇宙、小世界。这些个"我"是哈里的一部分，是来自同一根源的"我"。因为无论梦中的"我"有多少个，他们都是一个整体，他们与自然牢不可分。

由此，黑塞批评那些将不循规蹈矩，天性独特，不符合大众庸常习俗的特质视为"兽性"的观点。反驳现代教育的模块化方式。这种现代教育对于这些异类学子，在未成年时备受教育者无情压制和打击，成年之后被视为异类"怪人"。

黑塞指出，人类的创造性源于心灵世界不断推陈出新。因此，他反对

---

① Hermann Hesse, *Der Steppenwolf*, S. 191-192.
② Hermann Hesse, *Klingsors letzter Sommer*, S. 427.
③ Hermann Hesse, *Klingsors letzter Sommer*, S. 382.
④ Hermann Hesse, *Der Steppenwolf*, S. 69-70.

把人的心灵结构视为唯一不变的结构体系。固定的结构导致人缺乏创新，成为国家机器中的"模具人"，导致渴望人生新意，寻找人生价值的欲望被平庸、安乐所淹没。这也是市民阶层的局限性所在，它阻碍个体创造性的发展和培养。"这是生活艺术，您自己可以随意继续塑造您的生活游戏，使它活跃起来，使它纷乱复杂，使它丰富多彩，尽在您的掌握之中。"① 正是心灵不断创新和变化才使人类智慧之泉历久弥新，永不干涸。

《荒原狼》的"魔术剧院并不是圣洁的天堂，在它那漂亮的外表下全是地狱。"② 小说以此剖析了心灵世界的复杂性、多样性，既令人感到心灵的生机勃勃与富有创造性，又帮助人们承认人性中的阴影部分，坦然接受真实的自己。揭示真相虽然痛苦，但是能够接受不完美的，甚至阴暗的"我"更加艰难。荣格说："世间最可怕的事情便是接受自己。"面对真实的内在世界，"寻求坦率与真诚、正直，无须顾忌美"③，黑塞表现出的勇气与坦率值得敬佩。通过剖析荒原狼内在本质的复杂矛盾性，黑塞揭示了个体内在世界混沌多变、善恶相生的景象。最后，在剖析自我、接受自我不完美之后，需要寻找完善自我的道路，才能不再遁入混沌的危机之中。黑塞思考如何使内在世界达到"调和"与"和谐"，指出通过内在修身，重塑信仰达到完善和超越自我。他将内在修身寄情于"不朽者"歌德、莫扎特等人的引领，他们如同荣格理论中的智慧老人原型。以他们的精神力量指引荒原狼们通过人间历练，给予他们精神世界的信仰和人生价值，帮助困顿中的人们强化、修炼心灵、提升内在世界，进而解决外部世界危机。

2.《德米安》之梦与自我和谐发展

据黑塞的书信，《德米安》的重要情节均来自黑塞的真实梦境，可以说这部小说是由黑塞一系列梦演化而来。黑塞与朗医生从心理学角度一同对这些梦境进行阐释，帮助黑塞完成了《德米安》。黑塞非常感谢朗医生在其创作《德米安》时起到的重要作用，直言道："在我的生命中并没有真实的德米安，只有皮斯托琉斯。然而恰恰是从他那里我才造就出德米安"④。因此朗医生被视为《德米安》中皮斯托琉斯的人物原型。荣格的《力比多的转化和象征》(今译为《转化的象征》)对《德米安》成书有

---

① Hermann Hesse, *Der Steppenwolf*, S. 206-207.
② Hermann Hesse, *Der Steppenwolf*, S. 209.
③ Hermann Hesse, *Die Nürnberger Reise*, S. 162.
④ Volker Michels, *Materialien zu Hermann Hesses >>Demian<<*, Bd. 1, S. 185.

着重要影响。显然，荣格释梦理论对黑塞创作《德米安》的作用不容忽视。在一系列研究《德米安》的文献中，施密特·汉尼撒第一个将这部作品视为梦自传，他认为这部作品把荣格的自性化理论以梦为引导，转化为诗性作品①。从小说整体情节发展来看，主人翁辛克莱内在人格成长之路为不同的梦境编织，这也恰恰成为《德米安》最为独特之处。就这个意义来讲，研究《德米安》中的梦对于分析黑塞的自我发展观有着重要地位。

荣格认为梦的一个重要功能是帮助人的精神成长。在人的自性化成长过程中会产生出"自我"意识，它像一个思维边境线上的守卫者。意识是完全个人性质的，而且是我们唯一的经验精神。只有那些被自我认同的意识才被允许进入可意识领域，才能浮现于我们的内心。但是意识往往受到来自父母、教育环境和社会环境的束缚，于是"自我"通常会将一些自然本性所流露出的意念和想法打回无意识领域，不让它们表现出来，因为"自我"认为它们违背了普遍的社会规范。这就会造成个体心灵发展的不和谐性。而梦则不受意识的控制，自我本性在梦中可以自然流露和表现。如果个体的精神世界要全面发展，那么"自我"与自然本性需要保持人格的同一性和连续性。从这个层面来看，《德米安》中辛克莱的人格成长始终离不开梦的帮助。在这里，依据荣格的"综合建构法"，联系原型理论尝试分析《德米安》梦的象征意义，阐释黑塞完善自我存在的进程。辛克莱的自我成长之梦可以分为三个阶段：最初为内在的对立、分化阶段；然后是自我接受阶段；最后是自我成长突破阶段。

在最初内在对立分化阶段，其核心象征为克罗默。克罗默的"恶行"令他体验到世界的多面性，梦中的克罗默更是激起辛克莱心灵深处的多种活动，这些体验让他感到震惊，感到无措，因为它们是如此背离父母对他的教育圭臬。此时，意识与无意识开始发生碰撞。

……梦见了我们乘坐小船，父母，姊妹们还有我。假日那喧嚣的声乐与光彩将我们包围。深夜时分醒来，我依然回味到幸福的感觉，眼前浮现出姊妹们在阳光下光彩夺目的洁白夏裙。然后，我一下子又从天堂坠入现实，敌人睁着那只邪恶的眼睛，再次立在我的面前。②

---

① Schmidt Hannisa, Hans Walter,„Die Kunst der Seele. Poetologie und Psychologie des Traums bei Hermann Hesse", S. 212.

② Hermann Hesse, *Demian, eine Geschichte von Emil Sinclairs Jugend*, S. 248.

梦中的辛克莱渴望重回已经失去的童年天堂。白色象征着儿童式的无辜和纯真,而这些只存在于父母亲所在的光明世界,踏入"黑暗"的辛克莱已经永远逝去:

> 他(克罗默)在梦里如影随形。……梦中的我完全变为他的奴隶。比起现实世界,我更多地生活在这些梦境中——我总是一个嗜梦者。这个阴影剥夺了我的力量和活力。此外,我经常梦到克罗默虐待我,唾弃我,跪在我身上。更可怕的是,他还教唆我犯下严重的罪行——与其说教唆,不如说干脆是强令。其中,最为恐怖至极的梦令我醒来后几乎疯狂,因为我梦见自己谋杀了父亲。①

荣格认为,梦是以自己的方式向我们展示内在世界,它来自我们生命中未被意识到的部分,是生命中的本性流露。因此要"研究我们的天性,梦是这方面最适合的媒介"②。从这个角度看,辛克莱的这些梦是其本性流露。正如施密特·汉尼撒和君特·鲍曼所指出的,克罗默是辛克莱内在的阴影原型意象。③ 他促使辛克莱脱离父母庇护下的单纯世界,独立进入现实世界——善恶同在的世界。克罗默在"我"身上所挑起的邪恶面,并不是从外部强加进内心世界,而是人性中本就存在的阴影部分,只是被理性意识压抑进无意识层面而已。

梦境中的真实自我所映射出父母构建给他的纯粹世界是虚假的,违背自然和天性。正是梦才把他最真实的心灵世界放在阳光下,让他体验到青春期内心的萌动、心灵各方面的成长。小说中辛克莱的成长痛苦正是黑塞少年时期的痛苦。青春期的欲望萌动在父母的价值观中属于被节制的对象。"性节制自然是父亲基督教世界的价值观的。他甚至不愿向青春期的儿子解释这种隐秘的欲望。更不要说去引导这样的启蒙话题!自我克制和自我牺牲的道德是虔信派的核心规范之一。"④ 因此,少年期的这种内心成长被父母营造的意识世界所避讳,甚至是丑恶的。因此小说中的少年辛

---

① Hermann Hesse, *Demian, eine Geschichte von Emil Sinclairs Jugend*, S. 258-259.
② [瑞士] C. G. 荣格:《荣格文集——让我们重返精神的家园》,第 148 页。
③ Siehe also Günter Bauman,,, Hermann Hesses >> Demian << im Lichte der Psychologie C. G. Jungs", Volker Michels (Hrsg.), *Materialien zu Hermann Hesse >> Demian <<*, Bd. 2, S. 336.; Schmidt-Hannisa, Hans-Walter, *Die Kunst der Seele*, St. Augustin: Gardez! -Verlag, 1998, S. 210f.
④ Heimo Schwilk, *Hermann Hesse Das Leben Des Glasperlenspielers*, S. 37.

克莱内心世界充斥着成长欲望，无意识世界的需求和父母世界规范的紧张对立。父亲在荣格理论中代表着理性世界，在梦中谋杀父亲，意味着感性的欲望世界受到意识过度压制，这部分自我需要表现。在无意识为主导的梦境中，感性的欲望世界要求其合法的权利，从而消灭了扼杀它的理性世界——父亲。这是自我需要全面成长的无意识表达。1865 年 3 月 12 日，黑塞给教会学校的信中说："我渴望去一个'我'会消失的社区——因为很早以来，它变得非常强大。我渴望接受一种教育，它可以教给我重新建立起我自己和生活的正确关系。"①

此阶段的一系列梦境中，意识与无意识处于彼此无法接受的敌对状态。梦中的辛克莱对"坏孩子"克罗默的依赖，谋杀父亲，毫无遮掩的坦率与真诚都让清醒的辛克莱感到恐惧、羞愧。自我虽然已经觉悟，但是内在世界还处于矛盾与对立的不和谐、不平衡状态。在这些梦中，辛克莱对克罗默的依赖表达了内在心灵渴望成长，希望从父母的庇护下独立出来。谋杀父亲的梦也是辛克莱需要独立成长的无意识表达。在接下来的一系列梦境中，德米安进入辛克莱的梦中：

> 奇怪的是，他（德米安）第二次接近我竟是在梦中。我又梦见自己惨遭粗暴虐待，然而这次跪在我身上的不是克罗默，而是德米安。令我感到新奇，并且印象极为深刻的是：克罗默曾经加诸我的所有痛苦和压迫，换成德米安后，我竟心甘情愿地承受了，感觉既快乐又惊惧。我做过两次这样的梦，然后克罗默再次出现。②

在这个梦境中，粗暴虐待"我"的克罗默换成德米安，而"我"对德米安的行径却甘之若饴。荣格认为梦中的人物都是梦者本人的不同方面，那么无论是梦中的克罗默还是德米安，都可理解为是"我"内在精神的一个层面。根据小说中克罗默与德米安两者不同的性格特征，可以认为，克罗默代表着心灵中最为原始的邪恶欲望，"我"唯恐避之不及，德米安则代表着善恶同体的和谐层面。这种替换实际上也是一种内在成长的暗示。

荣格的人格面具和阴影原型理论指出："当我们把自己认同于某种美

---

① Ninon Hesse (Hrsg.), *Kindheit und Jugend vor Neunzehnhundert－Hermann Hesse in Briefen und Lebenszeugnisssen*, Bd. 1, S. 549.

② Hermann Hesse, *Demian, eine Geschichte von Emil Sinclairs Jugend*, S. 259.

好的人格面具的时候,我们的阴影也就愈加阴暗。两者的不协调与冲突,将带来许多心理上的问题与障碍。"① 在辛克莱心灵世界开始有自我意识的成长初期,他从父母世界中所获得的,来自所谓光明世界、美好世界的思想使自我认同了一种符合这一美好世界要求的人格面具——具有道德标准的乖孩子,品质优良的好学生。于是,辛克莱内心的"阴影"就愈加阴暗,在他的梦境中不断出现代表原始欲望的克罗默。当梦中的阴影原型被代表着善恶同体的德米安所代替时,说明辛克莱的内心在成长,他的精神世界逐渐趋向感性与理性的平衡发展。"德米安代表着自我,凭借德米安的力量才能够走向寻找自我的道路。"②

辛克莱最后一阶段的梦境则表现了自我的成长与突破。在《梦日记1917年8月、9月》(Aus dem Träume—Tagebuch vom August/ September 1917)中记录了黑塞1917年8月27日的梦:"我来到妻子那儿,随身带着一幅极其稀有的圆框浮雕:一只幼鹰从蛋中破壳而出(就如同破茧而出的幼蛾),幼鹰的头是真实且鲜活的,它正在努力挣脱四周束缚的框架。或许它在一块玻璃下面,总之它那尖利的爪子和喙显著突出,而其他部分隐藏在画中。"③黑塞将此梦写进《德米安》中,并将这个关于鹰和蛋的梦转化为"自我"冲破旧世界,浴火重生,创造新世界的象征。辛克莱梦到:"德米安和徽章。它不断在变幻,德米安将它拿在手中,它时而小而灰,时而多彩、巨大。但是德米安告诉我,它还是同一个。最后他逼迫我吃掉这个徽章。当我吞下这枚徽章,感到无比恐惧,被吞掉的徽章鹰活在我体内。极度的惊恐令我惊醒。"④ 接着,他又梦到:"一只猛禽,长着鹞鹰的头,尖锐凶猛。在蓝天的背景下,鸟的半个身子插在黑色的地球中,它正在竭力挣脱,仿佛是从一个巨蛋中破壳而出。"⑤ 可以看到,这一系列的梦境令辛克莱青春期的成长扩大到新旧世界的更迭。梦中,鹞鹰——内在的"自我"不断成长、修炼、完善。那个束缚"自我"的蛋壳象征充满杀戮、仇恨的旧世界。文中的"蛋"令人联想到考古学上的一种宝石,在那个椭圆形的石面上描绘着象征阿布拉克萨斯神的神像。

---

① 申荷永:《荣格与分析心理学》,第68页。
② Beate Petra Kory, *Hermann Hesses Beziehung zur Tiefenpsychologie*, S. 149.
③ Hermann Hesse, „Aus dem Träume-Tagebuch vom August/September 1917 ", in Hermann Hesse, Volker Michels (Hrsg.), *Sämtliche Werke*, Bd. 11, Frankfurt am Main: Suhrkamp Verlag, 2002, S. 477.
④ Hermann Hesse, *Demian, eine Geschichte von Emil Sinclairs Jugend*, S. 303.
⑤ Hermann Hesse, *Demian, eine Geschichte von Emil Sinclairs Jugend*, S. 303.

1922 年，黑塞在《异国艺术》一文中认为，此神即"造物主"①。几乎在所有的古代文明中，印象深刻的梦总是被视为神谕！鸟从蛋中挣脱的梦也就是阿布拉克萨斯神谕之梦："自我"要发展，必须摧毁这个旧世界，因为这个世界：

> 四处都笼罩着拉帮结派的气氛，却毫无自由和爱。所有的这些合作共事，从大学社团、合唱团一直到国家，完全是被迫结合，是人们由于恐惧、害怕、尴尬才构建的共同体，他们的内心充满腐化、败落、濒临崩溃。……现在的联合只是一种结党。人们彼此投奔，是因为他们彼此害怕。……人只有在背离自我时才会害怕。他们害怕，因为他们再也无法为自己辩护。共同体是一群对自己内心的莫名之物感到害怕的喧嚣之人！他们均感到，自己的生存法则不再正确，他们生活所遵循的古老法则，无论是他们的宗教还是品德，无一顺应他们的需要。一百多年来，欧洲一直在研究，在建厂！他们清楚地知道用多少克炸药可以杀死一个人，却不知道人该怎样向上帝祈祷，甚至不知道怎样才能愉快地度过一个钟头。②

荣格说：具有神话、童话和宗教象征意象的梦境通常会出现在心理发展的转折期，例如青春期、更年期、死亡前，处于性命攸关以及重大危机时。这些梦与创造性的、艺术性的进程相关联。③ 从蛋中破壳而出之梦象征着"凭借自己的力量首先脱掉家庭的'裹壳'，然后从社会的束缚中挣脱出来"④，获得个性发展的自由。"我"要飞向神阿布拉克萨斯："鸟要从蛋中挣脱。这个蛋就是世界。谁要诞生于世，必得摧毁一个世界。鸟飞向神。此神名曰阿布拉克萨斯。"⑤ "人人都承负着诞生之时的残余，背负着太初世界的黏液和蛋壳，直至生命的终点。"⑥ 黑塞说道："根据荣格的理论，我们可以感到那些'内在愿望'是人不断向前的驱动力。内在的愿望应该是独立于意识的。它们来自无意识，既可能是通过清醒的梦想，

---

① Hermann Hesse, Volker Michels (Hrsg.), *die Kunst des Müßiggangs*, S. 208.
② Hermann Hesse, *Demian, eine Geschichte von Emil Sinclairs Jugend*, S. 340-341.
③ Hans Dieckmann, *Träume als Sprache der Seele*, Einführung in die Traumdeutung der Analytischen Psychologie C. G. Jungs, Fellbach: Bonz, 1978, S. 91.
④ Volker Michels, *Materialien zu Hermann Hesses >>Demian<<*, Bd. 1, S. 23.
⑤ Hermann Hesse, *Demian, eine Geschichte von Emil Sinclairs Jugend*, S. 305.
⑥ Hermann Hesse, *Demian, eine Geschichte von Emil Sinclairs Jugend*, S. 236.

也可能在睡梦中被展现。它们向我们指出通向真实内在之路。因此在皮斯托琉斯和辛克莱之间的对话，对梦的释义占据了重要的地位。"① 辛克莱与皮斯托琉斯的"所有这些谈话，即使是最简单的对话，都似一记持久而轻柔的捶打，击中我心中同一处角落。它们都在助我修习，帮我蜕去外壳，击碎蛋壳，每一记捶打都让我的头脑升得更高，变得更自由，直至我那金鹞用它刚劲的脑袋撞碎世界的外壳。"② 个体的不完善如同枷锁，亦如同这个蛋壳。人必将粉碎这一枷锁，破茧化蝶，使精神走向更高层次的发展，如同"尼采"的超人。"原初的感情，即使最疯狂的情感，也并非针对敌人，他们那些血腥的作品只是内心的迸射，是内在分裂的心灵迸射，那心灵想疯狂、杀戮、毁灭和死亡，以便能重生。一只巨鸟从蛋中挣脱，蛋就是世界，这个世界必将化为废墟。"③

梦在继续，辛克莱所梦到的克罗默、德米安、徽章以及徽章鹰、阿布拉克萨斯，都是梦者无意识中的不同意象，来自内在世界深处的声音。辛克莱早已无法分辨梦境和真实。在上述梦境中，"我"的内在世界通过梦展现被"自我"意识压抑，感到与现实世界发生冲突的真实心理部分。荣格说现代人的个体意识是彼此分隔的，然而在梦里，自我却拥有了原始人那种更普遍、更真实、更永恒的自然共性。也就是说，梦中的辛克莱更加自然、真实。"我唯一坚信的是自己内心的声音，我的梦境。"④ 无论是善、是恶，无论光明、阴暗，就像荣格的阿布拉萨克斯神一样，心灵是多层面的。自我不断的成长，就在阿布拉克萨斯神预言腐朽的旧世界（既指外部世界，更指内在的精神世界）必须被摧毁，新的世界将被创造之中。

总体来看，梦在黑塞的"向内之路"上是心灵的展示者，自我存在的提升者。黑塞在《德米安》中说："不断深入我内心的探知，我越来越信任自己的梦境、思想和直觉、越来越了解内心中的力量。这令我受益匪浅。"⑤ 因此，从梦的角度认识内在，黑塞首先希望通过科学的心理分析之方法：

---

① Volker Michels, *Materialien zu Hermann Hesses >>Demian<<*, Bd. 1, S. 29.
② Hermann Hesse, *Demian, eine Geschichte von Emil Sinclairs Jugend*, S. 318.
③ Hermann Hesse, *Demian, eine Geschichte von Emil Sinclairs Jugend*, S. 363.
④ Hermann Hesse, *Demian, eine Geschichte von Emil Sinclairs Jugend*, S. 308.
⑤ Hermann Hesse, *Demian, eine Geschichte von Emil Sinclairs Jugend*, S. 329-330.

这些又与心理分析学关于伦理学、个人良知的结果有着内在关联。首先，分析学有着巨大的基本需求，如果回避和忽视这种需求的话会立即引起损失，这种刺激会深深地影响到个体并且持久的留下印记。它要求自我内在的真实，而这种真实我们并不习惯。它教我们去看，去识别，去检查并认真对待那些我们最为成功地抑制于我们内心深处、那些一代代人不断强迫去抑制的东西。①

其次，以梦帮助建立健康、完整的内在之"我"。就如同荣格所强调的那样，健康的心灵本来应该是一个整体，但是生活所经历的，数不清的大大小小"外压"，把心灵撕扯得七零八落、变成种种独立存在、相互冲突的系统结构。哲学、心理学、宗教、医学的任务，就是要帮助遇到困顿的人们强化、修炼心灵、重新获得心灵的整体性，使之抵御随之而来的不断分裂。

《玻璃球游戏》的"呼风唤雨的大师"一章中，黑塞赋予克乃西特原始人类曾经所具有的能力——与自然对话，倾听自然的声音。这与荣格所提出的"潜意识一体感"相一致。"潜意识一体感"指的是人类自己与自然现象在情感上具有通感的能力。黑塞在此文中尝试为现代人的心灵寻找一条回归大自然的道路，帮助现代人建立一种可以克服现代性疾病、治疗人类精神困厄的内在能力，使人类同大自然情同手足的联系重新缔结，回归自然的怀抱，使人类的生命意义重现深刻的宇宙价值。这或许是黑塞"向内之路"的重要目标。

黑塞将分析心理学中那些与梦相关的重要理论尝试应用于对自我的探索中，试图从荣格心理学中学习到更多认识梦境的手段和方法，从而为认识内在世界寻找更多的道路。同时，经由荣格的释梦理论，梦也成为他在作品中表达思想的一种隐微手法，帮助建立健康、完整的内在之"我"。

当然，对于梦象征的阐释始终是一个开放式的解析。当研究那些在创作过程中始终与自我保持统一的作家时——黑塞恰恰是这样的一位作家——荣格认为，那种表面上自觉的、目标明确的创作方式，不过是作家的主观幻想，因而这类作品在作家的意识范围之外还具有种种象征意义。但是这些象征内涵超越了我们今时今日的理解能力，因此我们很难发现这些象征的终极性质。因为和作家一样，读者也无法超越被时代精神所限定的意识维度。阿基米德说，如果在地球之外给他一个支点，他可以撬起地

---

① Hermann Hesse, *Betrachtungen und Berichte II*, S. 354-355.

球。但是，显然在我们的世界之外并不存在这样一个支点，可以让我们依靠它"撬起自己的意识，使之脱离其时代的局限，从而洞察到深藏在作家作品之中的象征"①。黑塞1934年6月在写给汉斯·莱哈特（Hans Reinhart）的一封信中说道："在诗学中必然存在那样奇观：一个人尽管在自说自画，却联想着别人理解和明白他的所言所叙。这就是梦与诗学的区别。"② 看来，文学中的梦是基于普遍联系和广泛理解的。

除了荣格释梦理论之外，荣格的宗教心理学帮助黑塞建立起宗教与心理学的关联，为其"向内之路"提供了一个重要基础：个体从自我体验到神的体验③。这种关联成为黑塞自《德米安》后所有创作最为重要的标志。黑塞曾经说过："在荣格的思想体系中，我最为感兴趣的是荣格将亚洲宗教和心理学相结合，但同时拒绝了佛教对尘世的敌对态度。《悉达多》也是以这种结合为基础。"④ 从这个层面上讲，《东方之旅》是黑塞探讨信仰与内在自我问题的舞台。他尝试着为处于精神危机的人们塑造一位可以帮助他们生活下去，让人更加坚强的精神寄托——雷欧。从心理学的角度来看，他可以代表自我的最高形式，精神盟会的最高首领。同时，这位具有天主教外表特征的雷欧无所不知，拥有一份象征"众神之神"的身份档案，也就是象征着宗教之神。恰如荣格所说，人类确实需要一些普遍的思想和信念，这些思想和信念将赋予他的生活一种意义，并使他能够在宇宙之中找到自己的位置。宗教象征的作用也是为人的生命赋予一种意义，一种关于自身存在的更为博大的意义感，使人超越于纯粹的索取和消费之上的意义感⑤。雷欧完成了自我与神同一，个体精神与宗教信仰合一。

本章围绕黑塞作品与荣格心理学的交互关系做了大量的阐述和分析。不过，关于黑塞是否广泛受到荣格心理学的影响还是存在一定的争议，不仅在研究者之间，甚至在黑塞与荣格两人之间也出现了异议。针对自己的文学创作是否受到荣格分析心理学深刻影响这一问题，黑塞本人给出了明确的否定回答。黑塞1950年写给艾玛努尔·麦雅的信中说："我阅读荣格

---

① ［瑞士］C. G. 荣格：《荣格文集——让我们重返精神的家园》，第221页。
② Hermann Hesse, Ursula und Volker Michels（Hrsg.）, *Gesammelte Briefe*, Bd. 2, S. 428f.
③ Günter Baumann, *Der archetypische Heilsweg: Hermann Hesse, C. G. Jung und die Weltreligionen*, S. 33.
④ Günter Baumann, *Der archetypische Heilsweg: Hermann Hesse, C. G. Jung und die Weltreligionen*, S. 18.
⑤ ［瑞士］C. G. 荣格等：《潜意识与心灵成长》，第66页。

的书籍只到大约 1922 年。因为后来我对他的分析理论不再非常感兴趣。尽管如此，我依旧很尊敬他，但是他对我的影响不及弗洛伊德。……心理学家给我的印象是他们并没有和艺术建立起真正的关系，因为他们缺乏艺术细胞。"[1] 由此而否认了荣格对他创作产生重大的影响。

1950 年 3 月 24 日荣格写给艾玛努尔·麦雅的信中则写道：

> 我了解黑塞的作品，我也认识他本人。我认识给他作治疗的心理医生，我的作品通过他在一定程度上影响了黑塞。这种影响出现在《德米安》《悉达多》和《荒原狼》中。大约 1916 年我就开始知道黑塞。他的心理医生是郎医生。他经由我获得了丰富的关于诺斯替主义的知识，同时也传递给了黑塞。黑塞将这些素材写进他的《德米安》中。《悉达多》和《荒原狼》的来源比较不明。不过至少是部分的直接或者间接溯源于我和黑塞的谈话。但是很遗憾，我无法告诉您，他在多大程度上有意识地接受了我的指点和暗示。
> 　　我不曾系统地研究过黑塞的小说，那肯定是一次很有趣的心理分析探索，尤其在我的理论概念观点之下。只要对我的作品具有足够认知的人，就一定认可这一点。很遗憾我没有时间详细探讨其中的细节。因为这将会是一篇新的学术论文，其中需要专门的工作，而这样的工作我则没有能力承担。您所做的研究结果我将备感兴趣。[2]

黑塞祝贺荣格七十五岁生日时，送给他《东方之旅》一书。荣格答谢说"它是我最近发表的那部作品在文学领域里令人感动的尝试"[3]。荣格所指的这部作品，据《荣格全集》的编辑者安内拉·亚费（Anela Jaffe）的猜测，可能是《无意识形式》(*Gestaltungen des Unbewussten*) 这部著作。

从本节的分析来看，荣格心理学理论的确在一定程度上改变了黑塞的创作风格，丰富了他揭示内在世界的写作手法和表现方式。从黑塞创作与荣格分析心理学、中年黑塞的人生经历、黑塞与荣格的思想对话以及他们与中国传统文化的情缘四个方面来看，黑塞与荣格并不是简单的接受与被接受、被影响与影响的关系。由于共同的时代背景，相同的事业目标——

---

[1] Hermann Hesse, Volker Michels (Hrsg.), *Gesammelte Briefe*, Bd. 4, S. 57.
[2] Zitiert aus Volker Michels, *Materialien zu Hermann Hesses »Demian«*, Bd. 1, S. 217-218.
[3] Beate Petra Kory, *Hermann Hesses Beziehung zur Tiefenpsychologie*, S. 55-56.

探索人类精神世界和谐发展之道,为现代人回归心灵家园寻找通途;近似的思想倾向——用东方思想帮助西方文明重生,黑塞接受了荣格分析心理学的思想。这种接受主要表现在黑塞中后期作品的创作手法上,荣格研究心理世界的方法和理论为黑塞提供了文学创作新的表现手法和视角。从思想范畴上来讲,荣格具有科学特质的心理学理论证明和丰富了黑塞自我存在与超越的思想。荣格对生命的深刻理解和艺术让世界变得完美的观点都为黑塞的文学创作点燃了激情和信心,使作家在战争所造就的黑幕之中看到前进之光。荣格的分析心理学为黑塞的文学世界提供了新的角度和方法去探索人类精神世界,帮助黑塞在通向内在世界的道路上走得更远,更加深入心灵深处的黑暗之域。科学的心理分析方法使黑塞得以更加全面地剖析自我,认识自我最真实、最内在的世界,从而使其走向创作的转折点。从黑塞思想发展层面上来看,如果单纯将黑塞作品与荣格的心理学思想作对比,的确显得深受荣格思想的深刻影响。这一情况在本章的研究中也是显而易见的。但是,从心理学与艺术家的关系上来讲,荣格对黑塞思想上的影响还是很难界定的。因为心理分析学者可以用实证主义的方式证实艺术工作在表现和认识人类心灵方面有重要意义,并以科学实证的形式否定了所谓"艺术家的工作是基于虚构的"观点和评价。这一点恰恰是文学家们所渴望的。作为文学家,黑塞最大的无力感是面对这个科学统治一切的世界时,自己的思想和观点无法得到"科学"实证,只被定位于"一家之谈"。荣格学说为黑塞铺平了用分析自我精神存在的方法来体验上帝的原型道路。同时,黑塞也凭借自己真实的内在经历证实了这条道路的真实性。他认为在那些统一、完整和普世性心灵体验中,都能听到神的声音。荣格将这种声音视为描绘了"自我"的体验[1]。黑塞认为分析心理学帮助他"看"到真实的自我,帮助他将存在与超越的精神追求进行得更加深刻。当黑塞在荣格那里发现了与自己相同的思考和追寻时,必定会积极地借用这一科学来表达自己,证实自己。毕竟,"心理学是唯一关注价值(即情感)因素的科学,因为它是连接物理事件与生命的纽带"[2]。生命价值的探索能得到"科学"理论支持一定让黑塞倍感兴奋。"我发现,总的说来,他们这些心理学现象的观点证实了所有我对其他作家以及我自己的观察而获得的想法。我看到那些被表述出的东西,已经部分的与

---

[1] Günter Baumann, *Der Archetypische Heilsweg: Hermann Hesse, C. G. Jung und die Weltreligionen*, S. 19–20.

[2] [瑞士] C. G. 荣格:《探索潜意识》,第78页。

我的观念和偶得的想法、无意识的认知相一致。"① 从这个层面来看，黑塞中后期的作品接受荣格的心理学理论也有其必然性。

如果将黑塞与荣格的对比放在两人生活的时代背景之下，联系黑塞思想脉络的整体发展情况来考察，则之前那些黑塞接受荣格思想的确定发现会显得不再那么确定，界限也变得模糊不清起来。例如作为浪漫主义作家与尼采思想的继受者，黑塞在写作中的无意识表述以及他的死亡观有多少源于自身的思考，又有多少成分受到荣格的影响就难以考证。尽管许多研究者都提出各种考据证明黑塞对荣格思想的接受，如考瑞认为心灵和谐的人类理想这一思想是受到荣格的影响②。鲍曼也强调，黑塞将整体理念和和谐思想设计为《悉达多》自性化理论的目标，这一思想显然来自荣格③。但是如果我们考虑到黑塞从 20 世纪初开始直至老年，一直在深入研究中国的传统文化，就会对上述两者的结论产生疑问。中国传统文化历来注重天人合一，内外和谐，强调个体人格的修炼，认为个体精神成长是通过自身内在的升华而达成，双极性是老子辩证统一哲学思想的重要特点。深受中国传统文化影响的黑塞，其双极性思想和个体发展观也较难界定其思想渊源。

---

① Hermann Hesse,„Künstler und Psychoanalyse", in Hermann Hesse, *Betrachtungen und Berichte II*, S. 352.
② Beate Petra Kory, *Hermann Hesses Beziehung zur Tiefenpsychologie*, S. 50.
③ Günter Baumann, *Der Archetypische Heilsweg: Hermann Hesse, C. G. Jung und die Weltreligionen*, S. 14.

结 束 语

殊途同归——存在与超越

黑塞说:"超越自我是人类共同的目标。达到这一目标必然要求一种由超个体的自我所构成的存在。……那种利己主义者,只考虑'我'和自身需求的个体将被新人类所替代。新人类应该懂得他人、世界与上帝同在于'自我'之中。"① 自我——神是个体提升的体验,黑塞的文学世界探讨着这种升华的路径——"向内之路",这也是黑塞建构这条道路的根源所在。黑塞的创作只为让所有的个体生命显现出更加不平凡的唯一性、尊严性。"我的作品既与破坏规则和义务无关——没有这些,人类不可能共同生活;也无关个体神圣化。它们只关乎生命,这种生命充满爱、美和维护共同生活的秩序。这样的生命才不会令人与牲畜为伍,保持了生命的尊严、美好和独一无二的悲剧性。"② 面对现代文明危机,欧洲精神衰落,黑塞认为必须在内在精神中树立起人类信仰的目标,它是全人类精华凝练而成的神性之所在,是人类超越自我的力量源泉。米歇尔斯在《黑塞画传》中这样总结黑塞的一生:"赫尔曼·黑塞在其漫长的、饱经沧桑的一生中始终没有变,他只想用他写下来的经验支持和帮助他的读者去发现自我,认同自我。然而,要对这种认同施加影响并打上自己的印记,他却从来没有这样的念头。"③ 这是黑塞一生的追寻。

在《世界文学书库》中,黑塞用自白的形式概括了他几十年跨越

---

① Günter Baumnn, *Der Archetypische Heilsweg: Hermann Hesse, C. G. Jung und die Weltreligionen*, S. 47.
② Volker Michels, *Materialien zu Hermann Hesses >>Demian<<*, Bd. 1, S. 223.
③ [德] 弗尔克·米歇尔斯编:《黑塞画传》,第6页。

古今东西的阅读经历,誉之为个体进行真正教育,追寻精神与心灵完善,丰富生命幸福感的重要途径。① 黑塞倾其一生的"向内之路"是在世界知识中披荆斩棘,主要从文学、哲学以及心理学等方面汲取智慧精华,让内在通向人类精神世界的完美伊甸园。黑塞式的信仰实际上是人类智慧的总结。在他看来,各种智慧本源于生活,并无教派之分,所谓的派别只是开启智慧的不同方法,殊途同归,最终目的是让世人达到智慧的巅峰。黑塞说:希腊人、波斯人、印度人和中国人,基督徒和佛教徒,他们所有的人都谈论自我,只是对"自我"的称呼不同罢了。②

在德国近代文学史上,黑塞的创作成就是那些没有创造能力、只知模仿的后浪漫主义者和歌德的后代作家根本不能同日而语。他在艺术上深受浪漫主义文学的影响,承继了浪漫派先辈们倾心内在心灵的精神,其诗歌、小说,从《彼得·卡门青特》《德米安》《荒原狼》到《东方之旅》以及后来的《玻璃球游戏》,试图以文字画出一幅内在世界的通幽曲径。其早期文学创作远离日常生活,以逃离到主观世界来对抗客观现实,建构自己所定义的理想世界为其思想与文学创作主旨。在浪漫主义与尼采的召唤下,把个体投射进虚构的理想世界中。在其中后期创作中,真实世界成为他所关注和研究的对象。战争惊醒了黑塞,令他意识到以理想的乌托邦世界应对生活是对现实无力的妥协,因此他强调直面真实,直面人性内在,善与恶均需接受,承认,自我才能走向完善。其文学连接起人—生活—内在世界,可以说,比起早期创作,他的中后期文学实际上更靠近生活。黑塞试图解决在现代文明中,内在世界与人的关系秘密,生命的真相。此时,生活是本源,文学创作以日常生活为框架,对其神秘化、内在化。其主旨在于解决和治愈现代性问题。

在《百日草》中,黑塞说,"那些看起来魁梧健壮、崇拜金钱与机器文明的当代人类,要是有幸能够存活到下一代的话,他们也许就会懂得善待医生、老师、艺术家和魔术师"③,因为这些人能够"重新带领他们认识美的内涵与灵性奥秘"④。黑塞为了带领人们认识美与心灵的奥秘,他穿越古今,跨越文化,走向东方智慧。他的人生与创作始终在追求途中,

---

① Siehe Hermann Hesse, „Eine Bibliothek der Weltliteratur", in *Betrachtungen und Berichte II*, S. 395-396.

② Hermann Hesse, *Mein Glaube*, Frankfuhrt am Main: Suhrkamp Verlag, 1981, S. 20.

③ [德] 赫尔曼·黑塞:《园圃之乐》,陈明哲译,人民文学出版社 2008 年版,第 73 页。

④ [德] 赫尔曼·黑塞:《园圃之乐》,陈明哲译,第 73 页。

因为对现实的不满足感永远负载其身，使他执拗地追寻理想的完美之境，从幼年起热烈地要把现实完善化，甚至自比为魔法师，希冀将不完美的现实魔法化，以浪漫主义的方式处理时代和现实。不过他并不是脱离现实，只是以赤诚之心在自己的文学世界里将下沉的现实高高托起，将它理想化、魔法化，为现代人留下一隅精神的故乡。其作品为那些深受现代性困扰、躁动不安的心灵带来慰藉。在 20 世纪 60 年代的美国，黑塞成为反规范、反极权、崇尚自由、崇尚个性的审美现代性运动的精神导师。从寻求自我到通向内在所作的文学实践是黑塞为浪漫主义诗学发展所作的重要贡献，也是他的独特价值所在[1]。

黑塞不仅传承了浪漫主义诗学特点，而且在创作中超越了浪漫派的局限性。对于浪漫派先辈及其深渊情结的超越，按照卡尔·施密特（Karl Schmidt）的说法，一方面是借助深层心理学，另一方面正是借助中国文化而得以实现[2]。在研究欧洲生命哲学观之后，黑塞发现其不足之处。虽然他深受尼采影响，但是随着思想成熟，渐渐疏远了尼采思想中那些过于强调自我的特立独行，甚至将个人与集体、社会置于对立关系的内容。欧洲文明显现的巨大危机使黑塞走向东方文化，尤其是中国传统哲学思想带给他巨大冲击。中国传统文化所阐发的精神性意味着"自然和精神、宗教和日常生活是友好的，而非敌意的对立，双方各得其所"[3]，这让黑塞找到心灵和平的归家之感。老子强调个体与整体之间的和谐自然关系帮助黑塞超越了尼采的个体观。黑塞的"向内之路"实为超越自我，达到精神世界完美的理想之路，老庄内在修身思想对他的理想起到很重要的引导作用。黑塞从他们所代表的中国传统哲学思想中寻找到更加强健的精神生命力，一种面向未来，积极肯定自我，面向更高伦理的精神道路，探索出一种与自然、宇宙更加和谐的、理想的人类精神世界。

黑塞真正是一位非常具有现代活力的作家，其创作上的不断创新和充满活力之表征在汉斯·迈尔（Hans Meier）看来，正是源于深层分析心理学的影响，它使年迈、高龄的黑塞始终与新的、富于创造力的自然和生命

---

[1] 张弘、余匡复：《黑塞与东西方文化的整合》，第 173 页。
[2] 范劲：《〈玻璃球游戏〉、〈易经〉和新浪漫主义理想》，《中国比较文学》2011 年第 3 期，第 114 页。
[3] Adrian Hsia (Hrsg.), *Hermann Hesse und China, Darstellung, Materialien und Interpretation*, S. 53.

紧密相连①。黑塞在个人心理治疗过程中发现了荣格的分析心理学。荣格思想的复杂广博，广泛活跃的学术兴趣，均为黑塞的思想和创作提供了更加广泛的视角、素材以及佐证。黑塞的浪漫主义思想，对尼采以及老庄道家观点的接受，为走近荣格理论提供了基础。中国道家哲学思想成为黑塞与荣格进行对话的一个重要平台。从荣格那里，黑塞学到了解析心灵的科学方法，并将它应用到创作手法上，使其作品更具心灵穿透力，从而引起读者的共鸣。由此，荣格帮助黑塞开创了"向内之路"新的认知和超越途径，使他在这条道路上走得更深远。纳入来自哲学和心理学思想的文学创作为黑塞寻求和总结人类的高尚精神与美好品质提供了更加具有实证意义的理论和实践。

恰如安德里亚·索尔巴赫（Andrea Solbach）在一篇书评中所言："文学批评者们有时候很难应付黑塞及其纷繁广博的作品。"② 黑塞的创作世界绝不只是文学，作为人类文化史上一位伟大的智者，黑塞具有超越民族和意识形态的文化眼光及勇气去进入不同民族、不同文化以及不同思想领域。"血统、乡土和母语不是所有的所有，在文学中亦是如此，还有超越一切之上的人性（Menschheit），总是有着不断令人惊喜振奋的可能性，在那最为遥远，最为陌生的地方发现家乡……"③ 黑塞建构的"向内之路"之所以能够不断创新与超越，盖因其面对各民族智慧时的广博心胸和尊重态度：

> 人文主义意味着不同文化之间相互开放。黑塞式的人物给欧洲、亚洲或者其他地方的所有艺术家和读者们展示了一个榜样。不同信仰之间的调和需要多种文化之间彼此靠近，然而黑塞的理想则需要更多，要达到多文化共生共栖，这包含着多文化融合，特别是跨宗教相会模式——或许莱辛的《智者纳旦》中戒指的喻旨在表现出该思想上最为著名。④

---

① ［德］弗尔克·米歇尔斯编：《黑塞画传》，第5页。
② Ralf-Henning Steinmetz,„Andreas Solbach, *Hermann Hesse. Die poetologische Dimension seines Erzälens*", *Arbitrium*, Bd. 33, No. 3, 2015, S. 362-368.
③ Hermann Hesse,„Lieblingslektüre", in Hermann Hesse, *Betrachtungen und Berichte II*, S. 466.
④ Michaela Zaharia,„Exotik als Brücke zwischen Kulturen: Hermann Hesse und die unendliche Weite der Exotik", S. 105.

《东方之旅》《玻璃球游戏》等作品展现了他在多种文化探索之后的思想总结。《东方之旅》的雷欧、《玻璃球游戏》的克乃西特身上凸显出不同哲学与宗教融合，集中体现出中西方多元文化共栖互补的特征，从中展现出黑塞的多元文化思想。雷欧虽然具有西方最神圣的神之身份，却并不仅代表基督教的上帝，他是作者按照自己的宗教理想创造的最高信仰之神，其尽显出欧洲传统文化与中国文化结合的特质。《东方之旅》中的雷欧既以道家圣人的性格特征表现东方文化，又以天主教信仰之神的外貌代表了西方传统文化。东西方文化在雷欧身上融合，成为人类永恒精神世界的化身。这个精神世界是由人类历史上所有思想、艺术、文学、宗教等精神财富所构成和供给，但是它也紧密联系人类社会和自然世界。这些精神财富既来自西方，也来自东方，既来自古代也来自现代。不同民族的知识分子不断地向这个世界贡献着自己的聪明和智慧，使这个精神世界不断走向完满。"我知道，无论是在欧洲还是亚洲，都存在着一个秘密而永恒的价值和精神世界，它不会被火车的发明和俾斯麦所扼杀。在这个世界中，欧洲和亚洲，吠陀和圣经，佛和歌德都占据着同等的份额。生活在这个永恒的世界，生活在这个和平的精神世界是正确而幸福的。"[1] 人类精神世界的完满是一个永久的过程，所以这个精神世界超越时空。也正因此，《东方之旅》中的雷欧始终不会变老。他如同一条人类智慧的大河，来自历史流向未来。历史的人如同涓涓小溪，不断汇聚于他。在《玻璃球游戏》中指出，人类精神文明应该建基于两大原则：一是人类文明的发展和个体的发展都要尊重宇宙和谐发展的客观规律性，尊重真理，二是注重人类智慧的整体性和历史性。黑塞在这两个原则基础上树立一种文学理想：通过不断学习各民族的思想智慧使人类的精神世界达到和谐与完整，各民族文化间取长补短，建立一种世界文学。黑塞认为只有跨越中西方文化，使中西方两种古老而伟大的思想相亲相近，达到进取与默思的辩证统一，让思想与实践相辅相成，人类社会才能走上和平共处、和谐发展之路。《老子》让黑塞明白，东西方之间有着类似的思想，人们应该坚定信念："不管民族与文化差异多么大、多么敌对，人类仍然是个大统一体，可以共享相同的机会、理想和目标。"[2] 东西方文化应该休戚相关，"你中有我，我中有你"。黑塞的创作体现着人文主义梦想：人类的精神世界统一、完满，人类文化彼此相通、共生共栖，从而真正成为人类心灵的家

---

[1] Hermann Hesse, *Betrachtungen und Berichte I*, S. 423.

[2] Hermann Hesse, *Betrachtungen und Berichte I*, S. 471.

园。只有地球上的人类之间，与自然宇宙之间和谐共生，人类才能幸福的生活。在一次黑塞周年纪念日的贺词里，尤里安·尼达-吕梅里（Julian Nida-Rümelin）强调道，黑塞是一位改变世界的作家，在寻找解决西方危机的过程中，他设计了一种强调艺术与音乐的"完整大学"（universitas litterarum）①。通过不断学习各民族的思想和智慧来超越一时一地的有限文明，使整体人类的精神世界达到和谐与完整，亦即幸福。"时间流逝，智慧永存。智慧会以不同的方式方法出现，但它永远立足于同种根基：人类顺应自然，顺应天道循环。"②

黑塞的"向内之路"一方面是揭示之路，呈现现代文明对个体独立发展的压制，以及人类精神世界与现代物质文明之间的冲突和矛盾，另一方面是寻求之路，寻求具有普遍基本价值的幸福之路来代替人类之间的种种冲突、对立、矛盾，它通向理想之域。在那里，各种文化、宗教独有特色被保持的同时，个体精神自由、独立，与自然、宇宙和谐发展并不断完善。他的"向内之路"实际上是在探索和建构现代人以精神为主的存在方式，以期达到超越自我，人类文明可持续健康发展的和谐之路。正如德国哲学家卡西尔所言，自我认知乃是哲学探究的最高目标，是解决人类存在及其意义终极问题的阿基米德点，是一切思潮牢固而不可动摇的中心③。这条"向内之路"表明了个体的内在世界对人的存在方式与人类文明的可持续发展具有重要价值和意义。

在当今社会，2016年来最令世人瞩目的科技事件可以说是阿尔法狗大胜世界围棋冠军李世石，一时之间，人类的未来是否会被智能机器人所超越成为全球性话题。从当今人工智能、物理世界的进步来看，未来世界人工智能极有可能超越人类智识。面对科技理性的张扬，人必须要反躬自省，在推动物理世界不断飞跃发展之时，人类自己是否在进步呢？从身体上来说，我们比先辈是更加健壮，还是更加孱弱？从精神的角度来看，我们比前辈更加坚强和幸福，还是更加脆弱和忧郁呢？那些医疗数据，层出不穷的社会问题，如机体亚健康、信仰危机、心理危机充斥着所有的国家和地区，都在告诉我们答案显然是消极的。毫无疑问，人自身的发展无论

---

① Dirk Jürgens, *Die Krise der Bürgerlichen Subjektivität im Roman der dreißiger und vierziger Jahre Dargestellt am Beispiel von Hermann Hersses Glasperlenspiel*, S. 12.

② Hermann Hesse, Volker Michels (Hrsg.), *Blick nach dem Fernen Osten: Erzählungen, Legenden, Gedichte und Betrachtungen*, S. 375.

③ Ernst Cassirer, Birgit Recki (Hrsg.), *An Essay on Man*, p. 3.

是机体还是精神并未随着时代在进步,反而随着社会现代化的快速推进在不断退步。物质世界在无限制地高速发展,而人类自身在持续衰退,人类对自身精神世界的重视和提升尤显孱弱。照此以往,人工智能必然超越人类,参与地球进化百万年的人难道会在地球优胜劣汰的法则中被淘汰吗?好莱坞科幻片中人成为智能机器的奴隶真将会出现?阿尔法狗的胜利适时警告我们,人的生存危机不仅来自自然环境,还来自人所创造的物质世界。

因此,人的自我存在和超越迫切需要人类高度关注,它关系到人类文明是否可持续发展的重要命题。恰如荣格所说:文明之光能够把这无限广域的心灵照亮多少呢?人类的意识要达到完美境界还有无法估算的距离要攀越。直至今天,现代性中物化思想仍然占据着引领地位,对人类精神世界的观照始终不敌物质世界为满足人类无尽欲望而取得的进步。

现代性如同那座巨大的风车迎风飞转,自比为堂吉诃德的 20 世纪最后一位浪漫主义骑士黑塞提剑而战,虽弱小却无畏。"因此我们就不难理解和体谅小人物堂吉诃德迎战巨大风车的抗争行为了。他的对抗看似无目的、无意义,引起许多人的嘲笑。但是他必须被作战,堂吉诃德和风车有同样的权利。"[①]

---

① Volker Michels, *Materialien zu Hermann Hesses* >>Demian<<, Bd. 1, S. 223.

参考文献

中文文献

专 著

卞虹：《成为你自己——对赫尔曼·黑塞小说中的人性主题考察》，企业管理出版社 2014 年版。
陈鼓应：《老子注译及评介》(修订增补本)，中华书局 1984 年版。
陈鼓应：《老庄新论》(修订版)，商务印书馆 2008 年版。
陈鼓应注译：《庄子今注今译》(上、中、下)，中华书局 1983 年版。
陈鼓应注译：《老子今注今译》，商务印书馆 2008 年版。
曹卫东主编：《德国青年运动》，世纪出版集团 上海人民出版社 2013 年版。
范劲：《卫礼贤之名——对一个边际文化符码的考察》，华东师范大学出版社 2011 年版。
(清) 焦循撰，沈文倬点校：《孟子正义》(上、下)，中华书局 1987 年版。
(宋) 计有功辑撰：《唐诗纪事》，上海古籍出版社 2013 年版。
蒋锐编译：《东方之光——卫礼贤论中国文化》，外语教学与研究出版社 2007 年版。
林郁编：《黑塞的智慧》，文汇出版社 2002 年版。
林郁编译：《赫尔曼·黑塞如是说》，二十一世纪出版社 2010 年版。
刘耀中、李以洪：《建造灵魂的庙宇——西方著名心理学家荣格评传》，东方出版社 1996 年版。
刘润芳、罗宜家：《德国浪漫派与中国原生浪漫主义——德中浪漫诗歌的美学探索》，中国社会科学出版社 2009 年版。

马剑：《黑塞与中国文化》，首都师范大学出版社 2010 年版。

南怀瑾著述：《南怀瑾选集》，复旦大学出版社 2009 年版。

任卫东、刘慧儒等：《德国文学史》第 3 卷，译林出版社 2007 年版。

孙立新、蒋锐主编：《东西方之间——中外学者论卫礼贤》，山东大学出版社 2004 年版。

申荷永：《心理分析：理解与体验》，生活·读书·新知三联书店 2004 年版。

申荷永：《荣格与分析心理学》，中国人民大学出版社 2012 年版。

汤一介：《儒道释与内在超越问题》，江西人民出版社 1991 年版。

卫茂平：《德语文学汉译史考辨——晚清和民国时期》，上海外语教育出版社 2004 年版。

王滨滨：《黑塞传》，华东师范大学出版社 2007 年版。

（魏）王弼注，楼宇烈校译：《老子道德经注》，中华书局 2011 年版。

许维遹撰，梁运华整理：《吕氏春秋集释》，中华书局 2009 年版。

张佩芬：《黑塞研究》，上海外语教育出版社 2006 年版。

钱穆：《论语新解》，九州出版社 2011 年版。

王岳川、尚水编：《后现代主义文化与美学》，北京大学出版社 1992 年版。

周国平：《尼采：在世纪的转折点上》，上海人民出版社 1986 年版。

张弘、余匡复：《黑塞与东西方文化的整合》，华东师范大学出版社 2010 年版。

詹春花：《黑塞与东方》，上海交通大学出版社 2018 年版。

译　著

赫尔曼·黑塞作品

［德］赫尔曼·黑塞：《婚约》，张佩芬、王克澄等译，上海译文出版社 2006 年版。

［德］赫尔曼·黑塞：《黑塞诗选》，欧凡译，外语教学与研究出版社 2007 年版。

［德］赫尔曼·黑塞：《荒原狼》，赵登荣、倪诚恩译，上海译文出版社 2008 年版。

［德］赫尔曼·黑塞：《园圃之乐》，陈明哲译，人民文学出版社 2008 年版。

［德］赫尔曼·黑塞：《堤契诺之歌——散文、诗与画》，窦维仪译，上海译文出版社2011年版。

［德］赫尔曼·黑塞：《玻璃球游戏》，张佩芬译，上海译文出版社2012年版。

［德］赫尔曼·黑塞：《黑塞诗选》，林克译，重庆大学出版社2014年版。

C.G.荣格作品

［瑞士］C.G.荣格：《心理学与文学》，冯川、苏克译，生活·读书·新知三联书店1987年版。

［瑞士］C.G.荣格：《荣格文集——让我们重返精神的家园》，冯川、苏克译，改革出版社1997年版。

［瑞士］C.G.荣格：《荣格自传：回忆·梦·思考》，刘国彬、杨德友译，上海三联书店2009年版。

［瑞士］C.G.荣格等著：《潜意识与心灵成长》，张月译，上海三联书店2009年版。

［瑞士］C.G.荣格：《分析心理学与梦的诠释》，杨梦茹译，上海三联书店2009年版。

［瑞士］C.G.荣格：《转化的象征》，孙明丽、石小竹译，陈收主编：《荣格文集》第2卷，国际文化出版公司2011年版。

［瑞士］C.G.荣格：《原型与集体无意识》，徐德林译，陈收主编：《荣格文集》第5卷，国际文化出版公司2011年版。

［瑞士］C.G.荣格：《文明的变迁》，周朗、石小竹译，陈收主编：《荣格文集》第6卷，国际文化出版公司2011年版。

［瑞士］C.G.荣格：《人、艺术与文学中的精神》，姜国权译，陈收主编：《荣格文集》第7卷，国际文化出版公司2011年版。

［瑞士］C.G.荣格：《寻求灵魂的现代人》，黄奇铭译，上海译文出版社2013年版。

卫礼贤译作

［德］卫礼贤：《青岛的故人们》，王宇洁、罗敏等译，青岛出版社2006年版。

［德］卫礼贤、［瑞士］荣格：《金花的秘密》，邓小松译，黄山书社2011年版。

［瑞士］荣格、［德］卫礼贤：《金花的秘密》，张卜天译，商务印书馆2016年版。

其他参考译著

[英] Anthony Stevens：《简析荣格》，杨韶刚译，外语教学与研究出版社 2007 年版。

[美] 戴维·迈尔斯：《心理学》（第 9 版），黄希庭等译，人民邮电出版社 2013 年版。

[德] 弗尔克·米歇尔斯编：《黑塞画传》，李士勋译，上海人民出版社 2008 年版。

[德] 歌德：《浮士德》，杨武能译，中国书籍出版社 2005 年版。

[德] 荷尔德林：《荷尔德林文集》，戴晖译，商务印书馆 1999 年版。

[奥] 里尔克：《永不枯竭的话题——里尔克艺术随笔集》，史行果译，东方出版社 2002 年版。

[美] 理查德·诺尔：《荣格崇拜：一种有超凡魅力的运动的起源》，曾林等译，上海译文出版社 2006 年版。

[法] 卢梭：《论人与人之间不平等的起因和基础》，《卢梭全集》第 4 卷，李平沤译，商务印书馆 2012 年版。

[英] 罗素：《西方哲学史》（下），马元德译，商务印书馆 1976 年版。

[德] 马克思、恩格斯：《共产党宣言》，中共中央马克思恩格斯列宁斯大林著作编译局编译，人民出版社 2018 年版。

[美] 马泰·卡林内斯库：《现代性的五副面孔》，顾爱彬、李瑞华译，商务印书馆 2002 年版。

[美] 马歇尔·伯曼：《一切坚固的东西都烟消云散了——现代性体验》，徐大建、张辑译，商务印书馆 2013 年版。

[英] 玛丽·富布卢克：《剑桥德国史》，高旖嬉译，新星出版社 2017 年版。

[法] 歇米尔·福柯：《疯癫与文明》，刘北成、杨远婴译，生活·读书·新知 三联书店 2012 年版。

[德] 施勒格尔：《浪漫派风格——施勒格尔批评文集》，李伯杰译，华夏出版社 2005 年版。

[法] 维克多·雨果：《悲惨世界》，《雨果文集》第 6 卷，李玉民译，北京联合出版公司 2014 年版。

[德] 席勒：《席勒文集》I，钱春绮、朱雁冰译，人民文学出版社 2005 年版。

[德] 席勒：《席勒文集》VI，张佳钰、张玉书等译，人民文学出版

社 2005 年版。

［英］以赛亚·伯林：《浪漫主义的根源》，吕梁等译，译林出版社 2011 年版。

［英］以赛亚·伯林：《现实感》，潘荣荣、林茂译，译林出版社 2011 年版。

［德］于尔根·哈贝马斯：《现代性的哲学话语》，曹卫东译，译林出版社 2011 年版。

期刊报纸文章

柴野：《卫礼贤与〈易经〉——访德国导演兼编剧贝蒂娜·威廉》，《光明日报》2013 年 7 月 28 日第 8 版。

陈敏、戴叶萍：《〈东方之旅〉中尼采与老庄思想共存现象及其探究》，《德国研究》2012 年第 1 期。

邓白桦：《试论德国"1914 年思想"》，《同济大学学报》（社会科学版）2010 年第 4 期。

范劲：《〈玻璃球游戏〉、〈易经〉和新浪漫主义理想》，《中国比较文学》2011 年第 3 期。

方维规：《两个人和两本书——荣格、卫礼贤与两部中国典籍》，《清华大学学报》（哲学社会科学版）2015 年第 2 期。

高岚、申荷永：《荣格心理学与中国文化》，《心理学报》1998 年第 2 期。

何宁：《艺术家与时代的病症——赫尔曼·黑塞的两部传记问世》，《文艺报》2012 年 8 月 20 日第 7 版。

黄燎宇：《〈布登勃洛克一家〉：市民阶级的心灵史》，《外国文学评论》2004 年第 2 期。

胡继华：《忧郁之子与光的暴力——〈夜颂〉与灵知主义》（上），《上海文化》2016 年第 7 期。

柯莱特·卡米兰：《黑塞和尤瑟纳尔：道家思想与酒神精神》，王春明译，《跨文化对话》2011 年第 2 期。

卢荻、汪云霞：《〈变形记〉与〈荒原狼〉形象塑造之比较》，《江汉大学学报》（社会科学版）2017 年第 3 期。

马剑：《黑塞对歌德"对立统一"思想的接受与发展》，《同济大学学报》（社会科学版）2012 年第 6 期。

王一力：《18 世纪的心理学转向与黑色浪漫文学》，《比较文学与世界文学》2016 年第 1 期。

易水寒：《时间的线团——黑塞〈荒原狼〉的纵剖与横切》，《国外文学》2006 年第 4 期。

张弘：《论〈荒原狼〉与二重性格组合型人物的终结》，《外国文学评论》1996 年第 2 期。

张佩芬：《通向内在之路的独白——谈黑塞的〈荒原狼〉》，《读书》1987 年第 5 期。

张钦：《内丹学的西传及对分析心理学的影响》，《宗教学研究》1999 年第 2 期。

祝凤鸣：《赫尔曼·黑塞作品中的中国智慧及其启迪》。《江淮论坛》2018 年第 6 期。

外文文献

赫尔曼·黑塞著作

Hermann Hesse, Ninon Hesse (Hrsg), *Kindheit und Jugend vor Neunzehnthundert*: *Hermann Hesse in Briefen und Lebenszeugnissen*, Bd. 1 - 2, Frankfurt am Main: Suhrkamp Verlag, 1966-1978.

Hermann Hesse, Ursula und Volker Michels (Hrsg.), *Gesammelte Briefe*, Bd.1—4, Frankfurt am Main: Suhrkamp Verlag, 1973-1986.

Hermann Hesse, Volker Michels (Hrsg.), *Die Kunst des Müßiggangs*, Frankfurt am Main: Suhrkamp Verlag, 1973.

Hermann Hesse, *Briefe. Erweiterte Ausgabe*, u. d. T. *Ausgewählte Briefe* erschienen, Frankfurt am Main: Suhrkamp Verlag, 1974.

Hermann Hesse, *Die Welt der Bücher*: *Betrachtung und Aufsätze zur Literatur*, Frankfuhrt am Main: Suhrkamp Verlag, 1977.

Hermann Hesse, *Mein Glaube*, Frankfuhrt am Main: Suhrkamp Verlag, 1981.

Hermann Hesse, *Morgenlandfahrt*, Frankfurt am Main: Suhrkamp Verlag, 1982.

Hermann Hesse, *Gesammelte Werke in zwölf Bänden*, Bd. 1—12, Frankfurt am Main: Suhrkamp Verlag, 1987.

Hermann Hesse, Volker Michels (Hrsg.), *Hermann Hesse Sämtliche Werke*, Bd.1—21, Frankfurt am Main: Suhrkamp Verlag, 2001.

Hermann Hesse, Volker Michels (Hrsg.), *Blick Nach dem Fernen Osten: Erzählungen, Legenden, Gedichte und Betrachtungen*, Frankfurt am Main: Suhrkamp Verlag, 2002.

Hermann Hesse, *Hesse Kunst-die Sprache der Seele*, Frankfurt am Main: Suhrkamp Verlag, 2008.

Hermann Hesse, Volker Michels (Hrsg.), *China. Weisheit des Ostens*, Frankfurt am Main: Suhrkamp Verlag, 2009.

Hermann Hesse, *Das Glasperlenspiel*, Frankfuhrt am Main: Suhrkamp Verlag, nach der Erstausgabe 1943.

对于赫尔曼·黑塞及其作品的研究性专著

Ball, Hugo, Michels, Volker (Hrsg.), *Hermann Hesse—Sein Leben und sein Werk*, Göttingen: Wallstein Verlag, 2006.

Baumann, Günter, *Der Archetypische Heilsweg: Hermann Hesse, C.G. Jung und die Weltreligionen*, Rheinfelden: Schäuble Verlag, 1990.

Baumann, Günter, *Hermann Hesses Erzählungen im Lichte der Psychologie CG Jungs*, Berlin: Schäuble Verlag, 1989.

Below, Juergen, *Hermann Hesse Bibliographie—Sekundaerliteratur 1899—2007*, Berlin—New York: Walter de Gruyter, 2007.

Bethge, Hans, *Die chinesische Flöte, Nachdichtungen Chinesischer Lyrik*, Leipzig: Inselverlag, 1922.

Bieliková, Mária, *Bipolarität der Gestalten in Hermann Hesses Prosa: die Romane „Demian" und „Der Steppenwolf" vor dem Hintergrund der Daoistischen Philosophie*, Hamburg: Verlag Dr. Kovač, 2007.

Bran, Friedrich, Pfeifer, Martin (Hrsg.), *Hermann Hesses Glasperlenspiel, 4.Internationales Hermann Hesse-Kolloquim in Calw 1986*, Bad Liebezell/Kreis Calw: Bernhard Gengenbach Verlag, 1987.

Decker, Gunnar, *Hermann HesseDer Wanderer und Sein Schatten. Biografie*, München: Carl Hanser Verlag GmbH & Co. KG, 2012.

Freedman, Ralph, *Hermann Hesse Biographie*, Frankfuhrt am Main: Suhrkamp Verlag, 1999;

Gellner, Christoph, *Hermann Hesse und die Spiritualität des Ostens*, Düsseldorf: Patmos Verlag, 2005.

Gellner, Christoph, *Weisheit, Kunst und Lebenskunst: Fernöstliche Religion und Philosphie bei Hermann Hesse und Bertolt Brecht*, Mainz: Matthias-Grünewald-Verlag, 2011.

Hildebrandt, Carolin, *Der Orient in Hermann Hesses „Die Morgenlandfahrt" - Westliche Imagination oder Entwicklung einer Selbstständigen Kultur*, München: GRIN Verlag GmbH, 2010.

Jürgens, Dirk, *Die Krise der Bürgerlichen Subjektivität im Roman der dreißiger und Vierziger Jahre Dargestellt am Beispiel von Hermann Hersses Glasperlenspiel*, Vol. Doktorgrade, Frankfurt am Main: Peter Lang GmbH, Europäischer Verlag der Wissenschaften, 2004.

Kapalaschwili, Reso, *Hermann Hesses Romanwelt*, Köln/Wien: Böhlau, 1986.

Kory, Beate Petra, *Hermann Hesses Beziehung zur Tiefenpsychologie*, Traumliterarische Projekte Studien zur Germanistik, Bd.4, Hamburg: Verlag Dr. Kovač, 2003.

Kramer, Ilona, *Der Weg zum Selbst: Psychoanalytische und Fernöstliche Elemente in Hermann Hesses Individuationsthematik*, München: GRIN Verlag, 2010.

Kremer, Detlef, *Romantik: Lehrbuch Germanistik*, Stuttgart: Springer-Verlag, 2015.

Kuschel, Karl-Josef, *Im Fluss Der Dinge*, Ostfildern: Patmos Verlag, 2018.

Kym, Annette, *Hermann Hesse Rolle als Kritiker: eine Analyse seiner Buchbesprechungen in „ März ", „ Vivos Voco " und „ Bonniers Litterära Magasin "*, Frankfurt am Main: Peter Lang AG, Internationaler Verlag der Wissenschaften, 1983.

Lee, VictoriaB., *Journey to the Unconscious: An Examination of Paths to Enlightenment in Hermann Hesse´s Works*, Mississippi State University, ProQuest Dissertation Publishing, 2016.

Lindenberg, Udo, Schnierle—Lutz, Herbert (Zgs.), *Mein Hermann Hesse*, Frankfurt am Main: Suhrkamp Verlag, 2008.

Mechadani, Nadie, *Hermann Hesse auf der Couch- Freuds und Jungs Psychoanalyse und ihr Einfluss auf die Romane „Demian", „Siddhartha" und „Der*

Steppenwolf", Marburg: Tectum-Verlag, 2008.

Michels, Volker, *Hermann Hesse und Robert Walser*, Frankfurt am Main: Edition Faust, 2016.

Michels, Volker, *Indien und China im Werk von Hermann Hesse*, Frankfurt am Main: Edition Faust, 2015.

Mileck, Joseph, *Hermann Hesse: Life and Art*, Berkeley and Los Angeles, California: University of California Press. Ltd. , 1981.

Naase, Anja, *Siddhartha-Hesses Auseinandersetzung mit Östlicher Dichtung und Philosophie*, München: GRIN Verlag GmbH, 2006.

Pfeifer, Martin, *Hesse - Kommentar zu Sämtlichen Werken*, München: Winker Verlag, 1980.

Pfield, G. W., *Hermann Hesse Kommentar zu Sämtlichen Werken*, Stuttgart: Akademischer Verlag Hans—Dieter Heinz, 1977.

Richard, David G. , *Exploring the Divided Self. Hermann Hesse's Steppenwolf and ins Critics*, Columbia: Camden House, 1996.

Richard, David G. , *The Hero's Quest for the Self: An Archetypal Approach to Hesse's Demian and Other Novels*, America: University Press of America, 1987.

Samsami, Behrang, *Die Entzauberung des Ostens: zur Wahrnehmung und Darstellung des Orients bei Hermann Hesse, Armin T. Wegner und Annemarie Schwarzenbach*, Bielefeld: Aisthesis Verlag, 2011.

Schickling, Marco, *Hermann Hesse als Literaturkritiker*, Heidelberg: Universtätsverlag, 2005.

Schwilk, Heimo, *Hermann Hesse Das Leben des Glasperlenspielers*, München: Piper Verlag GmbH. , 2012.

Serrano, Miguel*Meine Begegnungen mit C. G. Jung und Hermann Hesse*, Zürich und Stuttgart: Rascher Verlag, 1968.

Solbach, Andreas, *Hermann Hesse: die Poetologische Dimension Seines Erzählens*, Heidelberg: Universitätsverlag Winter, 2012.

Szabó, László V. , *Der Einfluss von Nietzsche auf Hesse*, Wien: Universitätsverlag Veszprém Praesens Verlag, 2007.

Unseld, Siegfried, *Hermann Hesse.Werk und Wirkungsgeschichte*, Frankfurt am Main: Suhrkamp Verlag, 1985.

Weibel, Kurt, *Hermann Hesse und die Deutsche Romantik*, Berner Dissertation, Bern: Verlag P.G. Keller Winterthur, 1954.

Zaharia, Michaela, *Exotische Weltbilder in der Deutschsprachigen Literatur von Max Dauthendey bis Ingeborg Bachmann*, Bd.104, Hamburg: Verlag Dr. Kovač, 2009.

编著

Adrian Hsia (Hrsg.), *Hermann Hesse und China, Darstellung, Materialien und Interpretation*, Frankfurt am Main: Suhrkamp Verlag, 1974.

Cornelia Blasberg (Hrsg.), *Hermann Hesse 1877—1962—2002*, Tübingen: Attempto Verlag, 2003.

Detlef Haberland (Hrsg.), *Hermann Hesse und die Moderne*, Wien: Praesens Verlag, 2013.

Eckart Goebel, Elisabeth Bronfen (Hrsg.), *Narziss und Eros. Bild oder Text?* Göttingen: Wallstein, 2009.

Gottfried Spaleck (Hrsg.): *Unterwegs nach Morgenland. Zur Aktuellen Bedeutung von Hermann Hesses Menschenbild*, Berlin: Tenea Verlag für Medien, 2002.

Ingo Cornils (edited), *A Companion to the Works of Hermann Hesse*, New York: Camden House, 2009.

J. Ulrich Binggeli (Hrsg), *>>Heimweh nach Freiheit<< Resonanzen auf Hermann Hesse*, Tübingen: Klöpfer und Meyer, 2012.

Michael Limberg (Hrsg.), *Hermann Hesse und die Psychoanalyse: „Kunst als Therapie"*, Bad Liebenzell/ Calw: Verlag Bernhard Gengenbach, 1997.

Regina Bucher (Hrsg.), *Hermann Hesse und Theodor Heuss–eine freundschaftliche Beziehung in Wechselhaften Zeiten*, Basel: Schwabe Verlag, 2019.

Ursula Apel (Hrsg.), *Hermann Hesse: Personen und Schlüsselfiguren in seinem Leben*, Bd.2, München: K.G.Saur Verlag, 1989.

Volker Michels (Hrsg.), *Hermann Hesse. Leben und Werk im Bild*, Frankfurt am Main: Insel Verlag, 1973.

Volker Michels (Hrsg.), *Materialien zu Hermann Hesses Siddhartha*, Bd. 1-2, Frankfurt am Main: Suhrkamp Verlag, 1975-1976.

Volker Michels (Hrsg.), *Über Hermann Hesse*, Bd.1-2, Frankfurt am Main: Suhrkamp Verlag, 1976-1977.

Volker Michels (Hrsg.), *Materialien zu Hermann Hesses >>Demian<<*, Bd.1-2, Frankfurt am Main: Suhrkamp Verlag, 1993-1997.

Volker Michels (Hrsg.), *Materialien zu Hermann Hesse >>Der Steppenwolf<<*, Frankfurt am Main: Suhrkamp Verlag, 2001.

Volker Michels (Hrsg.), *Blick nach dem Fernen Osten: Erzählungen, Legenden, Gedichte und Betrachtungen*, Frankfurt am Main: Suhrkamp Verlag, 2002.

Volker Michels (Hrsg.), *>>Außerhalb des Tages und des Schwindels <<Hermann Hesse- Alfred Kubin Briefwechsel* 1928-1952, Frankfurt am Main: Suhrkamp Verlag, 2008.

学位论文

Adam Keith Roberts, Masks of Fiction: The Function of the Nietzschean Mask in the Works of Hermann Hesse, Ph. D. dissertation, University of Leeds, 2016.

Andreas Thele, Hermann Hesse und Elias Canetti im Lichte ostasiatischer Geistigkeit, Ph.D.dissertation, Düsseldorf: Heine Universität Düsseldorf, 1993.

Jacob Matthew Barto, The Poetics of Affirmative Fatalism: Life, Death, and Meaning-Making in Goethe, Nietzsche, and Hesse, Ph.D. dissertation, the University of Oregon Graduate School, ProQuest Dissertations Publishing, 2017; http://www.ub.uni-heidelberg.de/cgi-bin/edok? dok =https%3A% 2F%2Fsearch.proquest.com%2Fdocview%2F19897537472019/8/12.

荣格外文专著

C.G.Jung, *Two Essays on Analytical Psychology*, C.G.Jung, *the Collected Works of C. G. Jung*, Vol.7, translated by R.F.C.Hull, Princeton: Princeton University Press, 1966.

C.G.Jung, *Psychological Types*, C.G.Jung, R.F.C.Hull (revision), *The Collected Works of C. G. Jung*, Vol. 6, Princeton: Princeton University Press, 1976.

C.G.Jung, *Psychology and Alchemy*, C.G.Jung, *The Collected Works of C. G. Jung*, translated by R. F. C. Hull, Vol. 12, Princeton: Princeton University Press, 1980.

C.G.Jung, *The Archetypes and the Collective Unconscious*, C.G.Jung, *The Collected Works of C. G. Jung*, Vol.9, Part I., translated by, R. F. C. Hull,

Princeton: Princeton University Press, 1980.

C.G.Jung, *Collected Works*, Vol.1—15, Princeton: Princeton University Press, 1966-1990.

C.G.Jung, Aniela Jaffé (Hrsg.), *Briefe*, Bd.1-3, Olten & Freiburg i. Br.: Walter-Verlag, 1972.

C.G.Jung, *Grundwerk*, Bd.1-2, Olten: Walter-Verlag, 1984.

C.G.Jung, Aniela Jaffé (ed.), *Memories, Dreams, Reflections by C.G. Jung*, translated. by Richard and Clara Winston, New York: Vintage Books, 1989.

C.G.Jung, *Archetypen*, München: Deutscher Taschenbuch Verlag GmbH & Co.KG, 1990.

C.G.Jung, Lorenz Jung (Hrg.), *Wirklichkeit der Seele*, München: Deutscher Taschenbuch Verlag, 1990.

C.G.Jung, William McGuire (Hrsg.), *Traumanalyse*, Olten: Walter—Verlag AG., 1991.

尼采外文专著

Friedrich Nietzsche, Giorgio Colli/Mazzino Montinari (Hrsg.), *Sämtliche Werke: Kritische Studienausgabe in* 15 *Bänden*, München und New York: Verlag Walter de Gruyter & Co., 1980.

Friedrich Nietzsche, *Also Sprach Zarathustra Ein Buch für Alle und Keinen*, vollständige Ausgabe nach dem Text der Ausgabe Leipzig 1891, Berlin: Der Goldmann Verlag, 1999.

Friedrich Nietzsche, *Der Antichrist, Ecce Homo, Dionysos—Dithyramben*, vollständige Ausgabe nach dem Text der Ausgabe Leipzig 1891, Berlin: Der Goldmann Verlag, Neuauflag 1999.

Friedrich Nietzsche, *Der Fall Wagner, Götzen—Dämmerung Nietzsche contra Wagner*, vollständige Ausgabe nach dem Text der Ausgabe Leipzig 1891, Berlin: Der Goldmann Verlag, Neuauflag 1999.

Friedrich Nietzsche, *Die Fröhliche Wissenschaft >>La Gaya Scienza<<*, vollständige Ausgabe nach dem Text der Ausgabe Leipzig 1891, Berlin: Der Goldmann Verlag, Neuauflag 1999.

Friedrich Nietzsche, *Die Geburt der Tragödie aus dem Geiste der Musik*, vollständige Ausgabe nach dem Text der Ausgabe Leipzig 1891, Berlin: Der

Goldmann Verlag, Neuauflag 1999.

Friedrich Nietzsche, *Jenseits von Gut und Böse*, vollständige Ausgabe nach dem Text der Ausgabe Leipzig 1891, Berlin: Der Goldmann Verlag, Neuauflag 1999.

Friedrich Nietzsche, *Morgenröter*, vollständige Ausgabe nach dem Text der Ausgabe Leipzig 1891, Berlin: Der Goldmann Verlag, Neuauflag 1999.

其他专著

Alois Halder, Max Müller (Hrsg.), *Philosophisches Wörterbuch*, Freiburg im Breisgau: 2008.

Bruno Hillebrandt (Hrsg.), *Nietzsche und die Deutsche Literatur*, Bd.1-2, Tübingen: Max Niemeyer Verlag, 1978.

Ernst Cassirer, Birgit Recki (Hrsg.), *An Essay on Man*, Text und Anmerkungen bearbeitet von Maureen Lukay, Hamburg: Felix Meiner Verlag, 2006.

G.W.F.Hegel, *Vorlesungen über die Philosophie der Geschichte*, in: G.W.F.Hegel, *Werke in 20 Bänden mit Registerband*, Bd.12, Frankfurt am Main: Suhrkamp Verlag, 1986.

Hans Dieckmann, *Träume als Sprache der Seele*, Einführung in die Traumdeutung der Analytischen Psychologie C.G.Jungs, Fellbach: Bonz, 1978.

Johann Wolfgang von Goethe, *Faust: Der Tragödie Erster Teil*, Poetische Werke, Dramatische Dichtungen IV (Berliner Ausgabe, Bd.8), Berlin: Aufbau-Verlag Berlin und Weimar 1965.

Johannes Cremerius, *Freud und die Dichter*, Freiburg im Breisgau: Kore, 1995.

Novalis, Paul Kluckhohn und Richard Samuel (Hrsg.), *Schriften Die Werke Friedrich Hardenbergs*, Bd.2.Nach den Handschriften ergänzte, erweitere und verbesserte Auflage, Stuttgart: W.Kohlhammer Verlag, 1960.

Richard Wilhelm and C.G. Jung, *The Secret of the Golden Flower: A Chinese Boof of Life*. Baynes F.C. (Trans.), Orlando, Florida: Harcourt Brace& Company, 1962.

Søren Dosenrode (eds.), *WORLD WAR 1, The Great War and its Impact*, Aalborg: Aalborg University Press, 2018.

期刊论文

Adi Purnama and Akbar K. Setiawan, "The Self Concept of the Main Character of H. H in Hermann Hesse's 'Erzählung Die Morgenlandfahrt' a Carl Rogers 'Psychological Analysis' ", *Bahasa Jerman - Theodisca Lingua*, Vol. 6, No. 3, 2017, pp. 231–42.

Martijn C. Briët, Joost Haan, and Ad A. Kaptein. "Hermann Hesse and L: Two narratives of sciatica", *Clinical Neurology and Neurosurgery*, Vol. 114, No. 1, August 2012, pp. 9–11.

Chen Zhuangying,„ Die Bedeutungder Natur in der Lyrik von Hermann Hesse und Li Tai Pe ", *Literaturstraße. Chinesisch - Deutsche Zeitschrift für Sprach-und Literaturwissenschaft*, Nr. 10, 2009, S. 75–85.

Zhan Chunhua, "Hermann Hesse's Concept of World Literature and his Critique on Chinese Literature", *Neohelicon*, No. 45, 2018, pp. 281–300.

Dagmar Kiesel,„ Das Gespaltene Selbst. Die Identitätsproblematik in Hermann Hesses Steppenwolf und bei Friedrich Nietzsche", *Nietzsche-Studien: Internationales Jahrbuch für die Nietzsche-Forschung*, Nr. 39, January 2010, S. 398–433;

Dan Heilbrun, "Hermann Hesse and the *Daodejing* on the *Wu* 无 and *You* 有 of Sage-Leaders", *Dao: A Journal of Comparative Philosophy*. Dordrecht [u.a.], Vol. 8, No. 1, 2009, pp. 79–93.

Eugene L. Stelzig,„ , die Morgenlandfahrt': Metaphoric Autobiography and Prolegomenon to 'Das Glasperlenspiel' ", *Monatshefte*, University of Winsconsin Press, Vol. 79, No. 4, 1987, pp. 486–495.

Fernando Vidal, "The Eighteenth Century as 'Century of Psycholgy' ", *Jahrbuch für Recht und Ethik*, No. 8, 2000, pp. 407–434.

Funda Kızıler Emer, Esma Şen, "Thematic Comparasion Hermann Hesse's Novel Names Beneath the Wheel (Unterm Rad) and Michael Haneke's Film Names the White Ribbon (Das Weiße Band)", *Journal of Human Sciences*, No. 16, No. 2, 2019, pp. 543–560.

Gustav Landgren,„ , Es war ganz ohne Zweifel eine Erfahrung merkwürdiger Art '. Über Hans-Georg Gadamers Rezeption der Werke Hermann Hesses", *Literatur für Leser*, Bd. 36, Nr. 3, 2013, S. 123–140.

Gustav Landgren,„ Prolegomena zur Konzeptionalisierung unzuverlässigen

Erzählens im Werk Hermann Hesses mit Schwerpunkt auf dem Steppenwolf", *Orbis Litterarum*：*International Review of Literary Studies*, Bd. 68, Nr. 4, 2013, S.312-339.

Ingo Cornils,„Furchtbare Symmetrien. Romantische Verwandtschaften im Werk der Dichter-Maler Hermann Hesse und William Blake", *Arcadia*, Vol. 46, Nr.1, 2011, S.149-166+245.

Ingo Cornils,„Zwischen Mythos und Utopie：Hermann Hesses Suche nach dem Endpunkt des Seins", *German Life and Letters*, Vol.66, Nr.2, 2013, S. 156-172.

Kockuvon Stuckrad, "Utopian Landscapes and Ecstatic Journeys：Friedrich Nietzsche, Hermann Hesse, and Mircea Eliade on the Terror of Modernity", *Numen*, No.57, No.1, 2010, pp.78-102.

Rita UnferLukoschik,„Hesse rhizomatisch Wege der China-Aneignung bei Hermann Hesse ", *Jahrbuch für Internationale Germanistik*, Vol. 48, No. 2, 2016, S.35-47.

Ma Jian,„Romantik in Rezensionen von Hermann Hesse", *Literaturstraße. Chinesisch-deutsche Zeitschrift für Sprach- und Literaturwissenschaft*, Bd.15, 2014, S.273-281.

Michael A.Peters and Walter Humes, "Educational Futures：utopias and heterotopias", *Policy Futures in Education*, Vol.1, No.3, 2003, pp.428-439.

Monika Wolting,„ Das Ringenum Individualität in einer vom Kollektiv bestimmten Zeit.Hermann Hesses *Das Glasperlenspiel*", *Studia Neofilologiczne*, XIII/2017, S.6-21.

Nathan Drapela, "The Price of Freedom：Identifying the Narrator of Hermann Hesse's *Das Glasperlenspiel*", *The German Quarterly*, Vol.89, No.1, 2016, pp.51-66.

Peter Roberts, "Technology, Utopia and Scholarly Life：Ideals and Realities in the Work of Hermann Hesse", *Policy Futures in Education*, Vol.7, No.1, 2009, pp.65-74.

Ralf-Henning Steinmetz,„Andreas Solbach, *Hermann Hesse.Die poetologische Dimension seines Erzälens* ", *Arbitrium*, Bd. 33, No. 3, 2015, S. 362-368.

Raman Kumar, "Dialectic of Being and Becoming in Hermann Hesse's *Siddhartha*", *The Achievers Journal*：*Journal of English Language*, *Literature* and Culture, Vol.2, No.4, Oct.2016, pp.1-19.

René Breugelmans, "Hermann Hesse and Depth Psychologie", The Canadian Review of Comparative Literature, Vol.8, No.1, 1981, pp.10-47.

Stanley Antosik, "Utopian Machines: Leibniz's 'computer' and Hesse's glass bead game", The Germanic Review, Vol.67, No.1, 1992, pp.35-45.

Shelley Hay, "Metaphysical Mirroring: The Musical Structure of Society in Thomas Mann's Doktor Faustus and Hermann Hesse's Das Glasperlenspiel", German Studies Review, Vol.41, No.1, Feb.2018, pp.1-17.

Siruček, Jiří, Naděžda Heinrichová and Simona Jindráková, „Hermann Hesses Roman, Der Steppenwolf im Licht der Philosophie Friedrich Nietzsches", Brünner Beiträge zur Germanistik und Nordistik, Vol.16, Nr.1-2, 2011, S. 111-127.

Stephen Brockmann, "The Postwar Restoration in East and West", New German Critique, Vol.42, No.3 (126), Nov.2015, pp.69-90.

Sung Kil Min, "Hermann Hesse's Depression, Pietism, and Psychoanalysis", Journal of Korean Neuropsychiatric Association, No.57, No.1, Feb. 2018, pp.52-80.

文集论文

C.G.Jung, "Richard Wilhelm, In Memoriam", in C.G.Jung, The Collected Works of C.G.Jung, translated by R.F.C., Hull, Vol.15, Princeton: Princeton University Press, 1966, pp.53-62.

Mauro Ponzi, „Hermann Hesse, Thomas Mann und Nietzsche", in Mauro Ponzi (Hrsg.), Hermann - Hesse - Jahrbuch, Bd.4, Tübingen: Max Niemeyer, 2009, S.1-24.

Michael Limberg, „Hermann Hesse und seine Mutter", in Mauro Ponzi (Hrsg.), Hermann - Hesse - Jahrbuch, Bd.4, Tübingen: Max Niemeyer, 2009, S.77-98.

Soon-Kil Hong, „Ist Hesse Nietzscheaner? ", in Mauro Ponzi (Hrsg.), Hermann - Hesse - Jahrbuch, Bd.4, Tübingen: Max Niemeyer, 2009, S. 25-39.

Harmut Böhme, „Zur Gegenstandsfrage der Germanistik und Kulturwissenschaft", in Fritz Martini, Walter Müller-Seidel und Bernhard Zeller (Hrsg.), Jahrbuch der Deutschen Schillergesellschaft, Bd.XLII, Stuttgart: Alfred Kröner

Verlag, 1998, S.476-485.

网络文献

Hermann_Hesse, https://de.wikipedia.org/wiki/Hermann_Hesse, 2019年10月18日。

Definition of "hieros logos", http://www.dictionaryofspiritualterms.com/public/Glossaries/terms.aspx? ID=308.2019.11.07.

Carl_Gustav_Jung, https://de.wikipedia.org/wiki/Carl_Gustav_Jung, 2019年10月18日。

Dualismus, https://de.wikipedia.org/wiki/Dualismus#Literatur, 2019年8月15日。

Romantik, https://de.wikipedia.org/wiki/Romantik, 2019年8月18日。

The_Glass_Bead_Game, https://en.wikipedia.org/wiki/The_Glass_Bead_Game, 2019年8月12日。

Polarität (Philosophie), https://brockhaus.de/ecs/enzy/article/polarit%C3%A4t-philosophie, 2019年8月15日。

Dionysos, https://de.wikipedia.org/wiki/Dionysos, 2019年10月30日。

Dasschöne Mädchen von Pao, https://gutenberg.spiegel.de/buch/das-schone-madchen-von-pao-5028/1, 2019年8月14日。

Friedrich Nietzsche, „Nur Narr! Nur Dichter!", https://kalliope.org/en/text/nietzsche200201311, 2019年8月18日。

JacobMatthew Barto, "The Poetics of Affirmative Fatalism: Life, Death, and Meaning-Making in Goethe, Nietzsche, and Hesse." Pro Quest Dissertations Publishing (2017).

http://www.ub.uni-heidelberg.de/cgi-bin/edok? dok=https%3A%2F%2Fsearch.proquest.com%2Fdocview%2F1989753747, 2019年8月12日。

Karl Marx, Friedrich Engels, „Manifest der kommunistischen Partei".

http://wenku.baidu.com/view/9d0a20333968011ca3009139.html, 2019年8月18日。

Paul Bishop, „Libido und Wille Zur Macht: CG Jungs Auseinandersetzung Mit Nietzsche", The Modern Language Review, Vol.108, No.4 (October 2013). https://www.jstor.org/stable/10.5699/modelangrevi.108.4.1313, 2019年8月18日。

电子文献

Johann Peter Eckermann (bearbeitet), *Gespräche mit Goethe in den letzten Jahren Seines Lebens*, Urheberrechtsfreie Ausgabe von Kindle.

后　　记

　　十多年聚沙成塔，终成此书！回首而望，方觉本著的成书过程即为我学术历程的写照。

　　当年的博士学位论文《心灵的对话——黑塞与荣格》为本书雏形，在导师李永平教授高屋建瓴的思想指导下，著书之始已从哲学层面开步，立下深层的研究立意。毕业后近十年的学术成长依然仰赖他的耐心指教。尽管很少去北京探望，李老师并不以此为意。每当我遇到学术疑问，致电于他，即便事务缠身，他仍然广征博引地释疑解惑，推力我在学术道路上继续前行。在他的指教下，我一步步走近浪漫主义、尼采思想、老庄哲学、荣格理论，使他们的思想进入我的黑塞研究中。在德语中，博士生导师被称为 Doktorvater，名如其名，李老师的确像父辈一样，扶持我在充满险阻的学术高山上步步攀爬。人生中，能有这样一位博士导师是如此幸运。在此向尊敬的李永平教授致以最为诚挚的感谢！

　　赫尔曼·黑塞作为 20 世纪著名的德语文学家，以注重东西方文化的互鉴与交融而享誉世界。对他的研究离不开德国研究界的支持。荣获国家留学基金委的访学基金支持，我先于 2010—2011 年在德国波恩大学哲学系访学。在那里得到了德国日耳曼学界著名学者 Eva Geulen 教授（现为柏林洪堡大学文学文化研究所所长）的指导，为本书哲学篇、心理学篇的撰写打下了重要的研究基础。当时参加了 Geulen 教授的小说分析讨论课。围绕着"尼采、荣格与黑塞"这个主题，每周会向她咨询遇到的疑问。现在尤记得她那严肃而睿智的目光，让人不觉心生敬意。那座藏书丰富的大学图书馆、安静古朴的小城波恩都留在了我的记忆深处。七年之后，我再次踏上了飞往德国的飞机。这次去往德国最古老的大学——海德堡大学。它坐落在内卡河畔美丽的海德堡市。2018、2019 年，在这座历史悠久的大学度过了两次虽然为期不长，但是学术活动丰富的访学。在日耳曼学院的 Andrea Albrecht 教授组织下，参加了各种学术论坛和柏林自由大学的国际学术会议——"美好生活"，并与她建立了亲密的学术合作关系。Albrecht 教授在德国早期浪漫主义研究方面成果丰厚，与她的交流获益匪浅。在她的引荐下成为德国弗·施莱格尔研究会成员。海德堡大学的访学不仅深化了我对早期浪漫派的研究，更开阔了我在历史小说、数字人文等研究领域的视野。本书撰写过程中进行了大量的文献资料搜集和整理，除了访学学校之外，还得到了德国柏林自由大学哲学系 Hans Feger 教授的热情帮助。成书之际，向他们致以衷心的感谢。也衷心感谢国家留学基金委的访学项目资助。

尤为感谢国家哲学社会科学办公室的学术资助，本书初稿荣获 2016 年度国家社科基金后期资助，使书稿的最终完成迈上了更高的学术平台。

中国社会科学出版社曲弘梅和慈明亮两位编辑耐心等待书稿，使我毫无压力地安排撰写计划。慈明亮编辑以及诸位责编不厌其烦地反复耐心审校，使书稿越来越严谨。非常真诚地感谢他们的辛苦付出。

书中赫尔曼·黑塞的许多引文翻译借鉴了张佩芬、林郁、欧凡等人的相关译作，在此深表感谢。

这些年的科研工作得到了先生、儿子以及父母的大力支持和悉心关怀，一句"感谢"只能聊表对家人们的谢意。

在书稿最终付梓印刷时，黯然发现仍有未完善之处，竟惧被同行诟。学术之山令人仰止，学术之海深不可测。一步步走来，愈加发现自己的浅薄无知，还望同行多加批评指正。

陈敏
2021 年 7 月于上海